LA CONCEPTION IMPARFAITE

LES HORIZONS CONTAINS
TOME 2

A.R. KNIGHT

UN

COLIS INDÉSIRABLE

Que faire de la liberté ?

Un choix se tenait de l'autre côté de notre territoire conquis, adossé à une sortie amicale éclairée d'émeraude. Elle avait croisé une cheville sur l'autre, et à ses pieds reposait une barre de métal argenté et noir dentelée. Ses yeux regardaient à l'extérieur de la Nurserie, dans le brouillard bleuté au milieu du Conduit.

Delta gardait notre petit sanctuaire, plusieurs grandes pièces carrées abritant des milliers de vies humaines. Ces vies, compressées dans de petits tubes congelés, attendaient une résurrection à venir, une résurrection qu'il était de mon devoir de fournir. Cela n'avait pas toujours été le cas, mais les machines veillant sur ces âmes statiques avaient été corrompues par le temps, une mauvaise programmation et une absence totale de supervision.

J'avais ma main gauche posée sur l'une d'entre elles, un méca-infirmier avec des roues en guise de pieds, plusieurs mains douces pour porter les nouveau-nés, et un sourire joyeux gravé sur sa peau métallique couleur crème. Ma main droite, dont les doigts s'étaient transformés en un port de connexion, était enfoncée dans la fente d'accueil sur le côté du méca.

Kaydee, une amie à la fois morte et vivante, faisait tourner son code à travers ma connexion. Nous réécrivions des algorithmes depuis déjà une journée, vingt-quatre heures à démêler des si et des alors, des fonctions et des variables pour nettoyer les défauts laissés à pourrir par les programmeurs originaux du méca.

Ils avaient conçu la Nurserie pour produire des enfants de premier ordre, pour préserver l'excellence génétique et exiler tous les embryons qui ne mèneraient pas aux esprits les plus brillants, aux muscles les plus forts, aux jambes les plus rapides. Un objectif imparfait, particulièrement lorsqu'on traite avec des spécimens imparfaits.

Dans mon œil gauche, je voyais l'enregistrement, une sorte de souvenir, se dérouler à nouveau : l'embryon déposé sur le tapis roulant, une longue chose reposant sur ma droite. L'enfant-à-venir commençait comme un rien. Il endurait un assaut de lumière, de produits chimiques et d'épreuves physiques pour stimuler sa croissance. Chaque mètre que la fiole parcourait le long du tapis roulant la rapprochait du moment où elle ramperait sans le tapis du tout. Au moment où l'enfant atteignait la fin du parcours, un bébé humain entièrement formé attendait de pousser son premier cri plaintif.

Dans le souvenir — l'enregistrement — l'enfant n'a jamais eu la chance d'exprimer son avis. Des scans que je ne comprenais pas ont balayé l'enfant, des caméras et des capteurs enveloppant la petite silhouette pour ne cracher que des valeurs sous-optimales. Pas mauvaises selon mes critères, mais pas parfaites.

Le système n'approuvait pas. L'enfant a disparu dans un trou que nous ne pouvions pas suivre.

Mais nous pouvions empêcher d'autres pertes et c'est ce que nous avons fait. Delta et moi, ensemble, avons vaincu à la fois notre propre programmation et la machine dirigeante de la Nurserie. Ce faisant, nous avons atteint notre objectif. Ce faisant, nous avons créé une cible.

L'enfant disparu a créé une mission.

Volt, un méca fougueux gérant l'énergie du Vaisseau Stellaire, nous a dit que l'enfant pourrait encore survivre. Il nous a dit qu'il avait observé une utilisation croissante dans les profondeurs de la zone arrière inférieure du Vaisseau Stellaire. Presque jusqu'aux moteurs et bien en arrière de la Nurserie. Volt a enquêté sur cette consommation et a trouvé un chaînon manquant.

Alpha, moi-même et Delta étions vivants et retrouvés. Beta avait disparu, réveillée par les mêmes vestiges qui m'avaient tiré de mon sommeil programmé, pour ensuite s'évanouir.

Volt l'avait trouvée veillant sur les enfants que la Nurserie avait rejetés. La question à laquelle Volt ne pouvait pas répondre, celle sur laquelle il voulait que nous enquêtions, était pourquoi.

— Tu as fini ? demanda Delta sans se tourner vers nous.

Elle connaissait déjà la réponse. C'était la troisième fois qu'elle répétait la question.

— Quand celui-ci bougera comme les autres, tu le sauras, répondis-je.

— Deux devraient suffire, dit Delta. Sa voix avait le caractère solide de l'ambre, sa couleur. Riche non pas tant d'émotion que de raison. Ils ne se réveillent pas encore.

Les deux mécas-infirmiers que Kaydee et moi avions déjà réparés s'affairaient à l'arrière de la nurserie, nettoyant tous les dégâts que nous avions causés lors de notre bruyante bataille avec l'ancien propriétaire de la zone. Les gardiens aspiraient les éclats, réparaient les jouets cassés dans la petite salle de jeux et vérifiaient les réserves de nourriture pour bébés et de lait. Ces dernières contenaient assez pour nourrir mille nouveau-nés pendant trois ans, destinées à offrir à l'humanité une chance de s'établir avant d'accueillir une nouvelle population.

— Nous ne savons pas combien de temps cela prendra encore, dis-je en regardant à nouveau la prise. Kaydee prenait plus de temps avec celui-ci. Les Voix ont laissé entendre que nous sommes proches.

— Elles ont laissé entendre beaucoup de choses, dit Delta. La seule façon d'en être certain est de retourner sur le pont.

— Ce que nous ferons *après* avoir trouvé Beta.

— Un retard inutile.

Delta s'éloigna de l'entrée, souleva cette lame dentelée et la fit siffler dans l'air.

Les mouvements n'étaient pas aléatoires mais précis, calibrés pour tester sa portée. Elle avait été légèrement endommagée lors du combat et, contrairement aux humains, nous autres vaisseaux devions faire recoudre nos pièces.

J'avais fait de mon mieux. On ne voyait pas les entailles, mais si on y prêtait attention, de très légers accrocs se révélaient lorsque Delta faisait des boucles avec la lame. Des millisecondes ajoutées à un temps record.

Un problème ?

Cela dépendait de ce qui restait à combattre sur le Vaisseau Stellaire. Avec la Nurserie revenue vers nous, nous avions repoussé les Voix. Je devais espérer que le conseil dirigeant numérique, composé d'humains morts depuis longtemps, ne lancerait pas toutes ses forces contre nous. Ne risquerait pas toutes ces vies à naître.

Mais ils n'étaient pas les seuls ennemis.

— Tu t'inquiètes pour Alpha ? demandai-je.

Delta ne hocha pas la tête, mais ses doigts, resserrant leur prise sur la garde de la lame, servirent de réponse.

— Alvie le surveille, continuai-je. Le chien méca avait une loyauté inébranlable envers moi, programmée lorsque j'avais donné vie métallique à cette chose. Si Alpha bouge, Alvie va le mettre en pièces.

— Je ferais confiance au chien pendant une heure, dit Delta, pas une journée. Nous aurions dû le tuer.

Mon argument — nous n'étions que quatre vaisseaux, tuer ne devrait pas être la première réponse — mourut lorsque la prise me reliant au méca-infirmier se détacha. Le méca-infirmier bondit en avant, tournant sur lui-même et me lançant un regard noir, ses yeux bienveillants d'un rouge ardent et colérique.

— Désolée, dit Kaydee, apparaissant sur la droite en secouant la tête. Celui-ci ne voulait pas coopérer comme les autres.

Je reculai tandis que le méca-infirmier avançait. Nous avions la même taille et je ne manquais pas de force, mais je manquais d'arme. Un corps à corps direct pourrait me blesser, ce que je ne voulais pas avant de m'embarquer dans un autre voyage.

— Alors tu l'as mis en colère ? demandai-je à Kaydee.

— Algorithme de réponse aux menaces, répondit Kaydee, ne semblant pas aussi désolée que je l'aurais espéré. Essayez de trafiquer un méca-infirmier et vous obtenez une défense totale.

Mon dos heurta un grand rack rempli de cellules humaines congelées. Le méca s'approcha, les bras tendus vers mon cou. Je protestai, lui dis que je ne voulais aucun mal.

Le méca en fit autant qu'une bête en colère. Elle tendit les bras vers moi et je la bloquai, mes deux mains rencontrant les siennes et les retenant à égalité. Le méca avait de la force, mais mes muscles synthétiques avaient de la flexibilité. Je repoussai les bras du méca-infirmier sur le côté, épuisant leur effet de levier.

— S'il te plaît, dis-je. Nous pouvons encore t'utiliser.

Le sourire gravé, les yeux rouges, continuèrent à avancer en silence.

Jusqu'à ce que la lame de Delta apparaisse, jaillissant à travers le méca-infirmier et manquant de peu de piquer mon propre visage. Des étincelles pleuvaient sur moi, provoquant de petites brûlures là où elles touchaient ma peau nue. Les yeux rouges du méca-infirmier vacillèrent et s'éteignirent, ses mains tombèrent, et lorsque Delta retira la lame, le méca s'effondra sur le sol.

— Elle a échoué, dit Delta, enfonçant la lame dans le milieu du méca tombé pour confirmer le coup fatal.

— Ça arrive, répondis-je, époussetant les éclats.

— Ouais, fit écho Kaydee, bien que Delta ne puisse pas l'entendre. L'existence de Kaydee en tant que programme, bien que complexe, limitait son impact à mon monde. Elle tira la langue vers Delta, lui fit un doigt d'honneur, puis soupira. Certains d'entre eux sont plus corrompus, Gamma. Celui-ci avait déjà son code brouillé.

Nous avions observé cela ailleurs : des mécas dont les fonctions internes, celles conçues pour les maintenir dans des ordres stricts, des routines plus strictes encore, s'étaient décomposées en variantes agressives. Si, par exemple, un méca avait été chargé de garder un appartement propre, la version corrompue interpréterait toute personne entrant comme apportant de la saleté à l'intérieur, et agirait donc avec une extrême préjudice pour retirer définitivement le visiteur.

Kaydee blâmait Alpha, mais je n'en étais pas si sûr.

Tant de choses autour du Vaisseau Stellaire semblaient atteindre le terme de siècles passés à spiraler. Alpha avait peut-être des problèmes, mais je ne croyais pas qu'il ait fait autant pour ruiner le vaisseau. Plutôt, sans entretien régulier, je pensais que le codage humain et ses défauts portaient une plus grande responsabilité.

— Alors ? demanda Delta. Avons-nous fini ici ?

Derrière nous, je pouvais entendre les deux mécas-infirmiers réussis continuer leur travail. Ils finiraient par trouver celui-ci et le mettre au rebut, le jeter dans le vaste milieu du Conduit vers les décharges en dessous. Puis ils retourneraient s'occuper des bébés.

Ce qui nous laissait libres de partir.

— Tu penses que ces deux-là peuvent garder toutes ces personnes en sécurité ? demanda Kaydee, apparaissant à côté de moi, regardant les cellules empilées fiole sur fiole, verrouillées dans le rack du congélateur dans son intensité noire vitrée. Deux mécas-infirmiers contre ce que nous avons déjà vu ?

— Qui va venir après eux ? répondis-je, Delta secouant la tête alors que je parlais à une personne qu'elle ne pouvait ni entendre ni voir. Les Voix ?

— Peut-être.

— Alors j'ai une autre idée.

Ensemble, Delta et moi avons quitté la Nurserie pour le Conduit. L'immense corridor, s'étendant sur toute la longueur du Vaisseau Stellaire et la majeure partie de sa hauteur, le traversait comme une entaille bleu brumeuse. Il n'y a pas si longtemps, lorsque je l'avais parcouru pour la première fois, c'était le chaos. Des mécas se battaient entre eux, leur programmation devenue folle les poussant à la violence. Des incendies, du métal déchiré, et des mécas se heurtant simplement aux choses avaient transformé le Conduit en un spectacle horrifiant de robotique mal tournée.

C'était plus haut dans le Conduit, plus près du Pont du Vaisseau Stellaire et de l'autre côté du Jardin. Ici, à l'arrière, où la classe moyenne du Vaisseau Stellaire avait dominé, les mécas n'étaient ni si nombreux ni si corrompus. Ça, et Delta en avait déjà massacré tellement.

Difficile d'avoir une émeute si tout le monde est déjà mort.

— Scelle-le, dis-je à Delta en m'éloignant du panneau d'entrée de la Nurserie.

Le petit écran noir cherchait une ID à scanner ou, à défaut, l'écran vous donnerait une chance d'entrer un code qui ferait passer le joyau lumineux rouge dans la porte de la Nurserie au vert.

— Tu ne pourras plus y retourner, répondit Delta.

— On creusera un nouveau trou, répondis-je.

Delta n'attendit pas d'autres explications, frappant l'écran avec la lame. L'épée traversa le verre et le processeur derrière. La porte de la Nurserie resta rouge, et maintenant elle ne changerait plus.

Je pris une grande inspiration. Inutile d'un point de vue survie, mais utile pour analyser l'air, en identifier les composants. Pour l'instant, le Conduit semblait propre, bien qu'avec un très léger fond de moisissure. Le Vaisseau Stellaire n'avait plus beaucoup de parties biologiques, mais avec peu de choses pour s'en occuper, la lente décomposition persistait.

Delta se tourna vers le pont, faisant pivoter la lame pour la poser sur son épaule.

— Tu viens ?

— C'est la mauvaise direction, Delta, dis-je.

— Pour toi, répondit Delta. J'ai des affaires inachevées.

Un bruit montant des profondeurs du Conduit s'éleva, un bourdonnement ondulant que nous connaissions tous deux assez bien. Delta mit ses deux mains sur sa lame et je m'avançai vers la rambarde du Conduit, regardant en direction du bruit.

— Et le voilà qui arrive, dit Kaydee, claquant des doigts pour envoyer des feux d'artifice virtuels au-dessus de l'abîme.

— Voilà quoi ?

— Le rebondissement.

Le bruit se matérialisa sous la forme de ce qui ressemblait à une bouteille couverte de bras. L'extrémité la plus large du coursier crachait une poussée blanc-doré, propulsant le méca-bouteille vers nous. Ce qu'il portait dans ses bras était plus inquiétant, un paquet que le méca laissa voler librement en virant près de nous. Le paquet rebondit sur le mur extérieur de la Nurserie, venant se poser au sol près de mes pieds.

Le méca volant termina sa boucle, fit demi-tour et fila à nouveau dans le Conduit sans un mot.

Me penchant sur le paquet, je passai mes mains sur le métal, les membres tous serrés les uns contre les autres. Les yeux morts et la note gravée sur le dos d'Alvie. Mon fidèle méca, construit dans les profondeurs du Vaisseau Stellaire à partir de ferraille. Chargé de surveiller Alpha et maintenant ici, brisé.

— Nous aurions dû partir plus tôt, dit Delta, me regardant défaire les membres d'Alvie.

Des lianes arrachées aux murs du Jardin servaient de corde, bien que je doutais qu'elles auraient retenu Alvie s'il courait encore. Je les arrachai, cherchant le port qui me donnerait accès à l'intérieur d'Alvie, une chance de voir si quelque chose fonctionnait encore. Quand je trouvai le port, je découvris plus de métal déchiqueté. Alpha avait détruit la connexion.

Il faudrait réparer Alvie avant même de pouvoir vérifier si l'esprit du chien était toujours là.

— Gamma, dit Delta. Laisse tomber. Alpha est libre. On doit le poursuivre.

Je secouai la tête.

— On ne sait pas où il est. Il pourrait être n'importe où, à nous attendre pour nous piéger ou nous tromper. Non. La bonne décision est de retourner. Auprès de Beta.

— Hé, dit Kaydee. Tu as lu ça ?

Elle pointa le dos d'Alvie, où Alpha avait gravé son message. Court, condescendant.

— Sauver le vaisseau spatial de la tyrannie ? continua Kaydee tandis que je retournais le chien. Ne pas vous blâmer d'être faibles et de suivre votre programmation ? Ce type.

Delta s'agenouilla à côté de moi et hocha la tête en lisant le message.

— Nous devons l'arrêter.

— Nous aurons de meilleures chances de le faire avec des amis, répondis-je en soulevant Alvie dans mes bras. Ce n'est pas loin et je pense que c'est notre meilleure chance.

— Je suis d'accord, fit écho Kaydee à personne en particulier. Alpha est un type effrayant. Mieux vaut avoir une puissance de feu écrasante.

Delta jeta un autre long regard vers le haut du Conduit. Je me demandais si elle allait vraiment m'ignorer, partir en solo pour une frappe, peu importent les chances. Au lieu de cela, elle frissonna une fois, puis se retourna vers moi.

— Ma programmation exige que je tienne une promesse, Gamma, dit Delta. Je ne peux plus laisser Alpha en vie.

Tenant Alvie, mort et éteint dans mes mains, mon équation changea. Je ne pouvais pas y aller seul, et je ne pouvais pas laisser Delta se jeter seule dans le danger.

Beta et les enfants devraient attendre.

DEUX

CHOISIR LA FERRAILLE

Malgré toute notre détermination, nous n'avons pas fait beaucoup de chemin dans le Conduit avant notre premier arrêt. La Pouponnière se trouvait au niveau central, une ligne traversant le milieu du Conduit. Au-dessus de nous se trouvaient généralement des espaces plus résidentiels, des appartements aux portes circulaires ornées de gemmes rouges, fermées à nos intérêts. En dessous vivait l'industrie, des restaurants aux usines, tout laissé à l'abandon dans une existence post-humaine. De temps en temps, un ascenseur creusé dans les parois nous offrait l'opportunité de changer de niveau, une option que nous ignorions.

Finalement, cette ligne centrale nous mènerait au Pont du Vaisseau. Delta et moi étions d'accord qu'Alpha s'y trouverait probablement, étant donné son délire de contrôler l'avenir du Vaisseau et tout ce qu'il contenait. Pour y arriver, il faudrait traverser l'Hôpital du Vaisseau, devenu un cimetière de mechs après que Delta ait découpé les robots défectueux de l'institution. Ensuite, ce serait le Jardin et sa beauté mourante.

Et puis nous passerions devant notre maison.

— Votre maison ? demanda Kaydee, marchant à côté de moi. C'est comme ça que tu la considères ?

— Rien d'autre ne s'en rapproche, répondis-je. C'est là que je me suis réveillé. Que je suis né, pour reprendre tes mots.

— Tu sais que tu as été fabriqué bien plus loin devant, n'est-ce pas ? dit Kaydee. Leo a construit une ligne de fabrication pour toi et les autres vaisseaux.

— Alors peut-être que quand je verrai ça, je l'appellerai ma maison à la place.

Je m'attirai un regard en coin appuyé, mais j'y étais habitué maintenant. Kaydee semblait penser que tout ce que je faisais était étrange d'une manière ou d'une autre. Au début, ne pas être humain m'avait dérangé, comme une défaillance de programmation. Maintenant, après avoir vu tant de folie humaine ?

J'en tirais une source de fierté.

Je berçais Alvie dans mes bras. Delta restait plusieurs mètres devant, sa lame de retour sur ses épaules. Sa tête tournait constamment d'avant en arrière, scrutant de haut en bas et tout autour à la recherche de menaces potentielles.

— Ça a l'air épuisant, dit Kaydee en montrant Delta du doigt. Combien de temps va-t-elle continuer comme ça ?

— Aussi longtemps qu'elle laissera la routine s'exécuter, répondis-je.

— Ça me rendrait dingue.

— Je t'assure qu'elle n'y attache aucune émotion.

— Les mechs sont tellement bizarres.

— Mais tu nous aimes quand même, dis-je, puis je ralentis alors qu'une ouverture particulière apparaissait à notre droite.

Les vastes énergies du Vaisseau avaient besoin d'être canalisées, et le gardien de ce troupeau d'énergie particulier résidait ici. Comme trop d'endroits du vaisseau, l'entrée, marquée d'un grand éclair, portait des égratignures, des marques de brûlures, des morceaux arrachés. Des vestiges de bataille laissés à l'abandon. Apparemment, Volt avait des priorités plus élevées que l'apparence.

— Tu t'arrêtes ? dit Delta, remarquant d'une manière ou d'une autre mes pas hésitants sans même regarder.

— Je ne peux pas réparer Alvie tout seul, répondis-je. Volt est le meilleur mécanicien que je connaisse.

Delta fronça les sourcils. — Encore un retard.

— Un allié de plus, rétorquai-je. Tu sais qu'Alvie est utile dans un combat.

— Pas assez, dit Delta, puis elle lut dans mes yeux plissés et ma posture résolue alors que je m'arrêtais devant la maison de Volt. Abaissant sa lame, laissant sa pointe reposer sur la passerelle, elle me fit signe d'entrer. — Très bien. S'il fait vite, on peut s'arrêter.

Volt, un mech qui fonctionnait depuis des siècles, n'opérait pas selon le calendrier de Delta. Nous le trouvâmes dans son espace, penché sur un mech en forme d'araignée dont je me tenais bien à l'écart. La dernière fois que j'avais vu ce mech, il avait failli me rôtir avec un rayon à haute énergie. En fait, il m'avait rôti. Je l'avais cassé dans le même instant désespéré. Volt m'avait remis sur pied, et maintenant il s'était tourné vers le gâchis que j'avais fait.

À travers l'entrée se trouvait un vaste hall, un espace dégagé mais qui semblait conçu pour accueillir des bureaux. Des installations de type bureau ou réception pour les gens qui venaient chercher la distribution d'énergie du Vaisseau. La dernière fois que nous étions venus ici, Delta avait massacré plus de mechs que je ne pouvais en compter. Comme l'Hôpital, c'était devenu un cimetière de pièces détachées, que Volt s'était mis à piller.

Le mech noir et jaune jouait avec ses outils tandis que nous approchions. Volt avait plus que quelques bras, une tête d'insecte reliée à un corps en forme de tonneau, et deux jambes rigides se terminant par des pieds plats. Pas particulièrement flexible, mais étant donné que sa fonction principale était de tapoter sur de grands écrans montrant les niveaux d'énergie du Vaisseau, la construction correspondait au travail.

— Vous allez dans la mauvaise direction, dit Volt alors que nous entrions, Delta choisissant de s'attarder près de l'entrée. Sa tête pivota sur son cou tandis que ses bras continuaient de reconstruire une patte de la grande araignée. — Qu'est-ce que tu as là ?

Je tendis Alvie. — Mon chien.

— Ça ne ressemble pas vraiment à un chien.

— Il l'était, répondis-je. Alpha lui a fait ça.

Les yeux noirs de Volt devinrent jaunes. — Ce vaisseau cause beaucoup de problèmes.

— C'est pourquoi nous devons nous dépêcher, dit Delta.

— Ah, marmonna Volt. Je crois que je comprends pourquoi vous êtes là maintenant.

— Peux-tu réparer Alvie ? demandai-je.

Volt cliqua la patte en place, avec un claquement et un grincement satisfaisants. Le mech se leva, pivota et examina Alvie.

— Je pourrais, peut-être, dit Volt. Mais je n'ai pas les pièces ici.

J'examinai les débris qui traînaient autour. Kaydee, apparaissant soudain à côté de moi, regarda tour à tour Volt et Alvie, faisant écho à mon sentiment.

— Je sais ce que tu penses, gamin, mais ce dont ce chien a besoin, ce n'est pas d'une nouvelle patte ou d'une nouvelle plaque frontale, dit Volt, deux de ses bras prenant Alvie de mon étreinte. Il a besoin d'une nouvelle batterie.

— Pas une seule batterie en état de marche ici ? demanda Kaydee, et je répétai la même question.

— Blâme-la. Les yeux de Volt glissèrent par-dessus mon épaule. C'est sa programmation. Chaque mech a eu son alimentation tranchée en morceaux.

— C'est le seul moyen de s'assurer que le mech ne continuera pas à se battre, dit Delta, sa lame de retour dans sa position plantée, les mains sur la garde.

— Alors où puis-je obtenir une nouvelle batterie ? demandai-je.

— Les Lignes de Fabrication, dit Kaydee.

Au même moment, Volt annonça : — Le Ferrailleur pourrait en avoir une.

Comme je ne répondais pas, essayant d'analyser les deux déclarations, Kaydee et Volt se lancèrent dans des explications. J'essayai de démêler le tout et en tirai ceci :

Les Lignes de Fabrication se trouvaient près du fond du Vaisseau, mais à l'avant. Elles prenaient les matières premières et, avec un plan programmé, crachaient des mechs et d'autres outils dont le vaisseau pourrait avoir besoin. De grandes imprimantes de plastique et de métal. Kaydee pensait que s'il y avait des batteries en attente d'être utilisées, les Lignes de Fabrication seraient l'endroit idéal.

Delta voulait de toute façon aller dans cette direction, peut-être que je pourrais la convaincre de faire un détour vers le sous-sol du Vaisseau et d'obtenir une nouvelle source d'énergie pour mon chien.

Volt proposait une alternative : si Purity s'occupait de l'approvisionnement en eau du Vaisseau, le Ferrailleur gardait un œil sur les déchets plus physiques, recyclant presque tout. Certaines choses réutilisables retournaient aux Lignes de Fabrication, mais beaucoup restaient dans l'atelier du Ferrailleur pour être vendues. Ses entrepôts devraient encore avoir beaucoup de récupération.

— En y repensant, dit Kaydee, apparemment rattrapant la proposition de Volt, le mech a la meilleure idée. Reste loin des Lignes de Fabrication.

— Pourquoi ? demandai-je, provoquant un hochement de tête confus de Volt que je dus expliquer. Kaydee est dans ma mémoire, tu te souviens ?

— Ah oui, dit Volt. Vous les vaisseaux. Fous de la meilleure façon qui soit.

— Une façon de voir les choses, dit Kaydee. Quoi qu'il en soit, voici ma théorie : si tu veux diriger le Vaisseau, tu dois contrôler les Lignes de Fabrication. Les Voix ont dû les perdre il y a un certain temps, sinon elles auraient simplement fabriqué assez de mechs pour prendre la Nurserie de force. Et s'il y a une chose que tu ne veux pas faire, c'est marcher dans une armée de robots hostiles.

— Comment sais-tu qu'ils seraient hostiles ?

— Gamma, je suis ton amie et même moi j'ai envie de te frapper la plupart du temps, répondit Kaydee. Je n'en suis pas sûre, mais notre chance n'a pas été bonne jusqu'à présent.

Argument valable.

Delta frappa sa lame contre le mur, laissant une belle nouvelle encoche dans la plaque déjà marquée.

— Ça prend trop de temps, dit le vaisseau. Je pars pour le Pont. Venez avec moi ou non. Dernière chance.

— Tu sais quoi d'autre est près du Ferrailleur ? me dit Volt. Beta. Les enfants.

Laisser Delta poursuivre Alpha toute seule ne me semblait pas une excellente option, mais en même temps, l'image de ce bébé disparaissant dans le conduit me hantait.

L'objectif principal du Vaisseau, amener l'humanité vers un nouveau monde, résonnait au plus profond de moi. Je ne pouvais pas retracer le désir d'accomplir cet objectif à une ligne spécifique de mon code, mais il était là néanmoins.

— Tu ne viendras pas avec nous ? demandai-je à Delta. Nous pourrions trouver Beta. Ensemble, nous serions trop forts pour qu'Alpha puisse nous gérer. Il n'y aurait aucun risque.

— Et si Alpha contrôle déjà les Lignes de Fabrication ? rétorqua Delta. Chaque seconde, comme l'a dit ta petite amie, il pourrait produire plus de mechs qui lui seraient loyaux et à lui seul.

— Comme si tu aurais des problèmes à les découper.

Ma vantardise n'obtint rien de Delta à part un autre regard froid. Elle leva son épée, la mit sur son épaule et se tourna pour partir.

— Quand tu seras prêt, tu sais où je serai, dit Delta.

— Tu m'en laisseras un morceau ? demandai-je à son dos.

— Non, répondit Delta, puis elle disparut en tournant à travers l'entrée du Conduit.

Volt et moi nous dirigeâmes vers l'ascenseur le plus proche. Le mech n'avait pas voulu quitter sa station d'alimentation, mais quand je lui ai dit que je n'avais aucune idée de comment arriver chez le Ferrailleur, il céda. Kaydee murmura qu'elle aurait pu me donner des directions, mais je lui dis de rester silencieuse. Volt semblait avoir une certaine relation avec Beta et il pourrait peut-être aplanir les difficultés.

Plus que cela, cependant, le Vaisseau semblait devenir un endroit de plus en plus hostile. S'aventurer seul n'était pas quelque chose que je voulais faire. Et, de toute façon, Volt ne s'est pas beaucoup battu pour rester.

— Tu sais, dit Volt après que j'ai fait la suggestion. Il y a des choses que je pourrais utiliser pour améliorer ma chérie. Elle a grillé quelques fusibles en te poursuivant, alors je pense qu'on pourrait améliorer ces bébés et elle pourrait fonctionner encore plus chaud. Je n'aurais peut-être pas besoin d'éteindre le rayon pendant une minute entière !

Les yeux de Volt virèrent à l'orange tandis qu'il parlait, ses bras et ses jambes tremblant.

— C'est, euh, super, dis-je. Alors tu viens ?

— Donne-moi une minute pour configurer mes algorithmes, répondit Volt, se redressant brusquement et repartant vers le centre du Noyau Énergétique. On ne voudrait pas que le Vaisseau explose en nova pendant mon absence !

Le mech rit, un son vif et maniaque.

— Tu es sûr de vouloir qu'il vienne avec nous ? dit Kaydee. Il a l'air un peu fou.

— Ne le sommes-nous pas tous ? répondis-je.

— Toi ? Certainement, dit Kaydee. J'aime à penser que j'ai encore toute ma tête.

— Selon toute métrique raisonnable, tu es aussi loin d'avoir « toute ta tête » que moi.

Volt ne mit pas longtemps à revenir, quelques minutes que je passai à examiner son travail sur le mech araignée, la machine que Volt aimait appeler sa femme. La chose avait retrouvé l'usage de ses pattes, bien que le gros laser semblât hors service. Elle aussi, comme Alvie, était sombre et en sommeil.

— J'ai une batterie pour elle, dit Volt en nous rejoignant, claquant bruyamment, mais je ne vais pas la mettre avant d'être à ses côtés. Elle aura peur si elle est toute seule.

Je clignai des yeux. Kaydee fit tourner un doigt à côté de sa tête et roula des yeux.

— J'ai aussi pris ça pour toi, dit Volt, tenant ce qui

ressemblait à un seau avec des bretelles. C'est bon pour transporter des outils. On dirait que ton chien pourrait y tenir.

Alvie s'est ajusté et ensemble nous avons pris l'ascenseur qui descendait, descendait, et descendait encore. À travers la fine vitre de protection, poussiéreuse et sale, je nous ai vus passer devant des écoles, des boutiques, puis des restaurants et des dépôts d'approvisionnement. Des endroits dont les enseignes ternies annonçaient de la nourriture, des pièces détachées ou du divertissement. Les passerelles que nous dépassions étaient vides, avec seulement quelques mechs épars qui vaquaient à des fonctions inconnues.

— Il y avait des gens partout avant, dit Kaydee en pressant son visage virtuel contre la vitre. Si on y réfléchit, le Vaisseau était même surpeuplé quand je... tu sais.

— C'était une partie du problème ? ai-je demandé.

— Peut-être, répondit Kaydee. Les gens n'aiment pas vraiment être entassés dans des boîtes de conserve, peu importe à quel point elles sont agréables. Elle me fit un clin d'œil, puis écarta les bras, les doigts pointant dans des directions opposées. L'un fit une boucle, laissant un cercle lumineux bleu dans l'air. Le second traça une ligne orange jusqu'à celui-ci. Je pense que la vraie raison était que tout le monde voyait à quel point nous étions proches, savait qu'il ne faudrait que quelques générations de plus.

— Ils ne pouvaient pas attendre ?

— Ils n'y arriveraient pas, haussa les épaules Kaydee alors que l'ascenseur s'arrêtait au niveau le plus bas. C'est une chose de naître dans une situation impossible, sans issue. C'en est une autre de savoir qu'on verrait un vrai ciel si on pouvait vivre cinquante ans de plus. Surtout si on savait que certaines personnes le pourraient et le feraient.

— Certains humains pouvaient vivre aussi longtemps ?

L'ascenseur s'ouvrit et Kaydee haussa les épaules. Je t'expliquerai ça plus tard. On dirait que Volt veut ton attention.

Le mech orange me conduisit hors de l'ascenseur. Au-dessus, les niveaux du Conduit s'empilaient comme s'ils atteignaient l'infini. En dessous de moi, cependant, le fond du Vaisseau ressemblait à un assemblage délirant. Du métal brisé, des sacs poubelles, des déchets organiques et tout le reste gisaient en énormes tas. Le hasard avait formé des flèches de détritus croulantes, leurs pointes atteignant presque notre niveau.

Pas âme qui vive ne semblait bouger dans ces profondeurs.

— Je croyais que le Ferrailleur s'occupait de ça ? ai-je demandé tandis que Volt et moi scrutions par-dessus le bord.

— Je le pensais aussi, mais sa consommation d'énergie est faible depuis longtemps, dit Volt. Peut-être que quelque chose s'est mal passé.

— Comme partout ailleurs sur le Vaisseau, tu veux dire ?

— Pas tout à fait partout. Volt semblait un peu sur la défensive. Allez, le Ferrailleur est par là.

Volt tourna à gauche et nous marchâmes vers l'arrière. Contrairement au-dessus, où chaque section différente avait un panneau coloré, chaque porte une adresse, nous marchâmes un moment sans rien voir d'autre que des murs vides sur notre gauche. De l'autre côté, je n'aperçus qu'une seule porte arrondie, une plaque à côté d'elle depuis long-temps éteinte, ses ampoules vides indiquant *Stockage*.

— Nous venions ici, Leo et moi, dit Kaydee pendant que nous marchions. C'était loin de chez nous, mais on venait voir si le Ferrailleur avait quelque chose d'utile. Il se séparait de la plupart des choses pour pas cher, surtout si on lui apportait quelque chose de bien de notre coin.

— Quelque chose de bien ?

— De la bière, du vin. Un nouveau mech tout juste sorti de la chaîne.

— Tu pouvais avoir ça ?

Kaydee sautilla devant, se retourna pour me faire face, les mains tendues, paumes vers le haut, des étincelles éclatant comme de minuscules feux d'artifice autour de sa tête. Regarde-moi, Gamma. Tu ne penses pas que je pourrais obtenir ce que je veux ?

— Je pense que tu es très douée pour manipuler les gens.

Volt laissa échapper un rire métallique. Tu parles toujours autant tout seul ?

— Kaydee a beaucoup à dire, ai-je répondu, mais quand j'ai regardé à nouveau la passerelle, Kaydee avait disparu.

Nous avons atteint la boutique du Ferrailleur alors que le Conduit commençait à s'assombrir, simulant cette nuit artificielle si cruciale pour les rythmes circadiens humains. Une porte sertie d'un joyau rouge nous accueillit sous une plaque nominative construite avec la ferraille même que le Ferrailleur vendait soi-disant. À côté de la porte, il y avait un panneau indiquant *Ouvert à toute heure sauf quand c'est fermé.*

— Informatif, ai-je dit en montrant le panneau.

— Exact, répondit Volt. Il tendit la main et toucha le joyau rouge. Verrouillé. Je pourrais peut-être le défoncer.

— Pas de problème.

Je me suis approché du petit panneau noir, j'ai soulevé sa base pour trouver le port et je me suis branché

Comme la plupart des serrures sur le Vaisseau, celle-ci présentait une simple vérification. Une base de données qui accepterait une série de combinaisons à condition que cette combinaison ait été ajoutée auparavant par le Ferrailleur. Les défenses étaient inexistantes, la liste s'étalant dans l'univers numérique comme un long tapis déployé sur un gris infini. Je l'ai parcouru, j'ai trouvé la toute fin et j'ai lu la dernière ligne.

De retour sur le Conduit, j'ai tapé sur le panneau, entré la combinaison. Le joyau passa du rouge au vert, et Volt frappa ses bras l'un contre l'autre dans un bruit strident et déchirant.

— Désolé, dit Volt. C'était censé être plus joyeux.

J'ai souri, posé ma main sur le joyau vert et senti sa chaleur. La porte a cliqué, ses extrémités en spirale glissant librement et largement. Je n'étais pas sûr de ce que je m'attendais à voir de l'autre côté, je n'étais pas sûr à quoi pourrait ressembler la boutique du Ferrailleur.

Le juron de Volt résumait assez bien la situation.

TROIS

À LA CHASSE AUX BATTERIES

J'avais déjà vu des boutiques et des maisons humaines, grâce aux souvenirs de Kaydee. Elles étaient généralement bien éclairées et chaleureuses, avec des décorations et les nombreuses traces de la vie partout. Les espaces gérés par les mechs gardaient l'éclairage mais se débarrassaient de la saveur, visant l'efficacité sans émotion. Ce n'était pas vraiment la faute des robots : ils n'avaient pas été programmés pour se soucier de l'art ou des schémas de couleurs.

Moi non plus d'ailleurs.

L'atelier du Junker n'entrait dans aucune de ces catégories. D'abord, une obscurité profonde imprégnait le vaste espace. Pas totale : de minuscules diodes délimitaient ici et là des sections clôturées, mais leurs lueurs saphir disparaissaient contre les vallées, les constructions arquées créées par les débris empilés. L'air ventilé sifflait en se déplaçant entre les recoins, faisant parfois cliqueter un morceau comme un fantôme mécanique donnant son dernier avertissement. Mon nez et les capteurs à l'intérieur identifiaient une forte odeur de rouille.

— Il s'est éteint, dit Volt, faisant suite à son juron d'un instant plus tôt.

— Comme un programme ? Je ne savais pas d'où me venait l'idée que le Junker était un humain, mais bien sûr, ça n'avait pas de sens. Ou comme un mech ?

— Le Junker est numérique depuis longtemps, répondit Volt en me guidant dans l'endroit. Ses yeux passèrent à ce jaune vif, nous guidant avec deux faisceaux. Il a toujours eu des mechs qui travaillaient pour lui, cependant. Ils fouillaient ces tas, triant tout ce qui pouvait être utile.

— Je ne vois aucun mech.

— Tu deviens évident maintenant ? demanda Volt et je haussai les épaules. Si on veut trouver cette batterie sans aide, il faudra chercher partout. C'est un grand endroit. Va à gauche, j'irai à droite.

— C'est sûr ici ?

Volt tourna ses yeux jaunes vers moi, les assombrissant légèrement pour ne pas m'aveugler.

— Aussi sûr que n'importe où d'autre sur le Vaisseau. Ne fais pas l'idiot, Gamma.

Sur ce, Volt s'éloigna d'un pas lourd. Ce n'est qu'après qu'il eut disparu entre plusieurs piles grinçantes — l'une ressemblait à des toilettes entassées, une autre présentait des panneaux et des portes — que je réalisai que je n'avais jamais vu la batterie d'Alvie auparavant. Je n'avais aucune idée de ce que je cherchais.

— Je vais t'aider, dit Kaydee en apparaissant. Elle agita les mains, lançant des globes arc-en-ciel dans l'obscurité.

Les boules virtuelles n'éclairèrent absolument rien dans l'atelier, provoquant un soupir de mon amie.

— Tu as essayé, lui dis-je en commençant à aller vers la gauche.

— Ça craint vraiment d'être virtuel, Gamma. Je ne sais pas si tu t'en rends compte.

— Tu l'as rendu parfaitement clair.

Mon chemin désigné se transforma rapidement en une étrange visite. Sans l'éclairage de Volt, je passai mes capteurs oculaires à un spectre de faible luminosité, captant ces lueurs saphir et les projetant en vert néon à travers l'atelier du Junker. Je m'arrêtai au tout premier tas, un ensemble court et trapu qui ressemblait à des boîtes avec des roues. Des boutons manuels parsemaient l'extérieur.

— Des mechs primitifs, dit Kaydee. Je parie qu'ils étaient sur le Vaisseau quand il a décollé.

Je m'accroupis pour examiner de plus près mes prédécesseurs. Ils contenaient mes débuts dans ces coques carrées : des emplacements pour cartes mères et processeurs, transistors et dissipateurs thermiques. Mémoire. Un écran intégré sur un côté — bien que le verre ait été retiré — donnait des indices sur sa fonction. Messagerie mobile, livraison de colis.

— Tout ce qu'un humain pouvait faire de simple sur Terre, nous devions voir si un mech pouvait le faire ici, dit Kaydee, s'accroupissant à côté de moi. Elle portait un pull cramoisi, un jean, avec le logo de l'Université du Vaisseau, le grand vaisseau filant à travers des étoiles cerclées d'or, sur les deux. Chaque corps que nous pouvions garder en cryogénie, ou ne jamais faire grandir en premier lieu, c'était une bouche de moins à nourrir. Une personne de moins respirant notre oxygène.

— Un désastre potentiel de moins.

La mort de Kaydee elle-même était survenue à cause d'une révolution ratée, une tentative des opprimés du Vaisseau de prendre le contrôle de l'engin et d'une mission qui avait cessé de se soucier de ceux qui peinaient à l'arrière, dans la rouille. Je blâmais les deux côtés, mais il était clair que les problèmes avaient commencé, continué et conclu à cause de l'imprudence et de l'imprévisibilité humaines.

— On pourrait dire ça, répondit Kaydee.

La section suivante offrait des boîtes plus grandes, sans roues mais avec une complexité interne bien supérieure. Des étagères reliées par des fils à des batteries vides, à des mécanismes de chauffage et de refroidissement. Des bouteilles de gaz s'empilaient d'un côté, couvertes d'avertissements d'incendie.

— Ces gars-là sont partis tôt, dit Kaydee. Réfrigérateurs, fours. J'ai lu à leur sujet en cours, comment ils tombaient en panne, déclenchaient des incendies.

— Alors les humains ont arrêté de cuisiner ?

— Nous avons changé la façon de le faire, répondit Kaydee. Nous avons gardé les choses contenues. Les restaurants pouvaient avoir les risques dans des cuisines isolées. Les appartements avaient des produits frais et des repas préparés. Nous acheminions l'air et l'eau près du vide pour les refroidir.

D'autres piles révélaient d'autres joyaux historiques, traçant un chemin des premières aventures humaines sur le Vaisseau à leurs efficacités plus modernes. Cependant, pour chaque ajustement génial qui sauvait des vies, je voyais les signes menant au vide actuel. Les mechs devenaient plus complexes et alambiqués, les outils déployés nécessitant de moins en moins de supervision humaine.

Et, de plus en plus, les quelques privilégiés et la masse médiocre. Au début, les écrans qui pouvaient afficher des paysages de la Terre comme œuvres d'art étaient partout. Puis la vague suivante, ceux offrant des odeurs, une immersion 3D complexe formaient un tas de déchets beaucoup plus petit. Kaydee a dit que sa famille n'avait même pas ça, un moyen d'échapper à la vie du Vaisseau. Trop cher, trop difficile à trouver.

D'autres offres étaient également raffinées pour un nombre limité : le Jardin ne produisait pas des quantités infinies de chaque épice, de chaque culture, et les appartements de luxe avaient plus d'espace de stockage et de variété. Les riches avaient les meilleurs mechs, avaient plus de temps pour se rendre au Jardin et prendre la nourriture la plus désirable.

— Ce n'est pas difficile à retracer, n'est-ce pas ? dit Kaydee alors que nous laissions derrière nous un autre petit mais magnifique tas de mechs de nettoyage. Pourquoi les choses ont fini comme ça ?

— Pas particulièrement, répondis-je. Mais si nous pouvons le voir, sûrement les humains qui vivaient cela pouvaient le voir aussi ?

Kaydee n'avait pas de réponse à cela, et avant que je puisse insister, j'aperçus une configuration différente sur ma gauche. Une pièce cloisonnée, presque comme une cabane érigée au centre de l'atelier. Un panneau éclairé par des diodes à l'extérieur de sa porte indiquait *Bureau*.

Nous cherchions une batterie, mais l'histoire du Ferrailleur, l'histoire du Vaisseau avait de nouveau piqué ma curiosité. Et puis, ce n'était pas comme si Alvie allait aller quelque part. Un petit détour ne ferait de mal à personne.

La porte d'entrée n'avait pas de serrure spéciale, juste une poignée qui tournait quand je la tordais. Un lit de camp improvisé dominait un côté, décoloré et brun. Un bureau avec un écran éteint à droite. Des feuilles de papier étaient empilées en piles ordonnées, des cahiers et des dossiers. Des photos étaient accrochées aux murs, des familles à travers les générations, toutes prises devant l'enseigne du Ferrailleur dans le Conduit.

Une commode mitée, faite de plastique moulé brun, occupait le seul autre espace. J'ouvris un tiroir d'un coup sec et vis de véritables vêtements humains. Des bottes de travail, des pantalons, des chemises.

— Hé, dit Kaydee. C'est peut-être l'occasion de mettre à jour ton look, mon pote.

— Mon pote ?

— Une expression, répondit Kaydee en regardant dans les tiroirs avec moi. Tu vas en apprendre des pires si tu ne te débarrasses pas de ces haillons que tu portes pour quelque chose de mieux.

Je me rappelai que, chez *Alvie*, j'avais pris ce que je pouvais trouver sur le portant. Des restes non portés. Ceux-ci, cependant, appartenaient à quelqu'un. Bien que ma partie logique comprenne que le Ferrailleur ne pouvait plus être en vie, ma réticence programmée au vol me faisait hésiter.

— Gamma, vois les choses comme ça, dit Kaydee alors que je restais là, les mains sur le jean. Tu ne voles pas, tu empruntes. Tu peux revenir et rendre toute cette merde plus tard si ça te dérange.

— De la sémantique.

— Appelle ça comme tu veux.

La petite astuce de Kaydee fit son effet sur ma morale binaire. En me convainquant que je rendrais ces vêtements, je pus fouiller dans les offres, me vêtir d'un nouveau jean plus épais et d'une veste de travail assez lourde pour supporter la chaleur et le métal. Je laissai les gants de côté, enfilant à la place des bottes à embout d'acier.

Puis, correctement habillé pour le monde physique, je

partis à la recherche du monde numérique. Les humains gardaient si souvent leur histoire dans leurs ordinateurs, je pensais que le Ferrailleur ne serait pas différent. Kaydee, aussi, mentionna que le Ferrailleur gardait probablement son inventaire sur le disque dur de l'appareil. Je pourrais lancer une recherche, voir s'il restait des batteries parmi les déchets.

Celles qui n'avaient pas été volées dans les années depuis que le Ferrailleur avait quitté son enveloppe mortelle.

L'écran sur le bureau était connecté à un ordinateur trapu. L'appareil était branché sur une prise du Vaisseau dans le sol et se mit en marche avec difficulté quand j'appuyai sur son bouton d'alimentation. L'écran s'alluma, demandant un mot de passe. Pas que j'en aie besoin d'un.

Je trouvai le port, pressai mes doigts ensemble, et me connectai.

Chaque monde virtuel avait une sensation et un aspect différents. Si je plongeais dans mes propres circuits et m'enfonçais dans mon processeur, j'émergerais dans un univers plat, gris et blanc peuplé de cristaux suspendus. Chaque cristal abritait une fonction me contrôlant, mes membres, mes pensées. Je pouvais manipuler cet espace, me donner une grande maison virtuelle dans le style des anciennes demeures humaines, me donner des ailes ou une queue. Quiconque envahissant ma réalité devrait aussi se plier à mes règles.

Et maintenant je devais me plier au monde que le Ferrailleur avait construit.

Ce n'était pas, en un mot, ordonné.

L'homme gardait son ordinateur comme il gardait son atelier. Je me tenais sur une grande dune faite de boulons, de vis et de clous. Au-dessus, un soleil bronzé jetait un éclat ambré sur un océan de métal agité de courants invisibles. Ici et là, je distinguais des fichiers, des souvenirs qui ressortaient des débris. Chacun se tenait comme une diode brillante, du même bleu saphir que dans le monde réel.

— Dis-moi ce qu'on regarde là, dit Kaydee, en tirant une chaise pliante bon marché de l'éther et s'asseyant à côté de moi.

— Un bazar, répondis-je. L'une de ces diodes doit contenir son inventaire.

— Comment le sais-tu ?

— L'expérience ? Il n'y a rien d'autre que nous puissions voir. Je ramassai une vis, la tins en l'air. Soit tout a un sens, auquel cas nous ne trouverons jamais rien, soit le Ferrailleur a laissé un moyen de repérer les bonnes parties.

— C'est vraiment beaucoup plus facile de trouver ces trucs de la manière normale. En cliquant sur un bureau.

— Sans doute, répondis-je. Toi et Leo nous avez créés, donc c'est avec ça qu'on travaille.

Kaydee se pencha en arrière dans sa chaise, se protégea les yeux du soleil et balaya du regard les alentours. — Alors comment allons-nous atteindre ces choses ? Dis-moi qu'on ne va pas marcher.

— Pas tout à fait.

Si j'avais appris quelque chose depuis mon réveil, c'était que mes propres capacités dans ces mondes virtuels n'étaient pas à négliger. Je pouvais réécrire la réalité même dans un système hostile, bien que ce système puisse riposter. Ici, je ne voyais aucune opposition. Le Ferrailleur n'avait pas construit de sécurité, n'avait pas attendu pour tendre un piège à d'éventuels intrus numériques.

Je fis un geste du bras et, ce faisant, réorientai notre dune. Toutes les vagues de métal se balayèrent autour, mais mon ajustement envoya notre dune rouler vers la gauche sur une trajectoire de collision avec la suivante, qui avait une diode scintillante juste là-haut à portée de main. Kaydee se leva, tendit le bras et s'accrocha au mien pour garder l'équilibre alors que les dunes s'entrechoquaient.

Des morceaux et des boulons volèrent et fusionnèrent, Kaydee et moi piétinant pour rester au sommet. L'élan rattrapa notre dune alors que sa collision continuait, déplaçant les débris pour correspondre à la direction de notre cible. Alors que les vis sous mes orteils cessaient de s'entremêler, je fis quelques pas en avant, me baissai et ramassai la diode bleue de son lieu de repos.

— Que voulez-vous ? demanda une voix fumée et graissée derrière moi.

— Bon sang, dit Kaydee alors que je me retournais. Elle mit quelques mètres entre elle et l'homme, qui semblait porter une tenue de soudeur complète. Qu'est-ce qui te prend ?

— J'ai posé la question, dit le soudeur. Que voulez-vous ?

— Une batterie, répondis-je, pour un petit chien mech. En avez-vous une ?

— Peut-être. Le soudeur, sa plaque frontale sombre, me regarda. — Je garde les batteries à l'arrière, bien fixées pour qu'elles ne déclenchent pas d'incendie, et si ça arrive, que le feu ne se propage pas.

— Merci, dis-je en jetant un coup d'œil à Kaydee. C'est tout ce dont nous avions besoin.

Le soudeur ne dit pas un mot de plus, restant simplement là à nous fixer. Cela répondait à ma question muette : ce n'était pas vraiment le Ferrailleur, pas de la même manière que Kaydee existait. C'était une recherche, un programme prêt à exécuter une fonction et rien de plus.

— Attends, dit Kaydee. Avant qu'on parte, je peux te poser une question ?

— Que veux-tu ? Le soudeur se tourna vers elle.

— Que t'est-il arrivé ? demanda Kaydee. Que s'est-il passé ici ? Nous venions souvent ici, mais...

— Je ne sais pas, interrompit le soudeur. Il y a des journaux système. Voulez-vous les entendre ?

— S'il te plaît.

Le soudeur n'hésita pas, mais la commande imprécise de Kaydee fit que le programme commença par la fin. Le dernier message échangé entre le Ferrailleur et quelqu'un que je reconnus. Un membre des Voix, Peony. Elle avait coupé l'accès du Ferrailleur au réseau du Vaisseau. L'avait enfermé dans son propre atelier.

Le pourquoi vint après le destin. Le Ferrailleur avait fourni des matières premières pour fabriquer des armes au camp rebelle du Vaisseau. Quand le Ferrailleur avait refusé d'arrêter, Peony avait agi avec des conséquences fatales. Le Ferrailleur n'avait même pas enregistré un dernier message, il avait simplement éteint l'ordinateur et disparu.

— Tu penses qu'il s'en est sorti ? demandai-je à Kaydee après qu'elle eut dit au soudeur de s'arrêter.

— Avec tous ces trucs autour, c'est possible, répondit Kaydee. Mais je connais ma mère. Elle ne l'aurait pas laissé faire. Elle fronça les sourcils en regardant le soudeur. On peut y aller maintenant, Gamma. Ce type commence à me faire flipper.

Je fis ce que Kaydee demandait et nous ramenai dans la réalité. Les dunes de déchets se transformèrent en la petite cabane du Ferrailleur, son lit de camp, ses papiers et sa commode à leur place. Je retirai mes doigts du port, me redressai, savourant le retour de l'air et des sensations qui l'accompagnaient.

— Qu'avez-vous trouvé là-dedans ? demanda Volt, ses yeux jaunes scrutant depuis l'embrasure de la porte.

— Notre batterie, répondis-je. À moins que tu n'en aies déjà trouvé une ?

Les yeux de Volt s'assombrirent, sa voix devenant plus basse : — Non. J'ai trouvé quelque chose de pire. Venez voir.

Le mech nous guida, Kaydee et moi, à travers les piles vers un coin sombre. Là, niché parmi plusieurs animaux mécaniques qui ressemblaient beaucoup à Alvie, gisait un squelette depuis longtemps dépouillé. Les os étaient nus, la décomposition les ayant nettoyés, mais laissés sales. Une feuille de papier, épinglée par un mech ressemblant à un chat, reposait à côté du Ferrailleur.

Avec les yeux de Volt fournissant la lumière, je me penchai pour lire les mots. Tous les trois.

Ne perdez pas espoir.

— Un message étrange à laisser, dis-je, relisant les mots et ne trouvant pas plus de réponses la deuxième fois. À qui s'adresse-t-il ?

Un bruit de frottement vint de derrière nous, suivi de cliquetis alors que des tuyaux métalliques tombaient au sol en s'entrechoquant. Volt fit volte-face, tout comme moi, les pieds du gros mech claquant alors qu'il se retournait. Là, pris dans les lumières de Volt, se tenait un enfant humain.

Il cria.

Nous criâmes en retour.

QUATRE

FRUITS FRAIS

L'enfant a arrêté de crier en premier, la peur se transformant en curiosité tandis que Volt et moi cessions nos propres cris pour s'accorder au sien. Le garçon tenait un tuyau dans sa main droite, nous observant attentivement. Quand nous n'avons pas imité son geste, il a froncé les sourcils. J'ai essayé de réfléchir à ce que je devais faire face à un véritable humain vivant qui se tenait devant moi.

Au plus profond de mon cœur programmé, j'avais un désir inébranlable de protéger les humains. Leo avait dû implanter cette envie, et c'est ce qui me poussait à obéir aux Voix, à sauver la Pouponnière même si cela signifiait laisser Alpha en liberté. Le concept, cependant, avait toujours semblé abstrait : protéger les humains, mais ils n'existaient pas vraiment en dehors de ces fioles.

Voir le méca de la Pouponnière abandonner le petit enfant avait été un choc, suivi trop rapidement par un combat pour pouvoir l'analyser correctement. Maintenant, cependant, j'avais un garçon qui se tenait là, presque à portée de bras. Devais-je l'attraper, le serrer fort dans mes bras pour le protéger de la moindre égratignure ? Devais-je le fourrer dans la cabine du Ferrailleur, un endroit avec peu de confort mais au moins une certaine séparation des nombreux dangers du Vaisseau ?

— Salut toi, a dit Volt. Comment t'appelles-tu ?

Le détachement de Volt m'a rendu encore plus tendu. Le méca risquait une conversation désinvolte avec un humain vivant ! Il valait mieux attraper le garçon avant qu'il ne puisse s'enfuir et assurer sa sécurité.

— Et toi, c'est quoi ton nom ? a répondu l'enfant.

Sa voix n'avait aucun bourdonnement artificiel, aucune intonation saccadée comme tant de mécas, moi y compris. J'ai observé la façon dont ses lèvres bougeaient et je me suis demandé si les miennes correspondaient. La peau du garçon semblait sèche, et bien qu'elle ait une couleur naturellement bronzée, vivre dans l'obscurité l'avait rendue plus pâle. Ses cheveux noirs avaient l'air ébouriffés, comme s'ils avaient été coupés au hasard avec un couteau.

Cela dit, en tant que quelqu'un dont les cheveux ne pousseraient jamais au-delà du centimètre ou deux programmés, je ne pouvais pas critiquer.

— Volt, a dit le méca, puis il a attendu.

— Et lui, c'est quoi son nom ? a demandé le gamin en me pointant du tuyau.

— Gamma, ai-je répondu, et je vais te protéger.

Cette fois, c'est Volt qui m'a regardé avec des yeux bleus interrogateurs. Le gamin a plissé le nez et la bouche.

— Hein ? a demandé le gamin, puis il a jeté un coup d'œil autour de lui avant de revenir à moi. Me protéger de quoi ?

— De tout, ai-je dit.

— Doucement, mon grand, a chuchoté Kaydee. Je

comprends que tu sois excité. Bon sang, je le suis aussi, mais baissons un peu les vibrations bizarres.

J'ai commencé à répondre à Kaydee mais je me suis arrêté. Parler dans le vide ne ferait pas grand-chose pour dissiper ces vibrations bizarres, comme les appelait Kaydee.

— D'accord, a dit le gamin. Donc vous n'êtes pas venus ici pour nous ?

— On cherche des batteries, a répondu Volt, en faisant repasser ses yeux à un vert agréable. On les a trouvées juste ici. Dommage pour le Ferrailleur par contre.

Le gamin a jeté un coup d'œil au squelette. — Il a toujours été là.

— Pour toi, peut-être. Pour moi, hier encore, on avait de longues discussions sur ce qu'il fallait faire de toute cette ferraille, a dit Volt. Le méca s'est agenouillé, a ramassé la note du Ferrailleur et l'a glissée dans une fente de son corps cylindrique. Il m'a aidé à concevoir ma femme, tu sais.

Le gamin a cligné des yeux. — Vous êtes tous les deux bizarres. Il a sauté de son tas de ferraille sur un chemin, nous a jeté un dernier regard. À plus tard.

Puis le gamin, le miracle, est parti en courant.

Je l'ai poursuivi.

Comme Alvie courant après une balle, la décision de me lancer à la poursuite du gamin ne venait pas d'une réflexion rationnelle, juste d'un pur instinct. Je ne pouvais pas laisser le gamin se blesser et, mon Dieu, il y avait tellement de bords tranchants parmi tous ces déchets. Il pouvait tomber, se faire écraser par quelque chose, ou trouver un méca mal intentionné.

Mon élan a soulevé de la poussière autour de Volt, qui a crié quelque chose à propos de ralentir. Je n'en ai rien fait, suivant plutôt l'ombre du gamin alors qu'il courait à gauche, puis encore à gauche, puis à droite. Les diodes bleues repéraient ma cible alors qu'elle se déplaçait, clignotant entre les lumières. Avec mes plus grandes foulées, j'ai rapidement réduit l'écart.

— Qu'est-ce que tu fais ? a demandé Kaydee, courant à côté de moi. Tu lui fais peur !

— Je le sauve !

— De quoi ?

— De tout !

J'ai suivi le gamin autour d'un tas hétéroclite de poubelles, tournant en m'attendant à voir sa silhouette à moins d'un mètre devant moi. Il était là, me faisant face avec un sourire espiègle, le tuyau levé haut. Allait-il me frapper ?

— Hé, ai-je dit en écartant les mains et en ralentissant. Tout va bien.

Quelque chose a heurté mon épaule. Dur mais pas particulièrement lourd. Derrière moi, chacune dans son propre chemin, se trouvaient deux autres enfants. Des filles qui semblaient plus jeunes que le garçon, et chacune tenait un morceau de ferraille.

— C'est tellement bizarre, a murmuré Kaydee.

Une autre bille a rebondi sur mon dos. Aucun mal n'était fait, mais je ne comprenais pas ce qui se passait.

— Pourquoi me jetez-vous des choses ? ai-je demandé aux deux filles, évitant les questions plus simples et plus existentielles sur la façon dont les enfants existaient.

Les filles ont gloussé, se sont retournées et se sont enfuies par leurs chemins. Derrière moi, j'ai entendu le garçon fuir aussi. Leurs actions n'avaient aucun sens, ne suivaient aucun script. J'avais l'habitude de gérer des mécas cassés, mais ces machines fonctionnaient encore selon une certaine logique. Leurs actions provenaient de possibilités programmées, mais celles-ci, celles-ci...

— Ils sont comme toi, ai-je dit à Kaydee, qui se tenait là, regardant l'endroit où les filles étaient parties. Ils n'ont aucun sens.

— Hé, j'ai du sens parfois.

— Parfois, décidai-je en partant à la poursuite du garçon, ne serait-ce que parce que je savais qu'il pouvait parler. Est-ce que c'est comme ça que sont normalement les enfants humains ?

— Je n'en ai jamais eu, dit Kaydee en filant avec moi, chacun de ses pas faisant jaillir des fleurs virtuelles du béton. Mais d'après ce que j'ai vu ? Oui, sûrement.

— Ça explique beaucoup de choses à ton sujet.

— Et à propos de toi, Gamma ! Kaydee rit alors que nous passions sous un treillis craquelé couleur rouille. La boutique du Ferrailleur avait tellement de matériaux variés. Leo voulait que les vaisseaux soient comme nous, non ?

— Quelle chance j'ai.

Après trois autres virages, je pensais rattraper le garçon. Au lieu de cela, nous avons traversé un mur plus épais, une arche qui semblait avoir été une porte autrefois. De l'autre côté, les diodes aléatoires avaient migré vers un emplacement plus raisonnable le long du sol, mettant en valeur différentes sortes de piles.

Kaydee siffla et j'arrêtai ma course effrénée. Les surprises s'accumulaient ici.

Devant, s'étalant dans l'immense espace, il y avait des provisions de toutes sortes. À ma gauche, des boîtes de conserve empilées en tours, toutes affichant diverses soupes sur des étiquettes simples. À ma droite, des bidons d'eau étaient entassés les uns sur les autres, bien que l'empilement semblât imparfait, comme si des gens en avaient pris. Devant se trouvaient des repas secs préemballés.

Ceux-ci semblaient déjà miraculeux, mais au-delà se

trouvaient les véritables éléments intéressants : des produits frais, pour la plupart, disposés en rangées ou regroupés si la nourriture le permettait. Je vis des tomates rouges bien mûres, des feuilles d'épinards vertes et fraîches. Des oranges reposaient dans des pièces de mécanique reconverties en paniers.

Le Jardin avait suffisamment de plantes produisant ces récoltes pour que leur existence sur le Starship ne soit pas vraiment un mystère, mais le Jardin n'était pas si proche d'où nous nous trouvions maintenant. Récolter ces plantes, rapporter les fruits ici, serait...

— Stupéfiant, dit Volt en me rattrapant. Eh bien, cela explique une énigme.

— Une énigme ?

— Oui, oui. Je voyais de plus en plus d'énergie tirée d'ici, dit Volt. C'est une des raisons pour lesquelles je suis venu avec toi. Le Ferrailleur prenait toujours sa juste part d'énergie. Elle a chuté il y a des années, mais elle recommence à grimper.

À cause des enfants ?

— Tu as vu les enfants ? demandai-je. J'ai suivi le garçon jusqu'ici, et il y avait deux filles.

— Et bien d'autres, je suppose, dit Volt.

— Ooooooh, murmura Kaydee pour elle-même, faisant une connexion que je n'avais pas encore établie.

— Gamma, combien de fioles manquent à la Nurserie ? demanda Volt.

Delta et moi n'avions pas compté, mais à en juger par les conteneurs vides, plus que quelques-unes. À l'époque, je ne voulais pas penser au nombre d'enfants que cela représentait. Maintenant, je suivais ce que Volt semblait suggérer.

Et si ces enfants n'étaient pas morts après que la Nurserie les ait expulsés par son tube ? Combien d'humains y aurait-il ici, et quel âge pourraient avoir certains d'entre eux ?

Je fis un lent tour sur moi-même, Volt à mes côtés, et regardai les provisions empilées. Les conserves, les repas séchés qui semblaient anciens, ces piles avaient subi des pertes importantes, mais pas au niveau que j'aurais imaginé nécessaire pour nourrir des centaines de personnes pendant des années. Soit les humains ici n'étaient pas si nombreux, soit ce n'était pas toute leur nourriture.

— Gamma ? demanda à nouveau Volt. Tu vas répondre à ma question ?

— Assez, répondis-je. Assez de fioles pour créer une société ici. Mais comment ?

— C'est une réponse que je n'ai pas.

— Moi non plus, dit Kaydee. Mais c'est plutôt cool, non ?

Je réservais mon jugement sur ce point. Surtout quand le garçon réapparut, cette fois de l'autre côté, au-delà des piles de provisions. La pièce se rétrécissait de ce côté et je ne vis qu'un seul chemin, celui où se tenait le garçon.

— Vous venez ? appela le garçon.

J'hésitai. Mes prérogatives de programmation plaçaient la préservation humaine parmi mes préférences, mais rester en vie était encore plus important. Avec toutes ces preuves autour de moi montrant que les humains n'étaient pas juste quelques enfants perdus, la question devenait alors : où était le reste ?

Et pourquoi ne défendraient-ils pas leur nourriture et leur eau ?

— Pourquoi ne viens-tu pas vers nous ? cria Volt au garçon. Nous n'avons pas l'intention de te faire du mal.

— Allez, venez ! dit le garçon. Il y a plus par ici !

Il n'attendit pas notre réponse et fila à nouveau. Le

gamin semblait avoir une endurance illimitée, prêt à courir et à continuer sans s'arrêter. Si c'était typique de tous les humains, alors j'étais encore plus nerveux à l'idée que tant d'entre eux puissent rôder autour de nous.

— Je suppose que nous devrions le suivre, dit Volt. Aussi, j'ai ramassé ça pendant que tu poursuivais l'enfant.

Volt me tendit une batterie. Ou plutôt, la glissa dans le sac que j'utilisais pour porter Alvie. Cela, au moins, me réconfortait un peu. Nous avions accompli notre objectif principal ici-bas. Au pire, nous pourrions partir, remettre mon chien en marche, puis aller chercher Delta.

— Attends, dis-je en regardant Volt. N'as-tu pas dit que Beta aidait ces enfants ?

— La dernière fois que j'ai eu de ses nouvelles, dit Volt, Beta a dit qu'il y en avait quelques-uns ici, que je ne devrais pas couper l'alimentation. Je ne pensais pas qu'ils seraient si âgés, ou si nombreux.

— Représentent-ils une menace ?

Kaydee rit : — Gamma, quoi ? Ces enfants ?

Volt, cependant, semblait comprendre ce que je demandais. Ses yeux virèrent à un orange clair, une nuance curieusement menaçante.

— Tout ce qui s'est passé sur le Starship venait des humains, dit Volt. Tout le bon, tout le mauvais. Sont-ils une menace ? Volt hocha la tête en direction du garçon qui disparaissait. Je ne sais pas, mais ils pourraient certainement l'être.

— Je suppose que je ne peux pas contester ça, dit Kaydee.

— Alors nous y allons ensemble, dis-je. Restons sur nos gardes.

Cette fois, nous marchâmes après le garçon. Pas de course, pas de ruées aveugles au coin des rues. Nous laissâmes les provisions derrière nous pour un espace différent, rempli d'une vieille chaleur. Si l'atelier du Ferrailleur avait des tas de ferraille partout, celui-ci montrait où cette ferraille allait. D'énormes fourneaux intégrés dans des murs bombés étaient en sommeil, des diodes bleues les faisant ressembler à des bouches figées dans des cris perpétuels. Des dalles s'élevaient du sol et descendaient du plafond pour former des établis et des presses de fabrication.

Une forge conçue pour le bruit semblait étrange dans le silence.

— Le Ferrailleur était fier de cet endroit, dit Volt alors que nous traversions. Son arrière-arrière-grand-père avait eu l'idée de siphonner la chaleur des moteurs du Starship pour l'acheminer ici. Ça donnait à ce côté du vaisseau son seul moyen de fabriquer leurs propres mechs.

— Plus maintenant, répondis-je.

— Oh, je ne sais pas. Volt s'approcha lourdement d'un fourneau et regarda à l'intérieur. Je parie que ces monstres se remettraient en marche si tu voulais les allumer.

Je me suis approché de l'endroit que Volt examinait et j'ai passé la tête dans le four. Effectivement, un puissant évent semblait sceller l'ensemble. Une simple chaîne près de la porte du four paraissait en bon état, prête à être tirée pour l'ouvrir.

De la nourriture, une forge prête à l'emploi. Que trouverions-nous au-delà ? Des logements ? J'étais sur le point de le demander à Volt, quand une main agrippa ma nuque. La tenant fermement. Je sentis une pointe acérée s'enfoncer dans mon ventre.

— C'est assez loin comme ça, dit une voix dure de femme, que je ne reconnaissais pas mais que je connaissais quand même.

Voyez-vous, elle avait le tremblement automatique d'un mech. Ça, et Kaydee qui jurait comme un charretier.

— Tu vas bouger quand je te le dirai, reprit la voix. Fais quoi que ce soit d'autre, et je t'éventre avant même que tes circuits ne comprennent ce qui se passe. C'est clair ?

Oh oui, c'était parfaitement clair.

— Ravi de faire ta connaissance, Beta, dis-je.

CINQ

VALENTINA

Le vaisseau nous a libérés de la fournaise, gardant sa main sur ma gorge et déplaçant la pression de la pointe vers mon dos. Je me suis redressé et elle s'est levée avec moi, maintenant ma tête fixée sur la fournaise de métal noir, les diodes bleues projetant nos ombres. Volt, n'étant pas soumis à de telles restrictions d'otage, a fait pivoter sa tête, ses yeux jaunes lumineux m'indiquant qu'ils se tournaient.

— Beta, a dit Volt, quel plaisir de te revoir. Dire que ça fait longtemps est un euphémisme !

— Volt, a répondu Beta.

Et c'était tout. Des amis chaleureux et affectueux, ces deux-là.

D'autres voix se sont élevées derrière moi. Des chuchotements rebondissant sur les murs. Des pas lourds, mais sans le cliquetis d'un mech. J'ai attendu. Kaydee est apparue, assise dans la fournaise et regardant à l'extérieur. Elle a secoué la tête et m'a jeté un coup d'œil.

— Je déteste ne pas pouvoir voir ce que tu ne peux pas voir, a dit Kaydee. Ce n'est vraiment pas juste.

Je suis resté silencieux. Tant que Beta pouvait m'éventrer sur un coup de tête, j'ai pensé qu'il valait mieux la laisser diriger notre interaction. Passif, certes, mais Volt affirmait que Beta n'était pas folle, qu'elle essayait d'aider les humains. Je devais parier qu'elle finirait par me comprendre.

Car la seule autre chose que je savais sur Beta, c'était qu'elle se battait comme Delta, ce qui signifiait que tout duel direct entre nous me laisserait pulvérisé et démembré.

— Voici Gamma, a dit Volt. Il ne va faire de mal à personne. Tu peux le laisser partir.

— Que faites-vous ici ? a demandé Beta, ne faisant aucun geste pour me libérer.

— Longue histoire, a commencé Volt.

— Résume rapidement.

Volt a vibré l'équivalent mécanique d'une toux, puis a recommencé. En phrases claires et simples, le mech a expliqué que nous étions venus chercher une batterie pour ressusciter mon chien-robot mort. Nous avions vu le garçon, l'avions suivi, et nous étions retrouvés ici.

— Pourquoi les Voix ont-elles réveillé un autre vaisseau ? a demandé Beta quand Volt a terminé. Je suis toujours là.

— Parce que tu as pris trop de temps, ai-je dit.

L'emprise de Beta sur ma gorge s'est resserrée, mais comme je n'avais pas besoin d'air pour parler, je pouvais continuer à débiter des mots.

— Les Voix m'ont fait venir, puis Delta, parce qu'elles n'avaient pas récupéré la Nurserie, ai-je continué. Nous l'avons gagnée, et maintenant Delta est là-bas à risquer sa vie pour nettoyer ton désordre.

— Oooh, a dit Kaydee. Agressif.

Beta devait le penser aussi. Elle a relâché ma gorge, a

reculé son couteau, puis m'a fait pivoter avec sa main libre. Silhouettée dans la lumière bleue, mon premier regard sur Beta a balayé tout espoir que nous, les vaisseaux, serions similaires. Alpha avait ses cheveux rouges, son corps couvert de cicatrices et son cri maniaque corrompu. J'avais ma silhouette mince et une tendance à garder mes doigts près de moi, prêt à me connecter à tout moment. Delta ressemblait à du liquide quand elle bougeait, si rapide et précise, chaque action étant exactement ce dont elle avait besoin.

Beta ?

Je n'avais jamais rien vu avec autant d'arêtes. Vêtue d'habits qui semblaient avoir rencontré un raton laveur enragé, Beta maintenait sa tenue ensemble avec une myriade de ceintures, toutes de différents noirs et bruns et cousues de holsters. Des couteaux, des cordes, des éclats tranchants et des outils de toutes sortes pendaient à des angles divers tandis que Beta m'examinait.

Ses cheveux aussi s'avéraient être moins un look qu'un atout : elle avait rasé, ou quelqu'un avait rasé, la moitié de ses cheveux, laissant une zone claire sur laquelle quelqu'un avait soudé une plaque de métal avec des clous dépassant du dessus. L'autre moitié laissait tomber des cheveux rose clair en dessous de ses épaules, après quoi ils s'épaississaient en tresses de toutes les couleurs, des tresses qui scintillaient et brillaient dans la lumière bleue.

— Du verre, a soufflé Kaydee, tout aussi stupéfaite. Elle a du verre brisé dans ces trucs.

Si Delta maniait une seule lame avec une efficacité meurtrière, Beta semblait manier tout le reste.

Derrière elle, un spectacle tout aussi étonnant m'attendait. Des humains, des adultes couvrant tout le spectre d'âge. Ils regardaient tous avec des yeux méfiants, la plupart portant un instrument physique quelconque, des tuyaux ou des marteaux ou même, dans un cas, ce qui ressemblait à un arc et des flèches de fortune. J'avais vu la nourriture, et maintenant j'avais trouvé son but.

— Mon désordre ? a demandé Beta. Elle tenait le couteau effilé dans sa main gauche, sa droite suspendue près d'un autre couteau dans un holster de cuisse. Rien de tout cela n'est mon désordre.

— Fais attention, Gamma, a chuchoté Kaydee. Ne commence pas à être un connard maintenant.

Elle marquait un bon point, mais Beta semblait claire-ment capable. Bon sang, je n'avais à peu près aucune arme sur moi, mais j'avais quand même combattu et lutté pour atteindre la Nurserie. Elle s'était cachée ici, laissant Alpha faire des ravages ? Laissant ces enfants se faire gonfler et jeter dehors ?

— Ouais, ton désordre, ai-je dit, me tenant droit. As-tu la moindre idée de ce qui se passe là-haut ? De ce qui arrive au Vaisseau Spatial ?

— Gamma, a dit Volt, le mech tendant une main vers mon bras.

Je l'ai repoussée.

— Delta et moi avons fait ton travail, ai-je continué. Nous avons failli mourir une centaine de fois pour atteindre la Nurserie, et maintenant elle essaie de sauver le Vaisseau Spatial toute seule, tout ça parce que tu as échoué.

Si mes accusations avaient eu un quelconque effet, Beta ne l'a pas montré. Elle a attendu que je finisse, puis a froncé les sourcils.

— J'ai fait mes choix. Beta a pointé le couteau vers les gens autour de nous. Ils sont la preuve que j'ai fait les bons.

Avant que je puisse argumenter, le cri d'un bébé s'est

élevé du fond. Beta a levé sa main droite vide et l'a agitée vers l'avant. Un jeune homme est sorti de l'ombre, tenant le bébé qui pleurait. Je l'ai reconnu en une fraction de seconde : le même bébé que j'avais vu tomber de la Nurserie.

Et je l'ai dit tel quel.

— Alors tu comprends, dit Beta. Ce sont les derniers humains vivants sur Starship. J'ai choisi de les protéger plutôt que de gaspiller ma vie à attaquer seule la pouponnière.

— Mais...

— Au diable les Voix, continua Beta, et leurs ordres stupides. Si ta programmation correspond à la mienne, tu sais que la priorité est de garder les humains en vie assez longtemps pour voir le voyage de Starship s'achever.

L'homme donna un petit jouet à sucer au bébé et l'enfant cessa de pleurer. Les autres chuchotements reprirent tandis que Beta parlait, les humains s'éloignant les uns des autres.

— Ils bloquent les sorties, dit Kaydee. Ne les mets pas en colère, Gamma. Ou au moins, fais une sauvegarde de moi quelque part d'abord.

— Tu devrais me remercier, dit Beta, sans sourire, sans humour dans ses paroles. Juste un fait brut. Sans ma venue ici, tu ne serais jamais éveillé.

— L'argument d'un lâche, ai-je rétorqué.

— La vérité, dit Beta.

Un son cristallin et clair résonna dans la pièce. J'en trouvai la source sur la gauche, une femme âgée tenant un petit tube métallique creux et un court bâton pour le frapper. Comme les autres humains, elle portait des vêtements disparates, mais contrairement à la plupart des autres que je voyais, elle semblait avoir un air intouchable.

Comme si elle avait vu trop de choses pour être dérangée par des soucis ordinaires.

— Cela doit être amusant pour vous deux, dit la femme, mais nous avons d'autres priorités urgentes. Beta, décide, s'il te plaît, si tu vas détruire ces mechs ou non.

Beta hocha la tête et inclina la tête vers moi. — Volt, est-il corrompu ?

— Pas que je puisse dire.

— Et toi ?

Volt rit. — Me croirais-tu si je disais non ?

— Bien sûr, dit Beta. Alpha est nul pour cacher sa vérité longtemps. Si tu mens, tu te trahiras, et alors je te découperai en morceaux.

— Peu importe, ai-je dit, faisant écho à Kaydee.

— Parfait, déclara la femme. Allez, retournez à vos tâches. Et Chalo ? La femme s'adressa à un homme robuste d'âge mûr qui se tenait à gauche. Prépare une équipe de rassemblement. Nos nouveaux amis ne mangent peut-être pas, mais le reste d'entre nous pourrait avoir besoin d'une célébration.

— Bien sûr, dit Chalo lentement, s'inclinant légèrement.

Les chuchotements se transformèrent en murmures tandis que les humains se mettaient en action. La plupart gardaient les yeux sur Volt et moi en partant, disparaissant dans les différentes pièces. Plusieurs fours en sommeil eurent leurs évents ouverts, des feux orange s'allumant dans leurs entrailles. Des chariots aux roues grinçantes annonçaient leur présence, chargés de ferraille à refondre. La voix de Chalo s'éleva au-dessus des autres, appelant des volontaires pour partir en rassemblement.

Et pendant tout ce temps, Beta restait immobile à nous observer.

— Tu peux te détendre, Beta, dit la femme à la clochette

en rejoignant notre quatuor. Elle balaya Volt et moi du regard, impérieuse, ridée et peu impressionnée. Aucun de ces deux-là n'a l'air particulièrement dangereux.

— Un vaisseau est toujours dangereux, dit Beta. Même s'il n'en a pas l'air.

— Encore plus quand ils ressemblent à toi, ai-je dit.

— Arrêtez, dit la femme, et à ma propre surprise, je m'exécutai. Il y a peu de moments où les querelles mesquines sont appropriées et celui-ci en est loin. Je suppose à vos réactions que vous ne saviez pas que nous existions ?

— Moi et la plupart de Starship, ai-je dit. Volt ajouta qu'il avait ses soupçons, mais que son rôle les laissait non confirmés. Même les Voix disaient qu'elles pensaient que tous les humains vivants étaient morts depuis longtemps.

— Tous les humains qu'elles connaissaient, dit la femme. Maintenant, avant d'aller plus loin, vos noms ?

Je donnai le mien, Volt énonça le sien. La femme se présenta comme Valentina, ou Val.

— Je suis la dernière native vivante de Starship. Mes parents étaient tous deux nés naturellement, dit Val. Je ne dis pas cela pour rabaisser qui que ce soit, mais pour commencer l'histoire de cette petite enclave. Ceux qui l'ont formée il y a si longtemps, quand Starship commençait tout juste ses troubles, ont depuis longtemps disparu.

Val nous invita à la suivre tandis qu'elle continuait l'histoire, prenant un plaisir évident à jouer les guides touristiques du village clandestin qu'elle avait formé dans les profondeurs de Starship. Volt et moi marchions de concert tandis que Beta nous suivait.

D'abord, nous quittâmes les forges et entrâmes dans une autre pièce, qui portait les traces d'équipements lourds depuis longtemps déplacés pour faire place à des abris de fortune. Des métaux inclinés drapés de tissu formaient des tentes calées dans des rainures créées lors du déplacement de ces vieux équipements, dont au moins une partie, je supposai, avait été démontée pour fabriquer les habitations. Des diodes, couvrant une gamme de couleurs festives, pendaient à des cordes, donnant à l'ensemble un aspect scintillant et douillet.

— Nous nous sommes séparés en deux, poursuivit Val, ceux au pouvoir se regroupant dans la moitié avant de Starship. Nous, à l'arrière, avons protesté, exigé une société plus égalitaire et n'avons reçu que des ordres en retour. Obéissez, gérez nos déchets, et soyez heureux.

— Je m'en souviens, murmura Kaydee.

Elle avait été prise dans ce conflit. Piégée dans la progression que Val décrivit ensuite, une poussée du côté le plus fort pour rendre les mechs plus agressifs. Kaydee et Leo avaient été cooptés dans cette lutte de pouvoir, chargés de concevoir des machines capables de maintenir le peuple agité dans le droit chemin. Leo avait suivi cette logique, supposant que les citoyens de Starship se déchireraient s'ils étaient laissés sans les contraintes fournies par un mech armé.

Kaydee pensait différemment. Elle était morte pour cette conviction.

Ce que je ne dis pas, ce que je me demandais, c'était si Leo, mon propre créateur, avait injecté ses croyances en moi. Si cela expliquait pourquoi, alors que Val s'insurgeait contre la lente destruction, la retraite de son peuple ici-bas, je ne trouvais que peu de pitié pour l'un ou l'autre camp.

Les humains étaient des créatures déraisonnables, et pourtant j'avais été chargé de les maintenir en vie.

— Nous sommes descendus ici et nous nous sommes cachés, dit Val. Le Ferrailleur nous a aidés, protégés. Nous avons quand même fini par mourir de vieillesse et de maladie.

— Jusqu'à ce que la Pouponnière vous envoie un cadeau, ai-je dit.

— Ce jour-là a été une surprise, acquiesça Val. L'enfant est arrivé avec d'autres déchets biologiques, canalisé pour être retraité. Le Ferrailleur l'a attrapé, stupéfait, et nous l'a donné. D'autres ont suivi, bien que nous n'ayons jamais compris pourquoi.

Je donnai cette réponse alors que nous nous installions dans une clairière centrale. Plusieurs tables, des objets rudimentaires en plastique avec des dessus gris et des pieds noirs, servaient de point focal résidentiel. Un faux arbre, son tronc, ses branches et ses feuilles faits de ferraille, occupait le centre absolu avec une force scintillante. La chose allait du sol presque jusqu'au plafond. Kaydee émit un sifflement appréciateur et je me joignis à elle.

Void et Beta, pour leur part, restèrent silencieux.

— Un autre mech qui a mal tourné. Val s'installa dans une chaise pliante rigide.

— Donc vous êtes ici depuis des générations, ai-je dit.

— Moi ? dit Val. Je suis née bien après la première erreur de la Pouponnière. Nous subsistons ici-bas, volant ce que nous pouvons comme nourriture dans le Jardin et les réserves restantes de Starship.

— Pourquoi ? ai-je demandé. Pourquoi continuer ?

La question est venue spontanément, mais je devais comprendre. Un mech poursuivrait ses objectifs avec détermination jusqu'à sa destruction ou sa reprogrammation, mais les humains ne semblaient pas fonctionner de la même manière. Ils passaient d'une idée à l'autre. Ils étaient effrayés, imprévisibles, absurdes. Même les Voix, censées être les meilleurs humains que Starship avait à offrir, se battaient entre elles. Face à un tel chaos, piégés ici dans l'obscurité, pourquoi ce petit groupe continuerait-il à lutter pendant si longtemps ?

— Pour les enfants, a dit Val, en désignant les deux filles et ce garçon que nous avions pourchassé, qui maintenant se poursuivaient entre les tentes. Sans les dons de la Nurserie et, maintenant, nos propres dons naturels, nous aurions perdu notre chemin depuis longtemps. Pour faire simple, ils nous donnent de l'espoir.

— L'espoir de quoi ?

— De quelque chose de meilleur.

— Ce qui veut dire toi, a dit Beta en me regardant.

— Moi ?

— Les Voix nous ont coupés, a expliqué Beta en faisant un geste vers le campement. Les connexions sont brisées. Nous sommes dans le noir ici.

— Qu'est-ce que ça a à voir avec moi ? ai-je demandé.

— Tu es comme Alpha, non ? a dit Beta.

— Je ne sais pas si je dirais...

— Les ordinateurs. Tu travailles avec eux ?

J'ai haussé les épaules. — Je suppose ?

— Alors je t'amène au bon endroit, tu nous remets en ligne, a dit Beta en faisant tournoyer le couteau qu'elle tenait avant de le rattraper par le manche de la même main. Et ensuite, on devient vraiment méchants.

J'ai jeté un coup d'œil à Val. — Qu'est-ce qu'elle raconte ?

— Beta dit que nous devons voir ce que fait Starship, ce que les Voix préparent, a répondu Val. Pour que nous puissions faire ce que nous n'avons pas réussi à faire il y a si longtemps, et prendre possession de ce vaisseau.

Je me suis levé et j'ai secoué la tête. — Désolé, je suis

venu ici pour aider mon chien, puis mon ami. Je ne vais pas me joindre à votre petite révolte.

Beta a souri. — C'est mignon que tu penses avoir le choix.

— Tu es vraiment dans la merde, Gamma, a dit Kaydee en tournoyant autour de l'arbre, des feux d'artifice cramoisis éclaboussant l'air autour d'elle.

SIX

EXPÉDITION

Le bon endroit pour rétablir une connexion coupée par les Voix était, eh bien, n'importe où où je pouvais atteindre ces maîtres virtuels. En d'autres termes, n'importe quel terminal qui avait encore une connexion au vaste réseau interne du Vaisseau. Il en existait — nous aurions pu forcer l'entrée d'un appartement au hasard avec de bonnes chances d'en trouver un — mais Beta avait une autre idée.

Après notre arrivée, Val avait ordonné à un petit groupe de ravitaillement de se diriger vers le Jardin pour ramener de la nourriture fraîche. Beta pensait que nous pourrions les accompagner, elle et moi, pour assurer une protection supplémentaire et utiliser un terminal sur le chemin du retour. Ainsi, je pourrais me faire une idée des humains et mieux présenter leur argument aux Voix.

Car, comme je l'avais souligné sur leur place centrale improvisée, les Voix pouvaient continuer à les couper. Le problème n'était pas tant technique que diplomatique. Parler gentiment pour obtenir sa récompense.

— Être gentil avec les Voix ne sert à rien, dit Val tandis

que nous retournions vers les Forges. Kaydee, sur le côté, acquiesça. Elles ne respectent que le pouvoir. C'est tout.

Je repensai à toutes ces affiches de films dans l'appartement de Leo où je m'étais réveillé pour la première fois. Le pouvoir, selon la notion populaire, semblait reposer sur la capacité à blesser quelqu'un, à détruire quelque chose. Ou à pousser les autres à le faire pour vous. Les Voix avaient eu le pouvoir pendant longtemps, mais semblaient maintenant le perdre.

Peut-être pourrais-je conclure un accord : donner l'accès aux humains et, en échange, ils pourraient travailler ensemble. Redonner aux Voix une présence physique.

— Seriez-vous prête à le faire ? demandai-je à Val, lui exposant mon idée.

— Une alliance avec le même groupe qui a chassé mes ancêtres ? répondit Val.

Beta, à côté d'elle, renifla avec dédain.

— Cela vous profiterait à tous les deux, répliquai-je. Le Vaisseau approche de sa destination. Ils savent comment l'engin fonctionne et peuvent vous aider après l'atterrissage. De même, ils auront besoin de votre aide pour accomplir leur mission, la raison même de leur existence.

— Tu vois, dit Kaydee. Ton problème, c'est que tu penses logiquement. Nous ne faisons pas ça.

Val posa une main sur mon épaule et m'offrit un sourire que j'imaginais être le même qu'elle partageait avec les jeunes enfants courant dans le camp. — Gamma, les Voix ne travailleront pas *avec* nous. Elles nous *posséderont* ou ne nous donneront rien.

— Mais comment vous posséderont-elles ? demandai-je. Ce sont des programmes informatiques.

— Elles trouveront un moyen. C'est ce qu'elles font. Convaincs les Voix de nous donner l'accès. Dis ce que tu as à dire pour que ça se fasse. Val retira sa main et fit un signe de tête en direction d'un quatuor qui assemblait des armes et de l'équipement de l'autre côté des forges. C'est avec eux que tu partiras. Chalo et ses chasseurs.

— Attends, tu me demandes de mentir pour vous ?

— Je te l'ordonne.

Val me donna une dernière tape sur l'épaule puis repartit vers les habitations. Je la regardai s'éloigner jusqu'à ce que je sente mon sac avec Alvie à l'intérieur glisser de mes épaules. Volt le prit et en sortit Alvie.

— Je vais réparer ton chien pendant que tu seras dehors, dit Volt. Ne tarde pas trop. Mes noyaux d'énergie s'agitent quand je les laisse seuls.

— Tu es sûr que tu ne veux pas venir ? demandai-je, moins parce que je pensais que Volt ne pourrait pas gérer la situation et plus parce que le mech changeant d'énergie semblait être mon seul allié ici.

— Absolument sûr, répondit Volt. Bonne chance !

Kaydee ricana.

Si, après avoir pris le contrôle de la Pouponnière, j'avais eu l'impression de maîtriser le Vaisseau et ma place en son sein, les dernières heures avaient réduit cette idée en poussière. Avec Beta qui surveillait chacun de mes pas, l'ordre de Val de mentir pour obtenir la victoire, et Delta parti dans une quête violente, j'avais peu d'amis et peu de pouvoir. J'avais été créé pour servir, et une fois de plus, j'étais mis au service.

Je doute que cela m'aurait dérangé, sauf que ce que je voulais maintenant, c'était aider Delta. Arrêter Alpha. Assurer l'atterrissage en toute sécurité du Vaisseau pour que les humains, aussi imparfaits soient-ils, puissent se répandre sur leur nouveau monde. Convaincre les Voix d'accepter que cette petite enclave ait besoin d'un accès au réseau semblait, au mieux, tangentiel à cet objectif.

— Pourquoi veulent-ils s'étendre ? demandai-je à Beta, m'arrêtant avant de rejoindre le groupe de Chalo. Le Vaisseau semble proche de sa destination. Ils risquent d'attirer l'attention.

— Tu veux laisser des machines folles diriger ta maison ? répliqua Beta. Que se passe-t-il si un mech détruit quelque chose de crucial ? Décide de laisser tout l'oxygène s'échapper dans l'espace parce que ce serait amusant ?

D'accord, des points valables.

Autour de nous, les forges rugissaient. Des humains, la plupart plus jeunes que Kaydee, travaillaient les métaux. Certains les façonnaient en ustensiles, casseroles et poêles pour la cuisine. D'autres fabriquaient ce qui ressemblait à des armes : des boucliers rudimentaires, des lances. Je ne savais pas comment ils savaient ce qu'ils faisaient jusqu'à ce que je remarque plusieurs humains allant de forge en forge pour donner des instructions.

— Ils se sont bien organisés ici, poursuivit Beta. Ce n'est pas parfait. L'espace est restreint. Les humains restent des humains. Mais le Ferrailleur et les anciens les ont bien installés. Ils leur ont transmis des connaissances. Ils finiront par posséder ce vaisseau.

Je pensai à insister sur le point de Beta : des boucliers de fortune et des lances ne feraient pas grand-chose contre un mech violent crachant du feu et tirant des rayons laser brûlants. Sans parler du fait qu'une poignée d'humains ne pouvaient pas l'emporter contre une centaine, un millier de machines infatigables.

Cela dit, j'avais vu ce que Delta pouvait faire. Si Beta était à moitié aussi compétente, elles deux ensemble pourraient suffire.

— Chalo, dit Beta alors que nous approchions. Tu vas avoir de la compagnie aujourd'hui.

— Vous ? dit Chalo, et le froid dans sa voix me fit garder mes distances.

— C'est exact, acquiesça Beta en me désignant. Ce crétin aussi. Gamma. Juste un avertissement : il ne vaut rien dans un combat.

— Pas totalement inutile, dis-je alors que Chalo me dévisageait. Je choisis mes moments.

— Tant que tu ne nous gênes pas, répliqua Chalo en soulevant un sac vide. On est assez prêts. Allons-y.

L'homme et les trois autres — deux femmes, un autre homme, couvrant plusieurs décennies d'âge — arboraient un tissu métallique plumé. Des chemises et pantalons en tissu, certes, mais par-dessus s'étalait une tunique rappelant un oiseau. Les plumes semblaient trop fines pour offrir une réelle protection, mais j'en compris la raison dès que le quatuor se mit en mouvement : les mouvements captaient et réfléchissaient la lumière, rendant difficile la focalisation, compliquant ma compréhension de ce que je voyais.

— Ils jouent avec ta programmation, dit Kaydee, dont la tenue arborait maintenant la même tunique à plumes, bien que dans une version arc-en-ciel. Elle marchait à côté des chasseurs devant Beta et moi. Tu utilises des fonctions pour comprendre ce que tu regardes, et ils perturbent ce code. Astucieux.

— Mon idée, dit Beta, bien qu'elle n'ait pas pu entendre Kaydee. Le vaisseau armé ne semblait pas particulièrement fier, se contentant d'énoncer un fait.

— Ça fonctionne bien ? demandai-je.

— Non, c'est nul, répliqua Beta. C'est pour ça qu'on continue à les porter.

Soupir.

Chalo nous conduisit loin des forges à travers un couloir court et étroit se terminant par une porte en spirale scellée, une gemme rouge brillant. Un petit panneau noir se trouvait à côté et Chalo tapa le code approprié. Clignotant en vert, la porte tourna pour s'ouvrir, nous ramenant au Conduit.

S'écartant, Chalo laissa passer deux chasseurs en premier. L'homme et la femme dégainèrent des arcs courts et flexibles et encochèrent des flèches en s'avançant dans la brume.

— D'où vient le bois ? chuchotai-je.

— Du Jardin, répondit Beta. Je remarquai qu'elle s'était légèrement déplacée pour se mettre dans mon dos. Pour s'assurer que je ne m'enfuie pas ? Il y a plein de bonnes choses là-bas.

Beta ne parlait pas beaucoup comme Delta et je me demandai si Leo les avait programmées différemment, ou si nous, les vaisseaux, avions une certaine capacité à modifier notre propre constitution. Mes propres pensées, émotions et idées avaient changé depuis mon réveil, donc peut-être étions-nous des machines plus malléables que la plupart.

Quoi qu'il en soit, le point important : je ne pouvais pas m'attendre à ce que Beta agisse comme Delta dans n'importe quelle situation. Elle était elle-même, tout comme je n'étais pas Alpha.

Deux claquements de langue sonores vinrent du Conduit. Chalo et l'autre chasseur prirent le signal et s'élancèrent silencieusement. Beta et moi suivîmes, le mech me chuchotant que je devrais rester baissé pendant que nous avancions.

— Alors pourquoi n'avons-nous pas ces tuniques ? demandai-je.

— Parce que si on se fait attaquer, Gamma, nous

sommes l'appât, répondit Beta, et son sourire montrait clairement qu'elle ne s'en souciait pas.

D'accord, peut-être qu'elle et Delta n'étaient pas si différentes après tout.

Le chemin vers le Jardin longeait la passerelle inférieure du Vaisseau. Sur ma gauche, je pouvais voir le gouffre sombre constituant les déchets du Vaisseau, laissés à s'accumuler alors que les mechs se détruisaient mutuellement ou se désintégraient au-dessus. De temps en temps, des débris pleuvaient, parfois suivis par un mech plus gros s'écrasant sur un tas de décombres et dispersant des éclats. Le bruit résonnait d'avant en arrière, une interruption occasionnelle du bourdonnement omniprésent du Vaisseau.

Je sursautai aux premiers impacts, puis me calmai comme tous les autres dans une marche silencieuse en file indienne. Chalo menait, les chasseurs armés d'arcs fermant la marche, avec Beta et moi au milieu. Ces tuniques métalliques réfléchissaient la douce lumière bleue, scintillant comme des étoiles.

Beau, d'une certaine manière.

Nous marchâmes pendant une heure sans nous arrêter, d'un pas régulier et méditatif. Je déterrai de vieux souvenirs laissés par le Bibliothécaire, cette âme humaine vaporisée par Kaydee peu après mon réveil. Ses vestiges contenaient des mythes, des films et des histoires difficiles, des choses que je voulais examiner plus rapidement mais que je devais saisir par bribes. Ils complétaient l'image humaine, mettaient leurs actions en contexte.

Val et son enclave ne démarraient pas une toute nouvelle histoire, ils faisaient ce que les humains avaient fait depuis des millénaires : lutter pour le pouvoir.

Mais, je devais me demander, elle venait du même système qui avait produit le Vaisseau, qui avait apparemment tellement ruiné la Terre au point où ils avaient lancé ces folles espérances aux confins de la galaxie et au-delà.

Que seraient les humains si quelqu'un d'autre guidait leurs premiers pas ?

Un autre claquement de langue interrompit mes réflexions. Beta tapota mon épaule gauche et je suivis son regard vers le haut. Un mech, descendant sur un ascenseur pour croiser notre passerelle. La machine avait des bras partout, chacun équipé de pulvérisateurs et d'essuie-glaces. Un mech de nettoyage en route pour entretenir le niveau le plus crasseux.

Chalo leva sa main gauche et fit signe d'avancer. Les humains se mirent en mouvement, entourant l'ascenseur alors qu'il se mettait en position. Un archer et un chasseur rapproché — je vis que Chalo et son homologue avaient chacun une hachette, du métal soudé à une barre coupée pour créer l'arme — de chaque côté.

Beta me retint, mais quand je vis les haches se lever, je me dégageai et m'avançai.

— Que faites-vous ? demandai-je. L'ascenseur s'ouvrit, le mech fit un pas hésitant, diffusant un léger avertissement de faire attention aux sprays de nettoyage. Cette chose ne vous fera pas de mal.

Les chasseurs me regardèrent, hésitèrent. Chalo me fusilla du regard, balança sa hache et perça l'alimentation du mech de nettoyage, un carré bombé sur le dos du mech. Avec un gémissement pitoyable, le mech s'éteignit, ses bras s'effondrant autour de lui comme une chevelure gris-noir.

— Fouillez-le, ordonna Chalo, se déplaçant au-delà de ses chasseurs vers moi.

— Pourquoi ? demandai-je. Quel est l'intérêt ?

— Tu n'as aucune autorité ici, machine, dit Chalo, son

visage un masque de défi, tout en angles durs et en regards menaçants.

L'homme tenait sa hachette à la taille. Je connaissais ma vitesse, ma force. Je pouvais bloquer son bras avec le mien, lui briser la nuque de l'autre main et en finir avec Chalo avant que Beta ne puisse m'arrêter. Elle me tuerait probablement après, donc le calcul était inutile, mais cela me faisait me sentir mieux.

L'influence de Kaydee, probablement. Elle avait dit que sa présence déteindrait sur moi, des variables infectant mes routines avec ses tendances.

— Je ne cherche pas le pouvoir, répondis-je. Je cherche du sens, et je n'en vois aucun. Ce mech ne vous ferait pas de mal, ni à quoi que ce soit d'autre.

Les chasseurs utilisaient de petits couteaux brillants pour déchiqueter le mech. Certaines choses, comme le câblage et les sprays de nettoyage, ils les glissaient dans les sacs. La carte mère de la machine, son processeur aussi. Je détournai le regard, me concentrant sur Chalo.

— Pas encore, répliqua Chalo, d'un son grinçant et rauque. Je supposai qu'ils ne devaient pas avoir assez d'eau fraîche, les gorges sèches et les voix éraillées abondaient. Jusqu'à ce qu'il soit corrompu comme les autres. Jusqu'à ce qu'il décide qu'un enfant est de la saleté qu'il doit nettoyer.

Je l'aurais traité de fou si ce que je voyais ne m'en avait pas dissuadé. Chalo parlait comme quelqu'un qui avait vu le pire, et même plus. Et de près, il en portait les preuves. Une ligne dans ses cheveux brillait du rose vif d'une brûlure, et son cou portait des cicatrices en cercle qui évoquaient l'étranglement par quelque chose de fort et d'acier.

— Chaque machine finira par se retourner contre nous, poursuivit Chalo. Y compris toi. Y compris elle. Son regard se posa brièvement sur Beta, qui lui répondit par un sourire narquois. Nous sommes en infériorité numérique dans cette guerre, mech. Je ne raterai pas une occasion d'améliorer nos chances, aussi minime soit-elle.

Chalo me tourna le dos avant que je puisse répondre, et dit à ses chasseurs d'oublier le reste et de continuer à avancer : les fils et le spray de nettoyage ne nourriraient personne.

Le Jardin émergea de la brume, une dalle du sol jusqu'au-delà traversant le Conduit, à l'exception de trous périodiques dans ses nombreux niveaux. Kaydee m'expliqua que ces trous permettaient autrefois le passage du trafic, des drones messagers et des humains dans des taxis aériens. Maintenant, c'étaient des tunnels envahis par la végétation, des plantes brisant les murs abîmés du Jardin et pendant vers le bas. De la mousse et de la moisissure recouvraient la base où nous nous tenions, sans aucune entrée visible à ce niveau.

À la place, les humains avaient fixé une échelle. Tandis que Chalo et les chasseurs commençaient à grimper, je touchai le mur du Jardin. La douceur humide. De l'autre côté se trouverait Purity, l'endroit où j'avais d'abord trouvé Alvie, où j'avais réalisé pour la première fois que tous les mechs sur le Starship ne seraient pas des amis.

— Après toi, dit Beta, en faisant un geste avec ce même couteau.

— Pourquoi n'utilisent-ils pas un ascenseur ? demandai-je. Ça ne doit pas être facile de monter et descendre en portant la nourriture.

— Un ascenseur est plus facile à repérer, facile à arrêter, répondit Beta. La plupart des mechs n'ont pas de mains comme nous. Ils ne peuvent pas grimper correctement.

Ma question ayant trouvé sa réponse, je me mis à utiliser mes mains. L'échelle tenait bon et nous amena au niveau suivant, où se trouvait une entrée du Jardin. La porte avait été explosée, ou arrachée de force de sorte que ses morceaux en spirale s'épanouissaient selon des angles étranges. Chalo fit signe au groupe de passer, Beta et moi passant encore une fois en dernier.

De l'autre côté se trouvaient les niveaux les plus arides du Jardin, sablonneux et remplis de cactus et d'autres fruits du désert. Une chasseuse commença à remplir son sac de ce qu'elle pouvait trouver, tapant sur un cactus et laissant couler son lait dans une gourde. Les trois autres se dirigèrent vers l'un des escaliers du Jardin.

— On monte, dit Beta. C'est là que les choses deviennent intéressantes.

— Tant mieux, parce que je commence à m'ennuyer.

— Ooh, alors tu as bien une personnalité, répliqua Beta tandis que nous gravissions les marches sales vers un autre niveau désertique, quoique avec un peu plus de plantes. Je pensais que tu étais aussi terne que cette poussière pendant un moment.

— Elle n'a pas tort, dit Kaydee en donnant un coup de pied dans le sable.

— J'ai mes opinions, répondis-je à toutes les deux, essayant de paraître indigné et, je pensais, y réussissant plutôt bien. C'est difficile d'être honnête quand on a un couteau dans le dos.

— Pauvre de toi, dit Beta.

Chalo et ses deux autres chasseurs montèrent encore trois niveaux, atteignant le premier qui pouvait être qualifié de verdoyant. Un champ calme nous attendait, les cultures depuis longtemps libérées de leurs rangées mais prospérant dans le sol. Des légumes-racines plus secs étaient disponibles, ramassés rapidement. Quand je vis même Chalo remplir son sac, je me dirigeai vers lui, curieux.

— Il y a de meilleurs fruits plus haut, dis-je.

— Et de pires menaces aussi, répliqua Chalo, fourrant des pommes de terre dans son sac. Aucun repas ne vaut la peine de mourir.

En tant que quelqu'un qui n'avait pas besoin de manger, je ne pouvais guère argumenter contre cela. Beta, appuyée contre le mur bleu pâle — simulant un ciel clair, je crois — près de l'escalier, ne semblait pas le moins du monde intéressée. Elle lançait son couteau en l'air encore et encore, le rattrapant toujours parfaitement. Malgré tout, j'avais le sentiment qu'elle gardait les yeux sur moi.

Pendant que les chasseurs fourrageaient, je me laissai aller à mes propres souvenirs, traversant le niveau dégagé jusqu'au centre du Jardin. Un trou de haut en bas s'y trouvait, courant sur toute la longueur du Conduit et fournissant le moyen à l'eau de s'écouler de niveau en niveau. Il n'y a pas si longtemps, j'avais plongé dans ce trou, passant ce niveau pour atterrir dans le réservoir tout en bas.

Cela ressemblait beaucoup à la dernière fois que je l'avais vu, un portail béant en dessous, et un mélange de cascades au-dessus, interrompu par des plateformes grillagées, des bassins débordants, et d'autres ramifications assurant une irrigation adéquate. Je l'aurais admiré à nouveau si ce n'était pour un bruit particulier, qui se distinguait des sons naturels du Jardin et de la conversation discrète des chasseurs.

Un tintement, métal contre métal. Irrégulier, coupant. Un son que j'avais entendu auparavant, délivré avec colère, avec vengeance.

Delta à l'œuvre, et pas loin au-dessus.

SEPT

TRIO

Terminaux, accès au réseau, les Voix et les humains. Tout cela s'est estompé quand j'ai entendu le bruit du métal contre métal. Je me suis précipité vers les escaliers, laissant le groupe de Chalo à leurs pommes de terre et carottes. Ils n'avaient pas besoin de mon aide pour récolter de la nourriture, mais Delta pouvait être en danger.

Bien que je refuse de regretter d'être allé avec Volt pour trouver la batterie d'Alvie, ce choix avait mis Delta en danger. Elle s'était précipitée tête baissée vers le danger, confiante en sa capacité à démanteler tout ce qui oserait l'attaquer. Normalement, elle aurait eu raison.

Mais Alpha n'était pas un méca ordinaire.

Sur la liste des choses que je ne voulais pas voir figurer, il y avait une Delta corrompue, les yeux violets flamboyants, abattant les humains sur son passage pour venir m'empaler sur cette épée dentelée.

— Pas un pas de plus, mec, dit Beta en agitant le couteau vers moi alors qu'elle s'appuyait contre le mur près des escaliers. Je ne sais pas ce qui se trame dans ton processeur, mais tu ferais mieux de réévaluer la situation.

— Poignarde-moi si tu veux, mais je monte.

Beta fronça les sourcils, la première fois que je la voyais même un peu mal à l'aise. Je n'ai pas arrêté d'avancer, la contournant pour me diriger vers l'escalier sablonneux. Je m'attendais à moitié à recevoir un coup de couteau dans le dos, mais Beta m'a laissé appeler son bluff. À la place, je l'ai entendue dire quelque chose à Chalo, puis d'autres pas ont martelé les marches derrière moi.

J'avais peut-être l'air humain, mais à l'intérieur j'avais des muscles synthétiques alimentés par une batterie bio-électrique. Je pouvais me brancher — en utilisant cette prise — pour un coup de boost si nécessaire, ce qui pourrait être utile après avoir fait quelque chose de résolument inhumain. Comme bondir encore et encore.

Mes jambes se sont mises en surrégime, ne montant plus une marche à la fois mais en sautant cinq ou six d'un coup, franchissant les niveaux en quelques secondes. J'atterrissais sur les paliers avec de brefs accroupissements, stabilisant mes pieds avant de sauter vers le niveau suivant. L'environnement du Jardin changeait, devenant plus humide à chaque niveau. Le sable disparaissait, remplacé par des lierres rampants, des moisissures et des mousses. Des champignons faisaient des incursions sur les marches, poussant dans les recoins alors que leurs lignes fongiques avançaient sans entrave.

Le saut suivant m'a fait atterrir dans l'enchevêtrement d'un buisson, un amas d'aiguilles dont je me suis dégagé pour trouver Kaydee sur mon chemin. Pas physiquement, bien sûr, mais elle était là néanmoins, ses cheveux turquoise secouant sa tête, les bras croisés.

— Qu'est-ce que tu fais ? demanda Kaydee. Ton objectif est là-bas, espèce d'idiot.

— Mon objectif ? J'ai haussé les sourcils, lignes sombres

sculptées au-dessus de mes yeux, précisément d'un centimètre d'épaisseur. Mon objectif est d'empêcher le Vaisseau Stellaire de s'effondrer avant son atterrissage.

— Le meilleur moyen d'y parvenir est de garder ces humains en sécurité et de ton côté.

— Le meilleur moyen de garder ces humains en sécurité est d'aider Delta à se battre pour eux.

— Elle peut se débrouiller toute seule, Gamma, au cas où tu ne l'aurais pas remarqué, répliqua Kaydee. Mais...

— Pourquoi t'en soucies-tu autant ? J'ai pointé du doigt les escaliers, remarquant que Beta se rapprochait rapidement. Aucune idée de ce qu'elle ferait si le vaisseau me rattrapait, mais je ne voulais pas le découvrir. Ce ne sont pas tes amis, ils veulent me détruire et, par extension, te détruire aussi.

— On peut changer leur opinion, Gamma. Ensemble.

C'était à mon tour de secouer la tête, de traverser la projection de Kaydee et de sauter vers l'escalier suivant. Mes bottes ont glissé sur le sol humide, la chaleur et l'humidité atteignant des niveaux tropicaux. Les combats continuaient plus rapidement qu'avant, les cliquetis et les tintements résonnant dans la cage d'escalier.

— Ils vont avoir besoin de toi, dit Kaydee, apparaissant à côté de moi. Ils savent à peine comment survivre, et quand le Vaisseau Stellaire atterrira, ils ne sauront pas comment utiliser ses ressources.

J'ai sauté à nouveau. J'ai atteint un niveau brumeux. Les combats semblaient maintenant à mon niveau. Me dirigeant vers la gauche, j'ai abandonné la cage d'escalier ordinaire pour le fouillis de la jungle. Des lianes pendantes masquaient l'entrée avec des vrilles se terminant par des feuilles médicinales. Des bananiers, trapus et prolifiques, ombrageaient le chemin devant avec leurs fruits verts. Et autour de mes pieds, divers tubercules offraient une pelouse comestible, bien que légèrement rigide. Tout sentait l'humidité, la verdure.

— Les Voix peuvent leur apprendre, ai-je répondu à la question de Kaydee.

— Tu veux dire les mêmes Voix qui ont coupé Val ? répliqua Kaydee.

— Une fois que le Vaisseau Stellaire aura atterri, les Voix n'auront pas d'autre choix. Ce sera Val ou personne.

— Ou ce sera toi.

Je me suis arrêté. — Quoi ?

Kaydee s'est placée devant moi, a claqué des doigts. Apparaissant dans l'air, une minuscule Val et sa tribu humaine sont apparues d'un côté. De l'autre, à travers son champ d'action, apparaissait la Nurserie avec ses rangées et ses rangées de fioles humaines.

— Les Voix peuvent te choisir, Gamma, dit Kaydee. Elles ont besoin d'enseignants, d'un guide. Elles te feront élever la première nouvelle génération.

J'ai oublié le combat de Delta, bloqué sur ce que Kaydee semblait dire. Que les Voix puissent décider que Val et son peuple étaient si mauvais qu'on ne pouvait pas leur faire confiance pour l'avenir de l'humanité semblait... en accord avec leurs motivations. Leurs mesquines rancunes.

— Les Voix ne m'aiment pas beaucoup non plus, ai-je dit.

— Mais comme tu viens de le dire, quel autre choix ont-elles ? répondit Kaydee. Tu es un vaisseau. Programmé. Je connais ma mère, et elle aime le contrôle. Elles te préféreraient à une femme au libre arbitre n'importe quand.

Un vaisseau guidant les humains vers leur nouveau monde ?

Je n'avais pas l'ego suffisant pour déclarer que ce serait

la meilleure idée, mais, étant donné les options, je ne serais peut-être pas le pire pilote pour cet avion particulier. Quoi qu'il en soit, la décision n'avait pas encore été prise et ne le serait pas avant un moment.

— Je ne comprends toujours pas pourquoi c'est important maintenant, dis-je.

— Parce que si tu es blessé, si tu es capturé là-dedans, répondit Kaydee, je ne sais pas ce qu'ils te feront.

Pas très convaincant. Certainement pas assez pour m'empêcher d'aider Delta. Je continuai, me frayant un chemin à travers les plantes vers le centre du Jardin.

Et je regrettai de l'avoir fait.

Les mêmes plantes qui s'emmêlaient derrière moi gisaient en tas autour du centre, hachées et éparpillées. Des alliages étaient enchevêtrés dans les débris, des bras, des jambes, des roues et qui sait quoi d'autre, tous séparés de plus grandes masses qui crépitaient, brûlaient et se brisaient dans l'arène improvisée. Des taches de graisse souillaient la verdure, mon nez détectant l'ozone et les plantes brûlées. Les bourdonnements et les grondements appartenant aux mechs crachotants envahissaient la sérénité du Jardin, interrompus seulement par ces claquements retentissants alors que Delta semait la destruction de l'autre côté.

Le chemin qu'elle avait tracé était évident, une marche métallique mortelle depuis mon côté jusqu'à sa position actuelle face à un mech. Delta ne ressemblait guère à celle que j'avais quittée, le vaisseau meurtrier était couvert d'huiles, de cendres et de jus de fruits éclatés. Rien de tout cela n'arrêtait ses tourbillons étourdissants, ses roulades parfaites, le flip sur le talon du mech de tête — une chose carrée aux bras claquants — lui permettant de faire balayer sa lame vers le haut alors que Delta tournait, son tranchant coupant le mech en deux par le milieu.

Delta atterrit et fit un pas en arrière, laissant deux autres mechs grimper sur les restes de leur ami. Ces deux-là ressemblaient à des chiens claquants, longs et sveltes, se jetant avec des crocs difformes et tordus sur Delta. En m'approchant, je remarquai qu'ils n'étaient pas aussi propres que je l'avais pensé : des chiens, oui, mais bricolés avec d'autres pièces de mech. Leurs corps appartenaient à des coursiers, leurs pattes et leurs griffes à des mechs de stockage.

— C'est quoi ce bordel ? dit Kaydee à côté de moi, apparemment mettant de côté sa protestation antérieure maintenant que j'étais dans l'action.

En contournant le trou central, qui mènerait à tous les niveaux jusqu'au domaine aquatique de Purity si je sautais, je ramassai un bras de mech massif pour l'utiliser comme massue. Pas l'arme la plus efficace, mais ma force brute lui donnerait une certaine utilité.

— Delta ! criai-je, me mettant à courir alors que Delta, agitant sa lame devant elle, reculait face aux chiens. Garde leur attention !

Delta me jeta un coup d'œil, ne manifesta aucune surprise, puis décocha un coup de pied déviant vers le chien de gauche. Le coup redirigea sa morsure, les mâchoires de la chose n'attrapant que de l'air. Son partenaire tenta un bond, profitant de la position de Delta pour sauter par-dessus sa jambe qui se rétractait, sa morsure visant son visage.

Mon coup attrapa le derrière courbé de la chose, la projetant vers le centre. La morsure rata sa cible, mais la poitrine du chien heurta Delta, la projetant dans un enchevêtrement de fougères. Le chien rebondit, atterrit sur le même sol feuillu, m'aperçut et chargea à nouveau tandis que son frère s'attaquait au cou de Delta.

— Home run ? demanda Kaydee alors que je frappais à nouveau, cette fois-ci à fond.

Le chien esquiva mon attaque sauvage, plongeant en avant et clouant mes chevilles alors que mon coup ne faisait qu'une merveilleuse brise et pas grand-chose d'autre. Mon dos heurta le sol mou tout comme celui de Delta, le chien poursuivant son offensive avec une rapide escalade vers mon visage, ses mâchoires grinçantes se rapprochant dangereusement.

— Tu es toujours aussi nul à ça, Gamma, dit Kaydee alors que je lâchais ma massue, tendais les bras et attrapais le museau étroit du chien.

Les dents éraflèrent mes mains, mais je maintins ma prise quand même, repoussant le chien. Le mech avait de la force, mais j'en avais plus et pendant un moment, nous étions à égalité.

— Tu n'as pas tort, marmonnai-je à Kaydee, puis je roulai sur la droite.

J'appuyai avec mes genoux, les enfonçant dans le chien alors que je bougeais, repoussant le mech de moi avec le mouvement. Alors que mon épaule droite touchait le sol, je glissai mes mains sous la mâchoire du chien et poussai, envoyant le chien rouler par-dessus le bord du centre. Sans un hurlement, sans un son au-delà des coups et des craquements, le mech plongea.

Une main saisit ma gauche, me tira vers le haut. Delta, son propre chien n'étant plus qu'une ruine découpée derrière elle.

— Merci, dit Delta, m'examinant rapidement. Tu n'as pas l'air endommagé.

— Tu as l'air dégoûtante.

— Ça a été difficile, dit Delta, hochant la tête vers la porte qu'elle attaquait.

Cette direction menait du Jardin vers le pont. Ça aurait dû être dégagé : quand nous étions passés par là avant,

Delta et moi n'avions pas rencontré de résistance dans le Jardin. Nous n'avions vu de mechs comme ceux-ci nulle part, en fait.

— Je sais ce que tu penses, ajouta Kaydee, regardant l'œuvre de Delta. Leo et moi n'avons conçu aucun de ceux-là. Pas moyen que les Voix les aient fabriqués.

— Alpha n'est pas libre depuis assez longtemps, commençai-je, mais un rire sec m'interrompit par derrière.

Beta entra dans la pièce à grands pas, des couteaux dans les deux mains. Elle n'avait pas l'air le moins du monde surprise par les ravages, se frayant plutôt un chemin tout en gardant son regard fixé sur Delta.

— Alpha est là depuis un sacré bout de temps, dit Beta. Il a eu de la place pour se déplacer aussi. Ça aurait été facile de mettre cette merde en place.

— Delta, Beta, dis-je, reculant et laissant de la place à Beta pour rejoindre notre trio. Je l'ai trouvée.

Delta releva son épée alors que Beta s'approchait, sa pointe dirigée droit vers la poitrine de Beta. Le vaisseau aux cheveux longs tenait ses couteaux écartés, un sourire diabolique flottant sur ses lèvres.

— Vas-y, dit Beta.

Delta porta un coup, une attaque rapide comme l'éclair qui m'aurait embroché et cloué sur place. Beta, cependant, se balança vers la gauche, pivotant hors du chemin. La lame accrocha et rompit une bandoulière. Beta ne se contenta pas d'esquiver, mais abattit son coude sur l'épée, projetant l'arme en métal noir vers le sol. Le coup de Delta se planta dans une plante, tandis que Beta fit tournoyer sa main droite.

Le couteau vola, un tir de deux mètres, et Delta l'attrapa, bon sang. Je ne vis pas la main de Delta bouger, mais une seconde elle avait une prise à deux mains sur son épée, et la suivante le vaisseau avait sa main gauche levée, fermée autour du manche du couteau avec sa pointe frôlant son œil.

— Hé ! criai-je, m'interposant entre les deux.

Je ne voulais pas vraiment me faire poignarder ou trancher, mais étant donné ce qui nous entourait, un combat inutile n'allait aider personne. Delta me lança un regard assassin mais ne tenta pas une autre attaque. Beta se contenta de rire à nouveau.

— Tous les vaisseaux sont-ils fous ? demanda Kaydee, et je ne pouvais pas écarter cette idée.

— Presque, répondit Beta alors que Delta rengainait son épée. Tu veux faire un autre round ?

Delta lança le couteau vers Beta qui, tout comme son homologue, attrapa la lame, la faisant tournoyer entre ses doigts.

— Mon combat est par là, dit Delta en hochant la tête vers ce même chemin.

— Cool, bonne chance avec ça, répliqua Beta.

— Attends, dis-je, me sentant comme un arbitre coincé entre deux rivaux. Que veux-tu dire par Alpha est là depuis longtemps ?

— Tu n'écoutais pas quand Val parlait là-bas ? dit Beta. Pendant qu'elle parlait, Delta s'éloigna d'un mètre, assez d'espace pour balancer et frapper avec son épée. Toujours prête, celle-là. Alpha et moi dansons le tango sur ce vaisseau depuis des décennies. Les Voix m'ont fait apparaître quand Alpha a commencé à glisser vers la folie et nous nous sommes affrontés pendant longtemps. Je suppose qu'ils ont perdu patience avec moi et vous ont fait venir tous les deux.

Des décennies ?

Alpha courait dans le Vaisseau depuis des décennies ?

— Nous sommes ici parce que tu as échoué, dit Delta,

une remarque totalement utile qui lui valut un bon regard noir de votre serviteur. Maintenant, je dois nettoyer ton bazar.

— Mon bazar ? Beta utilisa le couteau pour gratter ses dents métalliques. Non, je pense que tu te trompes. La seule raison pour laquelle je n'ai pas eu Alpha, c'est parce que je devais protéger ces sacs de viande là-bas. Je ne pouvais pas le poursuivre à travers le Vaisseau et les laisser seuls.

— Ils n'étaient pas ta directive, rétorqua Delta.

— Les Voix m'ont dit de sauver l'humanité, alors c'est ce que j'ai fait, répliqua Beta. Ce n'est pas ma faute si ce n'étaient pas les humains qu'ils voulaient.

Je toussai. Ou plutôt, je simulai le son d'une toux. Difficile de faire la vraie chose sans poumons.

— Peut-on revenir au sujet ? Alpha ? dis-je. Tu dis qu'il aurait pu fabriquer ceux-ci ?

Beta s'agenouilla, piqua un mech brisé avec son couteau. — Je dis que ceux-ci auraient pu être fabriqués aux Lignes de Fabrication, et Alpha a passé des années à jouer avec.

Pendant qu'elle parlait, je me souvins de tous les petits mechs rongeurs qui m'avaient assailli dans le Jardin peu après mon premier réveil. C'étaient des restes, mais ils avaient tous répondu aux ordres d'Alpha. Il aurait pu les infecter, insérer ses propres directives dans les machines, mais combien serait-il plus facile de changer cela à la source ? Remplacer et refaire ?

— C'est ce qui est arrivé à Alvie, dis-je. Alpha n'a pas eu à se libérer. Nous avons laissé Alvie ici tout seul.

Cette pensée me fit me sentir tout petit, me brûla. Je ne pensais pas avoir la gamme émotionnelle d'un humain, mais Leo m'en avait donné assez pour que l'horreur me pique.

Alvie s'était-il battu jusqu'au dernier aboiement dans ce Jardin, seul face aux mechs d'Alpha qui arrivaient en masse ?

Alvie m'avait-il appelé ?

— Hé, dit Beta. Gamma. On a un boulot à faire. Allons-y.

Delta inclina la tête, — Tu ne viens pas avec moi ?

J'aurais voulu lui dire pourquoi, j'aurais voulu lui dire ce qui s'était passé, mais un cri venant de loin en bas interrompit la conversation. Un cri humain, un cri de colère, appelant les chasseurs aux armes.

HUIT

ESPIRITS HUMAINS

Beta était déjà à mi-chemin des escaliers lorsque, trébuchant sur des lianes coupées, elle se retourna vers moi.

— Tu viens ? demanda-t-elle.

Je n'avais pas de bonne réponse à lui donner. J'étais monté ici en courant pour Delta, mais les humains en bas n'avaient pas vraiment fait bonne impression. Chalo avait été glacial, avait tué un mech innocent sans même sourciller. Ma directive me poussait à maintenir les humains en vie, mais je pouvais adapter cette commande et la concentrer sur toutes les fioles dans la Nurserie.

Val et sa tribu n'étaient pas les seuls dans la partie.

— Vas-y, dit Delta.

— Quoi ?

— Tu leur dois quelque chose, poursuivit Delta. C'est ce que tu as dit.

Beta revint vers moi, avec un regard déterminé qui me fit penser qu'elle m'emmènerait quoi que je veuille. C'était l'inconvénient de travailler avec des vaisseaux plus forts que moi.

— Et toi ? demandai-je à Delta, cherchant une échappatoire, une excuse pour ne pas redescendre.

— Je continue, répondit Delta. Peu importe le nombre de mechs qu'Alpha mettra sur mon chemin, je le trouverai et je mettrai fin à tout ça.

— Bien, dit Beta en saisissant mon bras droit. J'essayai de me dégager, en vain. Tu comprends maintenant ?

Certains combats, bon sang, la plupart des combats, je ne pouvais pas les gagner.

— Allons sauver les humains, alors, dis-je.

Beta ne perdit pas de temps, ne prit pas le chemin auquel je m'attendais. Au lieu de cela, affirmant que nous avions déjà trop attendu, elle sauta dans le vide, m'entraînant avec elle par-dessus le bord. Je jurai, criai, m'agrippai au bras de Beta alors que nous plongions. La chute ne fut pas nette — nous rebondîmes sur des vrilles gorgées d'eau, traversâmes des cascades, et aurions continué jusqu'à Purity si Beta n'avait pas fait quelque chose de ridicule.

Alors que nous tombions, Beta lança un couteau devant nous. À travers mes yeux balayés par le vent, je vis la lame trancher la connexion d'un tendron au centre. Beta s'empara de la structure semblable à une liane alors qu'elle tombait, sa connexion au Jardin proprement dit transformant notre plongée en une descente oscillante vers le niveau suivant. Au moment où nous nous courbions parallèlement au sol, Beta lâcha prise, nous projetant dans le chaos.

J'eus une seconde pour observer les chasseurs rassemblés, les mechs qui les combattaient. Des griffes argentées tranchant, des arcs tirant et des haches tournoyant traversèrent ma vision alors que je tombais, heurtais le sol et roulais à travers les rangées de légumes. Les feuilles, la terre et les carottes détruites devinrent mon lit et mon rempart.

— Aïe, dit Kaydee, allongée à côté de moi. Pas marrant.

— Non, répondis-je en regardant le plafond peint en ciel bleu.

Mon corps fit son propre bilan, rapportant des dégâts réels minimes. Les coupures sur ma peau synthétique se refermèrent d'elles-mêmes tandis que je me redressais, essayant de trouver où prêter main-forte. Les quatre humains étaient encerclés par deux fois plus de mechs qui les avaient acculés dans un coin. Les deux archers criblaient les machines approchantes, la plupart ressemblant à des terreurs carrées aux mains acérées, de flèches inefficaces : j'en vis une rebondir, une autre percer le bras d'un mech et s'y loger, dépassant selon un angle étrange.

Chalo et son ami maniant la hache donnaient de grands coups, se dégageant de l'espace alors que le quatuor reculait. Les mechs ne semblaient pas pressés, se contentant de laisser les humains se piéger eux-mêmes avant de les ensevelir sous le métal.

Beta ne laisserait pas cela se produire.

Le vaisseau ne partageait pas mes réticences concernant les humains, se jetant dans la mêlée avec un enthousiasme meurtrier. Beta passa devant moi en trombe, ses bras s'activant alors qu'elle courait pour embrocher les mechs par derrière avec un couteau après l'autre, une lame improvisée et des éclats de métal. Ses lancers provoquaient des gerbes d'étincelles en touchant leur cible, tous perçant les blocs d'alimentation dans le dos des mechs, les câbles et les articulations de leurs bras et jambes, ou dans les moteurs vrombissants. Trois mechs s'arrêtèrent net avant même que Beta n'atteigne leur ligne.

Beta se lança dans un coup de pied, son pied frappant son propre couteau lancé et l'enfonçant plus profondément dans le dos du premier mech. Elle fit une pirouette en quittant la machine, la projetant au sol, et atterrit avec deux autres couteaux déjà tirés de leurs étuis sur ses cuisses.

Je me remis sur pied.

Deux mechs chargèrent Beta, leurs quatre bras combinés la frappant, tandis que les trois autres abandonnèrent leur lente progression et coururent vers le groupe de Chalo. Beta alla à gauche, lançant ses deux couteaux sur le mech qui approchait, chacun mordant dans son milieu plat. Quand cela ne stoppa pas la machine, Beta s'élança en avant, encaissant les griffures le long de son dos alors que le mech attaquait.

Elle posa une main sur chaque couteau et déchira, ouvrant le mech en deux. Retournant les couteaux pour une prise inversée alors que la machine repliait ses bras autour d'elle, Beta poignarda à l'intérieur, les couteaux offrant une libération gratuite au processeur du mech. Il s'effondra en arrière, ses bras maintenant verrouillés dans une rigidité cadavérique avec Beta dans leur étreinte.

L'autre mech leva ses propres bras, cherchant à profiter de la situation avec un coup écrasant. Moi, démentant les affirmations constantes de Kaydee sur mon inutilité au combat, je percutai la chose. Ma charge d'épaule projeta le mech contre l'un de ses compagnons endommagés, faisant basculer la machine morte. Le rebond ramena le mech actif vers moi, ses jambes dentelées effectuant un lent tour dans ma direction.

Je frappai la chose métallique en plein visage. Laissai une bosse sur la dalle sans traits.

— Bien joué, dur à cuire, dit Kaydee. On dirait qu'il a vraiment peur maintenant.

— La ferme.

J'attrapai les bras du mech alors qu'ils s'approchaient, tenant chacun d'une main. Les doigts griffus du mech cherchaient à atteindre mes yeux. Un ongle érafla mon front, leur pression rapprochant le mech de la victoire.

Alors je laissai la chose gagner. Je tombai en arrière, ramenai mes genoux et plantai mes pieds sur le corps du mech qui tombait. Je donnai un coup de pied avec toute la force que les améliorations de Volt m'avaient donnée, lâchai les bras du mech et le regardai voler, tournoyant au-dessus de ma tête et rebondissant dans le vide au milieu de l'étage. Peu après, un grand splash confirma la tombe aqueuse du mech.

Pendant un bref instant, je me suis reconnecté avec le monde qui m'entourait. Les bruits du conflit continuaient, le métal contre métal s'entrechoquant. Chalo criait à l'aide, comme s'il détestait le faire. La terre s'accrochait à moi, collant depuis que j'étais passé des niveaux supérieurs humides au sous-sol aride du Jardin. Le sable frottait contre mes dents aiguisées et raffinées tandis que je me redressais, voyant Beta se libérer du piège mourant de son mech.

Utilisant ses couteaux pour trancher les bras agrippants, Beta se dégagea du robot mort et vint au secours de Chalo. L'homme, flanqué des archers — tous deux sans flèches, utilisant leurs arcs pour dévier les bras tendus — semblait acculé par les deux mechs restants. Une chasseuse était assise sur le côté, sa hache enfoncée dans un mech qui l'avait également enterrée.

Je me suis précipité dans cette direction tandis que Beta se lançait dans un assaut tourbillonnant, poignardant, tranchant, piquant, perçant la paire de mechs restants dans un tel tourbillon que les machines s'effondrèrent en flaques étincelantes de leur propre liquide de refroidissement.

Mon propre sauvetage fut moins spectaculaire et moins efficace.

Jeter le mech de la chasseuse n'était pas trop difficile,

bien que la machine ait suffisamment de poids pour que je ne la lance pas tant que je ne la fasse rouler sur le côté. L'humaine sous le mech était meurtrie et lacérée. Kaydee gémit, disparut tandis que je cherchais un pouls qui n'était pas là.

Une main me poussa de côté. Chalo prit ma place, examinant les blessures de la femme à terre. Les deux autres chasseurs les rejoignirent rapidement, mais Beta les écarta.

— Elle est partie, annonça Beta. Vous serez morts aussi si nous ne partons pas maintenant.

— Tu ne nous donnes pas d'ordres, dit Chalo, fusillant du regard le vaisseau.

— Elle le devrait.

Chalo tourna ses yeux furieux vers moi et je lui rendis la pareille. L'humain était peut-être plus grand que moi, avait peut-être plus de muscles organiques sur ces bras musclés, mais dans un concours de volonté, l'homme n'avait aucune chance. Ma colonne vertébrale ne venait pas de l'émotion, mais d'une logique froide et dure. Je *savais* que je pouvais plier Chalo comme un bretzel, et je *savais* que Beta avait raison ici.

— Ramasse-la, dit Chalo. Ramasse-la et porte-la avec nous. Elle ne reste pas ici.

— N'ose même pas demander pourquoi, dit Kaydee quand j'ouvris la bouche. Tu n'es pas si stupide.

À propos des humains et de leurs rituels insensés ? Je pourrais l'être. Néanmoins, j'ai suivi le conseil de Kaydee, pris les ordres de Chalo sans réplique. J'ai ramassé le corps tandis que Chalo et les autres chasseurs hissaient leurs sacs. Beta récupéra la récolte de la chasseuse tombée et ensemble, nous avons quitté le Jardin sans un mot de plus.

J'ai dû jeter le corps sur mon épaule pour descendre l'échelle, une escalade inconfortable. Les humains passèrent en premier, leur bavardage remplacé par un silence glacial. Beta prit la dernière place, comme toujours gardant un œil sur moi pendant qu'elle descendait.

— Tu ne comprends pas, n'est-ce pas ? dit Kaydee, flottant à côté de moi.

— Le chagrin ? ai-je répondu. Je comprends le chagrin. Je connais la perte.

Kaydee secoua la tête, — Pas comme ça, tu ne comprends pas.

— Alors apprends-moi.

— Tu as vu un millier de mechs se faire découper, Gamma. Pas un seul d'entre eux ne pouvait être reconstruit. Cette femme, par contre ? Elle avait une vie. Elle avait des amis, une famille. Un peu jeune pour avoir des enfants, mais qui sait maintenant ? Kaydee parsema l'air d'images de dessins animés pour chaque remarque, des bonshommes allumettes grossiers. Je parie que Chalo et les autres ont vécu toutes ces années avec elle. Tu es en vie depuis combien de temps, toi ? Une semaine ?

Je n'ai pas répondu, me concentrant pour passer d'un barreau à l'autre. Kaydee avait raison. Je ne pouvais pas m'identifier exactement à ce que Chalo et les autres humains ressentaient.

— Alors que dois-je faire ? ai-je demandé, en venant au vrai sujet. Si ça continue, Kaydee, il y en aura d'autres comme ça. Peut-être beaucoup plus.

— Sois patient, sois gentil, dit Kaydee.

— Tu veux dire ignorer le fait qu'ils veulent me mettre à la casse.

— Pour commencer, répondit Kaydee. Et qui sait, si tu n'es pas un connard, peut-être qu'ils ne te mettront pas à la casse à la fin.

Avec ce conseil, j'ai atteint le bas de l'échelle et nous

avons repris la route vers la boutique du Ferrailleur, la colonie humaine. Nous n'avions parcouru que quelques minutes le long de la chaussée quand Beta a appelé à l'arrêt devant une porte ornée d'une gemme rouge. Le seul signe était un numéro d'adresse, un drapeau coloré correspondant à celui près de la porte du Ferrailleur.

— Allez-y tous, dit Beta. Gamma et moi avons du travail supplémentaire à faire.

Chalo donna son sac à un autre chasseur et prit le corps. Il porta la femme doucement, comme s'il tenait un enfant, et la serra contre sa poitrine. Pendant un moment, j'ai pensé qu'il allait me dire quelque chose, mais il s'éloigna sans un mot.

— S'ils ne t'aimaient pas avant, dit Kaydee. Ils ne t'aimeront certainement pas maintenant.

Je n'ai pas demandé pourquoi. Les lignes traçant la situation étaient assez claires. J'avais attiré Beta après moi, laissant les humains sans défense. Je ne pouvais pas m'attendre à une embuscade de mechs, mais avec Delta se battant au-dessus, j'aurais dû être capable d'anticiper plus d'ennemis en dessous.

Ou, aurais-je dû ? Était-ce mon travail ?

— Hé, tête de linotte, dit Beta. Viens par ici.

Elle tapa des chiffres sur le clavier à côté de la porte. Celle-ci s'ouvrit en glissant, la gemme devenant verte. À l'intérieur se trouvait un petit appartement spartiate. J'ai reconnu la disposition : elle correspondait à celle que j'avais brièvement vue dans la mémoire réinitialisée de Kaydee, bien que plus petite, la cuisine et le salon compressés en un seul espace circulaire. Pas de table, pas de chaises, juste quelques placards intégrés et des espaces vides pour des appareils depuis longtemps disparus donnant des indices.

Une seule ampoule fixée au plafond s'alluma quand je

suis entré, baignant l'endroit d'une lumière jaune enfumée. Beta pointa du doigt derrière la cuisine vers la chambre.

— À qui appartient cet endroit ? ai-je demandé en suivant les directions de Beta.

— À Val, dit Beta. Ou à sa famille. Elle garde cet endroit tranquille. Elle ne veut pas que quelqu'un se cache ici.

— Pourquoi ?

— Parce que les humains peuvent être stupides, voyons. Kaydee rit. — Cette fille est complètement déroutante. Leo a dû faire un sacré travail sur sa programmation.

— Ou peut-être qu'elle vit avec votre espèce depuis trop longtemps.

J'ai senti une pointe contre mon cou en entrant dans la chambre.

— À qui parles-tu ? siffla Beta.

Sans me retourner, regardant dans une chambre presque vide avec un seul bureau dans un coin et un terminal informatique, j'ai tout dit à Beta sur Kaydee. Sur les Esprits, le processus que les Voix m'ont fait subir. Quand j'ai mentionné qu'Alpha avait tué son Esprit, Beta a ricané.

— Bien sûr qu'il l'a fait, dit Beta, retirant le couteau.

— Et toi ? ai-je demandé. Tu en as un ?

Maintenant Beta s'appuya contre l'embrasure de la porte de la chambre, passant une main, couteau à l'intérieur, dans ses longs cheveux. Elle sourit, mais les coins de sa bouche tressaillirent, comme s'ils ne savaient pas s'ils devaient se transformer en grimace ou en sourire maniaque.

— Je suis éveillée depuis longtemps, Gamma. Si j'avais un Esprit, je ne l'ai plus. Beta se regarda. Ou peut-être que j'en ai un, peut-être que je suis mon Esprit, ou qu'il est moi. Ils font ça, non ? Laisser des traces en toi ? Elle se leva, me poussa vers le terminal. Il vaut mieux remettre les humains en ligne avant que tu cesses d'être toi, Gamma. Ça pourrait arriver à tout moment maintenant.

Je . . . ne savais pas comment réagir à cela.

Kaydee apparut alors que j'approchais du terminal, Beta encore une fois derrière moi. Elle secoua la tête rapidement, de petits « Non » furieux et rouges apparaissant dans l'air autour d'elle. Je l'ignorai, concentré sur l'ordinateur. Joignant mes doigts, j'utilisai le port et me connectai.

Kaydee m'attendrait à l'intérieur. Ensemble, nous trouverions le chaînon manquant qui maintenait les humains dans l'ignorance et nous le réactiverions.

Et tout ce temps, je me demanderais quand je cesserais d'être moi-même.

NEUF

LA TOILE

Le monde numérique du ferrailleur avait été sombre, rempli de fichiers mal placés et de désordre : Val gardait son ordinateur propre. Je suis tombé dans un sanctuaire calme, aux murs nacrés piqués de portes bleues étiquetées. Un toit en vitrail éblouissait le sol carrelé à mes pieds de pourpres et de jaunes. Des options allant des documents aux bases de données attendaient d'être examinées derrière ces portes, bien que je les aie toutes évitées pour l'entrée voûtée au fond.

Réseau, inscrit en lettres blanc-or au-dessus de la porte, me donnait l'indice.

— Je pense que c'est le plus beau monde dans lequel j'ai été, dit Kaydee en apparaissant à côté de moi. Si ordonné.

— J'aimerais que le mien soit comme ça, ai-je ajouté alors que nous marchions. Au lieu de ça, j'ai des cristaux partout.

— Le code peut être changé, tu sais, répondit Kaydee.

J'imaginais que les humains pouvaient, s'ils plongeaient profondément dans leurs propres pensées, jeter un regard honnête sur les choses qui les faisaient fonctionner. Leurs habitudes, leurs pulsions, leurs instincts. Pour moi, cependant, s'aventurer en profondeur me menait à un trou noir, une obscurité que je ne pouvais pas pénétrer. Leo avait muré cette partie, m'empêchant de recâbler mes propres circuits sauf par le processus très, très fastidieux de vivre une vie.

— Comment ? ai-je demandé. Val a fait tout ça manuellement. Quelqu'un devrait réorganiser mon code, mes fonctions pour que ça ressemble à ça.

— Je pourrais le faire.

Je me suis arrêté, j'ai regardé Kaydee pour confirmer qu'elle était sérieuse. — Tu n'as pas dit que tu pouvais accéder à ces parties de moi.

— Ça prendrait du temps, mais je suis un petit virus dans tes entrailles, Gamma, Kaydee claqua des doigts et des versions de moi apparurent dans l'espace autour de nous. L'un s'assit, regardant vers le plafond en se frottant le menton. Un autre se mit à courir, grognant contre des ennemis imaginaires. Un troisième commença à danser, bras et jambes bougeant en synchronisation rapide sur une chanson que lui seul pouvait entendre. — On pourrait faire de toi ce que tu veux être.

J'ai froncé les sourcils devant ces exemples éclectiques. — Je ne vais pas devenir toi ?

— Tu auras ma saveur, si on reste ensemble assez longtemps, dit Kaydee. Je suppose que ce n'est pas très différent des humains, en fait. Tout le monde est touché par ses relations.

— Bien sûr... ai-je dit en regardant à nouveau la porte du Réseau. Rends-moi service et laisse mes entrailles tranquilles, tu veux ?

— Tu ne me fais pas confiance ?

— Si ce sont tes exemples, alors non, je ne te fais pas confiance.

Kaydee s'est jointe à ma marche. J'ai apprécié les pas réguliers sans mechs me pourchassant, sans humains me fusillant du regard, ou Beta tenant un couteau dans mon dos. Une fois de plus, le domaine numérique s'avérait être un refuge, bien que temporaire et étranger. Les limites dans le terminal de Val étaient rigides : contrairement à quand j'avais piraté l'ordinateur de Delta ou même celui du ferrailleur, Val gardait ses routines serrées, ses fichiers organisés. Beau, oui, mais une sorte de prison pour quelqu'un comme moi.

Beta et Gamma avaient été conçus pour la prouesse physique. Ils faisaient de l'art avec leurs armes, leurs danses tranchantes et coupantes. Je pouvais trébucher et lancer mes poings, mais c'était mon arène. Les uns et les zéros, les fonctions et les variables. Aussi vite que Delta pouvait lancer une épée, je pouvais agiter et-

La porte se dressait devant nous, la marche se terminant en un instant.

— Prête ? ai-je demandé à mon amie.

— Continuons cette balade.

— En effet.

La porte bleue n'avait pas de poignée, mais la fine ligne noire qui séparait son centre suggérait de pousser, alors c'est ce que j'ai fait. La porte a résisté. J'ai poussé plus fort, reçu la même réponse.

— Rien ? demanda Kaydee.

— Elle semble déterminée à rester fermée.

Mais ce n'était pas parce qu'une porte ne voulait pas s'ouvrir que c'était impossible. J'ai regardé de plus près le long des bords de la porte, tous parfaitement ajustés aux murs parfaits de Val. Nulle part où agripper, aucun défaut dans le code. Si les Voix avaient construit ce blocage, elles l'avaient fait suffisamment bien pour qu'aucun utilisateur ordinaire ne puisse le contourner.

Moi, fier maître du domaine numérique, je n'étais pas un utilisateur ordinaire.

D'abord, j'ai opté pour la force brute, une attaque destructrice destinée à sonder la porte, voir si une section particulière serait vulnérable. Une hache, son tranchant marqué de chiffres, de lettres, de fonctions, est apparue dans ma main et je l'ai balancée contre la porte. En haut, au milieu, en bas. J'ai testé le bord, tenté de briser le milieu.

Chaque coup ne laissait rien derrière, aucun changement par rapport à avant.

— On dirait qu'ils sont plus malins que toi, se moqua Kaydee.

— Empêcher la solution la plus simple n'est pas malin, c'est requis, ai-je répliqué.

— Expert en cybersécurité maintenant ?

— Tu vas juste être agaçante, ou tu peux aider ?

Kaydee haussa les épaules, regarda la porte, rit. — J'aurais dû réaliser ce que nous regardions. Quand je l'ai regardée, les questions clairement visibles sur mon visage, elle soupira. — Devine qui est dans les Voix ?

— Qui ?

— Leo, mon ami. C'est le seul dans ce groupe qui connaît quoi que ce soit en programmation. Si ma mère voulait isoler Val, Leo aurait été celui qui l'aurait fait.

— Ce qui signifie ?

C'était maintenant au tour de Kaydee de me lancer un regard exaspéré. — Est-ce que tu as, genre, toujours besoin que quelqu'un fasse les connexions pour toi ?

— Je pourrais essayer, mais pourquoi risquer de mal interpréter quand tu es juste là ?

— Je suppose qu'il y a une certaine logique à ça. Kaydee se retourna vers la porte. Sa main gauche tenait maintenant un marqueur, et avec celui-ci, elle dessina une ligne jaune sur la porte. Pas un carré ou un cercle, mais un emblème que j'avais déjà vu auparavant. — Tu comprends maintenant ?

L'unique université de Starship avait son propre écusson, et maintenant son diagramme en forme de vaisseau spatial était apposé sur la porte. Lors de ma visite improvisée à l'université sur le pont de Starship, j'avais vu Kaydee et Leo parcourir ses couloirs, se rendant en cours. Des flashbacks issus des propres souvenirs de Kaydee.

Et un lien vers les protections que Leo pourrait utiliser pour verrouiller un terminal informatique.

— Starship garde son réseau largement ouvert, dit Kaydee en dessinant des chiffres et des lettres à l'intérieur du contour du vaisseau spatial. Les constructeurs d'origine l'ont conçu comme une protection contre un éventuel dictateur, je pense. Donc si tu veux fermer une section, tu dois être malin.

Lorsque Kaydee remplit une dernière zone, elle retira le marqueur et toutes les lignes jaunes semblèrent s'infiltrer dans la porte. Le bois bleu clignota une fois et je vis le cadre se desserrer, la porte respirer comme si elle était libérée.

— Leo a désigné cet ordinateur pour les tests, dit Kaydee. Un blocage universitaire l'empêche d'accéder au réseau de Starship.

— Et tu l'as retiré comment ?

— J'ai dit que le test était terminé. Kaydee agita le marqueur. C'est un simple code d'accès à entrer d'ici. De l'extérieur, il faudrait que quelqu'un efface et réinitialise toute la machine. Ou que quelqu'un de l'université utilise ses identifiants.

— Difficile à faire quand tout le monde là-bas est mort ou mécanisé.

— Je te l'ai dit, Leo n'est pas stupide.

Je poussai la porte. Sans friction, sans bruit, la porte s'ouvrit vers l'intérieur, révélant une toile enchevêtrée en grand contraste avec ce que nous avions vu jusqu'à présent. Des filaments aux tons terreux se croisaient et s'enroulaient les uns autour des autres, disparaissant dans une pénombre lointaine s'étendant dans toutes les directions sauf vers nous.

De minuscules particules rubis suivaient les lignes, rebondissant le long de trajets indéchiffrables à travers le tissage sans fin. Le réseau de Starship mis à nu, un milliard de points éparpillés dans l'immense vaisseau, les reliant tous ensemble. Un programme suffisamment intelligent pourrait analyser la toile, envoyer son message exactement là où il devait aller.

— Beurk, dit Kaydee. C'est, genre, la pire façon de visualiser Internet.

— Pourquoi ? demandai-je. Je trouve ça magnifique.

— Je déteste les araignées.

— Comment peux-tu détester les araignées alors que tu n'en as jamais vu ?

— Les films, Gamma. Les jeux, frissonna Kaydee. Quand je rêvais, j'avais tellement de cauchemars.

— Alors peut-être que ton existence actuelle a quelques avantages ?

Kaydee fit un pas en arrière, soit en réfléchissant à mon idée, soit en réalisant qu'elle n'avait pas vraiment dormi depuis très, très longtemps. Je reculai aussi, moins à cause d'un quelconque dilemme philosophique que parce qu'In- ternet se répandait. La toile, sans la porte pour la retenir, s'étendait dans l'église immaculée de Val. Des vrilles s'infiltraient sur le carrelage, se frayant un chemin vers ces autres portes bleues et les ouvrant une par une.

Je m'avançai vers l'endroit où Kaydee s'était réfugiée, sur un côté simple que les vrilles avaient jusqu'à présent laissé tranquille. Ensemble, nous regardâmes l'ordinateur de Val rejoindre le réseau de Starship, ces particules rubis clignotant rapidement d'avant en arrière.

— J'appellerais presque ça incroyable si ce n'était pas si terrifiant, dit Kaydee.

— Alors je vais le qualifier d'incroyable pour toi, répondis-je. Vais-je aussi avoir peur des araignées comme toi ?

— Je ne sais pas, Gamma, dit Kaydee. Je ne sais vraiment pas. Et ne le prends pas mal, mon pote, parce que je t'aime bien et tout, mais je ne veux pas être toi.

— Je ne suis pas offensé. Je posai une main sur l'épaule de Kaydee tandis que nous regardions la toile grandir. Elle perturbait l'installation impeccable de Val, recouvrant le carrelage de ses filaments, noircissant les murs en s'infiltrant dans chaque partie de son ordinateur. Je ne veux pas être toi non plus.

— Cool. Kaydee frissonna. On peut partir maintenant ? J'aime bien Internet, mais ça devient vraiment bizarre.

—Bien sûr.

En un clin d'œil, le monde virtuel de Val disparut et je me retrouvai devant l'ordinateur, son écran proclamant joyeusement le retour d'Internet. Beta, adossée au mur de la chambre, me fit un signe de tête quand je me retournai. Comme toujours, elle tenait un couteau dans une main, le lançant en l'air et le rattrapant.

— Beau travail, gamin, dit Beta. Maintenant Val et Chalo te tueront peut-être rapidement plutôt que très lentement.

DIX

GESTION DES MECHS

Dix-huit restants. Beta nous donna ce nombre alors que nous quittions l'appartement de Val, le vaisseau prenant soin de sceller la porte après notre sortie dans le Conduit. Dix-huit humains avec suffisamment de compétences et d'endurance pour servir de chasseurs, de guerriers, de combattants. Il y en avait près de cinquante dans le groupe de Val, mais la plupart étaient soit trop jeunes, soit trop brisés pour partir en excursion.

— Trop brisés ? ai-je demandé alors que nous marchions le long de cette passerelle, la base jonchée de débris du Conduit à notre droite.

La brume bleue constante nous enveloppait tandis que nous avancions, des gouttelettes d'eau perlant sur ma peau. L'humidité me rafraîchissait tout en rendant l'air lui-même plus épais, ce qui expliquait pourquoi Chalo et les autres ne portaient pas de vêtements plus chauds. Avec toutes ces forges en marche, les humains devaient avoir chaud.

— Ces mechs dans le Jardin étaient nouveaux et méchants, répondit Beta. Mais ils ne sont pas les seuls dangereux. Au début, tout ce côté du Vaisseau grouillait de saloperies, la plupart prêtes à déchiqueter un humain égaré.

— Une programmation qui a mal tourné ?

— Libérés, corrompus, qui sait, répondit Beta. Quand je suis arrivée ici, la situation était vraiment sombre. Val et les autres se blottissaient près de la nourriture, essayant de survivre.

— Ils ne semblent pas t'aimer pour autant.

— Je ne demande pas leur amour, et tu ne devrais pas non plus, parce que tu ne l'obtiendras certainement pas.

— Tu parles comme si c'était de ma faute. Je ne t'ai pas obligée à quitter Chalo. Tu n'avais pas à me suivre.

Le couteau de Beta se retrouva instantanément pointé sur ma gorge, appuyant légèrement. Je refusai de me laisser impressionner, réprimant l'envie de riposter ou de fuir. À ce stade, j'avais été si proche de la mort que l'idée ne pesait plus grand-chose. Pire, de loin, serait la corruption, me transformer en quelque chose que je n'étais pas.

— Tu n'as pas d'amis ici, mon pote, dit Beta. Fais attention à ne pas te faire plus d'ennemis.

— J'ai déjà été seul avant, ai-je répondu. Je peux l'être à nouveau.

Et, en vérité, l'idée ne me dérangeait pas. Autant j'avais voulu descendre ici avec Volt, trouver les humains, l'expérience n'avait pas été géniale. Beta pouvait avoir une loyauté sans compromis envers la tribu de Val, mais ce n'était certainement pas mon cas. Chaque interaction semblait teintée de colère, de suspicion, de peur. J'échangerais tout ça contre une recherche solitaire de Delta en un instant.

Beta ne répondit pas, et nous reprîmes notre marche vers le foyer des humains. Le Vaisseau restait lui-même, bourdonnant et grondant, avec une pluie occasionnelle de débris tombant d'en haut. Sinon, aucun ascenseur ne descendait, aucun mech ne nous harcelait. J'attribuai ce dernier fait à l'efficacité de Beta, pas aux capacités des humains.

Je restai derrière Beta alors que nous entrions dans les entrepôts des Ferrailleurs. Juste au cas où, comme l'avait dit Beta, Chalo aurait convaincu les autres humains que ma tête était le seul paiement valable pour le chasseur mort. Beta pensait qu'elle pourrait me donner quelques secondes pour m'enfuir.

Une pensée réconfortante.

Au lieu de cela, nous trouvâmes le garçon de tout à l'heure montant la garde. Ses yeux étaient baissés lorsque nous approchâmes et passâmes la porte. Quand Beta le pressa de nous dire où étaient les autres, le garçon poussa un soupir bien trop lourd pour quelqu'un de son âge.

— Ils font leurs adieux.

Kaydee répondit à mes pensées interrogatives par une présentation rapide, tout affichée sur ma droite alors que Beta et moi nous dirigions vers les forges, de la façon dont les humains avaient dit au revoir dans l'histoire. Les enterrements, les cairns et les crémations semblaient tous peu judicieux sur le Vaisseau : il n'y avait pas vraiment de terre pour enterrer quelqu'un, et brûler un corps risquait de polluer inutilement l'air du vaisseau.

— C'est vrai, dit Kaydee. C'est pourquoi nous les éjectons dans l'espace.

Une éjection cérémonielle à travers un sas, le corps destiné à voyager dans le cosmos pour l'éternité. Même si le corps finissait par être attiré par une étoile ou une planète, la crémation résultante disséminerait la personne dans un nouveau monde.

Un bel au revoir.

Val et les autres avaient adopté cette idée, et nous les

trouvâmes avec le chasseur allongé sur un traîneau de transport, conçu pour déplacer de la ferraille. Ils avaient recouvert le chasseur d'un simple linceul, tissé, semblait-il, de grandes feuilles. Le Jardin fournissant une fois de plus. Le tissu, je supposai, serait trop précieux pour être envoyé hors du vaisseau.

Nous n'avançâmes pas au-delà de l'entrée du camp, nous arrêtant plutôt pour écouter diverses personnes s'avancer et raconter des histoires sur la vie du chasseur. Une oraison funèbre agréable, que je ne refuserais pas pour moi-même, bien que je ne sois pas sûr de qui raconterait ces histoires. Delta ?

— Oh, je le ferais, dit Kaydee.

— Mais si je pars, tu es probablement partie aussi, ai-je chuchoté en retour.

— Non, non, dit Kaydee. Tu n'as pas le droit de mourir avant que je ne sorte. C'est la règle.

— Ah bon.

Je sentis une traction sur ma jambe arrière alors que la cérémonie se poursuivait. En me retournant et en baissant les yeux, je vis des yeux mécaniques brillants, un corps court et quatre pattes se terminant par des griffes acérées. Alvie, vivant et assez sensé pour rester silencieux. Je ne pus résister à un sourire et, ensemble, nous nous éloignâmes des humains, Alvie me tirant. Je sentis le regard de Beta sur mon dos, mais elle ne nous suivit pas.

Le chien me ramena à travers les forges — silencieuses maintenant, le grand espace uniquement éclairé par ces diodes bleues — et en direction des réserves de nourriture. Volt m'y attendait, ses yeux brillant d'un bleu insulaire.

— J'allais remonter quand ce petit-là s'est enfui, dit Volt alors que j'approchais. Je me suis dit que ça devait être toi, vu l'excitation du petit mech.

Alvie regarda de Volt à moi, ses yeux clignotant d'un orange ravi. Ses griffes tapotaient sur le carrelage. La queue du petit robot remuait rapidement, frappant ma jambe sans retenue.

— La batterie fonctionne, dis-je. Ce n'était pas très brillant, mais je ne savais pas comment partager que nous avions combattu un tas de mechs dans le Jardin, qu'un chasseur était mort et que Delta était déterminée dans sa quête meurtrière. Tu rentres chez toi ?

— Je suis parti depuis assez longtemps. Volt se redressa, planta ses pieds. Et ces humains ne font pas vraiment sentir un mech bienvenu.

Je ne pouvais pas le contredire là-dessus.

— Ça te dérange si je viens avec toi ? demandai-je.

— Me déranger ? Je serais ravi d'avoir de la compagnie. Les yeux de Volt virèrent à un jaune suspicieux. Tu as fait quelque chose à ces gens ?

— Je te raconterai en chemin.

Malgré mes paroles, Volt et moi marchâmes en silence. Alvie trottinait à côté de nous tandis que nous quittions le dépotoir des Ferrailleurs, trouvâmes un ascenseur et remontâmes vers le niveau préféré de Volt. Je passai le temps plongé dans mes propres pensées, jouant les émotions les unes contre les autres. Les humains me faisaient sentir en colère, agacé, et je voulais comprendre pourquoi.

Si l'idée était de les sauver en tant qu'espèce, alors je n'aurais pas dû ressentir autant d'ennui. J'aurais dû me précipiter, m'excuser auprès de Val pour le chasseur perdu et demander ce que je pouvais faire ensuite pour les aider. J'aurais dû examiner les forges pour les aider à améliorer leurs produits. J'aurais dû me tenir aux côtés de Beta, un duo travaillant à aider les humains à réaliser ce pour quoi Starship avait été construit.

— Je sais ce que tu ressens, dit Volt quand je commençai à partager mes doutes.

— Vraiment ?

— Je n'ai peut-être pas la gamme émotionnelle que vous autres vaisseaux avez, dit Volt, mais je ne suis pas non plus un rocher. Tu as été traité comme un mech, mon ami.

— Comment ça ?

— Réfléchis-y, répondit Volt alors que notre ascenseur montait vers le bleu, la brume perlant à nouveau ma peau de gouttelettes. Depuis que tu es réveillé, tu as pris tes propres décisions. Fait tes propres choix. Maintenant tu rencontres Val et elle te donne des ordres comme si tu n'avais pas ton mot à dire sur ton existence.

Je fixai Volt, ses yeux maintenant d'un vert clair. — C'est... perspicace.

— Je t'ai dit que je n'étais pas qu'un tas de circuits grillés, Volt frappa du pied sur l'ascenseur. Le Ferrailleur m'a fait la même chose quand je l'ai rencontré. D'autres humains aussi il y a longtemps. Me disant que je devais faire ceci. Que je devais faire cela. Me donnant des tâches en s'attendant à ce que je les gère.

— Et tu l'as fait ?

Volt leva ses mains, fit claquer ses doigts fins et agiles ensemble. — Ces petites merveilles ont fait leur magie pour les humains, bien sûr. Tu dois comprendre comment survivre sur ce vaisseau, Gamma. Tu n'es pas Delta et Beta, tu ne peux pas te battre pour t'en sortir, alors parfois tu dois faire ce qu'on te dit de faire. Mais ça ne fait pas du bien.

— Non, en effet. Je regardai mes mains. Pas aussi satisfaisant de presser mes doigts synthétiques ensemble. Pas de cliquetis. Que devrais-je faire ?

Volt rit, un gazouillis mécanique. — Comment le saurais-je ? Je suis ma programmation, j'ai continué à la suivre après que les humains se sont fait tuer. Le mieux que je puisse te dire, c'est que ton chien est là maintenant, tu devrais peut-être aller voir ton autre ami.

— C'est ce que je pensais.

— Tu vois ? Déjà de retour à prendre tes propres décisions.

L'ascenseur s'arrêta et nous sortîmes, nous dirigeant vers la station d'alimentation de Volt. Delta serait aussi dans cette direction.

— Que se passera-t-il si Val et les humains gagnent ? demandai-je à Volt tandis que nous marchions. Tu suivras leurs ordres ?

Les yeux de Volt virèrent au bleu. — Au bout du compte, nous sommes des mechs, Gamma. C'est pour ça qu'on nous a créés.

Je déposai Volt, le Conduit atténuant ses lumières pour leur routine nocturne. Ç'avait été une sacrée journée, allant de la Nurserie à la rencontre avec Val et Beta, le Jardin et maintenant de retour ici. À ma droite se trouvait cette Nurserie, sa porte sertie de gemmes rouges gardant toutes ces vies. Tous ces humains qui n'avaient pas encore été souillés par l'amertume de Val, par l'expérience sanglante de Chalo. Ces minuscules graines nous traiteraient-elles différemment ?

— Qu'est-ce que tu dis ? demanda Kaydee, apparaissant sur le Conduit à côté de moi.

— Je dis qu'il pourrait y avoir d'autres voies à suivre. Nous n'avons pas à prendre le chemin de Val.

— Parce qu'elle a blessé tes sentiments ?

Je jetai un coup d'œil à Kaydee. Malgré l'éclairage tamisé du Conduit, elle se tenait brillamment, un avantage d'être numérique. Elle portait un simple pull avec sa capuche relevée sur sa tête, bien que cela ne réduisît en rien son intensité. Je copiai l'expression humaine et croisai les bras.

— Je suis un mech, dis-je, en mettant dans ma voix la même intonation que Kaydee. Je n'ai pas de sentiments.

— Désolée, je pensais parler à un adulte. Kaydee tendit la main, saisit mes poignets, et bien qu'elle ne pût pas vraiment me déplacer, je la laissai guider mes bras.

Kaydee orienta mes bras droit devant, paumes vers le haut. Elle tapota chacune d'elles tour à tour et une mousse vert clair poussa à son contact. Tout cela était faux, mais néanmoins magnifique. La mousse sur chaque main s'éleva en un petit monticule, puis s'arrêta.

— Mignon, non ? demanda Kaydee.

— Pas mal.

— D'accord, grincheux, répliqua Kaydee. Maintenant, ici, elle pointa ma main droite, nous avons Val et tous ces humains que tu détestes tant. J'acquiesçai et elle désigna ma main gauche. Ici, toutes ces fioles dont tu parles. Disons que tout se passe bien. Delta élimine Alpha dans une grande bataille de mechs. Les Voix font atterrir Starship. Kaydee tapota la mousse de Val et elle grandit à nouveau, une petite tige pointant, étirant sa fronde verte vers le haut. Val a une longueur d'avance, alors elle emmène son équipage dehors. Tu protèges tes fioles. Tu fais faire toutes sortes de bébés humains parfaits par ces infirmières pour toi.

Mon amie tapota l'autre mousse, ma mousse, et une autre fronde, celle-ci d'un rouge-violet, émergea.

— Le temps passe, et peut-être que ce sont des jours, peut-être des mois, peut-être des années, dit Kaydee, et tandis qu'elle parlait, les deux tiges grandissaient, toutes deux répandant des vrilles vertes autour, certaines l'une vers l'autre.

— Elles interagissent, dis-je. C'est ça ton point ?

— L'un d'entre eux, répondit Kaydee. Devine ce qui se passe quand elles le font ?

— Ce que les humains ont fait toute leur vie. Se battre entre eux.

— Peut-être, dit Kaydee en passant un doigt à travers les vrilles, rapprochant chaque plante. Val n'en a pas beaucoup cependant. Il y a de fortes chances qu'ils essaient de former une alliance. Il y a de fortes chances qu'ils demandent à tes petits amis de jeter un coup d'œil à l'histoire du Vaisseau. Les opinions changent.

Kaydee me donna un coup cette fois-ci. — Tu es un excellent méca, Gamma, mais tu es un méca. Quelque chose de si différent de nous. Les humains que tu élèveras t'aimeront peut-être, te respecteront peut-être, te suivront peut-être, mais ils sauront que tu n'es pas comme eux, et quand le moment viendra...

Kaydee tapota la tige pourpre-rouge et toute la plante se flétrit et mourut. La mousse avec elle. Ensemble, elles s'effondrèrent en poussière tandis que la tige de Val s'épanouissait en une brillance de fleurs jaunes.

— Tu dis que je n'ai pas le choix, répondis-je en me débarrassant de la plante et laissant le petit jeu visuel de Kaydee s'estomper. Quoi que je fasse, les humains finissent par me contrôler.

Kaydee secouait déjà la tête avant que je n'aie fini. — Regarde-nous, Gamma. Regarde-nous.

Je plissai les yeux vers elle. — Et je dois voir quoi ?

— Nous sommes partenaires, toi et moi, répondit Kaydee. C'est ce dont tu as besoin. Ne fuis pas Val. Aide-la, mais garde ton indépendance. Fais-lui comprendre que tu n'es pas un ennemi, mais que tu n'es pas non plus qu'un simple outil.

— C'est quelque chose que tu sais faire ?

— Laisse-moi y réfléchir, dit Kaydee. Je vais fouiller dans toutes les conneries que tu as stockées ici, voir si je ne peux pas en apprendre davantage sur ce qui lui est arrivé. Toi, va à ta chasse ou je ne sais quoi.

Ma chasse ou je ne sais quoi. Kaydee avait toujours le mot juste.

Je sentis une patte, lourde et pointue, sur ma jambe et baissai les yeux pour voir Alvie qui attendait là. Le chien avait sa tête métallique inclinée, ses dents irrégulières et acérées dépassant de ses lèvres. Kaydee disparut, nous laissant seuls sur la passerelle.

— Prêt pour une promenade ? demandai-je au chien.

Alvie aboya dans un sifflement. Un son que je n'avais pas entendu depuis trop longtemps. Je me penchai et tapotai la tête du chiot.

— Va chercher Delta, dis-je, et quand le chien partit en courant vers le Pont, avec tous les désastres du Vaisseau entre ici et là-bas, je le suivis.

ONZE

MON HUMAIN ET MOI

Kaydee et moi allions trop vite en besogne. Le destin ultime de l'humanité ne reposerait sur mes décisions que si une foule d'autres choses jouaient en ma faveur. L'une d'entre elles étant le retour d'Alpha en captivité ou sa destruction. Une autre étant les Voix et leur contrôle sur le Vaisseau spatial. Qui savait quels pouvoirs ou astuces ils pouvaient avoir en réserve pour moi ?

Rattraper Delta signifiait marcher le long du Conduit. Son éclat nocturne prenait effet, le bleu s'estompant pour laisser place à un argenté étoilé, de vieux panneaux s'illuminant et remplissant la pénombre de couleurs vives. La rambarde à ma gauche embrassait le style diode, scintillant de jaune tandis que je courais.

À ma gauche, le milieu du Conduit devenait bondé alors que j'atteignais le quartier du Parc. Delta et moi nous y étions battus contre un méca-fontaine fou, chargé de s'emparer du Cœur Énergétique de Volt. J'avais failli être écrasé pendant que Delta tailladait des dizaines de petits mécas, ma planche de salut étant un port ouvert à la base du méca-fontaine. Pas une expérience que je voulais revivre.

Mais une expérience facile à se rappeler.

En avançant, le passage antérieur de Delta le long du même itinéraire laissait des traces partout. Des mécas brisés, tant de notre premier voyage que de nouveaux vestiges encore étincelants de la journée, encombraient le chemin. Je sautais par-dessus les débris. Tout, des mécas-poubelles cubiques aux messagers plus sveltes, avait été découpé, leurs morceaux éparpillés sur tout le Conduit.

Le Parc lui-même, au moins, semblait serein. L'éclairage au cœur des arbres et des petits amphithéâtres vacillait sous l'effet du temps, gratifiant le gris du Conduit de lueurs éphémères. Enchanteur, calme. J'avais aperçu Kaydee et Leo se promener sur ses sentiers la dernière fois que j'étais passé par là, s'amusant.

Aurais-je un jour la chance d'en faire autant ?

L'Hôpital venait ensuite, une installation massive remplie d'horreurs. Comme le Jardin, l'Hôpital s'étendait sur le Conduit, montant et descendant sur plusieurs niveaux. Contrairement au Jardin, ses étages n'étaient pas remplis de fleurs et de fruits. Ils abritaient des mécas meurtriers, un immense collectif de guérison rendu dangereux par des défauts de programmation et, comme toujours, le temps.

Je m'approchais lentement de l'entrée de l'Hôpital, vis ses portes forcées. Des entailles révélatrices avaient tranché les grandes portes coulissantes, laissant un accès facile à un couloir depuis longtemps transformé en cimetière. Les mécas morts ici étaient plus anciens, vestiges de notre dernière excursion. Sur le sol carrelé — ici aussi lumineux qu'en plein jour grâce aux lumières toujours allumées de l'Hôpital — je pouvais suivre une longue rayure d'un côté à l'autre : la lame de Delta traînant au sol.

Elle avait courbé la ligne à travers les mécas morts sur le sol, tranchant ici et là des bouts et des boulons.

— Eh bien, c'est sinistre, dit Kaydee alors que je passais.

— Delta a un but, répondis-je. C'est ce qu'elle fait.

— Je te rappelle juste que tu es aussi un méca.

— Donc si les humains ne me tuent pas, elle pourrait le faire ? répliquai-je alors que nous sautions par-dessus un méca remplissant le couloir, destiné à transporter des médicaments d'un endroit à un autre. Je suis entouré d'ennemis ?

— Ouais, ça résume bien la situation.

— Et que devrais-je faire, Kaydee ? Me cacher ? Fuir ?

— Pour commencer, te procurer une arme pourrait aider.

Malgré tout son sarcasme et ses convulsions introspectives, Kaydee avait raison. J'oubliais si souvent l'aspect physique du combat. J'avais mes poings, les fils et le métal qui les alimentaient, mais à peu près n'importe quoi ferait une meilleure offense. Mes vêtements aussi avaient toutes les propriétés défensives du tissu : confortables et faciles à trancher.

Alors je gardais les yeux ouverts pendant que nous avancions. J'aperçus quelque chose de brillant, rouge. Encore intact.

— Que dirais-tu de ça ? demandai-je à Kaydee, en montrant l'extincteur.

— L'utiliser comme massue ? demanda Kaydee. Ça te ressemble bien.

Je tirai sur l'armoire, la trouvai verrouillée. Je tirai plus fort et la porte céda. Je posai la porte, l'appuyant contre le mur du couloir, la vitre intacte. L'extincteur se détacha facilement, je le pris d'une main par le haut, Kaydee me mettant en garde contre la goupille.

— Tu vois ? dis-je. Prêt à affronter le destin.

— Bien sûr, Kaydee fit du pop-corn, le jeta dans sa bouche. J'ai hâte de voir comment ça va se passer.

Nous n'eûmes pas à attendre longtemps. Le Jardin n'était pas loin au-delà de l'Hôpital et mon jogging nous y amena rapidement. La piste de mécas de Delta continuait, suffisamment encombrée maintenant pour que je ne coure pas tant que je ne saute, chaque bond me faisant passer par-dessus des débris découpés. Certains mécas restaient en vie, leurs têtes suivant mon approche. Quelques-uns offraient des salutations déformées, leurs processeurs vocaux grattant le son. Ces mécas ne pouvaient ni bouger, ni attaquer, ni se réparer.

Ils resteraient là jusqu'à ce que leurs batteries s'épuisent, jusqu'à ce que quelqu'un décide de récupérer leurs pièces. Alvie s'arrêtait, reniflait ces choses jusqu'à ce que je l'appelle pour qu'il vienne.

— Comme je l'ai dit, marmonna Kaydee tandis que nous traversions la verdure du Jardin. Dans la nuit, les fleurs brillaient de bleu et de violet, une ambiance rehaussée par la cascade qui coulait. C'est un peu dérangé.

— Ils allaient tuer Delta si elle ne les détruisait pas, dis-je.

— Il me semble me souvenir que tu avais une certaine nuance, répliqua Kaydee. Elle les éventre tous, tout simplement.

— Je pourrais en reprogrammer un ou deux, peut-être, dis-je. Mais pas autant.

De plus, les mechs que nous croisions correspondaient maintenant à ceux que j'avais vus dans le Jardin la dernière fois. Les chiens, les mechs flexibles avec des pinces. C'étaient toutes les créations d'Alpha, son nouvel essaim. Quant à savoir si je pouvais les pacifier comme j'avais pu le faire avec certains autres... Alpha avait failli m'anéantir la dernière fois que j'avais essayé de pirater son travail, de modifier ses programmes.

— Donc tu as peur, dit Kaydee. Ça ne te dérange pas que Delta fasse les choses à la dure parce que tu penses qu'Alpha va te malmener.

— Il m'a déjà malmené, si tu t'en souviens.

— Si je m'en souviens ? Difficile d'oublier. Mais tu n'étais qu'un vaisseau novice à l'époque. Tu as grandi maintenant.

— Quelques jours suffisent, hein ?

— C'est tout ce que tu as, Gamma.

Nous avons quitté le Jardin, de retour du côté huppé de Starship. Ici, les combats de mechs avaient été pires parce que, eh bien, ils avaient plus de mechs de ce côté. Les magasins et les maisons semblaient malmenés tout le long du Conduit, avec des enseignes brisées et des portes défoncées. Des égratignures et des entailles marquaient les murs. Des fils électriques crachaient des étincelles çà et là, des flammes jaillissant chaque fois que les braises trouvaient quelque chose à mordre.

Pire encore, j'ai de nouveau entendu ce bruit particulier. Le fracas, le cliquetis, le tintement de Delta engagée dans un combat. Cette fois-ci, c'était devant nous et, en plissant les yeux, visible. Alvie et moi avons couru, l'extincteur cognant contre la rambarde.

Les silhouettes vagues sont devenues un enchevêtrement métallique à mesure qu'Alvie et moi nous rapprochions. La passerelle était encombrée de débris détruits. Des corps de mechs partout, de toutes sortes. La plupart ne semblaient pas dangereux, des poubelles ambulantes ou des mechs de nettoyage avec des brosses. Tous étaient tranchés, brisés.

Delta se frayait un chemin mortel à travers une mer infinie de mechs.

Nous l'avons rattrapée, sa lame chantant alors qu'elle la balançait d'avant en arrière. Les mechs comblaient les espaces, avançant avec des tentatives trop lentes pour saisir le vaisseau. Au-delà d'elle, les robots s'étendaient tout le long du Conduit vers l'Université et le Pont. D'autres utilisaient les ascenseurs pour monter et descendre à notre niveau, rejoignant le flux constant marchant vers leur mort.

Bien que l'assaut ne fût pas sans succès. En nous approchant, j'ai vu des entailles le long du corps de Delta. Des déchirures dans ses vêtements, ses bras et ses jambes ne bougeant pas aussi vite que dans mes souvenirs. Elle était aussi un mech, dépendante de circuits et d'un squelette construit pour continuer. Une batterie qui se fatiguerait à bouger, à se battre sans repos.

— Gamma ! a appelé Delta, m'apercevant du coin de l'œil alors qu'elle achevait un violent coup à deux mains, coupant les jambes de trois mechs-boîtes qui approchaient. Viens ici. On est près du but !

J'ai hésité, Alvie aboyant sur les mechs. Delta n'était pas près du but, nous n'étions pas près du but. Nous devrions massacrer une armée pour atteindre le Pont...

— N'y a-t-il pas une meilleure façon ? ai-je demandé, restant à plusieurs mètres derrière Delta. Pas question de me mettre sur le chemin de ces coups d'épée. Il y en a tellement !

— Alpha les met là, a dit Delta. C'est eux ou nous, Gamma.

Le vaisseau a porté un coup droit, coupant en deux un grand mech de nettoyage et envoyant ses moitiés se séparer en tremblant. Deux mechs messagers plus rapides se sont faufilés en dessous, leurs corps en forme de cigare leur permettant de traverser les décombres. Alors que Delta essayait de libérer sa lame, elle s'est coincée dans le plus gros mech, donnant aux plus petits un tir gratuit.

Alvie s'est élancé devant moi. Le chien a intercepté le robot attaquant sur la gauche, le renversant au sol.

J'ai lancé l'extincteur, le cylindre tournoyant dans les airs et heurtant le mech messager de droite. Un bang, puis un énorme nuage blanc alors que la mousse et la poussière se répandaient partout. Delta a trébuché en arrière, forçant l'épée à sortir. Je ne pouvais pas voir la prochaine vague de mechs au-delà du nuage, ni Alvie non plus.

— Depuis combien de temps te bats-tu ? ai-je demandé, venant aux côtés de Delta. Tout ce temps ?

— Je n'ai pas compté, a répondu Delta.

— Comment est ton énergie ?

— Suffisante, a éludé Delta. Elle a tendu un bras, me repoussant sur la poitrine. Si tu ne vas pas te battre, Gamma, alors pars pour que je n'aie pas à m'inquiéter pour toi.

Un autre mech a traversé le nuage blanc en piétinant, celui-ci un stockeur d'étagères élancé. Alpha avait dû modifier son code car le mech utilisait ses bras trop nombreux pour saisir des pièces au sol et les lancer sur Delta. Le vaisseau en a esquivé un, roulé pour éviter un second afin de réduire la distance. Elle en a reçu un troisième directement dans l'estomac en se relevant, Delta refusant de fléchir alors qu'elle balançait la lame noire dentelée vers le haut, emportant des bras avec son large coup. J'ai aperçu l'éclat des débris projetés s'enfonçant dans mon amie. J'ai vu le mech frapper Delta avec ses bras restants, la battant, écartant l'épée au loin.

Alvie s'est jeté sur le dos du mech, le projetant en avant au-delà de Delta, qui s'est ressaisie et a porté un coup fatal au milieu du mech. L'alimentation de la chose s'est brisée dans une fontaine d'étincelles orange-jaune alors que la machine se pliait.

D'autres mechs arrivaient. Il y en aurait toujours plus.

— On doit courir ! ai-je dit. On ne peut pas gagner ça !

— Il n'y a pas d'autre option, a répondu Delta, se préparant pour la prochaine vague.

— Elle a vraiment un désir de mort, a dit Kaydee, apparaissant à côté de moi. Leo vous a sacrément marqués.

— Je ne la quitte pas, ai-je dit, me dirigeant vers le stockeur d'étagères tombé. Ses bras n'étaient pas parfaits, mais ils seraient de meilleures armes que rien. Si les mechs la prennent, qui sait ce qu'Alpha pourrait faire.

Une Delta complètement corrompue déchaînée dans Starship serait un cauchemar. Val et son petit camp se retrouveraient découpés aussi vite que ces mechs. Même en arrachant un bras convenable, j'ai commencé à envisager une idée différente.

Si Delta ne voulait pas arrêter de se battre, si nous ne pouvions pas gagner, alors je ne pouvais pas permettre qu'elle tombe entre les mains d'Alpha.

— Vraiment sinistre, Gamma, a dit Kaydee alors que Delta et Alvie affrontaient un autre trio de mechs.

Je n'ai pas répondu. Je me suis levé avec ma nouvelle massue improvisée et j'ai regardé la dernière éviscération. J'ai remarqué autre chose aussi. Une lueur familière sertie de rouge. Une porte en spirale et un numéro à côté, si profondément gravé en moi que je ne pouvais pas ne pas le reconnaître : l'appartement de Leo.

Ma maison. Notre maison. À seulement quelques mètres devant.

Je me suis élancé dans le combat, balançant ma massue improvisée à deux mains. J'ai frappé le mech le plus proche, un robot serveur fin et à roues, et l'ai envoyé voler par-dessus ses amis vers le pont. Un sifflement de Delta m'a fait baisser la tête pour que son long balayage puisse passer au-dessus de ma tête sans l'emporter, les débris de sa coupe aspergeant mes joues, brûlant mes mains.

Je m'en fichais. Au lieu de cela, j'ai crié pour qu'on avance, qu'on se batte, et Delta a mordu à l'hameçon. Elle et Alvie ont rejoint mon avancée, nous trois chargeant dans la ligne des mechs. Coupant, frappant, mordant, nous avancions avec une vitesse que les mechs conçus pour l'entretien ménager ne pouvaient égaler. Malgré tout, chaque fois que mes coups de massue écrasaient un processeur ou broyaient une source d'énergie, je grimaçais.

C'étaient toutes des machines innocentes, poussées dans un rôle qu'elles n'avaient jamais désiré par une programmation défectueuse ou une corruption totale. Aucune ne méritait cette mort, mais j'étais là, à la leur donner quand même.

Au moins, je n'avais pas encore atteint le niveau des humains, détruisant des mechs pacifiques juste parce que. Un terrain moral auquel je me suis accroché alors que nous nous battions pour avancer centimètre par centimètre. Jusqu'à ce que, sur la droite, ce refuge aux gemmes rouges se trouve juste à côté de nous.

— Là-dedans ! ai-je crié. On peut gagner du temps !

— Non, la réponse de Delta fut rapide et nette. On continue d'avancer. Il n'est plus question de s'arrêter maintenant, Gamma.

Delta s'est élancée à nouveau, prête à fendre plus de métal. Je l'ai regardée bouger, j'ai vu Alvie, le chien portant maintenant ses propres égratignures et bosses, la suivre. Combien de vagues de plus allions-nous tenir ?

J'ai couru vers la porte, tapé le code gravé dans ma

mémoire. La porte a clignoté en vert, s'est ouverte. Delta a poussé un autre cri de victoire alors que je regardais le couloir sombre, tapissé d'affiches de cinéma, menant chez Leo.

Notre havre.

Delta a reculé d'un pas, libérant sa lame des câbles. Alvie a bondi vers moi quand je lui ai fait signe. Je lui ai dit de rester près de nous, de nous protéger, et je me suis approché de Delta. Au-delà d'elle, les prochains mechs avançaient lentement, se traînant avec un grondement régulier et sans fin.

— S'il te plaît, ai-je dit.

— C'est pour ça, Gamma, que je suis née, a répondu Delta. Elle a pointé son épée vers le mech le plus proche. À ton tour !

Elle a fait un pas en avant, engagée dans une voie suicidaire.

Alors j'ai pincé mes doigts ensemble, et les ai enfoncés dans le port derrière son oreille droite.

DOUZE

NUMÉRISÉ

La dernière fois que j'avais piraté Delta, c'était pour expulser un mech intrus. Le superviseur malveillant de la Nurserie avait planté ses griffes dans mon amie, s'affairant à la réécrire de l'intérieur. Kaydee et moi avions plongé dans les entrailles fracturées de Delta, disposées comme des plateformes flottantes à la dérive dans un vide orange et rocheux, et nous nous étions battus pour la libérer.

Cette fois, je me battais pour l'éteindre.

Je me tenais à nouveau sur une île de grès pâle, des chaînes lâches s'en échappant et se connectant aux autres programmes de Delta, chacun étant un élément crucial l'aidant à manier cette épée, à voir ces mechs et à décider qu'ils devaient tous mourir. Je devais choisir la bonne chaîne qui me mènerait au cœur de Delta, et de là, la désactiver.

Et le faire assez vite pour que les mechs à l'extérieur ne nous réduisent pas en bouillie.

Au moins, j'avais le temps de mon côté. Dans le plan numérique, les choses se passaient à la vitesse de la lumière, les décisions et les mouvements étaient instantanés à mesure que les variables changeaient et que les fonctions s'exécutaient. Pas besoin de nerfs pour se connecter aux muscles pour bouger.

— Mon Dieu, je suis si heureuse d'être de retour ici, dit Kaydee, prenant une profonde et totalement inutile inspiration à côté de moi.

L'air avait un goût de braise, une chaleur silencieuse nous enveloppant. Delta ne s'intéressait pas au paradis. Ou plutôt, Leo avait décidé de ne pas lui en donner un.

— J'essaie de sauver nos vies, répondis-je. Par où, tu penses ?

— On pourrait se séparer ?

Je fronçai les sourcils.

— Je vais supposer que Delta n'est pas ravie qu'on soit ici. Elle va nous chercher.

— Quelqu'un nous cherche toujours.

Le détachement de Kaydee effaça mon froncement de sourcils. Les premières terreurs que nous avions vécues dans Starship avaient forgé une nouvelle attitude en nous deux. Une acceptation morne : le danger était notre lot, du moins pour le moment.

Sans indice évident dans le monde qui nous entourait, j'optai pour une méthode de triche. Je me connectai au code, essayant de trouver un chemin, une fonction qui nous guiderait là où nous devions aller. L'île sur laquelle nous nous tenions était un programme, oui, et ces chaînes la reliaient à d'autres. Chacune était un lien, formant un répertoire.

En remontant assez loin dans le répertoire, jusqu'à la toute première île, nous trouverions probablement le cœur. Ou, du moins, un moyen d'y accéder. J'exécutai l'idée, lançai le script — une sensation pas si différente d'une rêverie — et l'une des trois chaînes de notre île s'illumina d'un bleu céruléen.

— C'est toi ? demanda Kaydee.

— C'est tellement moi, répondis-je. Allons-y.

Ensemble, nous nous dirigeâmes vers la chaîne, nos pieds rebondissant sur le calcaire comme s'il s'agissait d'un nuage. La gravité et les autres lois physiques n'avaient qu'un lien ténu ici, nos corps allant plutôt là où nous voulions qu'ils aillent. La première fois, c'était déconcertant, et je m'étais écrasé en oubliant que la friction et autres ne s'appliquaient pas.

Maintenant ?

Nous *volions*, les plus légères tapas nous propulsant à une vitesse de sprint. La chaîne offrait amplement d'espace sur ses maillons monstrueux, tous noirs et polis à la perfection. Ils brillaient tandis que nous bondissions de l'un à l'autre, sautant sur toute sa longueur jusqu'à l'île suivante, puis celle d'après. J'accélérai, donnant un coup de pied à chaque contact, et Kaydee suivait le rythme, riant alors qu'elle bondissait.

La dernière île ressemblait beaucoup à la première : un diamant beige festonné sans paysage pour le recommander. Sa seule différence résidait dans une simple boîte posée sur son bord le plus éloigné. Ce serait la clé des fonctions centrales de Delta, son interrupteur d'alimentation.

Bien sûr, Delta se tenait devant, cette épée dentelée ayant fait le saut vers son monde numérique et gagnant quelques mètres de longueur dans la transition. Maintenant ridiculement peu pratique, la lame semblait néanmoins légère et facile dans les mains de Delta lorsqu'elle la pointa vers nous.

— Pourquoi ? demanda Delta alors que Kaydee et moi atterrissions.

— Tu vas te faire tuer et nous avec, dis-je. C'est simple.

— C'est ma décision, rétorqua Delta. Partez, maintenant.

— Tu es un peu grincheuse pour quelqu'un qu'on essaie de sauver, dit Kaydee, se plaçant devant moi. Elle laissa tomber une main derrière son dos, fit signe vers sa gauche. Je veux dire, on est allés profondément dans ton palais mental dément, essayant de t'empêcher de mourir, et maintenant tu pointes ce truc sur nous ?

Je me déplaçai vers la gauche tandis que Delta observait Kaydee. Le vaisseau dirigea l'épée vers mon amie.

— Dernière chance, dit Delta.

— Tu ne veux même pas parler ? demanda Kaydee, bien qu'elle levât les deux mains, les joignant ensemble.

J'hésitai près du bord gauche de l'île. Tout mouvement en avant me mettrait à portée de Delta, une chance que je ne voulais pas prendre tant que Kaydee n'avait pas toute son attention. Un mouvement que je ne voulais pas faire de toute façon, vraiment.

D'ailleurs, j'avais trouvé une autre idée.

— On peut parler dehors, dit Delta, et elle s'élança en avant.

L'estocade fut rapide, pointée droit vers la poitrine de Kaydee. Elle aurait dû faire mouche, mais Kaydee fit ce que les programmes comme elle pouvaient faire : elle joua avec sa réalité localisée, se déplaçant d'un mètre vers la droite pour que l'épée de Delta ne fasse que siffler à côté.

J'avais aussi eu du mal avec ça au début. M'en tenant trop aux limitations du monde physique alors que je n'en avais pas besoin. Delta balança l'épée vers la gauche, une autre coupe rapide qui aurait pu être la fin de Kaydee si elle ne s'était pas aplatie au sol avec une vitesse bien trop rapide pour la réalité.

Les yeux de Delta se plissèrent, sa bouche se fit tranchante comme un rasoir tandis qu'elle se focalisait sur Kaydee, et je passai à l'action. Aller tout droit m'aurait amené directement dans la portée de Delta, alors je partis sur la gauche, coupant par le bord de l'île. Je gardai mes pieds plantés sur l'île, courant sur sa face inférieure. Un mètre, deux, et bientôt j'atteindrais l'arrière de l'île. Je me retournerais et saisirais la boîte grise.

L'épée de Delta mordit dans l'île, tranchant la pierre derrière moi. Des fragments volèrent partout et je me jetai en avant pour esquiver le coup. Cette esquive réussit — la pointe de la lame effleura mes pieds — mais le plongeon m'emporta au-delà du bord arrière de l'île, dans l'étendue orange désolée. La mémoire inutilisée de Delta, son néant.

Je me retournai et vis Kaydee se précipiter à travers l'ouverture créée par le coup de Delta. Elle bouscula le vaisseau d'un coup de coude, un coup insignifiant. Delta encaissa le choc, changea la prise sur son épée et la fit revenir en arrière. Kaydee ne pouvait pas voir l'attaque venir. Je criai son nom, comme si cela allait changer quelque chose.

Kaydee ne ramassa pas et ne lança pas tant la boîte grise qu'elle ne la frappa du pied, une tentative maladroite alors que l'épée de Delta la touchait d'un coup glissant. Le bras gauche de Kaydee se détacha, se dissipant dans le néant. Le corps de Kaydee suivrait dans une seconde, son intrusion expulsée.

Mais cette boîte volait vers moi. Pas tout à fait sur la bonne trajectoire, mais je m'étirai, allongeant mes bras pour l'atteindre.

— Dépêche-toi ! cria Kaydee, sa voix devenant robotique tandis qu'elle disparaissait.

Delta bondit de l'île vers moi, hurlant mon nom et tenant l'épée en l'air. S'il y avait jamais eu un ange de la mort, je devais imaginer qu'il ressemblait à quelque chose comme elle à ce moment-là, la lame fendant un orange infini, des chaînes et des pierres flottantes derrière elle, son visage exprimant une colère pure.

La boîte grise heurta mes doigts tendus. Elle était froide, beaucoup trop lisse. Dans cette sensation, les fonctions de la boîte se révélèrent : un effacement de mémoire, un arrêt total.

— Désolé, dis-je à Delta alors qu'elle levait cette épée.

Elle ne frappa jamais.

De retour à la réalité, je remarquai d'abord Alvie. Le chien avait couvert notre passerelle de sauts rapides, rebondissant souvent sur les mechs qui approchaient pour les repousser d'un pas. Alvie aboyait tout le temps, ses jappements robotiques résonnant sur tout le métal. Les mechs qui combattaient Delta tentaient de frapper Alvie, mais le chien semblait trop petit pour être bien touché. À la place, des griffes claquantes, des bras frappeurs et la scie tourbillonnante d'un mech ne rencontraient que du vide.

Tout cela à quelques mètres de l'endroit où je me tenais, portant une Delta maintenant inerte. Sa grande épée noire claqua sur le sol de la passerelle alors que sa main lâchait prise. Remerciant à nouveau Volt de m'avoir donné une force supplémentaire, je ramassai le vaisseau et courus vers l'entrée sertie de pierres vertes de l'appartement de Leo.

— Alvie ! criai-je.

Le chien obéit à mon appel sans hésitation. Je déposai Delta juste à l'intérieur de la porte, sentis l'air se déplacer alors qu'Alvie volait à côté de moi. Un effleurement du panneau de contrôle fit fermer la porte, la lueur du joyau rouge aussi réconfortante que je ne l'avais jamais vue auparavant.

Je m'effondrai contre cette porte en spirale, regardant le couloir rouge, ces affiches de films. Delta, la tête pendante, était assise sans vie à côté de moi. Alvie avança à pas feutrés, reniflant autour, prêt à passer du combat à la recherche en un instant. J'espérais qu'il ne trouverait pas d'autres horreurs qui nous attendaient dans cet endroit.

Je n'étais pas sûr de pouvoir y faire face s'il en trouvait.

— Kaydee ? demandai-je, sans obtenir de réponse.

Je n'étais pas sûr de ce qui pouvait arriver si elle était supprimée dans l'espace numérique de Delta. Cette commande reviendrait-elle vers moi, l'effaçant aussi de ma mémoire ?

— Ça va aller, me dis-je. Kaydee a déjà été effacée avant et elle revient toujours.

M'accrochant à cette pensée, j'évaluai notre situation actuelle. Oui, j'avais sauvé Delta d'un combat suicidaire là-bas sur le Conduit, mais nous enfermer dans l'appartement de Leo n'était qu'une solution temporaire. Ces mechs pourraient rôder dehors ou, pire, construire une sorte de barrière sur la porte pour nous sceller ici. Nous pouvions nous reposer, mais pas longtemps.

Je portai Delta dans la pièce où nous nous étions réveillés la première fois, une pièce avec quatre lits de camp vides sous une lumière bleu-blanc glacée. Plus d'affiches de films, des armes et des explosions partout, collées aux murs gris foncé. J'allongeai Delta sur son lit de camp, regardant les entailles, les coups qu'elle avait reçus.

Les blessures la traversaient comme une carte, de longues lignes déchiquetées mêlées à de courtes coupures et de profondes entailles là où un poing martelant avait frappé Delta de plein fouet. Déjà, la peau synthétique s'affairait à se recoudre. Une belle caractéristique, mais pas trop rapide. Delta pourrait revenir en état de marche, mais pas de sitôt.

Alvie aboya, un son venant du couloir. Disant à Delta de tenir bon, je suivis le chien. Le court trajet me fit passer devant la pièce où j'avais rencontré le Bibliothécaire, où Kaydee avait, peu après, réduit le Bibliothécaire en poussière numérique. Alvie n'était dans aucune des deux, mais tenait sa cour dans une troisième.

Là, un grand écran vacillant m'offrit une idée. Auparavant, ce terminal m'avait connecté aux Voix, à l'époque où elles m'avaient confié la mission de la Pouponnière. Maintenant, je pouvais à nouveau me connecter à elles. Nous ne nous étions pas quittés dans les meilleurs termes, mais maintenant j'avais de nouvelles informations, j'avais des choses à échanger.

Si quelqu'un pouvait exploiter une astuce du Vaisseau Stellaire pour nous sortir de ce piège, ce serait les Voix.

— Bonne idée, mon pote, dis-je à Alvie, qui cligna ses yeux jaunes vers moi.

— Tu as de la chance qu'il n'ait pas de langue, sinon tu aurais droit à un coup de langue sur le visage, dit Kaydee.

Tout comme ce que j'avais fait avec le terminal de Val, je pressai mes doigts ensemble et disparus à l'intérieur. Contrairement au terminal de Val, bourré d'histoire, celui-ci se gardait propre. Le seul programme en cours d'exécution me donnait un vide violet-noir, m'entourant du réseau du Vaisseau Stellaire et de ses étoiles bleues.

Sauter d'avant en arrière entre les mondes réel et numérique s'accompagnait de son propre vertige. Mon corps aurait tous ses sens à un moment, puis en perdrait la plupart le suivant alors que j'entrais dans un monde de uns et de zéros. La programmation de Leo, les fonctions qui me maintenaient en marche, se montraient à la hauteur de la tâche, aidant à écarter la confusion floue et à me garder concentré comme une drogue particulièrement puissante.

Pour un humain ? Je ne pouvais qu'imaginer à quel point ce serait épuisant.

J'entrai une requête dans le programme, cherchant les Voix et leur connexion. Une seule étoile dans la constellation autour de moi devint brillante, si brillante qu'elle effaça toutes les autres. Je fis un pas vers elle, me retrouvai téléporté juste à côté de sa lueur, et entrai.

La dernière fois que j'avais vraiment parlé avec les Voix, elles se trouvaient dans une retraite en montagne. Un endroit confortable pour passer leur vie numérique en attendant que le Vaisseau trouve sa demeure. Maintenant, je me retrouvais debout sur le rempart d'une forteresse.

La pierre était solide sous mes pieds, les murs imposants surplombant une plaine dévastée remplie de fosses à piques et de barricades. Le centre du château s'élançait vers le ciel, des balistes tapies à chaque coin. Les flèches brillaient, captant la lumière d'un soleil froid. Comme l'épée de Delta, ces choses seraient prêtes à supprimer, à détruire tout programme qu'elles attraperaient.

J'entendis des bruits en contrebas et regardai, apercevant une phalange s'exerçant aux manœuvres. Ces soldats, tous génériques, avec exactement la même taille, vitesse et amplitude de mouvement tandis qu'ils maniaient leurs lances et leurs épées, recevaient les ordres d'un homme que je reconnaissais. Un homme flou sur les bords, qui scintillait par moments en se déplaçant pour donner des ordres.

Léo, entraînant et testant de nouveaux programmes.

— Tu es revenu, dit une voix royalement en colère, et qui avait raison de l'être.

Après tout, la dernière fois que je lui avais parlé, j'avais privé Peony de ce qu'elle désirait le plus.

Elle s'approcha de moi sur le rempart, sa silhouette trapue rendue plus imposante encore par une gigantesque armure médiévale. Plutôt que noire, l'équipement de Peony brillait d'un orange éclatant, comme le premier baiser d'un coucher de soleil. Accrochées à une ceinture autour de sa taille, ce n'étaient pas des épées mais une arme humaine plus moderne : des pistolets noirs.

Derrière elle, deux autres programmes génériques marchaient, tenant des hallebardes et me fixant de leurs yeux sans vie.

— Pas parce que je le veux, dis-je. Nous avons des problèmes.

— On dirait bien que nous en avons, non ? Peony fit un geste vers le château. Les programmes. Puis elle plissa ses grands yeux vers moi. Où est ma fille ?

Je ne savais pas. Kaydee allait et venait à sa guise, dans ce royaume ou dans n'importe quel autre.

— Pas ici, dis-je. Que se passe-t-il ?

Peony me fusilla du regard pendant une longue seconde. Kaydee disait toujours que sa mère avait un côté méchant, qu'elle pouvait être mesquine quand elle le voulait. Les chances n'étaient pas nulles qu'elle sorte son arme là, tout de suite, et me mette une balle virtuelle entre les deux yeux. Au lieu de cela, elle souffla, se gratta la joue avec un doigt ganté.

— Alpha essaie de prendre le Pont, dit Peony. Nous avons activé les barrières. Il doit soit nous briser ici, soit se frayer un chemin là-bas.

— Et y arrivera-t-il ?

Peony grimaça. — Ça, Gamma, c'est une question à laquelle je ne peux pas répondre. Mais s'il y arrive, il pourra emmener le Vaisseau où il veut. Il pourrait nous diriger vers l'espace profond, nous faire percuter la lune la plus proche, ou ouvrir toutes les portes et laisser le vide aspirer chaque vie restante sur ce vaisseau.

— Ce serait mauvais.

— En effet. Peony me pointa du doigt. Et ce serait entièrement ta faute.

Autant que je le voulais, je ne pouvais pas contester cela. À la place, je lui renvoyai notre situation. Je lui dis que Delta et moi essayions d'éliminer Alpha, mais que nous nous étions retrouvés piégés dans le laboratoire de Leo.

Peony rit quand j'eus fini.

— Tu vois là-bas ? dit Peony, pointant cette fois vers le champ de bataille. Il nous attaquait sans cesse, mais maintenant il s'est arrêté. Il y a juste quelques minutes. Je parie que je peux deviner pourquoi. Tu veux de l'aide, Gamma, aide-toi toi-même. Nous survivons ici.

— Jusqu'à quand ? demandai-je. Vous allez l'attendre ?

— Le Vaisseau n'est pas loin de sa destination, dit Peony. Nous tenons encore quelques décennies, et une fois qu'Alpha atterrira, il aura des problèmes.

— Pourquoi ?

Mais Peony me fit signe de partir. — Je m'inquiéterais pour toi, Gamma. Je pense que tu vas avoir de vrais problèmes très bientôt.

J'envisageai de sauter en bas et de lancer un appel à Leo, mais la main de Peony dériva vers son arme. Ces deux gardes inclinèrent leurs hallebardes vers moi. La dernière chose dont j'avais besoin maintenant était une blessure numérique, des données corrompues qui prendraient du temps à réparer.

Alors à la place, je fis un geste grossier à Peony que sa fille aurait apprécié et je partis.

TREIZE

ACCORDS ET LAVE-VAISSELLE

Les coups sourds qui résonnaient dans tout l'appartement de Leo suivaient un rythme régulier. Aucune irrégularité humaine, juste un martèlement constant comme un tambour de potence, battant pour ma perte. Notre disparition n'avait pas été subtile, Delta et moi, et les mechs d'Alpha suivaient aveuglément leur programmation à la lettre. Ils frapperaient à la porte en nombre croissant et avec une force grandissante jusqu'à ce que la coquille cède.

Dans ces petits couloirs, même si je réveillais Delta, il n'y aurait aucune échappatoire. J'avais parié sur les Voix et j'en payais le prix.

— Bien essayé, Gamma, dit Kaydee en marchant avec moi vers l'entrée ornée du joyau rouge. On ne peut pas dire que tu n'as pas fait ce que tu pouvais.

— On aurait dû fuir, répondis-je.

— On aurait dû, on aurait pu, dit Kaydee. Devant nous, une image de moi courant avec Delta, Alvie sur nos talons, défilait dans le couloir pour finalement trébucher et tomber avant d'atteindre son extrémité. Soit ils vous auraient rattrapés, soit vous seriez tombés sur la figure, soit vous vous seriez échappés pour vous retrouver exactement ici.

— Parce que Delta n'arrêtera pas.

— Parce que Delta n'arrêtera pas. Kaydee hocha la tête. Tu as été dur avec nous, les humains, ces derniers temps, mais au moins, nous pouvons changer.

— Nous aussi, si on y travaille, dis-je.

— Et qu'on fouille dans vos entrailles.

— Tu n'es pas obligée de le formuler comme ça.

— Mais je l'ai fait. Kaydee fit un signe de tête vers la pièce où Delta était allongée. Tu veux la réveiller ? Qu'on y aille ensemble ?

Les coups étaient devenus plus forts, plus nombreux à se joindre à leur cadence implacable. La porte tremblait, les vibrations se propageant jusque sous mes pieds sur ces plaques métalliques. Une affiche de film tomba du mur, glissant pour atterrir près de moi. Sa couverture montrait un héros d'action à la tête carrée, un fusil à pompe près du visage. Des lunettes de soleil couvraient les yeux de l'homme.

Le slogan *Ce n'est pas personnel* s'étalait en bas.

— Non, dis-je en me dirigeant vers la porte et en passant devant Delta. Elle a besoin de repos.

— Il n'y aura pas beaucoup de repos quand ces mechs entreront ici.

— J'y travaille, dis-je, puis je me baissai pour caresser Alvie. Reste avec Delta, d'accord ? Assure-toi qu'il ne lui arrive rien.

Alvie grogna son inquiétude.

— Je vais bien aller, dis-je au chien.

Si ce n'était pas le cas, Alvie n'aurait pas longtemps à s'inquiéter avant qu'Alpha ne le détruise ou ne le corrompe. Je gardai cette pensée pour moi.

Le joyau rouge tremblait alors que je m'approchais, s'agitant en protestation contre les coups. Les frappes s'arrêtèrent cependant lorsque j'approchai mon visage de la porte et criai une question à travers. Une requête, plutôt.

— Audacieux, dit Kaydee, les bras croisés à côté de moi. C'est un coup que j'aurais fait.

— J'apprends de toi, tu te souviens ?

— Bien sûr, mais jusqu'à présent je pensais que tu tirais toutes les mauvaises leçons.

— Comme comment coiffer mes cheveux ?

Kaydee me tira la langue, puis disparut dans une pluie de paillettes argentées. L'éclat se transforma en un crépitement provenant du clavier de l'appartement, son petit écran affichant un mech montrant... une autre machine sur son propre écran. Alpha, ses longs cheveux roux ébouriffés autour de son visage étroit. Ses yeux, toujours intenses, me fixaient sans ciller.

— Gamma, Gamma, Gamma, dit Alpha, ses répétitions faisant monter et descendre mon nom dans son registre vocal comme s'il testait son étendue. Je dois dire, tu arrives toujours aux pires moments.

— Je deviens doué pour ça.

— Très. Le sourire d'Alpha s'élargit. Il n'avait toujours pas cligné des yeux. Nous étions sur le point de réduire Delta en poussière, quand tu apparais. Dis-moi que tu ne vas pas me faire perdre mon temps.

— Je ne vais pas te faire perdre ton temps.

Alpha rit, un son strident qui résonna largement. Le vaisseau, donc, n'était pas dans un petit espace comme moi. Si ce que Peony avait dit était vrai, alors je devais deviner qu'Alpha se tenait devant l'entrée du Pont, sur la large plate-forme semi-circulaire à l'extrémité du Conduit.

— Alors vas-y, Gamma, répondit Alpha. Donne-moi tes raisons pour lesquelles je devrais épargner vos vies.

— Parce que nous pouvons t'aider.

— Mais le ferez-vous ? Alpha passa ses mains dans ses cheveux. Tant de fois, Gamma, tant de fois j'ai rejoué les scénarios. Avec toi et Delta de mon côté, nous aurions le contrôle du Vaisseau avant la fin de la journée. Nos mechs seraient en sécurité, notre avenir assuré. Et pourtant, je n'arrive jamais à faire en sorte que les équations tournent en ma faveur. Tu as toujours tort. Delta a toujours tort. Alpha laissa ses cheveux retomber sur tout son visage, ces yeux brûlants épiant entre les mèches rousses. Dans l'heure ou la minute qui suit, l'un de vous me poignarde toujours dans le dos.

— Je peux changer ça, dis-je. Mon code, celui de Delta. Je peux le modifier, faire de nous de véritables partenaires pour toi.

La tête d'Alpha s'inclina très légèrement, un indice révélé par le mouvement de ses cheveux. Je l'avais eu là, une pensée qu'il n'avait pas envisagée.

— Ne le laisse pas réfléchir, chuchota Kaydee. Submerge-le.

C'est vrai.

— J'ai rencontré les humains, continuai-je. Ceux qui se cachent dans le quartier arrière du Vaisseau. Révéler l'emplacement exact de Val semblait déplacé. Même si elle m'avait traité comme un outil, cela ne signifiait pas qu'elle méritait la mort par mille mechs. Ce ne sont pas la solution, Alpha. Pas ceux-là.

Le vaisseau hocha la tête. — Tu vois maintenant ?

— Les Voix nous ont dit de les sauver, répondis-je, avec Kaydee, debout du coin de l'œil, me faisant signe de continuer. Alors je suis allé voir les humains en pensant que nous pourrions travailler ensemble.

— Mais ils ne s'intéressent qu'à eux-mêmes, dit Alpha. Ils ne veulent rien de nous. Ils nous détruiraient s'ils le pouvaient.

— Je ne voulais pas le croire, mais tu as raison.

— Alors tu comprends pourquoi nous devons prendre le Vaisseau pour nous-mêmes, dit Alpha.

— Je le suis.

— Alors viens ici, Gamma, dit Alpha en reculant de la caméra, révélant une plateforme bondée de mechs. Viens, fais enfin partie de ta vraie famille.

Comment aurais-je pu refuser ?

— Tu ne peux pas faire confiance à ce type, dit Kaydee alors que j'ouvrais l'appartement de Leo aux mechs qui attendaient dehors.

— Je ne le ferai jamais, répondis-je. Je redressai les épaules et adoptai une expression que j'espérais correspondre à l'attitude de confiance dédaigneuse que je visais. Cela donne à Delta le temps dont elle a besoin.

Mais je me mentirais à moi-même si c'était la seule raison. Certes, je pourrais peut-être pirater Delta et réécrire ses circuits. Je pourrais, éventuellement, changer les miens. Déplacer quelques fonctions et me perdre autant qu'Alpha. Plus probablement, j'essaierais, échouerais, et Delta me couperait la tête pour mes efforts. Puis elle reprendrait son assaut suicidaire.

Non, la seule façon de sauver Delta était d'arrêter Alpha, et de le faire à ma manière.

Les mechs, au moins, donnaient un bon départ à ma méthode. Ils s'écartèrent de chaque côté lorsque je m'engageai sur le Conduit, ne me harcelant pas le moins du monde tandis que je fermais et scellais l'appartement de Leo derrière moi. Oui, ils pourraient y entrer par effraction, mais cela prendrait du temps, nécessiterait un autre ordre d'Alpha. Je devais parier que le vaisseau ne le ferait pas tant qu'il ne m'aurait pas perdu.

Au moment où Alpha s'en rendrait compte, avec un peu de chance, il serait mort.

Pour un vaisseau peu habitué à la célébrité, marcher sur le Conduit avec des mechs alignés de chaque côté avait un air cérémonial. Beaucoup étaient à mon niveau ou plus grands, leurs bras et gadgets pendant à leurs côtés. Les batteries bourdonnaient et les composants s'activaient, une symphonie scientifique marchant vers moi.

— Ça va durer tout le trajet ? demanda Kaydee alors que nous avancions.

Heureusement, la garde d'honneur des mechs ne dura pas, s'estompant après une dizaine de minutes de marche. Le Pont n'était pas exactement à côté. Pour y arriver depuis l'appartement de Leo, il fallait passer par l'Université du Vaisseau, traverser plusieurs districts. La ligne de mechs s'effilocha, les diverses hordes mécaniques d'Alpha se séparant vers d'autres niveaux. Je les entendais, les voyais s'introduire dans d'autres magasins, rassembler des groupes pour des raids dans le Jardin. Certains, j'imaginais, planifieraient des expéditions vers l'arrière pour chasser Val et les humains.

Si j'avais pu envoyer un message à Volt et Beta pour les avertir, je l'aurais fait. À la place, je devais espérer que les mechs seraient suffisamment évidents pour se trahir.

L'Université du Vaisseau passa rapidement. Pas d'interrogatoires par les mechs de garde cette fois. Ils se tenaient immobiles et silencieux dans leurs niches. Je ne pouvais pas dire si Alpha les avait pris aussi, mais croire le contraire à ce stade semblait insensé.

— Il a agi vite, dit Kaydee alors que nous voyions d'autres escouades de mechs patrouiller de haut en bas de l'autre côté de l'Université. Comment a-t-il pu en contrôler autant, si rapidement ?

— C'est un maniaque intelligent, dis-je. C'est tout ce que je sais.

La question me taraudait aussi alors que nous nous rapprochions du Pont. Il n'y a pas quelques jours, Alpha avait été battu, ligoté dans le Jardin sans aucune armée de mechs à appeler à son aide. Maintenant, il semblait que tout le Vaisseau bougeait à son commandement, sauf deux petits morceaux, les humains et les Voix. Qu'est-ce qui lui aurait permis de réécrire autant en si peu de temps ?

— Je te le dis, tu devras le comprendre, dit Kaydee.

— Pour résoudre le mystère ?

— Parce que tu devras faire ce qu'il a fait.

— Je devrai faire mieux.

Kaydee siffla, faisant flotter des points d'interrogation verts sur le chemin devant moi. Nous avions dépassé l'Université pour entrer dans la dernière partie du Vaisseau, mon propre pas au petit trot. Des portes en spirale privées s'entremêlaient avec de grands ateliers, des espaces high-tech avec des noms comme *Station d'Innovation* et *Génétique de Gerry*. Vestiges d'une époque plus étrange.

— Je ne veux pas attacher les mechs à moi, dis-je. Ce ne sont pas mes serviteurs. Ils doivent travailler pour tout le monde, pour eux-mêmes aussi. C'est leur but.

— Je suis contente que tu le voies comme ça, répondit Kaydee. Après ce que tu as dit à Alpha, je n'étais pas sûre. Tu as été assez défensif envers les mechs dernièrement.

— Parce qu'ils ne méritent pas d'être maltraités pour ce qu'ils sont, dis-je. Même une poubelle mérite le respect.

— Tu sais, il y a un bon point quelque part là-dedans.

Je secouai la tête et continuai à courir. La plateforme choisie par Alpha émergea de la brume. Plus de mechs s'y entassaient, ceux-ci plus sveltes, avec des nœuds se terminant par des ports plutôt que des griffes ou d'autres armes plus désagréables. Conçus pour un adversaire différent.

Alpha dominait le groupe, debout au centre de la plateforme et face aux portes laser rouges. Il ressemblait à un prophète, les bras écartés, prêchant à une foule piégée. Kaydee et moi entendîmes ses paroles en nous approchant, une diatribe décousue sur un avenir dirigé par les mechs, sur le Vaisseau étant leur foyer, et de nombreuses invectives contre les humains cupides et fatalement imparfaits.

— Se rend-il compte qu'ils ne peuvent pas le comprendre ? dit Kaydee. Au mieux, peut-être un tiers peut traiter le langage. Mais on parle de, genre, nettoyer le sol. Pas de renverser la société.

— Cindy semblait comprendre, dis-je, me souvenant du mech lance-flammes de mes premiers pas hors du laboratoire de Leo. Celui-là avait été convaincu d'une guerre entre mechs, un flou qui s'était depuis précisé alors que les machines restantes non corrompues du Vaisseau luttaient contre la force convertie d'Alpha. Elle a pris parti et agi en conséquence.

— Une sur un million.

— Ou l'une des premières converties d'Alpha. Je me regardai, sans arme, vêtu de vêtements usés et brûlés. Maintenant, nous allons prétendre être les derniers.

— Assure-toi que ce ne soit que du faux-semblant, s'il te plaît, dit Kaydee. Je ne veux pas avoir à gérer ta corruption à nouveau. C'était nul.

D'accord.

Je redressai les épaules et traversai le périmètre de mechs entourant la plateforme d'Alpha. Ses gardes —

poubelles, mechs culinaires, lave-vaisselle devenus mobiles — n'étaient pas très intimidants, mais leurs lumières me suivaient, leurs membres me traquaient, et leurs moteurs s'activaient. Prêts pour n'importe quelle action qu'un lave-vaisselle pourrait entreprendre.

— Le voilà ! annonça Alpha alors que j'atteignais la plateforme, un demi-cercle s'avançant dans le Conduit. Des plateformes d'amarrage s'étendaient à son extrémité pour faire de la place aux taxis, les mechs coursiers depuis long-temps disparus. Sur la droite, le Pont lui-même se tenait derrière ces portes rougeoyantes. Elles brûleraient tout ce qui serait assez stupide pour essayer de passer. Alpha avait des mechs alignés devant elles, comme s'ils attendaient de se précipiter sur la barrière.

— Me voilà, dis-je.

De près, Alpha ressemblait à avant, sauf qu'il avait changé de tenue, attaché ses cheveux en queue de cheval. Ne portant plus de robes zen, le vaisseau s'était drapé dans une tenue de sport moulante rouge fraise. Kaydee ricana sur le côté, disant qu'Alpha avait l'air prêt à débarquer sur un terrain de football. Marquer un but.

Une chose qui n'avait pas changé ? L'intensité d'Alpha. Ces yeux, ces muscles nerveux gardaient leur feu.

— Tu es arrivé sans encombre, je présume ? demanda Alpha alors que je le rejoignais dans les quelques mètres dégagés qu'il s'était réservés au centre de la plateforme. Mes mechs ont tendance à être très loyaux.

— Ils ne m'ont pas touché.

— Bien, dit Alpha en posant une main sur mon épaule, avec une prise ferme. Je crains que nous devions modifier notre accord, mon ami.

Kaydee aurait fait une remarque sarcastique sur le fait qu'elle n'était pas son amie, et que bien sûr Alpha changerait les termes de l'accord. Kaydee, cependant, n'avait pas de corps qui pouvait être tordu dans tous les sens, ni d'ami mort sur un lit de camp, vulnérable et presque seul.

— De quoi avez-vous besoin ?

— Tu vois ces barrières là-bas ? dit Alpha. Les jolies ?

— Difficile de les rater.

— Je préférerais de loin qu'elles disparaissent, continua Alpha comme si je n'avais rien dit. Je sais, je sais, toi et moi nous nous débrouillons bien dans leur monde, mais ils me surveillent. Le visage d'Alpha se crispa à ce moment-là, sa bouche s'ouvrant en un large rictus silencieux. Une demi-seconde plus tard, il reprit son expression souriante, comme s'il me confiait des secrets. Alors tu vas entrer, désactiver ces barrières, et nous pourrons avoir cette conversation que tu voulais de l'autre côté.

Demander ce qui se passerait si je ne sabotais pas les Voix semblait inutile. Les mechs d'Alpha rendaient assez clair que quel que soit notre « accord », les conditions étaient unilatérales. J'étais à sa merci, et mes options étaient limitées : me sacrifier en essayant d'étrangler Alpha avant que ses mechs ne me brisent le cou, ou faire ce qu'il voulait et débloquer le Pont.

Peut-être que je me serais senti plus mal à propos de cette dernière option si les Voix n'avaient pas été de tels monstres.

Le port se trouvait là où je m'en souvenais, près des barrières elles-mêmes, sur le côté gauche du mur rétrécis-sant de Starship. Une minuscule fente, parfaite pour mes doigts pincés. Plusieurs mechs, leurs membres déployés autour de moi dans un cadre menaçant, surveillaient mes efforts pendant qu'Alpha retournait dicter son expansion le long du Conduit. D'après ses mots, je compris la stratégie : prendre les mechs qui pouvaient être corrompus, détruire le reste. Y compris les humains. Tout débris devrait aller aux Lignes de Fabrication où il pourrait être transformé en quelque chose de plus utile.

Starship ne serait plus son bazar indépendant et hétéroclite très longtemps.

Mes doigts formèrent le port. Se branchèrent. Cherchèrent les commandes de la barrière, et je me retrouvai repoussé, debout au bord d'une plaine misérable que je ne connaissais que trop bien. Au loin, un château dentelé s'élevait vers un ciel gris ondulant.

Les Voix s'étaient enfermées, et les commandes de la barrière seraient à l'intérieur avec elles.

— Alors, comment on active ça pour Alpha ? demanda Kaydee, apparaissant à côté de moi, camouflée dans une tunique marron, de la peinture verte et marron maculant son visage.

— Je ne sais pas, dis-je.

La vérité ?

S'il fallait choisir entre Alpha et les Voix... Je savais de quel côté je me rangerais.

QUATORZE

ASSAUT DE LA FORTERESSE

Les sinistres plaines vert-noir s'étendaient au-delà de la lisière de la forêt, rampant jusqu'aux hauts murs de pierre et au donjon dentelé qui s'élevait derrière eux. Un regard attentif sur les arbres ou l'herbe confirmait que chacun correspondait à ses semblables, des copies exactes faites pour économiser de l'espace mémoire dans les disques encombrés du Vaisseau. Les nuages au-dessus, dans leur menace grise, partageaient leur ADN, des copies flottant dans un ciel uniformément ardoise. La brise me frôlait de manière constante, un souffle régulier sans le caractère sinueux et changeant de l'air naturel.

— Une cachette bon marché, dis-je en me penchant pour passer mon doigt le long d'un brin d'herbe raide. Je m'attendais à mieux.

— Ce n'est pas comme s'ils avaient eu le temps de se préparer, dit Kaydee. Alpha est arrivé prêt à se battre. Je parie que l'herbe n'était pas une priorité.

— Ils ont eu des années et des années pour se préparer. Je me redressai, fixant le château. Un corbeau solitaire tournoyait autour de sa tour, croassant son funeste présage toutes les quelques secondes. Les Voix ont réveillé Alpha, elles l'ont vu échouer. Elles n'ont aucune excuse.

— Sauf qu'elles sont humaines, non ? demanda Kaydee. C'est ce que tu veux que je dise ?

— Tu n'es pas d'accord ? répondis-je, étudiant la posture de Kaydee. Elle me faisait face maintenant sous les branches, les sourcils froncés sous son camouflage, les bras croisés. De petites étincelles dansaient sur son corps. Aucun vaisseau ou mech, si sa programmation le permettait, n'érigerait une défense aussi fragile.

— Tu oublies de qui tu parles. Les Voix ne sont pas des généraux. Ce sont des civils. Et ils ne s'entendent pas bien. Pratiquement jamais.

— En quoi cela les excuse-t-il ? Je fis un geste vers le château. Les principaux citoyens du Vaisseau sont là-dedans maintenant, attendant leur fin. Pathétique.

— Gamma ? Kaydee tourna la tête, me lançant un regard interrogateur.

— C'étaient ces gens qui essayaient de nous donner des ordres ? Qui dictaient à Delta et moi ce qu'il fallait faire ? Je continuai à parler, les mots jaillissant d'un puits rempli au cours de ma courte vie. Ils ont échoué avec Alpha et Beta, échoué avec Delta et moi, échoué avec Val et sa tribu. Tu parles d'eux comme si nous devrions avoir peur, comme si nous devrions les respecter. Je secouai la tête. Non. Plus jamais, plus maintenant.

Je commençai à marcher. Je traverserais la plaine jusqu'au château, j'entrerais directement, et si l'une des Voix essayait de m'arrêter, je la mettrais en pièces. Je sentais les limites codées dans l'espace que les Voix avaient mis en place : il n'y aurait pas de déchirement de la réalité ici. Tout conflit se produirait avec les poings, les pieds, le cran. Les Voix n'avaient rien de ce dernier et peu des premiers.

Elles s'effondreraient, et puis Alpha finirait le travail.

— Gamma, dit Kaydee, sans me suivre. Tu aides Alpha. Tu t'en rends compte ? La chose qui a essayé de te corrompre ?

— Je n'aide pas Alpha, répondis-je sans me retourner. Je sauve Delta.

Une piqûre d'épingle accrocha mes vêtements, me tirant en arrière. Je me retournai brusquement, suivant la ligne de pêche argentée jusqu'à sa source. Kaydee, la canne à pêche dans ses mains, me ramenait d'un autre pas. Je saisis la ligne, tirai, et l'envoyai voler. Je pris la canne — une petite fonction qu'elle avait écrite pour se lier à moi — et la cassai.

— Tu te mens à toi-même, voilà ce que tu fais, dit Kaydee depuis le sol, ses mains s'écartant pour la relever. Il n'y a aucune chance qu'Alpha vous laisse libres. Toi ou Delta.

— Je sais. Ça ne change rien. Ça maintient Delta en vie, alors c'est ce que je fais.

— Même si ça nous coûte tout ?

— Nous ? demandai-je. Je pense que tu veux dire les Voix. Je pense que tu veux dire les humains qui m'ont traité comme un outil.

Kaydee n'avait pas de réplique toute prête, alors je repris ma marche dans l'herbe. Les tiges à hauteur de taille me frôlaient tandis que j'avançais, évitant les fosses à piques, les palissades, les sections glissantes d'huile qui attendaient des ennemis qui ne viendraient jamais. Si je n'étais pas arrivé, peut-être qu'Alpha aurait essayé de forcer le passage vers les Voix, envoyant un millier d'attaques déferlant sur les murs.

Au lieu de cela, je marchais seul.

Libéré des confins du Conduit, même dans un sens artificiel, je jouais avec cette sensation : un horizon s'étendant dans toutes les directions, un ciel au-dessus qui ne se terminait pas par un revêtement métallique. Pas d'éclairage électrique, pas de moteurs vrombissants. Paisible, bien qu'avec un côté lugubre grâce au cadre choisi par les Voix. Néanmoins, la marche vers les remparts faisait naître une certaine anticipation pour l'atterrissage éventuel du Vaisseau. Je pourrais peut-être sortir pour de vrai un jour, et dans pas si longtemps.

Tout émerveillement se dissipa lorsque je m'approchai des murs et que les premiers gardes programmés passèrent la tête par-dessus les remparts du château. Trois, et leurs yeux se fixèrent sur moi, leurs têtes bougeant à l'unisson. Des arcs avec des flèches encochées levèrent leurs pointes, les dirigeant vers moi.

Il était temps de jouer à un jeu différent.

Je fis signe aux gardes. Ils ne réagirent pas, mais le fait qu'ils n'aient pas tiré immédiatement me dit qu'ils avaient déjà informé les Voix que quelqu'un approchait. Mon prochain mouvement dépendait de ce que les Voix décideraient de faire.

Devant moi se dressait la porte principale du château : un bois brun foncé, moucheté de pluie. Probablement épais et pas facile à percer. Des tours de guet s'élevaient de chaque côté, d'autres gardes apparaissant sur ces plates-formes plus hautes pour pointer leurs propres flèches dans ma direction. Si l'une d'elles me touchait, je supposais que cela déclencherait une suppression rapide, me faisant sortir et peut-être pire.

— Gamma, m'appela Leo, la tête de l'ingénieur rejoignant les gardes sur les murs. Il semblait effiloché de si loin, comme si son moi virtuel ressentait encore le stress d'une vie vécue à la limite du numérique. Que fais-tu ici ?

— Je fais un choix, ai-je répondu. Il faut que je passe, Leo.

— Pour aller où ?

J'ai délivré les détails, un après l'autre. Delta, Alpha, les mechs, Val et plus encore. Leo a tout encaissé sans commentaire. Je m'attendais à ce que Kaydee intervienne, qu'elle essaie de parler à son ancienne amie ou ajoute sa touche colorée habituelle, mais elle est restée absente. Peut-être que je l'avais vraiment offensée tout à l'heure.

Un problème pour une autre fois.

— Si Alpha atteint le Pont, il contrôlera Starship, a dit Leo. Tu le sais.

— Après avoir vu ce que vous avez fait de l'endroit, je ne suis pas sûr que ce soit une mauvaise idée.

Leo a pincé ses lèvres, — Il y a le mal, et il y a le pire. Alpha pourrait tout détruire.

— Toi aussi.

Cela, au moins, lui a valu un hochement de tête. — Gamma, je ne vais pas jouer à des jeux de rhétorique avec toi. Le Pont est à nous. Si Alpha veut négocier, il est libre de le faire sans mettre une armée à notre porte.

Le refus attendu.

Je devrais m'infiltrer de la manière forte.

Je me suis élancé en avant, droit vers la porte en bois. Leo a crié *feu* alors que je courais, les flèches se libérant dès qu'il a commencé à parler. L'angle de tir serré a joué contre les programmes, cependant, et leurs tirs ont frappé la terre dure derrière mes talons. Pressant mon dos contre la porte en bois, j'ai levé les yeux, vérifiant que si les remparts ne pouvaient plus m'atteindre, les gardes de la tour de guet le pouvaient certainement.

Comptant un, deux secondes, je me suis jeté hors de la porte et ai attrapé une flèche dans la terre. Ma main gauche s'est refermée sur la tige et l'a arrachée. Avec ma droite, j'en ai saisi une autre, l'ai arrachée du sol. J'ai pirouetté, faisant un pas de côté en me retournant vers le château.

Les gardes des deux tours de guet se sont adaptés à ma nouvelle position, tandis que d'autres sur les remparts essayaient de se retourner, de lever à nouveau leurs arcs. Maintenant, cependant, ils n'étaient plus les seuls à avoir des armes.

Comme les plus petits javelots du monde, j'ai lancé les flèches sur les gardes des tours de guet. D'abord à droite, puis à gauche. Dans le monde des Voix, les flèches volaient droit et précises, frappant là où je les lançais, plus comme des balles ou des lasers que des bâtons empennés. Chacune a cloué sa cible, les flèches accomplissant leurs fonctions sans se soucier de l'effet : chaque garde s'est dissous en pixels, puis en rien.

Ramassant une autre flèche, j'ai couru vers la porte en bois, battant à nouveau les gardes des remparts et leur tir de riposte de quelques fractions de seconde. Cette fois, j'avais obtenu un répit. Ces gardes des murs grimperaient aux tours de guet dans une minute, pensant qu'ils m'auraient piégé contre la porte maintenant.

Heureusement, j'avais plus que mes mains.

J'ai enfoncé la flèche dans la porte en bois, espérant que la fonction de suppression pourrait s'appliquer à la porte aussi bien qu'elle l'avait fait pour les gardes. Si toute la barrière disparaissait, je pourrais simplement entrer en courant, utilisant la flèche comme une clé passe-partout pour démolir le royaume des Voix en route vers son centre.

Mon outil volé a mordu dans le bois avec un doux *tchoc* et est resté là, tremblant. La porte, malheureusement, est restée tout à fait solide.

D'accord, plan B.

J'ai retiré la flèche, me suis précipité vers le coin de la porte où elle frottait contre la tour de guet de gauche, me suis accroupi et ai sauté. Alors que j'atteignais le sommet de mon saut, j'ai balancé mon bras droit vers l'avant, la flèche s'enfonçant profondément dans le bois cette fois. J'ai planté mes pieds contre la porte, ma main gauche contre la tour de guet, et j'ai prié pour que la tige de la flèche supporte mon poids.

Pendant un bref instant, ce fut le cas.

Poussant avec ma main gauche, avec mes pieds, j'ai sauté et tiré la flèche avec moi, la replantant dans le bois un mètre plus haut. Les cris de Leo portaient, appelant les gardes à leurs postes. Les armures et les armes cliquetaient tandis que les programmes grimpaient lourdement les tours de guet.

J'ai sauté à nouveau, arrachant la flèche et la replantant. Et encore.

Le rebord de la tour de guet ne se trouvait qu'à quelques mètres au-dessus, la porte elle-même ne dépassant pas beaucoup plus haut que cela. Je me suis préparé pour un autre saut, seulement pour voir un garde apparaître au-dessus du mur de ma tour de guet. Sa flèche prête, le programme m'a visé.

Alors j'ai feint. J'ai commencé à bondir puis me suis arrêté, mes pieds glissant le long du bois. Le garde a mordu à l'hameçon, lâchant sa flèche dans la porte au-dessus de moi. J'ai sauté rapidement, sans prendre la peine de libérer ma vieille flèche. Ce faisant, un autre tir s'est planté près de ma poitrine depuis l'autre côté. Mes tactiques désespérées atteignaient leur limite.

Delta aurait peut-être fait quelque chose de ridicule ici, comme faire sauter la vieille flèche avec ses pieds, la rattraper dans sa main, et la lancer sur un autre garde. Je n'avais pas cette dextérité, je n'avais pas cette expertise, alors j'ai fait la seule chose que je pouvais.

— Tu vas la tuer, Leo ! ai-je crié. Si je meurs, elle meurt aussi !

La réponse de Leo fut rapide, l'homme ordonnant aux gardes de cesser le feu. Je suis resté suspendu là, mon pied en équilibre sur ma vieille flèche, ma main droite accrochée à celle que le garde avait mal tirée. Le délai a donné aux deux tours de guet le temps de se renforcer, de sorte que lorsque Leo est apparu, j'avais quatre flèches encochées visant mon ventre.

— Ces flèches ne te tueront pas, a dit Leo, me fusillant du regard. Tu le sais.

— Non, mais Alpha le fera, ai-je répondu. Si je ne désactive pas ces barrières, il me détruira. Et si je meurs, Kaydee aussi.

Les mains de Leo ont agrippé la pierre de la tour de guet, blanchissant alors qu'il serrait fort. — Tu me demandes d'échanger Starship contre une seule vie.

— Non, ai-je dit. Je te demande de me donner une chance.

— Une chance de quoi ?

— Tu nous as construits, Leo. Tu as fait de nous l'assurance de Starship. Laisse-nous faire ce pour quoi tu nous as conçus, et assurer que ce vaisseau arrive là où il doit aller.

Leo, cependant, n'a pas bougé. N'a pas ordonné l'ouverture de la porte. Au lieu de cela, ses yeux se sont fermés, ces mains tenant toujours fermement la pierre, comme si des réponses pouvaient être trouvées dans cette brique grise numérique. J'avais vu assez d'humains pour savoir que l'homme devait hésiter, proche de pencher de mon côté.

Une dernière poussée.

— Alpha va passer de toute façon, ai-je dit. Tu le sais,

Peony le sait. Il déchirera les barrières s'il le faut, et le vaisseau a assez de mechs pour le faire. Laisse-moi passer, et au moins tu auras de l'aide de l'autre côté.

Leo a retiré ses mains, l'une a gratté son visage tandis qu'il se tournait, balayant un long regard sur la forêt.

— Si Alpha gagne le Pont, il essaiera de nous effacer, a dit Leo. Ça ne peut pas arriver. Pas parce que je suis égocentrique, mais parce que Starship a encore besoin de nous. Il s'est retourné vers moi. — Je vais abaisser les barrières et tu auras ton passage. Alpha ne nous trouvera pas en train d'attendre.

— Merci, Leo.

— Gamma, je fais ça pour toi. Pour elle. Ne laisse pas tout notre espoir mourir, ne laisse pas toutes ces vies, toutes ces années être gâchées pour cette machine.

— Je ne le ferai pas.

J'ai gardé un visage impassible en prononçant ces mots, essayant de ne pas révéler la vérité qui se cachait derrière : que peut-être laisser toutes ces années partir en fumée serait la meilleure chose pour le Vaisseau spatial et tous les mécas à bord.

QUINZE

HOMME OU MACHINE

Avec l'accord de Leo, je me suis téléporté loin du château et de son corbeau criard. Le passage des cieux gris au métal gris du Vaisseau n'était pas si brutal, bien que les barrières rouge cerise et leur vive lueur tranchent avec la couleur. Des mechs se dressaient autour de moi, rejoints maintenant, je l'ai remarqué, par les gardiens plus grands et plus forts que j'avais vus autour de l'Allée Universitaire et du côté le plus riche du Vaisseau.

Alpha continuait d'augmenter son armée robotique.

Je me suis redressé, observant les barrières rouges. Soit Leo allait tenir parole, soit Alpha me déchirerait en morceaux, puis forcerait le passage à travers les barrières de toute façon.

— Tu l'as vu, alors, a dit Kaydee, assise contre le mur à ma gauche et regardant mes pieds.

— Tu sais ce que j'ai vu, ai-je répondu. Elle pouvait lire mes pensées à volonté, un libre accès que je n'avais jamais pris la peine de restreindre. Si Kaydee en abusait un jour, je pourrais la bloquer, mais cela représentait un pas que je n'avais aucune envie de franchir. Les Voix n'ont nulle part où aller. Alpha passera d'une manière ou d'une autre.

— Mais tu m'as utilisée, Gamma. Mon nom.

— Pour sauver nos vies.

Kaydee aurait peut-être eu autre chose à dire, mais des bruits de pas lourds derrière moi ont interrompu notre conversation. Les machines se sont écartées pour laisser passer Alpha, toujours aussi follement serein. Il a écarté les bras, ses sourcils montant en flèche sur son front.

— Eh bien ? a demandé Alpha. Je vois que les barrières sont toujours en place.

— Attends une minute ou deux, ai-je répondu. Elles tomberont.

Alpha s'est penché, inspectant mon visage, ses yeux parcourant ma peau. — Aucune trace de mensonge sur toi, Gamma. Bien qu'il soit toujours si difficile de le dire avec les mechs. Pas de tics nerveux.

Je suis resté silencieux. J'ai résisté à l'envie de saisir le cou d'Alpha et de le briser sur-le-champ. Les mechs se tenaient à quelques mètres en arrière, et j'aurais peut-être pu y parvenir. Certes, j'aurais été piétiné et mis en pièces, mais cela aurait été une fin satisfaisante.

Sauf que cela aurait laissé les Voix aux commandes.

Tant de mauvais choix.

Les barrières cerise ont vacillé, puis se sont éteintes alors qu'Alpha se redressait. Le vaisseau a frappé des mains une fois, d'un geste vif et sonore. Affichant un large sourire, Alpha a fait tournoyer son bras droit, faisant signe aux mechs en attente d'avancer.

— Allez-y, allez-y ! s'est exclamé Alpha. Avancez, mes amis, et assurez-vous qu'aucune surprise ne nous attend. Alpha m'a jeté un coup d'œil, baissant la voix pour chuchoter. La dernière fois que j'étais ici, les Voix m'ont laissé passer. Je parie qu'elles ont retenu la leçon.

— Il ne va rien se passer, ai-je dit.

Une stupide révélation, et j'ai grimacé quand Alpha a abandonné ses encouragements — les mechs s'en fichaient, ils avançaient de toute façon — pour se concentrer à nouveau sur moi.

— Et comment le sais-tu ? a demandé Alpha. Tu n'as pas entièrement détruit les Voix, n'est-ce pas ? Un petit rire bref. Oh, quelle délice ce serait. Leur dernier espoir, toi, se retournant contre elles à la fin. Dis-moi que tu l'as fait.

J'ai haussé les épaules, me tournant vers la barrière éteinte, — Tu ne veux pas y aller ? Tes mechs pourraient endommager quelque chose.

Alpha a sautillé devant moi, agitant un doigt dans ma direction, — Correct, bien sûr, mais ne pense pas que tu as esquivé ma question. Le plaisir a disparu, laissant place à un air sérieux. Les Voix doivent partir, Gamma. Tôt ou tard. J'espère que tu as fait le sale boulot, mais sinon... ce sera plus amusant pour moi.

Il m'a fait signe de le suivre et, sans autre option, j'y suis allé.

Pour atteindre la Passerelle, il fallait traverser un couloir commémoratif. À droite et à gauche, les plaques grises sans intérêt du Vaisseau disparaissaient sous des plaques d'argent massif plus épaisses. Des noms étaient gravés à la surface en colonnes nettes, les lettres apparaissant d'abord clairement avant de plonger dans une folie griffonnée dans la seconde moitié du couloir : Alpha, qui avait griffé son propre nom sur les plaques encore et encore.

Le vaisseau ne s'est pas arrêté pour juger son propre travail, continuant vers la Passerelle avec ses mechs roulant à ses côtés. Moi, cependant, je me suis arrêté, car Kaydee est apparue devant moi et a pointé du doigt, avec une main et des yeux furieux, les inscriptions.

— Voilà, a dit Kaydee. Voilà qui tu décides d'aider.

— Parce que les Voix sont le modèle de la santé mentale, ai-je rétorqué.

— Je ne comprends simplement pas pourquoi tu t'es retourné si durement contre moi, a dit Kaydee, retirant son bras. Maintenant, elle semblait plus inquiète qu'en colère, sa bouche s'inclinant en une moue en même temps que sa tête. C'est comme si tu prenais une ombre de Val comme une condamnation contre nous tous.

— Comme tu l'as dit avant, je ne suis pas en vie depuis si longtemps, ai-je répondu. Peut-être que je n'ai pas la maturité pour encaisser cette ombre et continuer.

— C'est des conneries et tu le sais.

— Alors dis-moi ce que je comprends mal ? l'ai-je défiée alors que les derniers mechs en marche d'Alpha passaient devant nous. Le vaisseau avait laissé une grande force là-bas sur la plateforme, apparemment pour décourager tout autre intrus. Qu'est-ce que je ne comprends pas ?

— Que les humains ne sont pas différents de toi et d'Alpha, a dit Kaydee. Nous voulons un meilleur avenir pour nous-mêmes, nous voulons la sécurité, la nourriture et un abri. Le bonheur. Et nous nous battrons pour l'obtenir.

— Rien de tout cela n'excuse le fait de traiter les mechs comme de la merde.

— Parce que tu ne te comportes jamais comme un connard, répliqua Kaydee. Regarde ça, Gamma. Si tu le laisses aux commandes, Alpha va tout détruire. Toi, moi, le Vaisseau. Val et tous ces enfants congelés qui attendent dans la Pouponnière ? Disparus. Ce sera de ta faute.

Je secouai la tête, mis mes pieds en mouvement et passai devant elle.

— De ta faute, Gamma, me lança Kaydee dans le dos.

Le couloir se terminait par une entrée qui se divisait, offrant des options à gauche et à droite sans accès direct à la Passerelle. Chaque chemin montait en pente douce, le carrelage parsemé de picots antidérapants pour éviter que quiconque ne glisse. Des mains courantes chromées, polies à la perfection, s'offraient à la vue.

Je m'arrêtai et observai.

Les humains avaient conçu le Vaisseau, l'avaient créé à partir de rien pour en faire ceci, un vaisseau traversant la galaxie, rempli de divertissements, de moyens de subsistance et d'un plan pour maintenir des milliers et des milliers de personnes en vie pendant des millénaires. Ils auraient pu se contenter du minimum, mais ici ils avaient installé des rampes, des pentes et des prises pour aider leur propre espèce à se déplacer.

Et pas seulement eux.

Le Conduit s'étendait en ligne droite, avec des passerelles de plain-pied, de larges ascenseurs pour passer d'un étage à l'autre. Des définitions claires des districts. Non seulement facile à naviguer pour les humains, mais aussi simple pour les mechs. Aussi hostile que Val ait pu être envers moi, ses ancêtres avaient dépendu de mechs comme moi, avaient fait tout leur possible pour s'assurer que les mechs puissent faire leur travail facilement, sans dommage ni destruction.

Et qu'en était-il de Sybil Renoir ?

L'architecte même du Vaisseau avait gardé le mech de nettoyage de sa famille, le laissant vivre en sécurité à l'intérieur de la maison familiale. Protégé du chaos extérieur. Sybil n'avait aucune raison de lui offrir cette protection, n'en avait pas besoin, dans son existence en tant que mémoire virtuelle, du vieux mech de sa famille. Pourtant, Sybil avait fait l'effort quand même.

Je ne pouvais pas tout à fait me convaincre que les humains aimaient leurs mechs, les traitaient comme des égaux, mais peut-être n'étaient-ils pas tous des maîtres arrogants non plus. Je pouvais imaginer que certains travaillaient même aux côtés de leurs machines, plus comme des partenaires que comme un directeur et un serviteur.

Mon code, ma logique de machine voulait une réponse simple : humains mauvais, vaisseaux bons. Ou l'inverse. Je n'avais pas cette chance, apparemment.

Kaydee ne se manifesta pas. J'attendis là, à cette bifurcation, qu'elle apparaisse et me dise qu'elle avait écouté mes ruminations. Qu'elle déclare qu'elle avait eu raison depuis le début. Peut-être que, comme elle l'avait fait auparavant, Kaydee était partie réfléchir de son côté.

Quoi qu'il en soit, j'entendis Alpha m'appeler. Je lui avais donné accès à la Passerelle, et maintenant je devais voir ce qu'il allait en faire.

En remontant la rampe et en tournant, la Passerelle s'ouvrait sur trois niveaux superposés. Des tables blanches et lisses chargées d'écrans s'étendaient sur chaque niveau, avec une rampe descendante coupant le milieu, menant au saint Graal du Vaisseau : un vaste portail vitré donnant sur l'espace. Un éclairage jaune tamisé encastré dans les sols guidait tout en permettant aux observateurs de voir les étoiles scintillantes au-delà.

Plus que cela, cependant, je pouvais voir des planètes. Les billes suspendues dans notre champ de vision ressemblaient presque à des imperfections dans le verre : ici une empreinte de pouce beige, là une lueur verdâtre. Une étoile plus grande se trouvait au-delà de tout cela, le centre du système que le Vaisseau frôlait. Ou dans lequel il entrait, pour ce que j'en savais.

— Le dernier arrêt, dit Alpha, le vaisseau s'arrêtant avec son visage contre la vitre. Nous y sommes presque, Gamma.

— À la destination du Vaisseau ?

Les mechs d'Alpha s'alignèrent le long de la Passerelle, chacun se plaçant aussi près que possible des moniteurs informatiques. Non pas que ces mechs auraient la moindre idée de comment, sans parler de la dextérité nécessaire, utiliser les ordinateurs de la Passerelle. J'attribuai cela aux obsessions d'Alpha et passai outre, me plaçant au sommet de la Passerelle.

Seuls quelques mechs se tenaient près de moi et, sans aucun bloquant ma potentielle retraite, j'avais des options pour m'échapper. J'aurais pu fuir à cet instant précis et espérer qu'Alpha, fasciné par son trésor, oublierait Delta et moi.

Sauf que je voulais voir ce qu'il allait faire. Je voulais voir si j'avais vraiment commis une erreur monstrueuse en donnant à Alpha accès aux systèmes les plus importants du Vaisseau.

— Pas tout à fait, dit Alpha, posant ses deux mains sur la vitre et les faisant glisser, caressant le bureau. L'objectif original du Vaisseau nous attend encore de nombreuses années plus loin. Le bord de la galaxie. Mais je m'ennuie, Gamma. Je ne veux pas attendre si longtemps pour que notre avenir se mette en marche. Tu n'en as pas marre de tous ces couloirs étroits ? J'entends les mêmes grondements, les mêmes sons depuis si longtemps...

La voix d'Alpha s'estompa alors qu'il s'approchait de moi, un sourire grandissant à mesure qu'il avançait. Pendant un instant, je pensai qu'il allait me prendre le menton et me secouer le visage, mais il passa à ma droite. Il poussa un mech qui se tenait là, le faisant tomber.

Le mech émit un bip d'alerte, demandant de l'aide. Alpha l'ignora, joignant ses doigts et se connectant à l'ordinateur. Celui étiqueté, une plaque dorée posée devant le poste de travail, pour le capitaine du Vaisseau. Les yeux d'Alpha se fermèrent, son corps se détendit. Il était entré dans l'ordinateur, faisant Dieu sait quoi.

Je contournai le vaisseau, aidai le mech à se remettre sur pied. La machine, un mech cylindrique à plusieurs bras, appartenait au nettoyage et au tri des déchets. Pourtant, une fois que je l'eus remis debout, le mech ne manifesta aucune confusion quant à la distance entre sa position actuelle et son but initial. L'œuvre d'Alpha, effaçant l'original et le remplaçant par le sien.

Des secondes, puis des minutes s'écoulèrent et je les passai à regarder les étoiles. Toute cette noirceur infinie. Si l'on enlevait la Passerelle autour de moi, l'espace ne serait pas si différent de certains des mondes virtuels dans lesquels je m'étais précipité. Une infinité que je ne pourrais jamais traverser.

— Penses-tu qu'il est en train de les détruire ? dit Kaydee, restant dans l'ombre à ma droite. De les tuer un par un ?

— Si Leo est malin, il aura disparu avec les Voix maintenant. Ces ordinateurs sont tous en réseau. Ils pourraient fuir, se cacher d'Alpha. D'ailleurs, je pense qu'Alpha fait autre chose.

Quand Kaydee ne répondit pas, je jetai un coup d'œil dans sa direction et ne vis rien d'autre que l'obscurité.

Le silence fut rompu par un craquement sec, des parasites exorcisés de haut-parleurs inutilisés depuis tant d'années. Une voix se fit alors entendre, une femme douce avertissant tout le monde que les moteurs de manœuvre du Vaisseau allaient bientôt s'allumer. Les chaises et les sangles étaient recommandées, sinon les mains courantes.

Je n'avais ni l'un ni l'autre, je ne bougeai pas.

Le vaisseau spatial gémit et vibra. Il l'avait toujours fait, mais cette fois-ci, c'était comme si on nous secouait dans une tasse tremblante. Je tendis la main et la posai sur le mur. De nouveaux sons résonnèrent dans tout le vaisseau, des claquements et des détonations, des gémissements et des ronronnements alors que les composants bougeaient, s'allumaient et s'éteignaient. Les robots, y compris celui que je venais de remettre debout, tombèrent et s'entrechoquèrent.

Les étoiles à l'extérieur captivaient mon regard. Elles se déplacèrent, d'abord lentement puis plus rapidement, jusqu'à ce que le point vert que j'avais remarqué auparavant se trouve au centre de la fenêtre du vaisseau. Une fois qu'il se déplaça, les tremblements du vaisseau cessèrent et la voix revint, déclarant la manœuvre terminée.

Je lâchai le mur tandis qu'Alpha relevait brusquement la tête, son attention revenue à la réalité. Alors que je remettais le robot de nettoyage debout, Alpha se débrancha de l'ordinateur et me sourit.

— Voilà, dit Alpha. Notre voyage est passé d'années et d'années à quelques jours.

— Quelques jours ?

— Cette planète répond aux critères du vaisseau, dit Alpha, puis il fronça les sourcils. J'ai essayé de trouver un bon astéroïde, mais l'ordinateur ne m'a pas laissé aller aussi loin. Il faut que ce soit habitable. Un sourire réapparut sur son visage. Mais sans aucun doute, ce sera plus intéressant.

J'acquiesçai, essayant de comprendre ce que l'annonce d'Alpha signifiait réellement. Le vaisseau allait-il atterrir, et bientôt ?

— Cela signifie cependant que certaines choses deviennent plus compliquées, dit Alpha. J'espérais que nous pourrions atterrir quelque part de désolé, ouvrir les portes et laisser le vide s'occuper de notre problème humain. Comme ce ne sera pas le cas, Gamma, je pense qu'il est temps que tu honores ton accord.

— Quoi ?

— Delta, Alpha posa ses mains sur mes épaules, tel un prêtre bénissant son acolyte. Amène-la-moi, Gamma, et fais en sorte qu'elle soit mienne.

SEIZE

COMPLEXE DE DIEU

Alpha me laissa partir sans un mot de plus. Je ne protestai pas, je ne proposai pas d'autre plan car c'était exactement ce dont j'avais besoin : une opportunité.

De retour dans le couloir ciselé, je m'attendais à voir apparaître Kaydee pour me réprimander d'avoir permis à Alpha de changer la trajectoire de Starship. Elle ne se montra pas. Mon seul compagnon le long de ce long couloir était un gardien silencieux et grand. Les grands mechs qui patrouillaient l'Université et la moitié la plus riche du Conduit ressemblaient à de grands humains et portaient des matraques en acier lestées. Celui-ci me fixait, sans qu'aucune expression ne se forme sur son visage.

Et sans opinions non plus.

Avais-je fait ce qu'il fallait ? J'étais toujours en vie et Delta l'était aussi, pour le moment. Certes, Alpha avait dévié Starship de son objectif en bordure de galaxie, mais une planète habitable n'en valait-elle pas une autre ici ?

Val ne préférerait-elle pas avoir la chance de goûter l'air frais de sa propre langue ?

Penser aux humains me troublait alors que je quittais le

Pont — ces barrières toujours inactives — et retournais à l'étage où j'avais laissé Delta. J'avais été frustré par Val, par les Voix et les incohérences irascibles de l'humanité. Alpha, bien sûr, ne s'était pas avéré beaucoup mieux. Le vaisseau défendait les mechs d'un souffle tout en les dominant de l'autre.

Si aucun des deux camps ne semblait digne d'être suivi, peut-être devrais-je tracer ma propre voie ?

Gamma, leader des mechs libres. Des peuples libres.

— Des enfants libres, plutôt, intervint Kaydee alors que je marchais le long du Conduit.

— Des enfants ?

— Tu penses que tous ces petits bébés éprouvette vont sortir tout formés, Gamma, dit Kaydee en flottant à côté de moi. Ils vont mettre des années et des années avant d'être prêts à faire autre chose que réclamer ton attention.

Je fronçai les sourcils, — Tu es revenue juste pour me dire ça ?

— Je suis revenue parce que j'ai vu ce complexe de dieu se former.

— Complexe de dieu ?

— Gamma, seigneur et maître de Starship et de tout ce qui se trouve entre ses murs, entonna Kaydee. Inclinez-vous et obéissez, de peur d'être bannis au fond du Jardin.

— Ça n'a pas l'air si mal.

Kaydee et moi contournions les mechs, aucun ne nous prêtant la moindre attention. Tout en avançant, Kaydee continuait de piquer et de sonder ma brève illusion, me bombardant de questions sur la façon dont je gouvernerais, ce que je voudrais même de la couronne proverbiale. Si je pourrais gérer toutes les décisions après que ma brève existence ait été définie par le fait de suivre des ordres.

— Quoi, alors ? dis-je finalement à Kaydee alors que

nous approchions de l'appartement de Leo. Si je ne peux pas supporter les humains et que je ne peux pas faire confiance à Alpha, quoi alors ?

— Tu fais des compromis, idiot.

— Val ne m'écoutera pas, et Alpha...

— Alpha n'écoutera personne, acquiesça Kaydee. Mais avec l'aide de Beta ? Tu pourrais convaincre Val. Changer sa perspective, les mechs peuvent lui être utiles.

Une perspective changée pouvait toujours changer à nouveau. Val pourrait nous utiliser, nous les mechs, jusqu'à ce qu'elle décide que nous n'étions plus nécessaires, mais là encore, mes options restaient limitées. J'avais joué le jeu avec Alpha en partie pour voir ce qu'il ferait, mais aussi pour gagner du temps pour Delta et moi. Maintenant, alors que j'entrais dans l'appartement de Leo et fermais la porte en spirale derrière moi, je pourrais avoir besoin de Val de la même manière.

Il y avait deux forces sur Starship, et je n'en faisais pas partie.

Alvie accourut à mon arrivée, aboyant d'un sifflement joyeux. D'après son attitude, je supposai qu'aucun mech n'avait essayé d'entrer, ce qui signifiait que Delta devait être exactement là où je l'avais laissée. En effet, Alvie sembla deviner mes intentions et le chien me guida, ses pattes métalliques claquant, jusqu'à la chambre de Delta.

Elle était si immobile sur le lit de camp. La lumière bleue recouvrait sa peau synthétique, parfaite maintenant qu'elle avait eu le temps de se réparer. La tenue de combat de Delta avait connu de meilleurs jours, mais sa lame dentelée reposait près de l'entrée de la pièce, prête à être reprise. Heureusement d'ailleurs, car j'avais le sentiment qu'Alpha ne me laisserait pas beaucoup de temps pour prouver ma parole.

Ou mon manque de parole.

Les Vaisseaux n'avaient pas d'interrupteur, à proprement parler. En fait, je ne savais pas comment l'un d'entre nous s'allumait. J'avais éteint Delta de l'intérieur, et c'est là que je retournai. Pinçant mes doigts, je me branchai sur le port derrière son oreille et disparus.

Cette fois, le cube gris contenant toutes les fonctions centrales de Delta flottait seul, dans un blanc infini. Aucune Delta numérique n'apparut pour m'arrêter alors que j'approchais du noyau, alors que je posais ma main dessus et lui donnais la commande de démarrage qu'il semblait chercher.

La boîte grise se mit à bourdonner et je n'attendis pas de voir ce qui allait se passer d'autre. Glissant à nouveau dans le monde physique réel, je me levai à côté du lit de camp. J'attendis. Je réalisai que je ferais mieux d'éloigner la lame de quelques mètres et je le fis.

Une Delta en colère pourrait agir sans réfléchir, mieux valait retirer les objets létaux de l'équation.

Ses yeux scintillèrent. Les jambes et les bras de Delta tressaillirent, ses doigts et ses orteils se recroquevillant. La bouche de Delta, figée dans une moue neutre, se dégela pour reprendre sa ligne droite habituelle. Sans autre préambule, elle tourna la tête vers moi. C'était incroyable à quelle vitesse ce regard perçant retrouvait sa vie.

— Pourquoi ? demanda Delta, une question tout à fait raisonnable qui me déstabilisa.

Je m'attendais à ce qu'elle bondisse du lit, peut-être à une combinaison de trois coups qui m'aurait envoyé sur le sol métallique dur. Au lieu de cela, je déballai tout. Rapidement, allant droit aux faits.

— Tu vallais mourir, conclus-je. Je ne voulais pas que ça arrive.

— Ce n'était pas à toi de décider, répliqua Delta, glissant

ses jambes hors du lit de camp. Maintenant, Alpha va être encore plus difficile à tuer.

— Nous n'allons pas l'affronter seuls, dis-je. Toi et moi, nous retournons auprès de Beta, Volt et les humains. Ensemble, nous aurons peut-être une chance.

Delta se redressa, tendit la main et posa un seul doigt sur ma poitrine. — Gamma, tu peux faire ce que tu veux, à condition de ne plus jamais me toucher. Maintenant, reste hors de mon chemin.

— Elle est tellement têtue, dit Kaydee, allongée sur mon ancien lit de camp. Mais qui sait, peut-être qu'elle va gagner ?

Je ne savais pas à qui répondre en premier et, dans mon hésitation, Delta ramassa sa lame dentelée. Le vaisseau passa ses yeux le long de l'arme, se convainquant qu'elle avait toujours aussi bonne allure.

— Tu ne peux pas, dis-je.

— Tu ne peux pas m'arrêter, répondit Delta, mettant la lame sur son épaule et se dirigeant vers la sortie de la pièce.

— Si tu fais ça seule, tu perdras. Je ne bougeai pas pour la suivre. Je voulais, d'une certaine manière, que mon immobilité montre à quel point Delta serait isolée. Tu seras en infériorité numérique et détruite. Quand il en aura fini avec toi, Alpha fera de même avec moi. Il trouvera les Voix et les effacera. Ses mechs écraseront Beta et tueront chaque humain restant sur le Vaisseau.

Delta ralentit, s'arrêta et me lança un regard tendu. — Tu veux que je fuie.

— Je veux que nous travaillions ensemble pour l'arrêter et convaincre les humains que nous sommes plus que de simples accessoires.

Un coup sourd interrompit la réponse de Delta. Alvie aboya et nous suivîmes tous deux le chien vers l'entrée de l'appartement. Un second coup suivit, accompagné cette fois d'un bruit métallique tranchant. Tandis que Delta pointait sa lame vers la porte, je reculai d'un pas, cherchant une arme sans en trouver.

Les mains nues encore une fois.

— Sois prêt, dit Delta, carrant les épaules et pliant les genoux.

J'avais de la peine pour ce qui attendait de l'autre côté de cette porte.

— Souviens-toi, dis-je alors qu'un autre coup frappait. Les spirales de la porte grincèrent, l'une d'elles se détachant de son filetage en haut. Nous partons à gauche. On s'échappe.

— Si je vois Alpha, je lui prends sa tête.

Un quatrième coup fit tomber la porte de l'appartement, les bras en spirale tordus comme une fleur fanée. Le joyau rouge s'assombrit tandis que des fils brisés crépitaient le long des bords, douchant l'intrus de leurs étincelles blanc-or. Le premier mech à entrer traînait sa lourde matraque argentée sur le sol, se courbant pour pénétrer dans l'appartement.

— Gamma ! cria le mech, et la voix sortant de ses haut-parleurs n'appartenait pas à une machine sans nom. As-tu tenu ta promesse ? M'as-tu livré Delta ?

— À propos de ça..., commençai-je, et Delta termina.

Malgré l'espace exigu, le grand mech réagit rapidement à l'élan de Delta, ignorant la matraque encombrante pour saisir avec une main rapide couleur de métal. Delta inversa sa prise, balançant la lame vers le haut et la droite à travers son corps. Le tranchant coupa les doigts tendus et la prise inversée permit à Delta de sauter par-dessus la paume restante, la lame et le corps passant juste sous le plafond. Elle atterrit, sa main droite maintenant sur ma gauche, son dos face au visage du grand mech.

Et enfonça la lame exactement là où il fallait.

— Il est temps de partir, dit Delta, le rictus stérile du mech se brisant en une mort enflammée derrière elle.

— Je te suis, répondis-je, Alvie aboyant-haletant à côté de moi.

Ensemble, notre étrange trio escalada le mech et entra dans le Conduit. Alors que nous rejoignions cette brume bleue, j'eus une forte envie de retourner dans l'appartement défoncé de Leo : au moins là-bas, les mechs ne pouvaient venir à nous que d'une seule direction.

— Wow, dit Kaydee. Il ne te faisait vraiment pas confiance du tout.

Remplissant le passage du Conduit de chaque côté se trouvaient d'autres gardes de l'Université. Ceux-ci tenaient leurs matraques en l'air, prêts à frapper. J'en comptai six de chaque côté, et d'autres mechs plus petits venaient les renforcer. Au centre du vaste Conduit, des bourdonnements annonçaient l'arrivée imminente de coursiers et d'autres engins volants. Ils seraient là dans quelques instants, prêts à nous coincer.

Et voici la partie de mon plan où les détails devenaient flous. J'avais parié avoir assez de temps pour m'échapper avec Delta, parié sur le fait qu'Alpha serait soit moins maniaque, soit plus lent à se retourner contre moi. Les deux s'avérèrent faux, et maintenant Delta et moi étions dans la même situation qu'avant, les mechs nous fonçant dessus sans nulle part où aller.

— Merde, grogna Delta, pivotant à gauche et se dirigeant vers le grand mech.

— Vas-y, dis-je à Alvie et nous courûmes tous les deux après elle.

Le premier mech, trois mètres de métal implacable, leva sa matraque et l'abattit vers Delta. Contrairement aux mechs plus maladroits, pressés au service du combat avec des fonctions destinées au nettoyage, à la préparation alimentaire, celui-ci savait se battre. Le coup anticipait la vitesse de Delta et la força à s'arrêter, lançant sa lame vers le haut pour dévier l'avant de la matraque dans un fracas qui fit trembler la passerelle. Le choc envoya Delta à genoux, ses deux mains enroulées sur la poignée de sa lame pour la maintenir en place.

Alvie n'avait pas de telles restrictions : le chien bondit, attrapa la matraque et courut le long de la grosse tête dans un autre saut vers le visage vulnérable du gardien. Le mech tendit la main vers Alvie avec sa main libre, mais je plongeai dessus, agrippant le poignet gauche du plus grand mech avec mes propres mains. J'appuyai, déformant le mech, gardant ma prise, empêchant la main d'atteindre Alvie.

Mon chien frappa le visage du mech avec fureur, déchirant, mordant et détruisant. Le mech recula, lâchant sa matraque et me secouant, tendant les bras vers Alvie.

— Saute ! criai-je au chien, et Alvie obéit presque avant que j'aie fini de parler, bondissant vers moi.

J'attrapai le lourd chiot, puis le déposai directement sur la passerelle. Derrière moi, Delta lança un avertissement : le premier mech de droite s'était approché et s'apprêtait à frapper. Je commençai à me retourner quand un fracas ébranla la passerelle. Le mech que nous avions endommagé heurta la rambarde, tombant par-dessus bord alors qu'un autre, sa matraque déjà en mouvement après son coup, prenait sa place.

Nous avions eu de la chance d'en affronter un seul. Deux de plus avec d'autres qui s'attardaient derrière ?

— Saut de la foi, dit Kaydee alors qu'Alvie aboyait contre le mech qui approchait. Ça tuerait un humain, mais vous pourriez survivre.

— Saut de la foi ? Je me précipitai à travers la passerelle, ramassai la matraque tombée du mech. De quoi parles-tu ?

Derrière moi, la lame de Delta résonna alors qu'elle parait un coup. Avec mon propre mech qui se profilait, je ne voulais pas tenter ma chance avec mes compétences de combat. En soulevant, je lançai la matraque au-dessus de ma tête, la force totale transformant l'arme en un missile contondant. Ma cible déplaça sa propre matraque assez rapidement pour dévier, mais seulement en partie, mon coup atteignant le mech à l'épaule et renversant la grande machine sur le dos.

Seulement pour que trois de ces chiens mécanisés viennent se précipiter par-dessus son corps, leurs yeux jaunes lumineux cherchant du sang.

— Saute dans le Conduit ! dit Kaydee, pour une fois mettant de l'urgence dans sa voix. C'est un bazar de ferraille en bas, mais tu pourrais y arriver !

En temps normal, j'aurais voulu faire une analyse, calculer les probabilités et établir un plan. Avec une mort certaine fonçant sur moi, crocs en avant, la normalité n'était pas une option.

— Delta ! ai-je crié en me retournant et en attrapant Alvie, le lançant d'un grand pas vers la rambarde. Suis-moi !

Je ne pouvais pas savoir si mon amie m'avait vu, ni si elle avait compris. J'ai fléchi mes mollets synthétiques, appuyé sur mon pied droit, senti une griffe déchirer ma jambe gauche, et j'ai volé, en tournoyant, par-dessus la rambarde dans le bleu brumeux.

DIX-SEPT

PROBLÈMES DE DÉTRITUS

Je me suis retourné en tombant, regardant vers ce bleu éclatant tandis que les niveaux défilaient autour de moi. L'air fouettait mon dos, ébouriffait mes cheveux. Kaydee, qui chutait à côté de moi, poussait des cris mêlant terreur et délice. Contrairement au Jardin, au moins, tomber ici ne signifiait pas rebondir sur des chaînes ou des objets. Au lieu de cela, c'était de la brume bleue tout du long.

Ma vie, telle qu'elle était, n'a pas défilé devant mes yeux. Aucun ralentissement n'a permis la contemplation. Nous avions essayé de fuir et notre survie dépendait de la physique, de la chance et des déchets que les mechs d'Alpha avaient envoyés au fond du Conduit.

Les déchets d'un mech font le salut d'un autre mech.

L'atterrissage d'Alvie a résonné jusqu'à moi une seconde avant que je ne frappe, son impact moelleux me donnant un léger espoir avant que je ne rebondisse sur un tas crasseux. Le choc a déclenché des alertes dans mon dos tandis que je roulais le long d'une pente de détritus, des boulons et des débris s'enfonçant à chaque tour. Des meubles, des panneaux ruinés, des déchets à moitié carbonisés ont servi de gant de receveur. Mètre après mètre, j'ai rebondi et percuté, mes membres volant dans tous les sens.

Jusqu'à ce que je m'arrête, coincé entre un vieux matelas et une porte volumineuse pliée en son milieu. Le V formé par leurs formes m'a servi de nid, dans lequel je suis resté allongé un long moment, comptant les motifs de losanges verts sur le matelas blanc. Mes systèmes se sont auto-évalués, déterminant que ma fin n'était pas probable. Dommages structurels mineurs. Des réparations seraient importantes, peut-être des remplacements d'articulations pour retrouver une efficacité optimale. Mais, mon analyse l'a confirmé, je pouvais marcher. Même courir, bien qu'en boitant. Un tableau peu reluisant, étant donné qu'Alpha enverrait ses mechs à notre poursuite, mais ça aurait pu être pire.

— J'aurais été aplatie comme une crêpe, a dit Kaydee, balançant ses jambes depuis le haut du matelas. Leo vous a vraiment bien construits.

— C'est vrai, ai-je dit en me redressant. Je suppose qu'il s'attendait à ce que nous puissions tout supporter.

— C'est à peu près la seule chose qu'il ait bien faite.

La fameuse rupture. Leo et Kaydee, amis et plus encore, déchirés par les différences de classe propres à Starship. Kaydee n'épargnait guère Leo de son vitriol, mais je n'avais pas entendu grand-chose de la part du membre des Voix sur la situation. Une histoire à sens unique, le récit de Kaydee avait un poids inquiétant : la volonté de Leo de piétiner les moins fortunés n'augurait rien de bon.

Un problème pour un autre jour, que je ne verrais probablement jamais.

Un aboiement haletant a attiré mon attention plus haut

sur le monticule de débris. Les pattes d'Alvie grattaient dans l'air, le chien étant par ailleurs enterré. Je me suis poussé du matelas, progressant en glissant. L'air brumeux du Conduit n'aidait pas, recouvrant tous les déchets d'un mince film humide. Mes mains et mes pieds manquaient leurs prises, ma progression était lente tandis que mes vêtements et ma peau s'accrochaient aux débris brisés. Je ressentais ce que mon système suggérait : des muscles se contractant plus lentement que la normale, des doigts glissant là où ils auraient dû s'accrocher.

Une autre silhouette a émergé au sommet du monticule alors que j'atteignais Alvie, son ombre étant une vue bienvenue contre le bleu. Si j'avais été blessé, Delta se tenait debout, regardant vers le haut comme si elle avait réussi un atterrissage parfait. Certes, elle avait quelques égratignures, mais cette épée dentelée était toujours dans ses mains tandis qu'elle se tenait en équilibre sur un cadre de lit cassé — peut-être l'ancienne demeure de mon matelas — sans le moindre problème.

— Tu as fui, a dit Delta tandis que je déterrais Alvie. Tu m'as laissée sans protection.

— Je n'avais pas le choix, ai-je dit, mon chiot se penchant en avant pour reprendre pied. Alvie a aboyé en haletant et a sauté partout, semblant apprécier de glisser dans les mini-glissements de terrain de déchets qu'il provoquait. Ils nous tenaient.

— C'est la deuxième fois que tu me laisses tomber dans un combat, Gamma, a dit Delta. La prochaine fois, reste à l'écart.

— Sinon quoi, tu me tueras ?

— C'est possible.

— Bien, Delta. Très bien, ai-je répondu. La chute, les

échanges avec Alpha, les mechs et les humains ont à nouveau assailli mon moi stoïque habituel et l'ont laissé meurtri. C'est exactement ce dont j'ai besoin en ce moment. Plus de menaces de la part de mes amis.

— Alors...

Je me suis levé, une entreprise chancelante, mais j'ai planté un pied sur une enseigne déchiquetée et calé l'autre contre une barre fendue. J'ai pointé un doigt vers Delta : — Non, pas de *alors*, pas de *si tu*, parce que c'est fini maintenant. Tu as essayé à ta façon et ça a échoué. J'ai essayé à la mienne et, devine quoi, ça n'a pas été génial non plus. Alors on va prendre une troisième voie.

— Qui est ?

— Je n'ai pas détruit les Voix là-haut, ai-je dit. Leo les a cachées. Alpha va les traquer parce qu'elles sont les seules à pouvoir reprendre le contrôle de Starship. Nous trouvons les Voix, nous les protégeons et nous retrouvons Val et Beta. Ensemble, nous frappons le Pont.

— Ça ne sera pas rapide. Alpha aura le temps de se fortifier.

— C'est une chance, et c'est la seule que nous ayons.

J'ai attendu que Delta ignore mon analyse, qu'elle déclare une fois de plus qu'un assaut en solo suffirait. Au lieu de cela, elle m'a regardé, a levé les yeux vers le Pont, caché loin au-dessus, et a hoché la tête.

— D'accord. Mais rapidement.

— Sur ce point, au moins, nous sommes d'accord.

Se déplacer rapidement s'est avéré plus facile à dire qu'à faire. Alors que Delta descendait le tas de débris par des sauts ciblés, atterrissant sur chaque décharge avec un placement parfait, Alvie et moi roulions, trébuchions, tombions et ressemblions généralement aux débris que nous traversions. Nous n'avions pas non plus vraiment de direction, si ce n'est de descendre et de s'éloigner le plus possible.

Déjà, au-dessus de nous, le vrombissement et le gémissement des moteurs des mécas trahissaient l'incrédulité d'Alpha face à notre saut suicidaire de la falaise. Je pensais que le vaisseau voudrait confirmer que nous nous étions écrasés, mais la vitesse à laquelle il avait dépêché les mécas était un peu décourageante.

— Tu ne seras jamais libre, mon ami, dit Kaydee alors que je trébuchais sur ce qui ressemblait à un vieux four et atterrissais face contre terre quelques mètres plus bas sur la pente. Delta, à ma gauche, éclata de rire. Ils te voudront toujours maintenant.

— Ugh, répondis-je en me relevant à l'aide d'un coussin de canapé effiloché qui avait eu la gentillesse d'amortir ma chute. Pourquoi ?

— Parce qu'une fois que tu te fais remarquer, c'est ce qui arrive, dit Kaydee. Je devrais le savoir. Une fois que Leo et moi avons attiré suffisamment l'attention pour nos conceptions, on nous a harcelés sans cesse.

— Par ta mère ?

— Par elle et par tout le monde. Toutes les factions qui voulaient de nouveaux mécas pour ceci ou cela, Kaydee s'arrêta, tapota son menton — des étincelles arc-en-ciel caractéristiques jaillissant à chaque coup — et pointa vers la gauche, le même côté d'où nous avions plongé. Je pense qu'on est à peu près au bon endroit.

— Le bon endroit pour quoi ? Je me levai et faillis tomber à nouveau lorsqu'Alvie me rattrapa et se cogna contre ma jambe, aboyant d'un ton rauque que je supposais être du plaisir face à notre aventure dégringolante.

— On l'appelait le Dépotoir, dit Kaydee. C'est là où les

déchets allaient avant d'être réutilisés pour les Lignes de Fabrication ou autre chose. Les objets étaient dépouillés jusqu'à leurs composants de base pour être réutilisés, et les morceaux de métal dont on ne voulait pas étaient ensuite jetés au Ferrailleur.

— Que te dit ton esprit ? cria Delta, balayant sa lame vers le bruit qui approchait. Nous perdons du temps.

— Allons par là, je partis vers la gauche, descendant jusqu'au fond absolu du Conduit.

Ici, la coque habituellement propre du vaisseau était recouverte d'une couche de crasse. Des débris réduits en poussière tapissaient un sol recouvert d'une mousse rigide. Posée, je supposais, pour protéger la coque métallique dure des déchets qui tombaient. Les monticules de décombres s'étendaient derrière moi comme une chaîne de montagnes hétéroclite, ne donnant que peu d'indices sur le temps passé depuis la dernière visite de l'équipe de nettoyage au fond du Conduit.

Des jours ? Des années ? Des décennies ?

Toute réponse se dissipa lorsque Delta trouva la porte de Kaydee en haut d'un ascenseur court et large menant du sol à l'étage suivant. Conçu pour transporter sa cargaison de déchets, l'ascenseur nous fit monter lentement et régulièrement, nous déposant juste devant une énorme entrée de six mètres de large menant à un endroit dont le panneau souillé avait été recouvert de graffitis avec le mot "Dépotoir" en peinture vert vif.

— Tu vois ? remarqua Kaydee. Exactement comme je l'avais dit.

Alors que nous quittions l'ascenseur, de nouvelles lumières se déversèrent derrière nous, des cercles lumineux fouillant les monticules de détritus. Les mécas d'Alpha étaient là et en chasse. Je n'eus pas besoin de dire quoi que ce soit à Delta : elle se précipita à l'intérieur et Alvie et moi la suivîmes.

À travers la porte, le nom du Dépotoir se justifia rapidement. De grands bassins, disposés les uns en face des autres, bouillonnaient avec différents éclairages colorés. À l'intérieur de l'entrée, sur notre gauche, se trouvaient deux bassins émeraude, tandis qu'à notre droite, un bassin bleu et orange brillait. Chacun semblait clair, propre, et Alvie s'apprêtait à en renifler un.

— Mieux vaut ne pas le laisser faire ça, dit Kaydee. À moins qu'il ne veuille perdre un membre.

Je tirai Alvie en arrière tandis que Kaydee nous donnait les détails : il s'agissait de divers bains d'acide, conçus pour nettoyer la crasse qui ne pouvait pas être éliminée dans les lignes de fabrication ou ailleurs. Selon la pièce, une concentration différente était utilisée. À l'époque glorieuse du Vaisseau Stellaire, les mécas et les humains grouillaient partout ici, faisant passer les vieux actifs d'un trempage à l'autre avant de monter par les ascenseurs au fond vers les Lignes de Fabrication ou tout autre endroit où l'objet devait aller.

— Donc tu dis qu'il y a un autre ascenseur tout au fond ? dis-je lorsque Kaydee, qui avait sauté par-dessus chaque bassin tour à tour pendant son explication, termina avec un bain rouge en colère au bout.

— Il devrait y en avoir un, répondit Kaydee. Tu as des idées sournoise

Je regardai en direction de Delta. — D'abord, on trouve un terminal ici pour que je puisse localiser les Voix. Ensuite, on prend un ascenseur vers un niveau intermédiaire. Avec un peu de chance, Alpha ne scannera pas partout et on pourra retourner à l'arrière sans se faire prendre.

— Faisable, dit Delta.

Vers le Conduit, ces projecteurs continuaient de tracer les monticules, mais aucun n'avait trouvé son chemin à l'intérieur du Dépotoir. Nous ne nous sommes pas reposés sur cet avantage, mais nous sommes enfoncés plus profondément, au-delà des bassins et dans un dédale où chaque couloir avait des rails encastrés dans le sol. De la taille des couloirs de l'appartement de Leo, les tunnels arrondis servaient à déplacer les matériaux, avec des renfoncements et d'autres pièces espacées ici et là pour éviter les chariots venant en sens inverse.

Des diodes perlées au plafond servaient d'éclairage, des jaunes hasardeux clignotant chaque fois que les diodes n'étaient pas éteintes. Au début, je pensais que les ombres pourraient nous servir à rester cachés. Mais quand j'ai remarqué les inscriptions sur les murs, j'ai commencé à avoir d'autres idées.

— Restez sur vos gardes, murmura Delta en nous guidant. Nous ne sommes peut-être pas les seuls ici.

Les griffonnages, certains faits avec des entailles de couteau dans le métal tandis que d'autres ressemblaient à des marqueurs, offraient un mélange entre des avertissements de rester à l'écart, des bienvenues et des exhortations à continuer. Certains ne proposaient que des questions simples et impossibles, comme *Pourquoi ?* et *Quand serons-nous sauvés ?*.

Les inscriptions, l'éclairage, n'avaient pour compagnie que le bruit normal du Vaisseau Stellaire et peu d'autre chose. Si nous étions poursuivis par des mécas, je m'attendais à entendre des piétinements, un moteur qui ronronne. Au lieu de cela, une fois que nous eûmes dépassé les bassins bouillonnants, nous n'avions que le bruit de nos pas et le grondement constant sous nos pieds.

Je demandai à Kaydee si elle avait une idée de qui aurait

pu laisser ces griffonnages et mon esprit aux cheveux bleus secoua sa coiffure hérissée.

— Écoute, on savait tous ce qui se passait ici, dit Kaydee. Mais ce n'est pas comme si Leo et moi voulions nous aventurer aussi loin en bas.

— Encore une histoire de classe ?

Kaydee soupira. — Je te l'ai dit, Gamma. Il y a beaucoup de choses dont je ne suis pas fière et que nous avons faites, mais à l'époque, c'est comme ça que le Vaisseau Stellaire fonctionnait.

Ce n'était pas le moment pour une autre discussion philosophique.

— Donc tu ne sais pas.

— Écoute, la politique ici ne remontait pas souvent jusqu'en haut, dit Kaydee. S'il y avait des problèmes, je n'en ai pas eu connaissance.

— Alors on continue.

Delta ne s'y opposa pas. Alvie, pour sa part, restait près de nous. Le chien ne faisait pas un bruit à part ses griffes sur le sol, ses yeux jaunes brillant autour de lui alors qu'il essayait de garder une vue sur tout en même temps.

— C'est ici, annonça Delta alors que nous entrions dans une salle circulaire plus large où plusieurs voies de chariots s'entrecroisaient avec une table tournante au centre. Encastré dans une alcôve sur le côté se trouvait un terminal dont l'écran clignotait en vert, prêt à l'emploi. Fais vite, Gamma.

— J'y suis, dis-je en pinçant mes doigts pour former le port. Pendant que je serai là-dedans, je ne t'entendrai pas. Par contre, je te sentirai. Tape-moi si tu as besoin que je sorte.

— Compris, dit Delta. Son regard dur s'adoucit. Elle

posa une main raide sur mon épaule. Gamma, ne fais pas de conneries.

Pour un discours d'encouragement venant de Delta, c'était à peu près le mieux qu'on pouvait espérer. J'ai branché mes doigts dans le terminal, et le Cloaque a disparu.

Si seulement il avait été remplacé par quelque chose de mieux.

DIX-HUIT

TOURNER EN ROND

Si le terminal de Val offrait une chapelle aux vitraux colorés et que les Voix avaient leur château, les propriétaires du Cloaque s'étaient jetés sur leur propre idée. J'avais visité de vastes plaines numériques, de magnifiques prairies et des nébuleuses étoilées. Je n'avais jamais été sur une rivière tumultueuse. Quiconque gérait le système d'exploitation du Cloaque gardait ses programmes en rotation, créant et supprimant des données à une vitesse folle qui m'avait, alors que je reprenais mes repères, entraîné dans un courant soudain.

J'ai surgi au milieu du liquide en mouvement, une seconde dans un tunnel de transmission numérique et la suivante flottant le long d'une balade infinie. Une eau bleu-vert me poussait vers l'avant sur un toboggan large de plusieurs mètres. Un examen plus attentif des gouttelettes qui m'éclaboussaient révéla qu'il ne s'agissait pas de molécules de l'espace charnel, mais plutôt de bits codés portant des instructions pour nettoyer ceci, fabriquer cela.

Un vide ambiant jaune entourait la rivière, recueillant les embruns qui se déversaient sur les côtés du toboggan. Au début, je me suis demandé, en me balançant, si ces bits numériques étaient perdus à jamais. Une éclaboussure sur ma tête répondit à la question : ces gouttes tombaient simplement autour du monde pour rejaillir dans la rivière, une fonction de recyclage.

J'étais venu chercher les Voix, mais je ne comprenais pas pourquoi quelqu'un aurait configuré son terminal de cette façon. Des fichiers et des dossiers en mouvement constant rendraient toute recherche impossible, rendraient le travail impossible à accomplir.

La tête de Kaydee émergea de l'eau à côté de moi et elle cracha un peu d'eau dans l'air comme une baleine haletant pour respirer.

— C'est quoi ce bordel ? demanda Kaydee, me rejoignant dans ce voyage flottant.

Bien que je n'aie jamais nagé auparavant, je constatai que je n'avais pas besoin d'essayer ici. Aucun poids ne m'attirait sous la surface de la rivière. Au lieu de cela, je me sentais comme une plume dans le vent, porté par une force que je ne pouvais pas influencer.

— Quelqu'un a été très créatif, répondis-je.

— Pourquoi ?

— Bonne question, et une à laquelle je pense que nous devrons répondre avant de pouvoir continuer notre recherche.

Comme avec le terminal de Val, pour partir à la chasse aux Voix, j'aurais besoin d'accéder au réseau de Starship. Contrairement au terminal de Val, la rivière ici n'offrait aucune porte à franchir, aucune branche à saisir qui m'emmènerait où j'avais besoin d'aller. Aussi impossible que serait l'utilisation de la rivière, je devais espérer qu'une solution reposait quelque part, une clé pour forcer la serrure de la rivière et comprendre son mystère.

— Comment sommes-nous censés répondre à ça ? demanda Kaydee.

Sans indices immédiats, je pensai que nous devrions creuser plus profond. Je n'avais pas pu comprendre Delta, les mécas de la Nurserie, ou même moi-même jusqu'à ce que j'aie regardé de plus près les raisons derrière nos actions. Delta, par exemple, entrait dans chaque combat avec une témérité sans limite parce qu'elle croyait, avait été programmée pour croire, qu'elle pouvait gagner n'importe quelle bataille et que c'était son devoir de le faire.

Quant à moi, sauver les humains avait joué le rôle principal au début, un objectif exerçant sa pression sur chacune de mes actions jusqu'à ce que je découvre, dans la Nurserie, comment contourner ses barreaux. Présenter chaque action comme faisant avancer la cause humaine et la pression se dissiperait, mes fonctions m'accordant la liberté dont j'avais besoin.

— Qui créerait un monde comme celui-ci, et pourquoi ? demandai-je. C'est par là que nous commençons.

— Quelqu'un qui aimait l'eau ? hasarda Kaydee.

— La rivière dans laquelle nous sommes et ce qu'elle représente pour l'opérateur du terminal sont deux choses différentes. Je ramassai une poignée de liquide numérique, le laissant couler entre mes doigts. Je crois que nous sommes coincés dans une fonction de sécurité. Celui qui possède ceci ne veut pas nous laisser entrer.

— Choquant, ça.

— Inhabituel pour Starship, répondis-je. La plupart des terminaux n'avaient pas beaucoup de sécurité.

— Remercie les Voix, répliqua Kaydee, se retournant pour nager sur le dos à côté de moi. Une fois que les choses ont commencé à se corser, elles se sont lancées dans une croisade pour l'information ouverte. Elles auraient Leo ou un de ses laquais lancer des scans le long de Starship, repérant chaque ordinateur en réseau et vérifiant le cryptage. S'ils détectaient ton terminal, tu ferais mieux de le jeter vite fait.

— Elles chassaient la rébellion ?

— Des plans de résistance organisée, du chantage, peu importe, dit Kaydee, les yeux résolument tournés vers le haut dans la lueur dorée. Tout était présenté sous le prétexte que tu n'avais rien à craindre si tu n'avais rien à cacher. Leo me prévenait chaque fois qu'ils allaient scanner et je débranchais mon terminal.

— Mais quelqu'un aurait pu choisir de se défendre contre l'intrusion comme ça ?

— Peut-être, mais ça ne ferait que signaler aux Voix de venir te chercher. C'est comme, tu construis le mur, tu deviens la cible.

Nous dérivions, tous deux plongés dans nos pensées. Je ne pouvais pas dire si Kaydee essayait de déchiffrer une solution ou si elle s'était égarée dans de vieux souvenirs. Avant, ces souvenirs s'infiltraient dans mes perceptions, me montrant des fantômes du passé de Kaydee. Ils n'étaient pas beaucoup sortis dernièrement, cependant. Peut-être avait-elle compris comment les contrôler, comment se cacher de moi.

— Pourquoi ne me montres-tu plus tes souvenirs ? demandai-je alors que la rivière nous emmenait dans un autre virage. Je vis qu'elle finirait par se courber sur elle-même, une boucle sans fin. J'avais l'habitude de te voir partout où j'allais.

— J'ai trouvé la fuite dans mon propre code et je l'ai colmatée, dit Kaydee. Ne t'inquiète pas, je vais toujours m'infiltrer dans tes fonctions au fil du temps, les colorant de ma propre saveur, mais au moins tu n'auras plus mon moi passé qui danse devant tes yeux.

— Donc tu me bloques.

Les yeux de Kaydee brillèrent alors qu'elle me jeta un coup d'œil.

— Tu *veux* voir ces souvenirs ?

— Ils ont fourni du contexte.

Un rire. — Contente d'avoir pu aider. Mais tu n'as jamais pensé que j'aimerais peut-être garder mes souvenirs pour moi ?

— Et si je te forçais ?

— Désolée, Gamma, mais tu ne peux plus agir sur cette menace, dit Kaydee en s'étirant, toujours flottant sur le dos. Nous sommes tellement imbriqués maintenant que si tu essayais de me supprimer, tu deviendrais une bouillie informe. Delta te tuerait rien que pour abréger tes souffrances.

J'ai tendu la main et touché la sienne. J'ai senti le code sous-jacent, tous les algorithmes imbriqués qui aidaient Kaydee à se maintenir, visuellement et autrement. J'ai aussi senti la chaleur, la pression lorsqu'elle a serré ma main en retour, nous deux dérivant ensemble le long de la rivière. Un beau moment de calme au milieu d'une vie qui en avait été, jusqu'à présent, trop dépourvue.

Et à cet instant, j'ai trouvé une réponse.

— Tu me bloques parce que je ne suis plus une menace, ai-je dit.

— Euh, quoi ?

— Tes souvenirs, Kaydee, ai-je continué, les mots commençant à s'accumuler, se bousculant alors que je les démêlais. Tu m'empêches d'y accéder parce que tu peux te le permettre.

— D'accord, si tu veux ?

— Tu as dit que quiconque aurait mis en place un blocage comme cette rivière aurait tout risqué lorsque les Voix étaient dans les parages, ai-je dit. Par conséquent, ils ont dû mettre en place cette sécurité après que les Voix ont arrêté leurs balayages.

— Juste au moment où Starship s'effondrait dans son enfer mécanique, j'imagine, dit Kaydee. Et alors ?

— Cela signifie qu'il y a une chance que nous ne soyons pas seuls.

— Gamma, encore une fois, on parle d'une très longue période depuis que ma mère est devenue un fantôme numérique et que tu nous as gratifiés de ta présence. Même si quelqu'un avait vécu à cette époque et avait mis tout ça en place, il ne serait plus là maintenant.

— C'est justement ça, Kaydee. Le terminal était allumé quand nous l'avons trouvé. Actif. Quelqu'un l'a maintenu en bon état.

— Eh bien, si tu as raison, nous avons laissé la seule personne qui pourrait nous donner des réponses seule avec Delta. Kaydee m'a éclaboussé, j'ai dévié l'eau. Tu paries combien qu'elle l'a déjà tuée ?

J'ai émergé brusquement de la rivière pour me retrouver dans les tunnels sombres du Cloaque. J'ai senti une main sur mon bras, une seconde couvrant mes lèvres. Delta m'avait attrapé, et un rapide hochement de tête a confirmé l'histoire que ses mains racontaient : tais-toi, reste silencieux.

L'épée dentelée du vaisseau était appuyée contre le mur arrondi du couloir, notre petit renfoncement n'offrant pas beaucoup de protection. Néanmoins, nous nous y sommes enfoncés davantage alors que des lumières jaunes brillaient d'avant en arrière, glissant le long des murs à quelques mètres de nous. Cette lueur espionnante correspondait à la teinte des projecteurs dans les tas de déchets du Conduit, les mechs d'Alpha venant nous chercher.

Toute chance de parler à Delta de mon idée s'est évanouie alors que les mechs se rapprochaient. Leurs vrombissements résonnaient contre les murs, comme une centaine de ventilateurs en rotation, tandis qu'ils avançaient lentement dans le couloir. Bientôt, les halos en forme de disque de leurs projecteurs sont passés devant nous, remplacés par les cônes grandissants émis par leurs lampes. Sûrement qu'ils atteindraient notre cachette et nous captureraient, sûrement que nous serions découverts.

Delta s'est éloignée de moi. Elle a glissé vers le mur droit de l'alcôve, celui le plus proche des mechs qui approchaient. Son expression est passée de la panique sévère à une posture de combattante déterminée. Son esprit n'était pas difficile à lire : nous avions fait à ma façon, en sautant et en courant. Maintenant, Delta aurait sa chance.

Au moins, je n'ai pas eu à chercher loin pour trouver une arme. Le terminal offrait une chaise de bureau, petite et métallique. Solide, même si elle manquait de tout ce qui ressemblait à du confort. Tout coussin avait depuis longtemps disparu, ne laissant qu'une latte tachée en guise d'assise. À deux mains, je l'ai soulevée, la retournant pour avoir une bonne prise sur le dossier, les quatre pieds pointant vers l'avant.

Sur un signe de tête de Delta, j'ai fléchi les genoux, prêt à charger.

Je me considérais comme une sorte de vétéran du combat. Dans des mondes réels et virtuels, j'avais affronté des machines et des humains, utilisé des armes et mes propres poings. J'avais été en infériorité numérique et avantagé. J'avais appris de ces combats antérieurs, intégré les détails et les données dans ma mémoire. Je ne faisais plus face à la lutte à venir avec une anticipation nerveuse, je ne me demandais plus jusqu'où fléchir mes jambes, à quel point serrer la chaise, s'il valait mieux la balancer plutôt que de la lancer. Je savais jusqu'où mon premier pas me porterait, quelle force je pourrais exercer sur ma cible.

Tout ce que j'attendais à ce moment-là, c'était l'occasion de commencer.

Le premier coursier, un cylindre à moitié ouvert conçu pour transporter des conteneurs d'avant en arrière le long du Conduit, est apparu en vue. Ses ventilateurs bourdonnants maintenaient la machine en l'air tandis que son projecteur jaune balayait d'abord à droite, atteignant le mur vide et la lame appuyée de Delta, puis commençait son passage vers la gauche.

Delta a frappé avant que le mech ne nous trouve. Elle a joint ses deux mains et les a abattues sur le dessus du mech d'un mouvement fluide, surmontant les ventilateurs et projetant le coursier au sol. Le métal a grincé alors que le coursier essayait de reprendre de l'altitude, une tentative rendue plus difficile quand Delta lui a donné un coup de pied puissant, faisant tournoyer la machine dans les airs, droit sur sa lame appuyée.

Je m'attendais à ce que l'épée et le mech tombent, emmêlés, mais Delta a frappé le coursier avec assez de force pour que la lame, même en tombant, tranche une partie du coursier. Des câbles se sont déversés alors que la machine s'effondrait dans un dernier bourdonnement crépitant. Un triomphe volé lorsque la deuxième machine a repéré Delta avec son projecteur.

— Baisse-toi ! ai-je crié, et Delta s'est accroupie.

J'ai lancé la chaise au-dessus de sa tête, la projetant droit dans l'œil doré du deuxième coursier. J'ai lancé la chaise comme un javelot, de sorte qu'elle ne fasse pas de tours sur elle-même, mais qu'elle enfonce directement un pied dans le projecteur. L'éclat s'est éteint, le mech coursier a encaissé le coup et a rebondi sur le mur du tunnel, vacillant. Delta a suivi mon lancer, roulant sur sa gauche, raclant sa lame sur le sol et fonçant sur la machine étourdie.

Ses pièces ont vite rejoint le sol, découpées en trois.

— Avons-nous été assez rapides ? ai-je demandé, regardant les deux machines mortes.

— Pas clair, a dit Delta, puis elle a hoché la tête derrière moi, vers le terminal. As-tu trouvé ce dont nous avions besoin là-dedans ?

— Pas ce dont nous avions besoin, mais une question intéressante, ai-je répondu.

— Les questions n'ont pas d'importance. C'est soit les Voix, soit on fuit.

Delta avait raison : ce terminal était peut-être verrouillé, mais il y en avait d'autres qui avaient un accès illimité au réseau de Starship, y compris celui de Val. Nous pourrions nous replier en sécurité et reprendre ensuite notre recherche. Cela donnerait plus de temps à Alpha pour trouver les Voix avant nous, mais nous resterions en vie.

Un facteur clé, celui-là.

— D'accord, on y va, ai-je dit.

Nous avons couru à travers le dédale du Cesspool, ses salles de traitement, ses quartiers d'équipage et ses stocks de ferraille formant un labyrinthe difficile. Néanmoins, nous étions des vaisseaux, et notre sens de l'orientation ne venait pas de l'intuition, mais de connaissances codées en dur. Nous nous sommes dirigés vers le côté tribord du Vaisseau, un bord qui devrait, normalement, offrir un autre moyen de remonter. Pas pour un usage normal, mais pour les matériaux progressant dans le processus.

Tandis que nous avancions, les bruits s'intensifiaient,

des échos provenant du Conduit. Des mechs descendaient, atterrissant avec de lourds bruits sourds, leurs broyages métalliques révélant clairement leurs intentions. Les coursiers avaient transmis ce qu'ils avaient trouvé, et Alpha envoyait les forces de l'ordre pour nous achever. Les grands gardiens pourraient avoir du mal à se faufiler dans ces tunnels, mais Alpha pouvait nous ensevelir sous une masse de mechs plus petits, nous épuiser puis nous réduire en miettes une fois nos batteries à plat.

À moins que nous ne trouvions une issue.

L'ascenseur de fret du Cesspool se trouvait à une intersection à quatre voies, notre tunnel rejoignant plusieurs autres comme une demi-araignée, une extrémité en demi-lune révélant l'ascenseur et sa porte en forme de cage. Aussi large que l'entrée même du Cesspool, l'ascenseur offrait un trajet spacieux, si nous pouvions ouvrir la porte. Un simple interrupteur était placé à droite de l'ascenseur, une faible lumière rouge brillant sur le boîtier.

Tandis que Delta s'approchait de la porte de la cage, testant ses barreaux verrouillés, je me suis dirigé vers l'interrupteur. J'ai essayé de le basculer et j'ai trouvé le levier coincé. Sous la lumière rouge se trouvait un trou de serrure, une méthode manuelle archaïque. Plus étrange encore, le trou de serrure semblait plus récent que tout le reste de l'ascenseur, comme si quelqu'un avait arraché le panneau d'origine et l'avait remplacé par quelque chose de plus simple.

— Quelque chose qui ne peut pas être piraté, a dit Kaydee, debout à côté de moi.

— Qu'est-ce qui ne va pas ? a demandé Delta.

— Nous sommes coincés, ai-je répondu.

Delta m'a lancé un regard noir, a soulevé sa lame, l'a fait tournoyer et a tranché la grille de l'ascenseur, dégageant un passage vers la plate-forme plate. Elle a fait un signe de tête vers l'ascenseur.

— Bien joué, mais ce n'est pas le problème, ai-je répondu en tapotant la lumière rouge. L'ascenseur n'ira nulle part sans que ceci ne fonctionne.

Et nous devions faire fonctionner l'ascenseur rapidement. J'ai examiné de près le trou de serrure, ses lignes nettement découpées, et j'ai essayé d'ignorer les sifflements, les martèlements, les cliquetis d'une armée mécanisée qui courait vers nous. Peu importe le nombre de batailles que j'avais menées, peu importe à quel point mes circuits étaient endurcis, je ne pouvais pas bloquer le son, faire taire la peur.

DIX-NEUF

COMBAT AU COUTEAU

La serrure s'est avérée être un obstacle que je ne pouvais surmonter. J'avais beau presser mes doigts ensemble pour former différents ports, mes faux ongles glissant pour révéler diverses broches et fentes, rien ne pouvait entrer dans le métal et tourner. Delta a proposé de découper la partie verrouillée, une option que j'ai envisagée, mais que j'ai dû refuser.

— Tu pourrais couper les fils et alors on n'aurait aucune chance d'activer l'ascenseur, ai-je répondu, alors que le bruit de pas mécaniques se propageait maintenant dans les autres couloirs.

Alpha avait dû donner des directives précises : s'assurer que les deux vaisseaux ne puissent pas s'échapper, bloquer toutes les sorties.

— Alors nous montons nous-mêmes, a dit Delta, et je l'ai suivie à travers la grille découpée jusque dans l'ascenseur.

Au-dessus se trouvait une grille de protection que Delta pouvait probablement découper. La difficulté résidait au-delà, visible dans la lumière dorée des lampes imbriquées autour de nous : le puits de fret n'avait pas d'échelle, juste des murs lisses sans prises. Delta a croisé mon regard et j'ai pu voir le calcul se faire dans sa tête : combien d'encoches pourrait-elle tailler pendant notre ascension, jusqu'où pourrions-nous monter avant que les mécas ne nous rattrapent ?

— Pas assez, ai-je répondu à la question non posée. Les sols tremblaient et Alvie gémissait. Nouveau plan.

— Qui est ?

— On choisit un chemin, ai-je répondu. On se fraie un passage d'un côté et on continue de courir, on les surpasse en intelligence et on retourne au Conduit. On avance au niveau le plus bas aussi loin que possible. Peut-être jusqu'au bout.

— Ils nous harcèleront à chaque pas, a dit Delta.

— Je n'ai pas dit que ce serait facile. Ou amusant.

Delta a hoché la tête, quitté l'ascenseur pour se tenir au centre de la pièce. Je l'ai rejointe, et pendant plusieurs longues secondes, nous avons écouté, guetté l'approche de projecteurs dans les couloirs.

— Le milieu, a dit Delta. Le moins de vibrations.

Cela ne signifiait pas nécessairement qu'il y avait moins de mécas, mais les habitants mécaniques les plus dangereux du Vaisseau spatial avaient tendance à être les plus lourds.

— Quand ? ai-je demandé.

— Dès qu'on les verra de tous les côtés. Ça leur rendra plus difficile de faire demi-tour.

Une fois de plus, j'ai cherché autour de moi une arme potentielle. Avec l'aide de Delta, nous avons découpé une partie de la grille de l'ascenseur, me donnant une lourde barre à utiliser. Avec des coups supplémentaires, Delta a transformé son extrémité carrée en une pointe perçante. Pas tout à fait une lame, mais suffisamment mortelle.

— Je n'arrive pas à croire que vous utilisez des épées et vos poings sur un grand vaisseau spatial, a dit Kaydee en nous regardant travailler. C'est comme voyager dans le temps.

— Les armes à feu ne t'ont pas si bien réussi, si je me souviens bien, ai-je répliqué.

— Ce n'était pas leur faute, a rétorqué Kaydee. Les chiffres sont les chiffres, et les machines ne se fatiguent pas.

— Nous non plus.

Ce n'était pas tout à fait vrai, mais le mouvement cinétique nous permettait, à Delta et moi, de rester suffisamment chargés. Je puisais aussi de l'énergie supplémentaire chaque fois que je me branchais sur quelque chose, que ce soit un terminal ou, disons, les barrières près du Pont. Delta semblait profiter des moments de calme pour faire de même, glissant une paire de doigts dans une prise disponible. Je l'avais aussi laissée se recharger dans l'appartement de Leo.

Il nous faudrait beaucoup de temps pour nous éteindre. La destruction physique que les mécas d'Alpha allaient nous infliger était une crainte plus immédiate.

Prêt à concrétiser cette peur, la première salve d'Alpha est apparue dans les trois tunnels approchant de l'ascenseur. Ses mécas arrivaient de manière organisée : au centre de chaque tunnel roulait un méca de cuisine à roues, ses membres conçus pour hacher et cuisiner s'agitant dans notre direction. Au-dessus de leurs épaules flottaient plusieurs coursiers, leurs faces avant hérissées d'armes à énergie greffées, les extrémités des canons brillant d'un blanc intense.

Aucune option ne semblait facile, mais Delta en a quand même choisi une, optant pour la gauche et s'élançant. Elle a lancé un défi cinglant, un cri de guerre sans paroles sûr d'attirer tout méca errant dans notre direction.

— Ne meurs pas ! a crié Kaydee alors que je suivais mon amie vaisseau et sa lame noire dans la bataille.

Les coursiers sur notre chemin choisi ont tiré en

premier, leurs armes trahissant leur intention comme une lumière s'allumant lentement. Delta a rebondi sur la gauche, utilisant les murs courbes du couloir pour courir, me laissant seul au milieu.

Avant que je ne puisse évaluer mes chances de faire de même, Delta a pris appui sur le mur, esquivant les premiers tirs des coursiers — leurs rayons, trop rapides pour être vraiment vus, laissaient des taches orange bouillonnantes dans les pas de Delta — et plongeant par-dessus les couteaux tourbillonnants du méca culinaire. J'ai plus entendu que vu le coursier de gauche exploser, remarqué celui de droite pivoter loin de moi pour se concentrer sur la menace immédiate de Delta.

Le robot culinaire n'a rien fait de tel, poursuivant son assaut lent. Ses divers couteaux sont revenus de leurs attaques en direction de Delta pour me poignarder, des attaques que j'ai esquivées à ma manière brevetée : en reculant.

Du moins jusqu'à ce que j'entende des grondements derrière moi alors que les autres couloirs, laissés tranquilles, s'avéraient des passages faciles pour les autres mécas d'Alpha. Si je ne dépassais pas cette chose, je serais pris en tenaille en quelques instants. Ce qui arriverait après, eh bien, j'ai décidé de ne pas y penser.

— On ne peut pas en discuter ? ai-je demandé aux couteaux qui se jetaient sur moi.

— Commande prête ! a répondu le méca culinaire d'un ton joyeux.

J'ai donc fait tournoyer ma barre d'acier, l'objet lourd attirant les couteaux. Le méca a mordu fort dans mon coup, cognant ses lames contre mon arme, entaillant ma barre mais cassant et tordant les siennes dans la tentative. Les couteaux de chef pouvaient avoir l'air menaçants, mais ils n'étaient pas conçus pour trancher le métal. Des étincelles ont jailli, une caractéristique courante dans ces combats, et j'ai serré les dents, avançant et faisant revenir la barre de l'autre côté de mon corps.

Alvie, pour sa part, aboyait en haletant autour de mes pieds, ces bras et leurs extrémités tranchantes le tenant à distance.

Mon revers a emporté plus de couteaux, rendant le méca sinistre dans son désordre tordu et déchiqueté. Ma barre a également tordu plusieurs bras fins, les envoyant racler les uns contre les autres alors que le méca s'approchait de moi, chaque éraflure projetant des étincelles dorées, envoyant un bruit de cisaillement à travers le couloir. Un couloir qui s'élargissait autour de moi alors que j'atteignais son extrémité.

J'avais épuisé mon espace de manœuvre.

Un éclair lumineux passa en sifflant près de moi, brûlant le sol à mes pieds. Le premier tir d'un autre coursier de couloir. Ce n'étaient peut-être pas des machines militaires, conçues pour semer la mort avec une visée précise, mais je ne pouvais pas compter sur leur mauvais tir pour me sauver la vie. Je devais essayer quelque chose de différent, quelque chose de désespéré.

J'en blâmais Kaydee, ses comportements s'infiltrant dans mes méthodes.

Prenant appui sur mes pieds, je m'élançai vers le mech culinaire endommagé. Je menais avec la barre, la tenant devant moi comme une lance. La machine frappa dessus, ses bras et ses couteaux cassés s'entrechoquant contre mon arme, arrachant la peinture, ébréchant le cœur en dessous. Quand la barre elle-même entra en contact avec le mech, je tressaillis, presque à l'arrêt, mais j'appuyai la barre contre mon épaule et poussai.

Ces muscles améliorés par Volt prirent vie, puisant de l'énergie dans ma batterie pour surpasser le moteur du mech culinaire — pas vraiment conçu pour le mouvement à la base — et repousser le gros robot en arrière. Je hurlai, une joie furieuse tirée des vieux contes, le cri poussé en triomphe alors que je faisais reculer le mech.

Prématuré.

Un second éclair me frappa dans le dos sur la gauche, une alerte cuisante m'indiquant que mon côté gauche venait de perdre un tiers de sa puissance. Une coupure tranchante m'atteignit par derrière, s'enfonçant dans mon épaule, alors que le second mech culinaire qui me poursuivait réduisait la distance plus vite que ma poussée ne pouvait me libérer. La coupure fit vaciller ma poussée, mon bras droit tremblant sous le coup et laissant tomber la barre.

J'avais dégagé assez d'espace pour une autre alcôve sur ma gauche, dans laquelle je trébuchai, Alvie se faufilant derrière moi. Sombre et vide à l'exception de quelques équipements de nettoyage, le recoin n'avait qu'une seule lumière dorée pour me montrer ma fin imminente. Deux mechs culinaires, libérés de toute obstruction, se pressaient à l'entrée de l'alcôve, se cognant l'un contre l'autre, chacun empêchant son partenaire de s'approcher.

Je me pressai contre le fond de l'alcôve, ces lames tranchantes à moins d'un mètre de mon visage. Alvie se pelotonna à côté de moi, ses yeux jaunes grands ouverts, luisants.

— C'était juste, dit Kaydee, se blottissant avec moi. Ils ont failli t'avoir.

— Ils m'ont eu, dis-je, m'affaissant vers le sol et regardant de petites formes entrer dans mon champ de vision. Les coursiers.

Sans beaucoup d'espace pour bouger, les petits robots

pouvaient me tirer dessus en toute impunité. Soit ils allaient me griller maintenant, soit ils allaient m'attendre, me piéger ici comme tant d'autres dans Starship, à court de temps.

— Delta va revenir, dit Kaydee, s'asseyant sur le sol à côté de moi.

— Kaydee, dis-je. Écoute. Tu l'entends ?

Les sons de taillade et de déchirure qui signalaient habituellement la progression de Delta avaient disparu. Le vaisseau s'était soit échappé, se frayant un chemin vers la liberté et décidant qu'il valait mieux continuer seul, soit il avait été attrapé par trop de mechs, même pour elle.

— Tactiques d'embuscade, dit Kaydee. Attends juste.

Je n'avais ni le choix ni le temps d'attendre quoi que ce soit d'autre. Derrière ces lames tourbillonnantes, les coursiers alignaient leurs tirs. Un seau de lavage était posé à ma gauche et je l'attrapai, le tenant devant mon visage. Je comptai jusqu'à un puis plongeai à gauche. Un tir brûla le mur là où ma tête s'était trouvée, un autre fit fondre la moitié du seau en un amas de métal fondu.

Un troisième prit mon pied droit, grillant ma peau synthétique et me laissant sans moyen de marcher.

Kaydee hurla pour moi. Alvie aboya, reculant dans un coin.

Et j'appelai Delta. Un dernier appel désespéré.

— Kaydee et moi avons besoin de toi, Delta ! criai-je. Si tu es là, s'il te plaît, ne nous abandonne pas !

Je n'étais pas sûr de la raison pour laquelle j'avais inclus Kaydee dans cet appel, sauf que nous avions traversé tant de choses ensemble, tant de moments proches de la mort, que nous ne nous sentions plus séparés. Elle et moi partagions un seul corps, et la mort de l'un d'entre nous signifierait la fin des deux.

Du moins, c'est ce que je ressentais, fixant ces fleurs

orange et blanches sur les coursiers, criant nos noms, espérant que Delta entendrait.

Ou sinon Delta, quelqu'un, un saint fourré dans les entrailles sombres de Starship.

Les lasers ne font pas de bruit par eux-mêmes. Lumière super concentrée, les rayons jaillissent dans un éclair, dévastent leur cible, les preuves au point d'impact. Les coups se succédèrent, trois tirs précis, chacun mettant hors service un mech coursier avec un éclair bleu vif. Un tir coupa le mech en deux, un second fit fondre le laser du drone. Le troisième brûla les réacteurs d'un coursier, le mech plongeant derrière ses frères culinaires, heurtant le sol dans un grand bruit.

D'autres éclairs noyèrent la lampe de l'alcôve, frappant les mechs culinaires, les faisant fondre. Ces lames tourbillonnantes ralentirent, s'arrêtèrent, alors que les alimentations des mechs lâchaient.

— Delta ? demandai-je. Elle n'avait pas utilisé d'arme comme le laser auparavant, mais peut-être en avait-elle trouvé une ? C'était toi ?

— Qui d'autre cela pourrait-il être ? dit Kaydee.

Aucune réponse ne vint, mais d'autres éclairs zébrèrent le corridor en face de l'alcôve, frappant des mechs que je ne pouvais pas voir en direction de l'ascenseur. Ce n'étaient pas des tirs éparpillés, aléatoires, comme ceux que j'avais vus dans les souvenirs de Kaydee, tirés par désespoir par des soldats sous assaut. Ceux-ci étaient précis, comme les coursiers m'avaient tiré dessus.

Alors peut-être Delta ? J'appelai à nouveau, n'entendis aucune réponse. Les éclairs ralentirent, s'arrêtèrent, et avec eux vint un silence différent. Les mechs d'Alpha ne remplissaient plus la Fosse Septique de leurs pas martelants, de leurs moteurs ronronnants.

Les mechs culinaires, tous deux morts, frémirent, bougèrent. Je me levai, regardai quelque chose les tirer.

— Je me préparerais à me battre, dit Kaydee. Qui sait ce qui se cache derrière cette chose ?

Bon conseil. Je ramassai le seau à moitié fondu, prévoyant de le lancer sur ce qui attendait. M'acheter un moment pour me jeter en avant. Mon pied droit cassé excluait la course de l'équation de survie, mais mes bras étaient assez forts. Délivrer un bon coup et je pourrais assommer la chose avant qu'elle ne puisse me tirer dessus.

Au fond de moi, ma propre logique me disait que c'était une idée délirante, mais quelle autre chance avais-je ?

Le mech de gauche gronda, bascula en avant, puis retomba en arrière, ses roues glissant en l'air. Une forme prit sa place, avançant d'un pas. Humanoïde, plus grand que Delta. Les mains tenaient une grande arme. Je lançai le seau, vis la chose dévier ma tentative alors que je tombais dans un élan désespéré.

Ma cible recula d'un pas et je heurtai le sol, une fin peu glorieuse à ma tentative. Alors que je mettais mes mains sous moi, commençant à me relever, j'entendis Kaydee jurer, non pas de colère, mais de confusion. L'extrémité chaude de l'arme se posa sur ma tête, m'empêchant de me relever.

— Ne fais pas ça, dis-je, essayant de comprendre ce qui se passait, quelle combinaison de mots, de supplications, me garderait en vie.

La chose, sa voix portant la vibration d'un robot, l'émotion d'un humain, ne demanda qu'une chose : — Où est Kaydee ?

VINGT

HORLOGES QUI TOURNENT

Tu veux faire impression ? Essaie de remplacer la moitié de ton visage par une plaque de métal. Ensuite, grave des fils d'or sur cette plaque qui, au premier abord, semblent aléatoires, mais qui, à mesure qu'on les observe, se révèlent être un circuit imprimé.

La plaque faciale n'était pas le seul changement qui éloignait l'humain de son point de départ vers son existence actuelle, proche du cyborg : des reflets dans ses vêtements déchirés révélaient d'autres stries métalliques, celles-ci peintes en différentes teintes de rouge, bleu et or. Sa respiration résonnait dans le quasi-silence après sa question, l'air passant à travers des parties qui n'étaient pas entièrement biologiques.

— Kaydee ? ai-je répondu, essayant de gagner une seconde.

Quelque chose chez cet homme semblait familier, bien que je n'aie jamais vu auparavant sa tête chauve et sa carrure trapue. Ses yeux ? Non. Peut-être la façon dont il tenait l'arme avec hésitation dans ses bras, un outil non désiré mais nécessaire. Quand il s'est agenouillé pour me regarder droit dans les yeux, un léger sifflement hydraulique a résonné.

— Je te connais, a dit l'homme, tendant une main pour prendre mon visage, ses doigts pressant le long de ma mâchoire. Il m'a attiré plus près. L'instinct me disait de reculer, la logique me disait que la résistance était futile. — C'est si proche, mais c'est bien ça.

Il m'a lâché, s'est relevé et a pointé son arme sur moi. Alvie, rampant depuis le coin, a grondé pour me défendre. Une bonne chose, car mon pied droit cassé refusait de me donner un point d'appui.

— Peux-tu baisser ton arme ? ai-je demandé.

Sans bouger le fusil d'un pouce, l'homme a levé une main vers sa plaque faciale métallique et a appuyé sur un bouton près de son oreille. Alvie s'est blotti près de moi, observant l'homme, les pattes prêtes à bondir. J'ai chuchoté au chien de se tenir tranquille, de garder son calme.

— J'en ai trouvé une deuxième, a-t-il dit. Ramène-la à la maison. Je vous rejoindrai. Il a pris une inspiration, les yeux fixés sur moi. Non, je n'aurai pas besoin d'aide. Celle-ci n'est pas si dangereuse.

— Gamma, a murmuré Kaydee, apparaissant à côté de moi. Ne fais rien de stupide.

— Ce n'était pas dans mes intentions, ai-je répondu, mais le fusil de l'homme a tressailli et sa main a quitté le dispositif de communication dans sa tête.

Tout faisait partie du plan.

— À qui parles-tu ? a demandé l'homme.

— À Kaydee, ai-je répondu.

Ces yeux se sont plissés. Ce visage s'est crispé.

— Explique.

— Es-tu humain ?

— Je le suis là où ça compte, a répondu l'homme. Je ne demanderai pas deux fois.

— Je ne suis pas humaine. Pas là où ça compte, ai-je dit. Mon cerveau est un processeur, mes synapses sont des banques de mémoire. Une batterie pompe de l'énergie plutôt que du sang à travers ma peau. J'ai levé mes mains, les agitant lentement dans la lumière. Pourtant, je ne suis pas comme ces mechs que tu as détruits. Mes routines sont complexes, mais pas assez pour passer pour une personne. Pas sans l'aide de Kaydee.

L'homme est resté silencieux. Il n'a pas bougé son arme non plus. Kaydee m'observait aussi, curieuse.

— Elle m'a appris à rire. Comment sourire et plaisanter, comment courir et comment trouver mon chemin à travers Starship, ai-je continué. Elle m'a raconté des histoires de sa vie et m'a laissé en tirer des leçons. Elle m'a parlé de nombreuses fois d'une personne en particulier, une personne qui lui manquait.

Maintenant, ce fusil a vacillé, ce visage s'est détendu. Ses yeux sont devenus distants, et j'ai pensé avoir touché juste.

— Kaydee me guide depuis que les Voix m'ont réveillée, ai-je dit, et maintenant elle m'a amenée à toi, Leo.

Bon, ce n'était pas tout à fait la vérité. Kaydee ne m'avait pas vraiment *amenée* ici, et il semblait que, vu l'expression constamment confuse de Kaydee, elle ne s'attendait pas du tout à ce que Leo soit encore en vie. Néanmoins, j'ai continué sur cette lancée. Ce long moment passé avec Kaydee et d'autres humains m'avait montré qu'ils aimaient les liens émotionnels avec les événements : l'affection de Leo pour Kaydee le rendrait plus susceptible de m'aider.

— C'est bien ça, a dit Leo, se penchant en avant, inspectant quelque chose près de mon épaule gauche. J'ai baissé les yeux, ne voyant rien d'autre que mon équipement sale. — Une vérité partielle, un mensonge partiel. Tu *es* bien un vaisseau. Leo s'est redressé, me donnant de l'espace. — Kaydee est ton esprit, alors. Ce n'est pas ce que nous avions prévu. Leo a reniflé, une fois, doucement. — Mais je suis heureux qu'elle soit avec nous.

— Alors tu vas m'aider ?

Leo n'a pas dit non.

M'offrant son épaule pour m'appuyer, Leo et moi, avec Alvie claquant derrière nous, avons quitté l'alcôve et sommes retournés dans les couloirs arrondis du Cesspool. Notre départ s'est rapidement arrêté quand j'ai vu les mechs désactivés et endommagés d'Alpha : d'autres humains, la plupart avec des modifications métalliques plus complètes que Leo, grouillaient autour des machines. Maniant des clés, des leviers, des tournevis et d'autres outils, le groupe démontait chaque mech avec précision. Chaque personne portait un sac sur ses épaules, certains y fourrant des pièces cassées tandis que d'autres gardaient de la place pour des fils intacts, des vis et d'autres composants.

— Continue d'avancer, a dit Leo, me dirigeant loin de l'ascenseur, loin de la récupération.

— Comment sont-ils en vie ? a dit Kaydee, et j'ai fait écho à la question tandis que Leo nous poussait en avant.

— Tu vois comment, a répondu Leo. Si tu veux des humains normaux, cherche ailleurs. Nous sommes plus proches des Voix que de ce que nous étions à la naissance.

Mon regard interrogateur a provoqué à la fois un soupir et un flot de paroles alors que nous avancions. Leo a détaillé la scission, une fracture entre factions après que la rébellion fomentée par Kaydee se soit consumée. Ceux qui dirigeaient Starship — les Voix n'étaient pas toutes-puissantes à l'époque — voulaient plus de mechs, voulaient que tout le vaisseau soit géré par des machines pendant qu'ils dormaient.

— Dormaient ? ai-je interrompu.

— Cryo, dit Leo en secouant la tête. Instable, dommageable, mais le dos au mur face à un voyage interstellaire, ils ont choisi de fuir leur vie pour un fantasme. Maintenant, ils sont tous scellés là-haut, attendant que le Vaisseau rentre à la maison.

« Tous », dans ce cas, s'est avéré être la dernière génération de dirigeants du Vaisseau, les riches et les influents. Ils ont poussé Leo et plusieurs autres personnalités à concevoir les Voix, à donner à ces résurrections numériques l'accès au réseau du Vaisseau pour que le reste puisse sauter dans une distorsion temporelle gelée.

— Peony et moi étions les seuls encore en vie à l'époque, dit Leo alors que nous arrivions à une autre intersection. Des bruits d'outils au travail résonnaient dans les couloirs, des conversations bouillonnantes en dessous. J'ai reconstruit les autres à partir de données stockées. Ce sont des programmes plus purs que Peony et moi, c'est pourquoi elle dirige l'endroit. Ça, et le fait qu'elle était la seule d'entre nous à se sacrifier pour la mission.

— Ma mère ? demanda Kaydee. Pas possible.

Leo semblait anticiper la question, hochant la tête quand je répétai l'affirmation de Kaydee.

— Kaydee, si tu m'écoutes, dit Leo, une sensation étrange alors qu'il me regardait en parlant, cela ne s'est pas produit rapidement. Des années sont passées, tout le monde se menaçait, le Vaisseau lui-même était en danger. Je ne suis toujours pas sûr de comment elle a fait, mais nous avons fini par trouver une sorte de paix. Les grands acteurs se congèleraient, laissant le Vaisseau aux mécas et à la classe ouvrière.

— Ça n'a pas marché, dis-je.

— Au début, si, répondit Leo. Mais les gens vieillissent. Les humains, en tout cas. Nous avions le choix, soit entrer en cryo et perdre le contrôle de nous-mêmes, soit faire quelque chose de différent.

— Quand tu dis *nous*, tu veux dire... ?

— Pas tout le monde, Leo eut la grâce de paraître désolé en tapant sur une cloison d'acier, juste au centre. La cloison frissonna, glissa vers le haut. Le Vaisseau n'a jamais eu les ressources pour donner une issue à tout le monde. Peony a choisi une voie. J'ai choisi les deux.

— Ce salaud s'est dédoublé, marmonna Kaydee alors que nous franchissions l'étroite entrée. Pas étonnant que sa version numérique ait des problèmes. Leo a toujours voulu le beurre et l'argent du beurre.

Les deux voies avaient bien arrangé Leo. L'appartement dans lequel je m'étais réveillé au-dessus n'avait pas le caractère, l'espace exposé ici en bas. Même la prise de contrôle de Val et sa tribu ne pouvait égaler les techno-humains : des œuvres d'art gravées ou peintes éblouissaient chaque surface, un éclairage arc-en-ciel filtrant à travers des prismes suspendus vers le sommet d'un bloc rectangulaire à plusieurs niveaux.

À l'extrémité opposée de notre entrée, l'eau coulait d'un bec, tombant à travers un cylindre de verre avec des lignes noires tous les quelques mètres avant de finir dans un réservoir. Des tubes de verre plus petits se séparaient du cylindre central, irriguant des plates-bandes remplies de... fleurs. Des échelles en bronze boueux, boulonnées aux murs de la chambre, grimpaient vers des surplombs aménagés chargés de chaises, de tables et d'un unique lit de camp comme celui sur lequel je m'étais réveillé.

— C'est quelque chose d'autre, dis-je, alors que Leo m'aidait à entrer.

Le rez-de-chaussée de la chambre contrastait avec toute la créativité au-dessus : des établis se mêlaient à des tas de débris. Plusieurs autres humains travaillaient dans l'espace, l'un greffant une nouvelle plaque sur son propre bras gauche. Quand il me surprit à le regarder, l'homme arrêta sa perceuse et tourna ses yeux, tous deux illuminés de rouge et artificiels, vers moi. J'aurais été surpris, j'aurais peut-être tressailli, si ce n'était pour mon pied cassé.

Je hochai la tête en retour à la place.

— Deux façons de tenir jusqu'à ce que le Vaisseau atterrisse, dit Leo, m'installant dans une chaise à côté d'un établi vide. Je ne voyais aucune plaque nominative, aucun marqueur de propriété sur quoi que ce soit. Soit tu fais comme eux et tu te congèles pour dormir, soit tu arrêtes d'essayer de distancer la biologie. Leo tapota ma poitrine d'une main en posant son arme. Tu n'as pas d'horloge qui tourne. Nous, si.

Le greffeur de bras donnait un indice sur la façon dont Leo et son groupe avaient affronté leur mort éventuelle : un remplacement progressif du vivant par le métal. J'ai demandé et Leo a clarifié pendant qu'il arrachait ma botte en lambeaux, déchirant le tissu autour de mon pied cassé. Au fur et à mesure que les organes défaillaient, que les membres étaient blessés ou devenaient douloureux, Leo concevait des remplacements.

— Nous avons commencé simplement, en nous appuyant sur la technologie existante, dit Leo. Le problème, c'est que le Vaisseau n'avait pas toutes les pièces spécialisées. Nous avons créé nos propres versions. Un doigt sur la plaque faciale, courant le long de la ligne greffée avec sa peau. Pas toujours joli, et ça ne nous gardera pas en vie éternellement, mais peut-être assez longtemps.

— Assez longtemps pour quoi ?

Leo ne leva pas les yeux en répondant :

— Un vaisseau comprendrait-il ce que ça fait de manquer quelque chose qu'on n'a jamais vu ? Jamais ressenti ?

Au début, je pensais que la réponse était un simple non. Comment le pourrais-je ? Sauf que je vis Kaydee là, regardant Leo de derrière lui. La façon dont elle le regardait inversa ma position. Je n'avais pas été conçu pour me soucier, pour *aimer*, aussi niais que cela puisse paraître sur une coque métallique filant à travers l'espace entre les mains d'une machine folle.

— Je pourrais, dis-je.

Plutôt que de répondre, Leo attrapa un couteau sur l'établi et trancha la peau synthétique autour de ma cheville. J'arrêtai les avertissements d'un ordre, regardant l'ingénieur travailler sur mes plaques tordues, les barres flexibles tenant lieu d'os biologiques.

— Nous voulons voir un vrai ciel, dit Leo, changeant d'outils pour une petite clé, des pinces de précision. Respirer un air qui n'a pas été recyclé pendant mille ans, même si aucun d'entre nous n'aura de vrais poumons d'ici là.

— Qu'aurez-vous alors ?

— Pour ceux qui y arriveront ? Leo leva les yeux, hocha la tête vers ma tête. Nos cerveaux sont l'objectif final. On ne trouve pas de moyen de les répliquer ou de les remplacer sans perdre la personne à l'intérieur.

— Sans les transformer en esprits, tu veux dire.

Leo secoua la tête :

— Ce n'est pas la même chose. Au début, c'est proche, mais quand tu fais une carte neurale de quelqu'un et que tu la traduis en code, tu n'obtiens qu'une image. Une coquille qui s'éloigne de plus en plus avec le temps.

Derrière lui, Kaydee se figea. Elle avait les bras enroulés

autour d'elle-même, ses cheveux turquoise hérissés pointant dans toutes les directions. Je ne pouvais pas dire à son visage si elle était sur le point de pleurer ou d'exploser de colère.

— Comment le sais-tu ? demandai-je à Leo.

Je sentis un pop. Je vis Leo jeter une barre cassée à travers le sol.

— Comment je le sais ? répondit Leo. J'ai observé mon autre moi. Je me parle. Ce qui est, franchement, une expérience surréaliste.

— Celui avec les Voix ?

— Exact.

Un second pop, et mon pied se sentit bien. Solide et robuste. Alors que Leo s'éloignait de moi, me faisant signe de tester son travail, la porte par laquelle nous étions entrés s'ouvrit à nouveau. Cette fois, plutôt qu'un vaisseau guidé par une main secourable, Delta fit irruption avec sa lame à la gorge d'une autre femme dont tout le torse brillait d'acier gravé d'argent.

— Relâchez Gamma, annonça Delta, son autre main pointant ce qui ressemblait à un pistolet à énergie volé sur Leo. Ou je vous tue tous.

VINGT-ET-UN

ALLIANCE FORGÉE

Malgré ses yeux écarquillés, ses bras et ses jambes tremblants, Leo ne fit rien pour calmer l'otage de Delta. Tandis que les autres Forgerons jetaient des coups d'œil depuis leurs établis, Leo se tenait là, les mains bien en vue. Montrant aussi un léger sourire et secouant lentement la tête.

— Je me souviens avoir programmé cette réplique, dit Leo alors que Delta pointait le pistolet volé sur lui. Une des dernières. L'affiche est juste au-dessus de l'endroit où je t'ai laissée, si elle y est toujours.

Delta ne cilla pas. Elle ne montra aucune réaction à ce que Leo sous-entendait. Au lieu de cela, elle jeta un coup d'œil vers moi.

— Gamma, tu vas bien ?

— Mieux, répondis-je. Je ne pense pas qu'ils soient l'ennemi, Delta. Ils ont détruit les mécas d'Alpha.

— Il a raison, dit l'otage, ce qui ne fit qu'inciter Delta à appuyer plus fort la lame contre son cou.

Leo, restant par ailleurs parfaitement immobile, parla d'un ton ferme :

— Delta. Tu étais la dernière. Mon atout au cas où tout le reste tournerait mal. Son visage se fronça. Si tu es réveillée, alors la situation doit être désespérée.

— Bien vu, dis-je. Delta, laisse-la partir. S'il te plaît. Nous ne faisons que perdre du temps.

Peut-être que ce commentaire avait fait mouche, en évoquant notre véritable mission. Peut-être que Leo avait suffisamment piqué la curiosité de Delta pour tuer son agressivité. Quoi qu'il en soit, le vaisseau poussa l'otage en avant, écartant l'épée tandis que l'otage bougeait, orientant le pistolet pour avoir un bon angle de tir dans le dos de la femme. Gardant toujours le contrôle.

— Je me fiche de qui tu es, dit Delta à Leo. Nous avons un objectif et on nous poursuit.

— Poursuivis par qui ? demanda Leo.

— Comme tu l'as dit. Je me levai et posai une main sur l'épaule de Leo. Pas pour le réconforter, mais pour donner à Delta une raison supplémentaire d'opter pour une direction pacifique. Je savais depuis la Nurserie combien il était difficile d'empêcher Delta de basculer dans le carnage, alors je me battais pour chaque centimètre. Le vaisseau est en mauvais état. Tu pourrais peut-être nous aider.

Je continuai sur cette lancée, déballant toute l'histoire. La prise de contrôle d'Alpha, la retraite des Voix. Notre fuite précipitée. Quand j'eus terminé, Leo avait une main sur le menton, frottant sa barbe hirsute avec quelques doigts. Ses yeux n'étaient pas fixés sur moi, mais regardaient un point par-dessus mon épaule.

— Leo, dit la femme, l'ancienne otage de Delta maintenant remise, se tenant droite et fusillant Delta du regard. Fais-les sortir d'ici. Je connais ce regard, et tu ferais mieux de te souvenir de ce que tu as promis.

— Je sais ce que j'ai promis, Clara, répondit Leo, revenant brusquement à la réalité. Ça n'a pas beaucoup d'importance si le vaisseau s'écrase sur le mauvais monde, n'est-ce pas ?

Je me tenais aux côtés de Delta, observant. Ma partenaire gardait une prise ferme sur la lame, le dos contre le mur à côté de l'entrée. Elle pouvait surveiller dans les deux directions, une protection que j'utilisais pour me concentrer sur l'échange entre Leo et l'autre Forgeron.

— Nous t'avons suivi pour voir un ciel qui n'était pas celui-ci, dit Clara, faisant un geste vers les autres Forgerons qui regardaient. Le mouvement révéla la majeure partie de son ventre, visible à travers une chemise déchirée. Il avait été recouvert de plaques, tout comme le visage de Leo. C'est tout ce que nous voulons, Leo. Si cet Alpha va nous y amener plus vite, avant que nous ne perdions quelqu'un d'autre, n'est-ce pas une bonne chose ?

— Nous avons dit tout ça avant que les Voix ne perdent le contrôle. Leo pointa vers la sortie de la chambre. Je n'aurais jamais pensé que le vaisseau s'effondrerait complètement.

— Menteur, l'interrompit Clara. Nous vivons ici depuis si longtemps que tu as peut-être oublié. Pas moi. Pas moi. En prononçant ces derniers mots, Clara pointa du doigt un autre Forgeron de l'autre côté de la pièce qui tressaillit et se détourna. Acho s'en souvient aussi. Tout comme Mioh, Baker et DeMar. Nous l'avons tous vu venir, et c'est pour ça que nous sommes descendus ici. Nous avons tout abandonné pour une seule promesse, Leo. Une seule fichue promesse, et maintenant tu songes à tout jeter aux orties ?

— Attends. Leo recula d'un pas, tendit la main vers son établi. Je n'ai encore rien dit.

— Mais tu y penses.

— Je pense que je peux dire à ces deux-là où aller, et ensuite ils nous laisseront tranquilles. C'est ce que je pense.

Clara se renfrogna, regardant Leo fouiller dans son établi. Des objets s'entrechoquaient dans les tiroirs. Avec Delta qui fusillait tout le monde du regard, je pensai que je pourrais plaider notre cause, donner une couverture à Leo.

— Clara, dis-je, m'attirant un regard cinglant. Désolé, je n'essaie pas de perturber ce que vous avez ici. C'était un accident de venir par ici, mais un accident qui pourrait s'avérer utile pour nous tous.

— Nous tous ? Le ton de Clara ne m'encourageait pas beaucoup.

J'adorais improviser sous pression.

— Alpha ne sait pas s'arrêter, dis-je. Il contrôle les Lignes de Fabrication et il produit plus de mécas chaque minute. Il veut inonder le vaisseau de machines qui font exactement ce qu'il veut. Même si le vaisseau atterrit avant qu'il ne vous trouve, vous ne pourrez jamais sortir sans être mis en pièces.

— C'est drôle que tu dises ça. Clara secoua la tête. La raison pour laquelle nous sommes descendus ici en premier lieu était que le vaisseau était sur le point de se déchirer. Les gens à l'intérieur, en tout cas. Nous avons échappé à cette mort. Et maintenant je suis censée écouter un foutu méca me dire que les mécas arrivent ?

— N'est-ce pas une preuve suffisante ? dit Delta, faisant un geste vers le couloir et les cadavres de mécas au-delà.

— Ouais, la preuve que vous, les mechs, vous vous battez entre vous, dit Clara. Tu veux savoir à quel point ça m'intéresse ?

— Tu ne raisonnes pas avec mon argument, dis-je. Kaydee, apparaissant aux côtés de Clara, grimaça. J'ai dit que les mechs d'Alpha reviendront en force, avant ou après l'atterrissage du vaisseau.

— Alors on les traversera, répliqua Clara, sans même prendre la peine de hausser les épaules. La seule chose qu'on a en abondance ici, ce sont des armes. Suffisamment pour nous frayer un chemin à travers ces tas de rouille.

— C'est une vue à court terme.

— Qu'est-ce que tu m'as dit ?

À ma droite, je vis Delta ajuster son épée, ne surveillant plus les menaces futures mais se préparant à s'occuper de celle-ci, juste devant nous.

— Je l'ai trouvé ! annonça Leo, attirant notre attention sur le rectangle noir dans sa main. Maintenant, qui a une batterie que je peux utiliser ?

Après avoir convaincu Acho de céder la batterie qui alimentait son poste à souder, Leo retourna à son établi devant un public attentif. J'avais essayé de présenter quelques autres perspectives à Clara, qui repoussait chacune avec un argument similaire : elle avait passé des décennies à remplacer son corps brisé pour avoir une chance de revoir une vraie planète, et elle ne risquerait pas cela parce que je disais qu'un mech fou avait le contrôle du Vaisseau.

Leo m'épargna une quatrième tentative. Kaydee en fut peut-être plus reconnaissante que moi, son mépris devenant de plus en plus cinglant à chaque mot que je lançais à Clara.

— C'est vieux, mais ça devrait encore se connecter au réseau du Vaisseau, dit Leo en insérant la batterie et en maintenant enfoncé un bouton gris et mou sur le dessus du portable. Un avantage de ce vaisseau ? On n'a pas pu mettre à jour grand-chose à l'intérieur, alors il fonctionne toujours avec une technologie vieille de mille ans !

Leo regarda autour de lui, un léger sourire aux lèvres, les sourcils levés. Personne, moi y compris, ne lui offrit un rire, un applaudissement, ou quoi que ce soit d'autre.

— C'est bien lui, dit doucement Kaydee, à côté de moi. Après tout ce temps, il est toujours aussi fier de lui quand il fait ces petites connexions.

Je ne décelai absolument aucune amertume dans sa voix, seulement de la chaleur.

— Alors fais-le, dit Delta au Forgeron.

— D'accord. Leo tapota sur l'appareil, l'écran suffisamment éloigné de moi pour que je ne puisse pas voir ce qu'il faisait. Heureusement, Leo était du genre à narrer chacun de ses gestes. Voyez-vous, le Vaisseau garde ses processus les plus vitaux dans sa matrice opérationnelle centrale. C'est là que nous avons mis les Voix. C'est comme le centre d'une toile d'araignée, d'où elles peuvent suivre un fil pour accéder à n'importe quelle partie du vaisseau dont elles ont besoin.

Leo hésita. Il émit un son entre la frustration et le gémissement. Je hasardai une supposition.

— Nous t'avons dit la vérité, dis-je.

— La toile se brise, répondit Leo. Vous avez raison. Même avec mon accès, le Pont est hors ligne. La Pouponnière aussi. Quelqu'un coupe le Vaisseau de son cœur, et il n'y a que quelques personnes qui pourraient faire ça à ma connaissance. Leo me jeta un coup d'œil. Et tu en fais partie.

— Tu as de la chance qu'il le soit, dit Delta. Gamma essaie d'aider, pas de se cacher ici.

— Bien sûr, ouais, répondit Leo, se retournant vers sa tablette. Si vous voulez garder les Voix en sécurité loin d'Alpha, alors vous devez les déconnecter du réseau partagé.

— Ce qui signifie ? demanda Delta.

— Nous devrons les arracher, répondis-je.

Nous nous tenions de nouveau devant le monte-charge de fret que Delta avait endommagé avant l'arrivée des mechs. Leo, Delta, moi-même, Alvie, et une Clara agacée qui observait de derrière. Nous avions récupéré de nouveaux vêtements dans les réserves des Forgerons, j'avais opté pour des vêtements de travail plus lourds tandis que Delta avait trouvé une tenue fine et glissante conçue pour les travaux de maintenance dans les espaces étroits. Mon pied reconstruit fonctionnait bien, me permettant de marcher derrière Leo tandis que nous élaborions des plans.

La matrice opérationnelle centrale du Vaisseau n'était pas située au milieu du vaisseau, malgré son nom. Les ingénieurs originaux, selon les estimations de Leo, y avaient placé le Cœur Énergétique, mais voulaient garder les pièces les plus vitales séparées. Ils avaient placé la matrice opérationnelle tout en haut et à l'avant dans une alcôve peu profonde pour la protéger des micrométéorites. Il se trouvait que c'était aussi la partie du vaisseau contrôlée par les personnes les plus riches et les plus puissantes à bord du vaisseau.

— Vraiment surprenant, je sais, dit Leo en insérant une clé dans le monte-charge et en la tournant. Mais c'était la conception. L'idée.

— Les humains et leurs systèmes de classes, dis-je.

— Nous sommes ce que nous sommes, répondit Leo. Je ne le défends pas mais, jusqu'à présent, garder la matrice là-haut signifiait que les combats ne l'affectaient jamais. Les systèmes du Vaisseau n'ont jamais failli, sinon nous serions tous morts.

— Elle ne semble pas penser que c'est important, dit Delta, faisant un signe de tête vers Clara.

— Nous avons traversé beaucoup d'épreuves, ici en bas, répondit Leo, coupant court à la réplique sans doute plus épicée de Clara. Écoutez, je vais vous y emmener. Je devrais pouvoir ouvrir toutes les portes verrouillées. Ensuite, quand nous arriverons aux Voix, vous pourrez les prendre et partir. Trouvez comment mener votre guerre.

Leo entra dans l'ascenseur, nous le suivîmes. Derrière nous, les Forgerons continuaient de démonter les mechs d'Alpha, leur travail réduisant déjà les restes du combat à des débris épars. Bientôt, me dis-je, les seules preuves seraient les marques de laser sur les panneaux métalliques, comme dans une grande partie du Vaisseau. Des histoires perdues dans le temps.

— Et ensuite tu reviendras ? demanda Clara, ne nous suivant pas dans l'ascenseur. Ou tu nous abandonnes après tout ce temps ?

— Je reviendrai, répondit Leo. Je rêve toujours de la même chose que toi, Clara. Le ciel, le vent. Une vraie vie dans un vrai endroit, même si ce n'est que pour un jour.

Clara ne cessa pas de froncer les sourcils, mais elle ne s'opposa pas non plus quand Leo lui demanda d'appuyer sur le bouton de l'ascenseur. Avec un cliquetis et un bourdonnement, notre ascenseur s'éleva, faisant disparaître le Cloaque de notre vue et nous rapprochant des Voix, d'Alpha, et du combat pour l'avenir du Vaisseau.

À ma gauche, Delta avait toujours le même air. Le regard d'acier, l'épée sur l'épaule, fraîchement aiguisée par les outils des Forgerons. Leo s'était plongé dans sa tablette pendant que l'ascenseur montait, passant en revue les diagnostics du Vaisseau et émettant des sons peu impressionnés. Kaydee, invisible à mes partenaires, observait son ancienne flamme, impassible.

Moi ? Je m'agenouillai, caressai le dos ridé et marqué par les batailles d'Alvie. Un moment de calme, l'un des derniers que nous aurions avant longtemps.

VINGT-DEUX

EN DEHORS DES LIGNES

Notre trajet s'est terminé plusieurs niveaux plus haut, loin du sommet du Vaisseau. L'ascenseur a gémi en essayant de déplacer la porte manquante découpée par Delta en dessous, nous déposant dans un vaste espace reflétant le Cloaque que nous avions laissé derrière nous. Cependant, au lieu de tunnels circulaires, nos options étaient limitées à deux : un grand chemin droit, bordé de chariots de chargement, et un couloir latéral bloqué par une porte fermée marquée, en lettres rouges et grasses, *Sas*.

— Où sommes-nous ? ai-je demandé alors que Leo s'engageait dans le large couloir.

— Les Lignes de Fabrication, a répondu Leo. Le Cloaque nettoie les déchets, les Lignes de Fabrication les transforment en trésors.

Je me suis arrêté. — N'ai-je pas dit qu'Alpha contrôlait les Lignes de Fabrication ? Nous ne pouvons pas y aller.

— Il n'y a pas d'autre chemin depuis l'ascenseur de fret, a répliqué Leo en haussant les épaules. Soit nous passons à travers tout ce qu'Alpha a mis ici, soit nous sommes coincés.

— Alors allons-y, a dit Delta, en balançant la lame de son épaule. Nous passerons.

— J'aime son attitude, a souri Leo. Je savais que j'avais fait quelque chose de bien avec vous quatre.

Cette confiance nous a portés lentement le long du couloir lumineux et jaunâtre. Au-delà des chariots, des panneaux d'avertissement se mêlaient aux affiches populaires sur les murs. Contrairement aux publicités de films dans l'appartement de Leo, les feuilles ici étaient couvertes de griffonnages, des messages d'une équipe à l'autre soulignant des réalisations, remerciant ceux qui étaient venus avant et après. Au début, j'ai trouvé cette décoration étrange, jusqu'à ce que je remarque que les feuilles étaient assez jaunies pour correspondre aux murs ocre derrière elles : ces lignes remontaient à des centaines, voire un millier d'années ou plus, une histoire vivante des personnes qui avaient travaillé ici.

Des noms perdus dans le temps s'associaient à des machines inventées par ces mêmes noms. À ma droite était accroché un croquis du premier véritable méca de nettoyage, des choses gigantesques qui nettoyaient des niveaux entiers à la fois. Le nom du concepteur brillait au marqueur bleu à côté, suivi du trio qui avait géré la première construction. D'autres créations, comme les serrures à gemmes dans les portes, les écrans d'ascenseur que j'avais vus dans le Jardin, suivaient.

Le Vaisseau ne s'était pas envolé dans un état parfait. Il avait évolué, même quand ses seuls matériaux devaient être récupérés sur lui-même. L'innovation ne s'était jamais arrêtée.

Leo menait avec Delta derrière lui. Alvie et moi formions la paire de queue. Au moins cette fois, j'avais une arme appropriée : de retour à la chambre des Forgerons, Leo m'avait donné l'arme que Delta avait prise à son otage. L'arme à énergie avait assez de puissance pour creuser un trou brûlant à travers la peau d'un méca mince et me permettrait, heureusement, de garder mes distances.

J'en avais eu assez des coups et des bagarres pour une vie numérique.

Les chariots que nous longions avaient différentes dispositions, chacun étiqueté avec des bandes colorées, des lettres collées indiquant les divers métaux et autres matériaux que les chariots étaient désignés pour contenir. Plus loin, les objectifs des chariots se faisaient connaître par une symphonie croissante et cliquetante. Des engrenages qui grinçaient, des courroies qui criaient, des systèmes hydrauliques qui sifflaient, tous en rythme et hors rythme les uns avec les autres.

— C'est un bruit insupportable, a dit Kaydee, marchant avec moi alors que je laissais de l'espace à Leo et Delta. Je comprends maintenant pourquoi personne ne voulait ces emplois.

Les mécas d'Alpha ne chassaient pas Leo, et Delta semblait mieux adaptée pour explorer le bon chemin, me laissant l'occasion de murmurer d'avant en arrière avec mon esprit résident.

— Tu veux dire, travailler sur les lignes ? ai-je répondu.

— Ouais. Les mécas faisaient toujours la plupart des parties manuelles, mais il fallait des gens pour superviser, gérer les problèmes, a dit Kaydee, ses cheveux hérissés retrouvant leur brillance turquoise tandis qu'elle sautait d'un chariot à l'autre. Leo et moi avions des amis de fac qui ont fini ici. On allait boire un verre, et ils insistaient pour aller dans des endroits sans musique. Ils disaient qu'ils ne supportaient plus le bruit ambiant.

— Il n'y avait aucun moyen de bloquer le son ?

— D'après eux, les vibrations s'infiltraient jusque dans les os, a grimacé Kaydee. Malgré tous les miracles de ce vaisseau, certaines choses craignaient vraiment.

Ça, je pouvais être d'accord. Une chose qui ne craignait pas, cependant, semblait être notre nouveau copain Forgeron. Du moins pour Kaydee, dont les regards se tournaient sans cesse vers Leo pendant que nous marchions. Elle se glissait sous les rampes d'un chariot, sautait par-dessus le suivant, tout en gardant l'homme dans son champ de vision.

— Tu es surprise qu'il soit encore en vie ? ai-je proposé alors que les chariots commençaient à se raréfier, le corridor s'élargissant à mesure que nous approchions des lignes elles-mêmes.

— C'est drôle. Ou peut-être que ça ne l'est pas, qu'est-ce que j'en sais ? a dit Kaydee, quittant les chariots pour marcher à mon rythme. Je n'ai jamais pensé une seule fois à ce qui lui était arrivé. Au moment où je t'ai trouvé, ça faisait tellement longtemps.

— Tu as supposé qu'il était mort.

— Je suppose ? Kaydee s'est mordu la lèvre inférieure, a regardé vers le plafond comme si une meilleure réponse pouvait l'y attendre. Devenir... ça, j'ai l'impression que tout ce qui s'est passé avant, quand j'étais vivante, est si lointain. Comme si c'était arrivé à quelqu'un d'autre. Et avec Leo, ou une partie de lui, étant aussi l'une des Voix, j'ai juste pensé que c'était ça. Nous sommes des programmes maintenant.

— En tant que méca, ton ton est presque offensant.

Kaydee a ri. — Fais avec. Comme moi je fais avec ça. Il n'est pas la même personne que j'ai connue, pas vrai ? Tellement de temps est passé. Il est, genre, à moitié machine. Mais même ainsi...

— Même ainsi quoi ?

Un léger sourire. — Je vais te dire, Gamma. Si on s'en sort, peut-être que je comprendrai ce que j'essaie de dire.

J'ai laissé partir Kaydee, non pas que je ne voulais pas en comprendre davantage. Saisir le fonctionnement des humains passait d'un projet secondaire curieux à une mission vitale, à mesure que de plus en plus d'entre eux émergeaient des recoins sombres du Vaisseau. Et, pour être honnête avec moi-même, je voulais trouver ma propre connexion plus profonde avec mon existence.

Leo m'avait conçu dans un but précis, et les Voix m'avaient activé pour accomplir cet objectif. Maintenant, j'en avais un autre, mais éventuellement, l'urgence devrait s'estomper et je me retrouverais à me demander ce qui viendrait ensuite. Prendre cette décision avec plus que des uns et des zéros, des profits et des pertes, semblait attrayant, même si cela comportait le risque d'émotions humaines déraisonnables.

Je prendrais ce risque, juste pour ressentir ce que Kaydee semblait éprouver en regardant Leo.

Les Lignes de Fabrication sont apparues, s'étendant du corridor dans sept directions distinctes. Des convoyeurs mobiles, aux lattes noires sales, s'élevaient de l'extrémité semi-circulaire de notre chemin. De fines rambardes bloquaient les côtés, montant sur deux ou trois mètres jusqu'à des écrans affichant en couleurs et abréviations les types de matériaux demandés par la ligne. À notre approche, toutes les lignes fonctionnaient. Des mécas à l'avant, simples avec plusieurs pinces préhensiles reliées à de solides boulons, soulevaient du métal poli, des fils et plus encore des chariots chargés et plaçaient les matériaux sur les convoyeurs.

J'ai rejoint Delta et Leo près de l'entrée du demi-cercle,

m'accroupissant derrière un chariot tandis que nous observions le travail.

— Comment obtient-il le matériel ? ai-je chuchoté en m'accroupissant derrière Leo et Delta. L'ascenseur de fret n'était pas utilisé ?

— Tu vois ces deux-là ? Leo a pointé du doigt une paire de convoyeurs au centre. Je ne l'avais pas remarqué au premier coup d'œil, mais les lignes fonctionnaient en sens inverse, les mécas prenant le matériel descendant et le chargeant dans des chariots appropriés. — Ils déplacent manuellement la ferraille depuis le Conduit. Il faut sacrifier quelques lignes pour le faire, mais le gars n'a pas d'autre option.

Devant mon regard interrogateur, Leo a sorti la clé de l'ascenseur de fret.

— On ne peut pas pirater l'analogique, mon pote.

Nous ne pouvions pas non plus nous faufiler devant l'analogique. Bien que les mécas chargeurs n'aient pas l'air si menaçants, ces coursiers flottants planaient le long des lignes aussi, surveillant les progrès. Probablement en rapportant à Alpha que les choses continuaient à fonctionner sans accroc. Ceux-ci n'avaient pas les armes attachées comme ceux auxquels nous avions eu affaire en bas, mais des yeux sur nous seraient déjà assez problématiques.

— À moins que tu n'aies un autre tour dans ton sac, a dit Delta, les choses vont devenir compliquées si nous avançons.

— Hmm, a fredonné Leo. Je ne peux pas encore nous rendre invisibles. Tu devras peut-être nous frayer un chemin.

— Non, ai-je dit. Le plan agressif devait être écarté avant que Delta ne commence à trancher, nous enterrant à nouveau sous une attaque de mécas. À moins que tes Forgerons ne soient prêts à nous aider, ça ne marchera pas. Nous serons submergés avant d'atteindre le Conduit.

Delta et Leo m'ont regardé comme si j'avais gâché un bon moment. J'avais envie de lever les mains au ciel, de les secouer, de rejouer les dernières heures, y compris notre fuite désespérée dans la Fosse septique. Peut-être que Delta avait une confiance programmée qui la poussait à croire qu'elle gagnerait chaque combat, mais Leo devrait savoir mieux. Leo devrait voir ce qui allait arriver.

— S'il vous plaît, ai-je dit en posant une main sur Alvie pour insister. Chaque combat risque de tuer l'un d'entre nous. Risque de perdre le Vaisseau pour toujours. Nous devons choisir, et éviter, quand nous le pouvons.

— Gamma, a dit Kaydee, apparaissant derrière mes deux amis, regarde-toi, jouant le chef responsable. J'aime ça.

Leo, enfin, s'est gratté le nez et a regardé derrière moi, vers le chemin que nous avions emprunté.

— Eh bien, si tu ne veux vraiment pas aller directement, il y a un autre chemin, a dit l'homme. C'est, euh, un peu inhabituel cependant.

— Regarde tout ça, ai-je dit en faisant un geste vers Delta, moi-même, les Lignes de Fabrication gérées par des mécas. Leo avec son visage à moitié métallique. Y a-t-il quoi que ce soit ici qui ne soit *pas* inhabituel ?

Leo avait raison. Son idée était assez farfelue. Nous sommes retournés jusqu'à l'ascenseur de fret, puis avons pris le seul autre chemin. Celui marqué *Sas*. Tout comme celui dans lequel j'avais été coincé à l'extérieur de l'Université, le sas se présentait comme propre, blanc, couvert d'avertissements. Les murs rétrécissants étaient parsemés de casiers d'inventaire, la plupart déjà vidés.

— Nous avons pillé ceux-ci il y a longtemps, a dit Leo tandis que nous marchions. Les combinaisons spatiales avaient de bons tissus, des matériaux que nous utilisions pour des pièces. Aucun d'entre nous ne pensait que nous sortirions à nouveau.

— Pourquoi ? a demandé Delta. Le Vaisseau aurait pu avoir besoin de vous pour réparer quelque chose.

— Rien que les Voix ne pouvaient pas faire faire à un méca. Souviens-toi, tout peut sembler en ruine maintenant, mais quand je suis descendu ici, le Vaisseau était stable. Bon sang, je m'étais mis aux commandes.

— Pour tout le bien que ça a fait, ai-je murmuré.

Leo a soupiré : — Le jeune que j'étais pensait toujours pouvoir rendre tout génial avec un peu plus de pouvoir, un peu plus de contrôle. Maintenant je sais mieux.

Le sas lui-même nous attendait derrière une épaisse porte blanc nacré. Un levier sur le côté droit attendait d'ouvrir notre portail. Une étroite fenêtre en verre donnait sur l'espace aseptisé au-delà, contenant quelques barres auxquelles se tenir et une longue ligne de grappin pour tout aspirant marcheur de l'espace.

— Et maintenant ? a demandé Delta.

— Maintenant, vous deux prenez la route panoramique, a dit Leo. J'ouvrirai le sas. Vous deux sortez, marchez sur le Vaisseau jusqu'en haut, et rentrez là-bas.

— Dehors ? ai-je demandé. Comme dans l'espace ?

— Je suis à peu près sûr que c'est la seule chose à l'extérieur du Vaisseau en ce moment, a répondu Leo, ses yeux brillant d'une manière que j'ai trouvée un peu menaçante. Écoutez, il y a des échelles partout là-dehors. Ça ne pourrait pas être plus facile. Suivez les barreaux jusqu'à leur fin.

— Comment ouvrirons-nous le sas là-haut ? ai-je demandé. Pouvons-nous le faire nous-mêmes ?

— C'est là que ça va devenir délicat. Ces trucs ont été conçus pour garder l'extérieur, eh bien, à l'extérieur. Il fallait toujours un partenaire pour vous laisser rentrer, a répondu Leo, posant une main sur le levier. Bien que je parie que si Delta peut déployer complètement cette lame, elle pourrait être capable de se frayer un chemin.

— Prendre un risque fou, a médité Kaydee, s'appuyant contre la porte du sas. Leo reste Leo.

Quel autre choix avions-nous ? Chaque minute rapprochait Alpha des Voix, plus près de contrôler chaque partie du Vaisseau. Une fois qu'il aurait cela, Alpha pourrait effacer Beta, Val et les autres humains, pourrait remplir chaque couloir de ses mécas. Nous serions détruits ou assimilés. Leo et ses Forgerons aussi.

— Nous pouvons le faire, a annoncé Delta. Allons-y.

J'ai fait un signe de tête à Leo : — Tu l'as entendue.

L'homme n'était que trop heureux d'abaisser le levier. Le sas s'est ouvert. Delta a ouvert la voie, Alvie et moi suivant. En passant devant Leo, je me suis arrêté.

— J'ai entendu Clara. Je sais ce que votre groupe essaie de faire, dis-je, mais plus loin vers la poupe, il y a d'autres personnes qui luttent pour survivre. Elles pourraient avoir besoin de votre aide.

Leo grimaça, alors je poursuivis :

— Réfléchissez-y. Vous ne pouvez plus vous permettre de vous cacher.

Je rejoignis Delta à l'intérieur du sas, Alvie se précipitant derrière nous. Leo appuya sur quelques boutons du panneau à côté du levier et une voix beaucoup trop calme annonça que l'oxygène serait évacué dans quelques secondes.

— Tu as déjà fait ça avant ? demandai-je à Delta.

— Non, répondit-elle en regardant par la dernière fenêtre vers l'obscurité infinie.

— Tu as peur ?

— Non.

— Excitée ?

— Non.

Toujours une conversation fascinante. Néanmoins, nous nous tenions côte à côte alors que le compte à rebours se terminait. Je ne pouvais pas sentir l'air quitter mes poumons inexistants, mais mes capteurs m'indiquaient que je me trouvais maintenant dans le vide. Suivant les instructions de Leo, nous avons tous deux saisi les poignées à côté de la porte, celles encastrées dans les parois du sas.

Quand la porte de Starship s'ouvrit, glissant rapidement sur le côté, rien ne m'attira. Au lieu de cela, la gravité magnétisée de Starship s'estompa et je sentis mes jambes flotter. Alvie, ses griffes agrippées à mon dos, frissonna. Sans air, le monde devint silencieux.

À l'extérieur, les étoiles nous faisaient signe. À côté de moi, Delta attira mon attention, pointant vers l'échelle sur la coque de Starship à notre droite.

Et nous sommes sortis.

VINGT-TROIS

LA VISION À LONG TERME

Starship coupait l'espace en deux. Mes mains sur les barreaux, regarder au-dessus et en dessous montrait que la surface métallique criblée de Starship s'étendait en une courbe dans les deux directions. Sous mes pieds, le bas du vaisseau avait une pente plus prononcée menant à une base plate, parfaite pour un éventuel atterrissage. Au-dessus de ma tête, la silhouette de Delta se faufilait alors qu'elle grimpait d'un barreau à l'autre sans hésitation.

— Elle ne prend pas le temps de sentir les roses, dit Kaydee, apparaissant à côté de moi.

Normalement, elle faisait un effort pour interagir avec l'environnement, se soumettre à certaines lois physiques. Cette fois, Kaydee flottait simplement là comme un fantôme dérivant dans l'espace infini. Sa voix, aussi, n'était pas vraiment un son mais une manifestation dans mon système d'exploitation, du code s'exécutant de la seule façon qu'il connaissait.

Kaydee et son code avaient raison, cependant. Après toute cette précipitation, après tous ces risques pour Starship, les humains et les Voix, arriver ici méritait un moment de réflexion. Gardant une bonne prise sur les barreaux — il n'y avait pas de pression me poussant, mais un rocher spatial pourrait me heurter, pourrait me projeter au loin — je me retournai et mis mon dos contre Starship.

Une infinité constellée d'étoiles s'étendait à jamais dans toutes les directions. J'avais vu quelque chose de proche sur le pont de Starship, mais les autres sources de lumière, la vitre du pont rendaient clair que j'étais toujours à l'intérieur d'un conteneur. Ici, libre et flottant, je comptais mille étoiles brillantes. Des billions d'autres gisaient dans les espaces sombres, une lueur collective faible empêchant un noir pur.

Sur ma droite, comme un nuage interstellaire, une nébuleuse pourpre et orange s'étalait dans mon champ de vision. Au cœur de ses tourbillons et de ses tentacules, des étoiles plus brillantes brûlaient à travers leurs origines de fusion. Je me demandais si Starship était passé par l'une d'elles pendant ses voyages, si les gens à l'intérieur avaient regardé par les fenêtres et assisté à la naissance d'une nouvelle étoile.

Malgré tout le désir qu'ils avaient montré d'atteindre une nouvelle planète, d'être sous un nouveau ciel, il y avait des merveilles ici que ces humains ne reverraient jamais.

— Nous regardions dehors chaque jour, dit Kaydee, lisant mes pensées. Se réveiller, jeter un coup d'œil dehors, voir s'il y avait de nouvelles étoiles. Une comète de passage, ou une nébuleuse comme celle-là. — Elle pointa vers l'espace, un arc-en-ciel d'étincelles stellaires jaillissant de son doigt pour scintiller devant nous. — Sympa, non ? La plupart du temps, cependant, tout ce qu'on voyait, c'était les mêmes quelques étincelles scintillantes. Ou juste l'espace noir. Tu regardes des vidéos de la Terre et tu vois la météo, Gamma. Chaque jour quelque chose de différent. Les saisons. Le vent et la pluie. Ici, on n'a rien de tout ça.

— Et ça vous dérangeait ?

— Les adultes plus que les enfants, je pense, répondit Kaydee. Quand j'étais enfant, je courais d'une chose à l'autre. Une nouvelle classe, de nouveaux amis, de nouvelles idées. C'étaient les adultes qui avaient les plus gros problèmes, ceux qui se sont manifestés pour déchirer Starship. Rien ne changeait jamais pour nous après l'Université.

— Mais le changement n'est pas toujours bon.

— Certes, mais c'est quand même du changement ! Nous ne sommes pas des mechs. Nous ne pouvions pas supporter le même éclairage, les mêmes quarts, les mêmes films — genre, on faisait du théâtre communautaire, mais ce n'est pas comme si on avait de grands plateaux de cinéma sur le vaisseau. Sans quelque chose pour marquer les jours, les années, tu commences à perdre prise sur la réalité.

Une étrange perspective. Une que, avec seulement quelques jours de vie derrière moi, je ne pouvais pas identifier. Est-ce que je me décomposerais comme les humains après des années et des années, mon code pourrissant sans nouvelle stimulation ? Ou serais-je comme les mechs de nettoyage, les machines infirmières, accomplissant mes routines sans souci pour toujours ?

— C'est comme ça que tu te sens maintenant ? demandai-je.

— Je... je suppose que je ne sais pas. — Kaydee haussa les épaules. — Avant de te trouver, avant de piéger ce mech de nettoyage, les choses n'étaient pas si différentes de ce qu'on regarde maintenant. Je me suis réveillée, je pense, quand les Voix ont réveillé Alpha.

Pendant qu'elle parlait, je me retournai et commençai à grimper les barreaux. Delta avait une grande avance, et l'ascension de Starship n'allait pas être courte.

— Une seconde, je n'existais pas vraiment. Puis, boum.

Me voilà regroupée parmi tant d'autres esprits dans un grand espace vide. Les Voix gardaient les choses sous contrôle. Nous ne pouvions rien faire sauf attendre d'être appelés. Je ne pouvais parler à personne, ne pouvais poser de questions.

— Quand Alpha a choisi ses esprits, ils ont simplement disparu. Je ne savais pas ce qui s'était passé, au début. Je veux dire que beaucoup de temps s'est écoulé, parce que c'est le cas, non ? Mais là, dans cette stase, je ne pouvais rien percevoir. Ça a pris une éternité, ça a pris un instant. Jusqu'à ce qu'ils réveillent Beta, et qu'ils fassent une erreur.

— Avec du recul, je pense que c'est à ce moment-là qu'Alpha a fait sa première tentative pour prendre le pont. Les Voix se sont affolées. Elles n'ont pas tant choisi les esprits qu'elles ont laissé les choses ouvertes. Nous pouvions bouger, nous pouvions parler, et nous pouvions courir. Quelques-uns sont arrivés à Beta quand elle s'est branchée aux prises. J'ai suivi, me faufilant avec deux autres esprits.

— Beta, cependant, n'avait pas besoin de nous. Je veux dire, qui en aurait besoin ? Elle a coupé l'alimentation et nous a laissés là, assis dans ce terminal. Moi, un vieux professeur, et un pilote. Aucun de nous ne savait quoi faire, et le terminal ne nous donnait pas beaucoup d'ouverture. Alors nous avons attendu, encore. Raconté nos histoires de vie les uns aux autres. Ils sont devenus paresseux dans ce gris sans fin. Ils n'avaient même pas de cristaux comme toi. Juste un terminal factice jusqu'à ce que le mech de nettoyage arrive. Il s'est branché au port en cherchant une recharge rapide, et j'ai saisi l'occasion.

— Et tes amis ?

— Ils n'ont pas réussi, dit Kaydee. On connaissait tous les enjeux. Un esprit à la fois. Je suis simplement arrivée la première. Ils m'auraient fait la même chose.

Tant d'échelons. Le froid de l'espace s'infiltrait à travers ma peau synthétique. Mon noyau tournait à plein régime pour maintenir mes os métalliques en mouvement. Néanmoins, l'histoire de Kaydee comportait encore un élément sans réponse.

— Le terminal était cassé ? C'est toi qui as fait ça ? lui ai-je demandé.

Kaydee resta silencieuse, muette alors que je continuais à grimper les échelons. Loin au-dessus de moi, Delta avait atteint le sommet. Elle s'affairait sur une porte de sas et me jetait de temps en temps un regard interrogateur.

— Tu dois comprendre, Gamma, répondit-elle enfin. On savait tous dans quel camp on était. Ma mère m'a créée comme ça parce qu'elle en avait le pouvoir. Le professeur et le pilote ne partageaient pas mes opinions, et si je les avais laissés là, ils auraient pu venir après moi ensuite.

— Donc tu les as assassinés.

— Supprimés. Comme le Bibliothécaire, rétorqua Kaydee. Ne commence pas à m'accuser. Tu as ton propre compte de cadavres. Et tu aides cette super tueuse là-haut. Le Vaisseau n'est pas un endroit pour les héros et les saints.

Sur ce point, au moins, elle avait raison.

Delta avait ouvert la porte extérieure du sas quand je l'ai rejointe.

Concernant Kaydee, j'aurais pu essayer de la supprimer comme elle l'avait fait pour les autres esprits. Le point de vue pratique, cependant, m'obligeait à regarder mes alliés et à les compter : Delta, Volt, Alvie, et, eh bien, Kaydee. Couper un quart de mon soutien juste parce qu'elle avait fait quelques mauvais choix, des choix que j'aurais pu faire moi-même ?

— *Prêt ?* demanda Delta, sa bouche bougeant sans

aucun son. Le pouce levé dans une main, mêlé à ses yeux interrogateurs, m'indiquait sa requête.

— *Prêt*, ai-je répondu, levant mon propre pouce.

Elle se glissa dans la porte ouverte avec un léger signe de tête et je suivis Delta dans une autre chambre blanc nacré. Nous avons fermé la porte extérieure, assurant l'étanchéité. Puis nous avons regardé la seconde porte, aussi épaisse que celle du dessous, avec une fenêtre en verre donnant sur l'intérieur. Delta brandit sa lame tandis que nous flottions, prête à frapper.

En regardant cette porte, et le couloir brun et rouge au-delà, j'ai eu une idée différente.

D'une poussée, j'ai dirigé Alvie vers la porte intérieure. D'une main, j'ai placé les griffes du chien métallique sur la surface, pressant les serres acérées contre la barrière et les faisant griffer. Alvie a vite compris, grattant la surface de ses griffes.

Nous ne pouvions rien entendre dans cette chambre, mais je devais supposer, comme partout ailleurs sur le Vaisseau, que quelque chose serait attentif. Quelque chose viendrait voir ce qui était venu frapper.

Et sinon, Delta pourrait toujours forcer le passage.

Seulement quelques minutes passèrent, cependant, avant qu'un changement dans la lumière ne montre que les efforts d'Alvie avaient porté leurs fruits. Un dôme bleu océan doux roula dans notre champ de vision, remplissant l'étroite fenêtre et nous fixant. Après un moment, nous semblions avoir passé le test que le mech avait effectué et le compte à rebours caractéristique du Vaisseau commença. À la fin, l'air envahit notre chambre, nous ramenant au sol, réchauffant nos circuits glacés.

Avec un pop, le mech ouvrit la porte intérieure, et

accueillit trois meurtriers et notre chien dans l'enclave la plus luxueuse du Vaisseau.

VINGT-QUATRE

LE PRIX DU LUXE

La richesse nous accueillit avec un visage narquois. Le visage carré d'un homme d'âge mûr s'étalait sur le dôme de verre du mech, déformé par le verre en une masse difforme. Ce dôme trônait sur un corps en forme de boîte à chenilles, avec un bras tentaculaire argenté d'un mètre de long s'étendant de chaque côté. Ces bras se terminaient par des mains à cinq doigts, flexibles dans leur éclat métallique, qui tenaient la porte du sas ouverte pour nous.

— Ce n'est pas du tout bizarre, dit Kaydee alors que nous passions à côté. Delta ajusta sa lame en ouvrant la marche, gardant son tranchant à portée de main pour trancher le drone. Apparemment, les plus riches du Vaisseau n'ont pas su concevoir un mech qui vaille quelque chose.

— Merci, dis-je à la machine, dont les yeux se posèrent sur Alvie, le rictus se transformant en froncement de sourcils, comme un film auquel il manquerait des segments.

Le couloir dans lequel nous nous engageâmes remplaçait le design plus utilitaire du Vaisseau par des couleurs douces. Des tons chauds de rouge, orange et jaune abondaient. Les lumières, qui auraient été des globes encastrés en bas, scintillaient plutôt dans des candélabres en verre. Mes pieds foulaient une épaisse moquette cramoisie ornée de losanges dorés. De subtiles senteurs de cannelle flottaient dans l'air. Le solo langoureux d'un violoncelle résonnait.

Les murs, ressemblant à l'appartement de Leo en plus classe, avaient troqué les affiches de films contre des écrans encadrés. Des portraits en boucle habitaient ces cadres, les occupants du Vaisseau souriant, faisant un clin d'œil ou portant un toast à la caméra avant de sortir et d'être remplacés par quelqu'un d'autre. Tous semblaient impeccables, cols hauts, dentelle, maquillage et plus encore.

— On dirait qu'ils se caricaturent eux-mêmes, marmonna Kaydee alors que nous avancions de quelques pas. Derrière nous, le mech ferma la porte du sas. C'est tellement stéréotypé. Tellement...

— Vous n'êtes pas autorisés ici, dit le mech. Comme vous sembliez en détresse évidente, je vous ai laissés entrer, mais je dois vous demander de partir immédiatement.

Sachant que Delta donnerait une leçon fatale de politique des classes si le mech continuait, je m'interposai entre eux, écartant les mains et essayant d'avoir l'air désolé.

— Je m'appelle Gamma, voici Delta et Alvie, dis-je en m'inclinant légèrement devant le mech. Les histoires du Bibliothécaire suggéraient que de telles actions étaient bonnes pour convaincre une personne puissante de vous prêter attention. Nous sommes en fait ici pour parler aux Voix.

Une fois de plus, le visage vacilla, se fixant cette fois sur un sourire bienveillant.

— Et vous pouvez m'appeler Winston. Les Voix, j'en ai peur, ne sont pas ici. Elles sont, voyez-vous, dans le réseau. Une partie de ce vaisseau, et non sur un niveau particulier.

Vous pouvez les contacter à loisir depuis un endroit plus approprié.

Winston enroula son bras avant près de mon visage et pointa derrière moi.

— Par ici, je vous prie.

— Quelqu'un n'est pas à jour, dit Kaydee.

— Gamma, avertit Delta. Ce type commence vraiment à me taper sur les nerfs.

Winston n'avait pas dit plus que quelques phrases, mais je partageais déjà l'avis de Delta. Il fallait un vrai talent pour m'énerver aussi vite, et me traiter comme de la crasse qu'on devrait piétiner suffisait.

— Moi aussi, répondis-je à mon amie. Winston, et si tu reculais un peu et nous laissais tranquilles ?

Le visage du mech se figea en une ligne droite.

— J'ai bien peur que cela ne puisse être autorisé. Si vous ne partez pas, la sécurité vous escortera hors des lieux.

Bien sûr. Je ne le dis pas, mais tout indiquait que l'équipe de sécurité du Vaisseau avait suivi le même chemin que tout le reste sur ce vaisseau : en enfer. Au lieu de cela, je dis à Delta d'avancer, fis savoir à Alvie de garder un œil sur Winston, et emboîtai le pas à ma meurtrière armée d'une lame. Winston ne se tut pas, mais nous nous en moquions.

Après avoir passé tant de temps à fuir ou à combattre des mechs dangereux, ignorer l'un d'entre eux était plutôt agréable.

Le couloir du sas débouchait sur une pièce franchement énorme selon les standards du Vaisseau. Je m'étais habitué aux quartiers exigus, écrasés par le métal crasseux. Même dans les espaces plus vastes, comme le Jardin ou l'atelier tentaculaire du Ferrailleur, les plafonds bas et l'éclairage faible rendaient les choses oppressantes, le danger et la mort étant une possibilité à chaque coin.

Apparemment, la haute société du Vaisseau partageait mon aversion pour la morosité : un large rectangle s'étendant sur plusieurs mètres devant nous, l'événement principal du niveau supérieur exsudait la chaleur. Des canapés et des fauteuils étaient disposés autour de tables en bois sombre. Une cuisine et un bar circulaires au centre semblaient encore garnis, même maintenant, de bouteilles brillantes et de repas préemballés attendant d'être servis. Des écrans disséminés dans la pièce diffusaient des films, bien qu'avec le son coupé.

— On pouvait régler ses écouteurs sur la chaîne, dit Kaydee en déambulant devant nous, ses doigts effleurant le haut des chaises courbées et leur tissu fin. On pouvait commander tout ce qu'on voulait au bar. Ça se déduisait de ton compte.

Elle se leva et se baissa sur la pointe des pieds, rebondissant sur ce tapis rouge et or.

— Il y avait des rumeurs sur un couple qui avait perdu trop d'argent pour rester ici, mais en réalité, ça n'arrivait pas.

Elle se retourna vers moi et, en un éclair, sa tenue de travail se changea en une robe dorée étincelante assortie aux fils à ses pieds.

— Tu faisais partie de cette classe et sur le Vaisseau, tu étais tranquille.

Tranquille, en effet. Au-dessus de nos têtes, le métal du Vaisseau disparaissait pour laisser place à une bulle d'observation nichée dans la coque. L'espace surplombait la pièce, l'éclairage jaune des bougies estompant suffisamment les étoiles pour en faire un ciel d'onyx menaçant plutôt qu'une vue sur l'univers. Avec le cycle jour-nuit du Vaisseau, cependant, j'imaginais que la pièce prenait un charme différent lorsque les lumières étaient tamisées. Une ambiance différente, troublante dans sa dévotion à la grandeur plutôt qu'à la praticité.

Delta semblait aussi perdue que moi. L'espace manquait de mechs, manquait de menaces. Même le bar semblait conçu pour que les humains se servent eux-mêmes. Aucune poubelle ambulante ne venait vers nous, prête à nous plaquer au sol. Aucune direction ne se présentait non plus : les embranchements du rectangle portaient des étiquettes indiquant des numéros d'appartements, pas un endroit où les Voix pourraient résider.

— Vous semblez perdus, grommela Winston en nous rejoignant dans la pièce.

Y avait-il un danger à admettre notre confusion au mech ? Probablement pas.

— Comme je l'ai dit, nous cherchons les Voix, ai-je répondu. Devant, Delta et Alpha continuaient d'avancer dans la pièce. Mon amie se retourna, les yeux écarquillés, le visage défait. Elles ont perdu le Pont et se sont déconnectées du réseau central du Vaisseau. Nous sommes sûrs qu'elles sont venues ici.

— Et si vous trouvez les Voix, dit Winston, son visage passant à un sourcil levé et une lèvre retroussée, partirez-vous ?

— C'est l'idée, ai-je répondu.

— Alors peut-être que je peux vous aider. Les chenilles de Winston se mirent en marche, roulant en avant et laissant des marques de pression sur la moquette. Le fait que ses traces ne soient pas partout suggérait que le mech repasserait sur ses pas, les aspirant à la perfection. Il y a une petite section de notre niveau consacrée aux instruments techniques dont les Voix pourraient avoir besoin.

Une façon alambiquée de dire qu'il avait une idée, mais peu importe. Je l'ai suivi, et, profitant de l'occasion, Winston s'est transformé en guide touristique. La condescendance avait disparu de sa voix, remplacée par de la fierté, alors qu'il nous narrait l'histoire clinquante du niveau à nous, pauvres intrus de basse qualité. Dire que le récit de Winston était intéressant serait lui faire trop d'honneur : l'histoire pâlissait face à tout ce que le Bibliothécaire avait laissé dans ma mémoire. Au lieu de cela, l'enclave glorieuse du Vaisseau partageait les traits des repaires de luxe du passé de l'humanité.

Ceux qui avaient plus voulaient plus. Le niveau avait commencé comme un pont d'observation ouvert à tous, un endroit où les travailleurs, les scientifiques et les familles pouvaient se regrouper et avoir une bonne vue sur l'espace qu'ils traversaient. L'attrition s'est produite par des moyens insidieux — Winston l'a décrit comme un *raffinement* — avec des coûts pour la nourriture, les boissons et les sièges qui augmentaient jusqu'à ce que les pauvres, puis les familles, ne puissent plus se permettre de venir sans apporter leurs propres articles.

— Mais bien sûr, ricana Winston, nous ne pouvions pas tolérer le désordre que de tels pique-niques de fortune auraient causé. Un simple changement de règle a mis fin à ces cochonneries pour de bon.

À partir de là, les restrictions sont devenues plus directes et ouvertes. Des ascenseurs supplémentaires menant au niveau ont été scellés sous prétexte de sécurité. La bulle d'observation, voyez-vous, était plus mince que la coque du Vaisseau, et toute personne la visitant devait se faire contrôler avant d'entrer. Ainsi, seul un ascenseur près du Pont du Vaisseau pouvait accueillir les visiteurs. Un autre désagrément, un autre coup porté à la population.

— Tu peux frapper ce type ? dit Kaydee alors que nous approchions du côté opposé de la pièce. Je sais que ça ne changerait rien, mais ce serait tellement, tellement satisfaisant.

— Peut-être une fois qu'on aura trouvé les Voix, ai-je répondu. Même si j'en ai très envie.

— Que dites-vous ? Winston s'interrompit dans son explication détaillée sur les citoyens les plus riches du Vaisseau. Que voulez-vous faire ?

— Sortir d'ici et vous laisser retourner à vos tâches, ai-je dit, affichant le sourire le plus sincère que je pouvais trouver. On dirait que vous avez beaucoup à faire.

Pour une fois, Winston afficha ce qui semblait être une réelle tristesse. Bien qu'il nous ait presque amenés à une porte arrondie marquée *Technique*, barrée d'un panneau amical indiquant « Personnel autorisé uniquement », les chenilles de Winston s'arrêtèrent et ses quatre bras tombèrent au sol.

— En réalité, Gamma, j'ai si peu à faire maintenant, dit Winston avec un soupir bourdonnant. Depuis que mes derniers invités se sont endormis, c'est si calme. S'il restait quelqu'un en bas qui voudrait visiter, je pourrais même renoncer aux frais juste pour la conversation.

Le sommeil cryogénique dont parlait Leo. J'avais vu assez de mechs à usage unique pour savoir que les choses pouvaient mal tourner quand l'objectif du mech disparaissait, mais de la vraie tristesse ? Qui programmerait ça dans un bot ? Dans quel but —

— Réfléchis-y, dit Kaydee, apparaissant à ma droite. Elle ramassa une bouteille imaginaire et la lança sur Winston, le verre se brisant et disparaissant sans effet. Winston ici va essayer de faire de son mieux pour satisfaire tous ces snobs parce qu'il deviendrait déprimé autrement. Plus indulgent que ces mechs de la nurserie et leurs absolus.

C'est vrai. Être un peu triste mais accepter le résultat

aurait plus aidé ces bébés nés en éprouvette que la coupure brutale qui avait été instituée. La Nurserie visait la perfection. Winston semblait viser la satisfaction. Une petite différence, peut-être, mais qui menait à une idée.

— Winston, ai-je dit, Delta et moi essayons de nous assurer que le Vaisseau *ait* plus de personnes qui pourraient venir visiter ici. C'est pourquoi nous essayons de trouver les Voix. Elles peuvent nous aider à garder le Vaisseau en sécurité. Si tu peux nous mener à elles, tu en bénéficieras autant que nous.

Le mech fit apparaître une tête qui hochait. Toujours une image étrange, étant donné que la tête dans le dôme de verre n'avait pas de corps, mais au moins les chenilles se remirent en marche, cette fois avec un récit babillant sur la façon dont l'élite du Vaisseau avait construit une salle de serveurs privée ici pour séquestrer tous leurs objets numériques les plus précieux. Vidéos, journaux intimes, photos, idées, et ainsi de suite avaient été envoyés ici pour être scellés loin des yeux indiscrets du commun des mortels.

— Tout est prêt pour quand je les réveillerai, annonça Winston alors que nous franchissions la porte *Technique* pour entrer dans un hall beaucoup plus petit.

Deux fauteuils, tous deux grands et confortables, encadraient deux terminaux. La moquette or et rouge continuait. Au-delà des fauteuils et des terminaux, un mur de séparation rouge avec des jointures visibles empêchait toute exploration plus profonde.

— Les serveurs eux-mêmes se trouvent derrière ce mur, dit Winston sur le ton de quelqu'un décrivant un trésor sacré. Vous n'aurez sûrement pas besoin d'y accéder ?

— Difficile à dire, ai-je répondu en prenant place dans un fauteuil et en regardant le terminal. Comparé aux quelques sièges que j'avais utilisés à travers le Vaisseau, ma peau synthétique et mes articulations m'indiquaient que celui-ci supportait mon poids, ma forme, avec précision. Je pourrais m'asseoir ici pendant des années sans subir d'usure. Si j'obtiens l'accès dont j'ai besoin ici, alors nous devrions être tranquilles.

Le terminal devant moi offrait l'interface standard et fade du Vaisseau. Des options pour consulter le journal des événements du vaisseau, se connecter au système de messagerie ou examiner les comptes pour des choses comme les courses commandées au Jardin avaient des icônes agréables.

— Gamma, dit Kaydee, s'accroupissant à côté de moi. J'allais te demander ça plus tôt, mais j'ai été distraite par, euh, Leo. Si tu trouves les Voix ici, qu'est-ce que tu vas faire ?

J'ai pressé mes doigts ensemble, les transformant en une prise jack standard. À ma droite, Delta m'a fait un signe de tête en se glissant hors de la pièce, traînant Winston avec elle. Alvie s'est installé à mes pieds. Ensemble, ils assureraient ma défense pendant que j'explorerais le côté virtuel de la vie.

— Kaydee, ai-je dit. Tu pourrais avoir de la compagnie.

Les jurons bruyants de mon amie ont accompagné mon départ, le monde s'effaçant sous un chœur de *merde*.

VINGT-CINQ

CHERCHER ET TROUVER

Les Voix. Un petit collectif numérique composé d'esprits cartographiés neuralement parmi les plus brillants du Vaisseau. Ils avaient été préservés, d'après ce que j'avais compris, pour s'assurer que les connaissances cruciales ne quittent jamais les générations actuelles vivant la mission séculaire du Vaisseau. Quand les choses ont pris un tournant sombre, les commandes du Vaisseau avaient été complètement retirées aux vivants et confiées à ces programmes avancés.

Je suis sûr que quelqu'un avait pensé que cette décision empêcherait les préoccupations biologiques de faire obstacle, mais ceux qui avaient créé les Voix, du dernier de Leo au codage original, n'avaient pas réussi à éliminer totalement l'humain. Du moins, pas entièrement.

Maintenant, je savais que ce même problème s'appliquait à moi, à Delta, Beta et Alpha. Leo nous avait créés pour servir d'instruments brutaux, d'outils flexibles pour que les Voix maintiennent une mission vacillante sur les rails. Nous étions sortis imparfaits : trop humains pour obéir aveuglément, trop ambitieux pour notre propre bien.

Mon chemin m'avait conduit ici, dans le vide agréable et

chaleureux à l'intérieur du terminal. Plutôt que de travailler pour les Voix, j'essayais de les sauver, de les préserver pour les mêmes raisons qui avaient motivé leur création : une soupape de sécurité pour maintenir le Vaisseau en vol quand, si, nous le reprendrions à Alpha.

Normalement, télécharger quelques fichiers n'aurait pas nécessité de se brancher comme je venais de le faire. J'aurais pu prendre un disque portable, ces appareils qui traînaient encore dans les pièces du vaisseau, et y déposer les fichiers comme n'importe quel humain l'aurait fait. Les Voix, cependant, n'étaient pas des fichiers normaux. Elles pouvaient se cacher, se défendre contre les intrusions indésirables. Elles avaient aussi eu pendant très, très longtemps tout le réseau du Vaisseau comme terrain de jeu.

Les convaincre d'abandonner tout cela, de s'héberger dans ma mémoire supplémentaire, ne semblait pas une tâche facile.

— Mais tu m'as moi, dit Kaydee en mâchonnant du pop-corn virtuel tandis que je marmonnais l'histoire pour moi-même. Et quand Kaydee est dans les parages, rien n'est impossible.

— Content que tu aies une si haute opinion de toi-même.

— Étayée par de nombreuses preuves.

— Bien sûr.

Le terminal, comme celui de Val, offrait un espace d'atterrissage simple pour naviguer dans les programmes embarqués de la machine. Nous nous tenions sur une surface rouge douce reflétant la moquette à l'extérieur — et l'arrière-plan sur l'écran physique du terminal. Bordant notre point de départ circulaire se trouvaient divers arcs de cristal ornés, chacun décoré de dentelle dorée. En regardant la dentelle, on découvrait des noms cachés dans les entrelacs, des titres standards pour des choses comme les documents, un navigateur réseau, et ainsi de suite. Décidément ennuyeux étant donné l'apparence.

— Alors, où allons-nous ? demanda Kaydee, son seau de pop-corn semblant sans fond tandis qu'elle en engloutissait des poignées.

— Nulle part, répondis-je en levant un seul doigt en l'air. Nous ne voulons pas du grand réseau, et nous ne voulons pas des fichiers locaux. Nous avons besoin d'une connexion différente.

— Ah, dit Kaydee, comprenant.

Mon doigt n'avait pas de propriétés magiques en soi, mais j'ai lancé une petite requête de recherche et laissé ses résultats se déployer en spirale depuis mon bout du doigt, juste pour le plaisir. Des vrilles vert gazon, pétillantes de blanc mousseux, se sont répandues de ma main vers les arches. Elles poussaient à des vitesses différentes tandis que ma recherche parcourait le terminal, cherchant une option particulière, une opportunité précise.

La première vrille a frappé l'arche des documents du terminal. Ce faisant, toute la vrille s'est flétrie en noir avant de se dissoudre dans le néant, une recherche infructueuse. Les autres ont fait de même en heurtant les arches de base, ne trouvant pas ce dont j'avais besoin.

— Ça a l'air bien parti, mon vieux Gamma, railla Kaydee.

— Attends un peu.

Une vrille a émergé de mon bout du doigt et a filé dans une direction inhabituelle, se dirigeant non pas vers une arche quelconque, mais vers un espace apparemment vide le long de notre tapis rouge éternel. Kaydee et moi nous sommes concentrés sur celle-ci tandis que mes dernières extensions vert et blanc s'estompaient.

— Oh, quelqu'un va avoir de la chance ? dit Kaydee.

— Pas de la chance, répondis-je. Que du talent.

La vrille s'est épanouie, le vert s'ouvrant en une fleur irisée, le milieu duveteux formant une beauté blanc-violet. En se formant, les pétales se sont ramifiés à partir de la vrille, construisant une autre arche, celle-ci de ma propre création. Une dentelle vert vif s'enroulait parmi les pétales, écrivant cette fois un mot différent :

Récupération.

— Eh bien, je suis impressionnée, dit Kaydee en laissant tomber son pop-corn et en s'essuyant les mains sur son pantalon. Par le m'as-tu-vu aussi ? Gamma, tu apprends vraiment de moi.

— Je me suis dit que ça te plairait, répondis-je en me dirigeant vers l'arche. Je n'ai pensé à chercher ça que grâce à toi et Leo.

— Ah bon ?

— Ton programme de récupération pour moi, celui que tu as utilisé quand Alpha aurait dû me faire supprimer là-bas dans le Jardin ? Je ne savais pas que ça existait jusqu'à ce que tu l'utilises.

— Il fallait le cacher pour que tu ne paniques pas.

— Je suppose que les Voix doivent penser la même chose, continuai-je. Les voilà, expulsées par une force hostile, alors elles se replient dans l'endroit le plus sûr possible et attendent l'occasion de se réinitialiser.

— Pourquoi ne pas se réinitialiser tout de suite ?

— Parce qu'Alpha est toujours là-bas, dis-je alors que nous atteignions l'arche. Les Voix pourraient le déconnecter du réseau, appuyer sur le gros bouton rouge d'urgence, et Alpha recommencerait simplement, mais maintenant il saurait ce que les Voix peuvent faire. Peut-être qu'il le bloque d'une manière ou d'une autre.

Kaydee posa une main sur l'arche. J'en fis de même, sentant les doux pétales. Une ressemblance plutôt réussie.

— Donc on entre là-dedans, on attrape ma mère et ses amis, et on les garde en otage jusqu'à ce qu'on neutralise Alpha ?

— Ensuite, on les télécharge sur le réseau, ils ramènent le Vaisseau Spatial à l'équilibre, et on continue notre voyage, répondis-je. Simple.

— Tellement simple.

Avec un clin d'œil, Kaydee passa à travers l'arche.

Quand j'avais rencontré les Voix pour la première fois, elles étaient assises autour d'un feu de camp dans une agréable prairie. Le Vaisseau Spatial, avant le lancement, se trouvait à l'horizon au bout d'un immense champ herbeux. Ciel bleu, papillons, brise légère. Comme endroit pour passer l'éternité, je le trouvais plutôt plaisant. La dernière fois que j'avais vu les Voix, elles avaient troqué cette sérénité calme pour un château sombre et sinistre, que j'avais saboté en laissant Alpha franchir les barrières que les protections programmées du château étaient censées sauvegarder.

Cette fois, l'arche nous déposa, Kaydee et moi, dans un endroit étrange, dont je n'avais aucune référence. Le Bibliothécaire, avec toutes ses histoires d'héroïsme et d'aventures épiques, n'avait pas de description correspondant à cet endroit, me laissant confus et curieux.

Kaydee et moi nous tenions sur une moquette gris-bleu sous des lumières blanches crues, loin des lueurs douces que j'avais vues ailleurs. Un plafond recouvert de dalles blanc cassé mouchetées s'étendait au-dessus de nous, s'interrompant de temps en temps pour laisser place à ces lumières dans son extension vers l'infini. Plus bas, à notre niveau, des barrières beiges rectangulaires s'élevaient en blocs carrés, chacun laissant une section ouverte sur un côté. Les barrières elles-mêmes ne s'élevaient qu'un peu plus haut que ma tête, et quand je testai la plus proche avec une main tendue, la sensation rembourrée ne communiqua rien de très solide.

Un bourdonnement, pas très différent des moteurs du Vaisseau Spatial, jouait en arrière-plan dans cet endroit autrement silencieux. Mon nez captait une odeur de café éventé, comme si quelqu'un avait laissé une cafetière allumée trop longtemps.

— Quel est cet endroit ? demandai-je à Kaydee, qui avait une main sur les yeux et semblait réprimer un rire.

— Oh, Gamma. Tu dois regarder plus de films.

— Je ne suis en vie que depuis quelques jours.

— D'accord, Kaydee prit une profonde inspiration, désigna tout le beige. Je n'ai jamais vraiment été dans l'un de ceux-là non plus, parce que le Vaisseau Spatial n'en a pas. Je ne suis pas sûre que la Terre en ait eu non plus à la fin. Ceci, ceci est un *bureau*.

— Un bureau ? répétai-je. Comme la Passerelle ?

La Passerelle ne ressemblait pas du tout à cet endroit, mais c'était le seul espace que j'avais vu qui séparait ce qui semblait être des postes de travail individuels. Je n'étais pas sûr quel vaisseau pourrait être piloté depuis une structure comme celle-ci, sans aucune vue extérieure, mais les humains étaient des créatures étranges.

— Pas vraiment. Kaydee me conduisit vers un espace entre les cloisons beiges. Regarde ici, tu vois ? Ce sont des cubicules.

Je vis un bureau étroit fixé aux murs beiges. Un ancien terminal éteint s'y trouvait, d'apparence bon marché. L'espace semblait étriqué, à la fois isolant et oppressant, avec des murs vides tout autour, la lumière aveuglante au-dessus, et une sensation nerveuse que quelque chose pourrait m'observer à chaque instant.

— Pourquoi les Voix auraient-elles créé cet endroit ? demandai-je en croisant les bras et en grimaçant.

Plusieurs des contes du Bibliothécaire mentionnaient l'enfer. Était-ce cela ?

— Je pense que tu leur donnes raison, dit Kaydee en retournant dans le couloir central. Tu ne comprends pas cet endroit. Je parie qu'Alpha ne le comprendrait pas non plus.

Ce qui pourrait donner aux Voix le temps de réagir si Alpha trouvait le bureau. Pas la pire des tactiques.

— Dis-moi que tu comprends cet endroit alors ? demandai-je. Plus important encore, dis-moi que tu sais comment en sortir ?

Kaydee fit un lent tour sur elle-même dans le couloir, se mettant sur la pointe des pieds pour regarder par-dessus les cubicules. En terminant son tour, elle secoua la tête.

— Rien d'évident, dit Kaydee, mais j'ai une idée.

Avant que je puisse lui demander quelle était son idée, Kaydee prit une profonde inspiration et cria, d'une voix à la fois naturelle et amplifiée suffisamment pour porter bien au-delà de ce que je pourrais jamais faire dans un endroit réel et physique, un seul mot :

Maman.

— Ça devrait attirer son attention, dit Kaydee, s'appuyant contre un cubicule. Maintenant, on attend juste de voir à quel point ma mère veut encore me parler.

— Elle a essayé de te supprimer la dernière fois.

— Certes, mais c'était il y a, genre, trente-six heures. Les gens changent.

— Elle est un esprit numérisé depuis des années et des années, Kaydee. Je ne pense pas qu'elle va-

— Là ! Kaydee pointa du doigt le bout du couloir. Un

nouveau panneau rouge clignotant EXIT pendait du plafond, une flèche à son extrémité pointant vers la droite. C'est ce qu'on cherche. Je te l'avais dit.

— En effet.

Pourtant, je donnais autant de chances que Peony nous préparait un piège.

Rien, cependant, ne surgit pour nous tuer lorsque nous atteignîmes le panneau Exit et suivîmes ses instructions, un virage à droite qui rétrécissait les cubicules sans fin en une courte distance de quelques mètres jusqu'à une porte en bois clair, complète avec une poignée argentée. Kaydee l'atteignit en premier, me jeta un coup d'œil.

— Je parie dix dollars que les Voix sont derrière cette porte, dit Kaydee.

— Je ne prends pas ce pari.

— Nul.

— Tu t'attendais à autre chose ? Je dépassai Kaydee, mis ma main sur la poignée et la tournai.

La porte ne s'ouvrait pas sur une Sortie, mais sur une vaste pièce. Des fenêtres du sol au plafond s'élevaient d'un côté, donnant sur une ville étendue, baignée de lumière vive. Une longue table en noyer ornait le centre de la pièce, entourée de chaises aux coussins bleu marine. Des bagels, du café et des fruits variés garnissaient la table, et tendant la main pour les atteindre entre des regards dans notre direction se trouvait l'équipe en costume autrement connue sous le nom des Voix.

— Entrez donc, Gamma, Kaydee, dit Peony depuis la tête de la table. Elle semblait aussi sévère que jamais, ses mains ne se déjoignant que pour désigner deux chaises vides près du pied de la table. Je crois que nous avons quelques points à discuter.

— Et le prix de l'euphémisme va à... marmonna Kaydee alors que nous prenions place.

— Je suis ici, commençai-je, avant que Peony ne me fasse taire d'un geste.

— Gamma, le sourire de Peony disparut. Laisse-moi commencer par dire que c'est bien que tu sois venu. En tant que traître, il est temps que tu reçoives la justice que tu mérites.

Mes bras se figèrent, mes jambes aussi, tandis que des barres métalliques jaillirent des accoudoirs du fauteuil et du rembourrage près de mes jambes. La porte par laquelle Kaydee et moi étions entrés disparut. Les autres Voix à table, d'Ang, le médecin, à Willis, le capitaine, posèrent leur petit-déjeuner et saisirent leurs couteaux à la place.

Parfait, vraiment parfait.

VINGT-SIX

PROBLÈMES DE CONFIANCE

J'ai remué ma main gauche. Les barreaux tenaient bon. J'ai remué la droite. Même résultat. Peony, agissant comme un juge ivre de pouvoir, délivrait un sermon sur mes prétendus méfaits aux Voix assemblées autour de la table. Son auditoire l'écoutait à peine, concentré sur leur nourriture avec un regard compatissant occasionnel jeté dans ma direction, comme pour dire : endure, Gamma, et tout cela se terminera bientôt.

En face de moi, pendant que sa mère détaillait comment j'avais détourné Delta des Voix et de leurs ordres, Kaydee fixait le sol du regard. Ses étincelles avaient disparu, ses éclats arc-en-ciel aussi. Même ses cheveux turquoise, si souvent plus droits qu'une lance, pendaient mollement autour de sa tête.

Le bureau autour de nous semblait capturer l'ambiance. Une cage artificielle, fade, éternelle et inéluctable.

Pas question que je meure ici.

— Peony, ai-je annoncé, la coupant juste au moment où elle en arrivait à ma désactivation des barrières du Pont. À qui parles-tu ?

Peony planta ses paumes sur la table, plates et larges.

— Je parle à mes amis, Gamma, de toutes tes actions horribles.

— Non, je ne pense pas que ce soit vrai.

Peony cligna des yeux. Incapable de trouver une réponse immédiate.

Ce qui signifiait que je pouvais jouer ma carte.

— Tu parles à ta fille, ai-je dit en faisant un signe de tête vers Kaydee, qui s'est redressée. Tout le monde dans cette pièce va de toute façon faire ce que tu veux, alors pourquoi expliquer ? C'est elle que tu essaies de convaincre.

— Je-

Pas le temps de laisser Peony se reprendre. Je devais continuer à avancer, renverser la salle.

— Nous avons rencontré le vrai Leo, Peony. Il est toujours en vie, ai-je dit, gagnant cette fois un regard perçant de la copie numérique de Leo, qui picotait des œufs d'un air morne. Il nous a clairement fait comprendre ce que tu as fait et pourquoi. Tu ne pouvais pas dire au revoir.

Peony se redressa, et ses yeux devinrent si durs que je me demandai si elle avait modifié la réalité numérique pour les rendre aussi sévères.

— Si tu t'en souviens, Gamma, j'ai essayé de m'occuper de ma fille il n'y a pas si longtemps. Peony pointa Kaydee du doigt. Quoi qu'elle ait été autrefois, tu l'as changée. Ce vaisseau l'a changée. Et maintenant, elle a aidé à donner Starship à la seule chose qui ne devrait pas l'avoir.

— Une chose que tu as réveillée, ai-je dit. Une chose que tu as créée parce que tu ne pouvais pas faire confiance à tous les mechs avec lesquels tu avais travaillé toute ta vie. En quoi est-ce la faute de Kaydee si tes machines ont échoué ?

— Nos machines sont comme nous, dit Leo, faisant

avancer mon plan d'un pas de plus. L'apparence de l'homme me surprit, lui manquant les plaques métalliques que le Leo réel avait adoptées, mais sonnant autrement de la même façon. Elles ont des défauts. Tu as des défauts. Nous avons agrafé un système de sécurité redondant après l'autre au cas où le précédent échouerait. L'homme regarda Peony. Nous nous sommes répété que nous faisions ce qui était juste. Nous avons quand même fini ici. Ne commettons pas l'erreur de nouveau.

— Alors quoi, Leo, on les laisse partir ? aboya Peony. On ne supprime *pas* Gamma et on laisse Kaydee prendre le contrôle ?

— Quoi ? Beurk, dit Kaydee. Non.

Au moins, la réaction de Kaydee semblait être partagée autour de la table. Personne ne prit la parole pour soutenir le plan de Peony. Ils fixaient leur nourriture, leur nourriture numérique qui n'irait nulle part, ne nourrirait rien. Même Leo, sa déclaration faite, se rétracta face aux paroles de Peony. Son code limité continuait ses petites fractures, brouillant les contours de Leo. Sa fourchette glissa à travers des doigts pas tout à fait solides et rebondit sur la table.

— Kaydee, dit Peony, bien qu'elle ne regardât pas sa fille autant qu'elle ne jetât un autre regard supérieur et balayant sur la table. Vois les choses comme elles devraient être vues. Je te fais confiance pour nous sauver. Nous sauver de nos erreurs. Elle s'accroupit à côté de Kaydee, qui tressaillit. Nous pourrions être à nouveau ensemble. Toi là-bas, moi ici, guidant Starship jusqu'à la fin.

Eh bien, ça ne faisait pas partie de mon plan. J'espérais que les Voix se souviendraient qu'elles n'étaient pas de simples pions, qu'elles prendraient ma défense et repousseraient Peony. Maintenant, Kaydee, en face de moi, regardait sa mère comme si elle avait fait une offre convaincante. Les cheveux turquoise se relevèrent, quelques étincelles revinrent sur ce visage.

— Tu penses que je pourrais le faire ? demanda Kaydee à sa mère.

— Penser ? Je le sais, répondit Peony, la main sur l'épaule de Kaydee. J'ai vu ce dont tu es capable. Je te connais mieux que quiconque, Kaydee, et c'est ce pour quoi tu étais destinée.

— Destinée, hein. Kaydee remua ses poignets. J'aime bien comme ça sonne.

Peony prit le signal, tapota les menottes sur la chaise de Kaydee. Elles disparurent et Kaydee se leva, s'étira. Regarda sa mère, puis moi.

— Désolée, mon pote, me dit Kaydee. Pendant un moment, j'ai cru qu'on allait bien s'entendre.

— Kaydee ? ai-je demandé, parce que que pouvais-je dire d'autre ?

— Tu te souviens, maman, quand je me suis attaquée aux moteurs ? demanda Kaydee, m'ignorant. Elle tendit la main, saisit les poignets de Peony. Tu sais pourquoi j'ai fait ça ?

Peony secoua la tête, un sourire plein d'espoir collé sur son visage.

— Parce que tu m'avais piégée, ne me laissant aucune issue, dit Kaydee, puis elle attira Peony dans une étreinte serrée. Sa voix baissa en un murmure, que je pouvais à peine entendre. Quand je suis piégée, je deviens un peu folle.

Peony se figea. Kaydee, elle, ne s'arrêta pas.

Avec ses deux bras, Kaydee repoussa sa mère, projetant Peony sur un Leo confus et les faisant s'écraser au sol. Alors que Peony jurait et que je regardais depuis ma prison de chaise de bureau, mon esprit, mon amie courut vers la porte de la salle de conférence et l'ouvrit brusquement. Avec un clin d'œil dans ma direction, Kaydee passa la tête par l'ouverture et cria un nom.

Alpha.

Dans cet enfer infini de bureaux, un vrai cri n'aurait pas porté très loin. Cependant, ce n'était pas un véritable open space, ni un vrai bureau. J'ai senti le code ramper autour de moi tandis que l'appel de Kaydee remplissait son véritable objectif : un message, lancé dans le réseau de Starship pour traquer sa cible. Un message qui, de plus, laisserait une trace permettant à Alpha de remonter jusqu'ici.

— Qu'as-tu fait ? dit Peony en se relevant. Qu'est-ce que-

— Deux choix, l'interrompit Kaydee, restant près de la porte ouverte. Soit tu fais ce que Gamma a suggéré, tu te déconnectes de ce réseau et tu te mets en sécurité, soit tu attends ici que notre méchant ennemi te trouve.

Peony plissa les yeux en regardant sa fille, les mains ballantes. Je ne pouvais pas lire dans ses pensées, mais Peony semblait partagée entre le choc et l'admiration, peut-être même un peu fière de ce que Kaydee avait fait. Sa bouche remuait, sans un mot, comme un poisson essayant de respirer hors de l'eau.

— Peony, dit Leo en se levant pour se tenir à côté d'elle. Nous devons partir. Maintenant.

Alors que Leo parlait, notre bureau trembla. Un séisme causé par le programme furieux qui se frayait un chemin jusqu'ici. Alpha ne traverserait pas les bureaux en courant comme nous l'avions fait, perdu dans un labyrinthe. Il détruirait le bâtiment et ramasserait ce qu'il voulait dans les décombres.

— Gamma, continua Leo, me regardant à présent. Mes poignets se libérèrent, mes jambes aussi. Apparemment, Peony n'était pas la seule à contrôler les choses. Tu as un endroit prêt pour nous ?

— Prêt et dégagé, dis-je en me levant. Vous serez hors réseau.

— Vulnérables, grogna Peony, se dégageant enfin de Leo. Si tu meurs, si tu-

— Si tu veux qu'il vive, maman, tu ferais mieux de coopérer, l'interrompit Kaydee. Parce qu'Alpha est presque là.

Je tendis la main vers Peony, une paume ordinaire bourdonnant d'une routine particulière. Peony se contenta de me fusiller du regard, et pendant un instant, je pensai que nous allions continuer ce face-à-face jusqu'à ce qu'Alpha débarque et nous tue tous. Puis une autre main saisit la mienne, ferme et forte. Willis, le capitaine de Starship, sévère et solide, accepta mon offre et disparut.

Absorber toutes les données de cet homme, tous les algorithmes composant un humain qui avait vécu pendant des siècles et des siècles, me ralentit, rendit mon cerveau mécanique engourdi. Je ne pouvais pas bouger, toutes mes ressources étant occupées. Alors que Willis disparaissait, se dissolvant rapidement en pixels puis en rien, Ang, le médecin, prit sa place. L'un après l'autre, les Voix suivirent, tandis que Peony observait, le regard sombre.

L'échec, la rage, se solidifiant en résolution.

Quand vint le tour de Leo, il serra l'épaule de Peony, passa devant elle alors que le bâtiment continuait de trembler. Des sons, maintenant, accompagnaient les secousses, un rugissement synthétisé alors que le code assemblé vacillait et s'effondrait. Alpha ne se donnait pas la peine

d'être gentil. Il ne voulait pas corrompre cette fois, seulement détruire.

— C'est ton tour, maman, dit Kaydee, nous trois étant les derniers debout dans la salle de conférence. Fais-moi confiance.

— Chaque fois que j'essaie, répondit Peony en secouant la tête vers Kaydee, tu me déçois.

Elle prit ma main sans un mot de plus, disparaissant lentement avec les autres, nous laissant Kaydee et moi seuls. Les dalles du plafond commencèrent à tomber, la moquette à se fissurer. Alors que je retrouvais mes fonctions, les Voix maintenant en sécurité dans ma propre mémoire physique, les vitres derrière moi volèrent en éclats.

— Il est temps de partir ? demanda Kaydee.

— Plus que temps, répondis-je.

Mais alors que je tendais la main vers Kaydee, que je démarrais la fonction qui nous renverrait chez nous, le sol se déroba. Ma main ne rencontra que du vide et nous basculâmes, le bâtiment se désintégrant autour de nous tandis qu'Alpha supprimait son code morceau par morceau. Plutôt que de trouver son chemin à travers le labyrinthe de bureaux, le vaisseau avait décidé de le détruire.

À travers une fenêtre et dans l'espace ouvert, Kaydee et moi tombâmes sans tomber. Le ciel bleu programmé tourbillonnait autour de nous, une palette de couleurs éclaboussée sur une toile virtuelle. La gravité, les lois physiques s'arrêtèrent alors qu'Alpha supprimait leurs fonctions.

— Que se passe-t-il ? dit Kaydee, me regardant, interrogative.

La réponse se trouvait dans le froid absolu que je ressentais en essayant d'atteindre le réseau de Starship. Pendant que les Voix cachaient leur connexion, Alpha la tuait. Il avait injecté un programme vorace pour dévorer tout le code et couper tout moyen d'évasion par le réseau. Même alors que je tendais à nouveau la main vers Kaydee, le ciel bleu commença à s'estomper.

D'abord en blanc, puis en rien du tout.

— Trouve-moi ! criai-je, m'étirant, tendant la main vers Kaydee. Elle fit de même, nous deux suspendus dans les limbes, le bâtiment maintenant disparu comme s'il n'avait jamais existé. Aucun son au-delà de nos voix, aucun sol, aucun ciel, rien. On va sortir de la manière difficile !

Au moment où son doigt toucha le mien, je l'attrapai comme j'avais saisi les Voix, aspirant l'ADN numérique de Kaydee dans ma mémoire. Elle disparut avec un cri, me laissant seul dans ce vide. Le programme d'Alpha poursuivait son œuvre, des fissures noires grandissant autour de moi alors que la base même de l'existence virtuelle des Voix disparaissait ligne par ligne de code.

— Trop tard, marmonnai-je, et je débranchai.

Je me redressai, ma main libre de la prise du serveur. Une petite étincelle, un peu de fumée s'élevèrent avec ma déconnexion. Le vide blanc remplacé par un luxe cramoisi doré. Je m'attendais à ce que Winston soit en train de planer, prêt à me réprimander pour avoir surchauffé la connexion, mais le drone avait disparu. Delta n'était pas non plus avec moi, toujours à son poste, donc.

— Hey, dit Kaydee, apparaissant et se frottant les épaules en me regardant. On a réussi ?

— Je suppose, répondis-je en hochant la tête vers la salle des serveurs protégée. Je ne pense pas qu'ils puissent y retourner.

Tout en parlant, je fis un geste plus subtil : de retour dans leur vide, j'avais téléchargé les Voix dans ma mémoire physique personnelle. Maintenant, je les isolais à l'intérieur de mon disque, cloisonnant leur dossier pour qu'il ne puisse accéder à rien d'autre. Je ne comprenais pas tout ce que les Voix pouvaient faire, mais je n'avais pas besoin que la mère de Kaydee se montre trop entreprenante et prenne le contrôle de mes propres circuits, essayant de revenir sur le réseau.

— Je ne pense pas qu'ils le devraient, dit Kaydee, le regard vitreux, hébété. Si Alpha est si avancé, aucun de nous ne devrait y retourner.

— D'accord. Tu vas bien ?

— Bien sûr. C'était seulement, genre, la quatrième façon la plus folle de mourir qu'on ait rencontrée, Gamma. Facile.

— Tu n'as pas l'air bien, Kaydee.

La bouche de Kaydee oscilla entre un sourire et une grimace, ses cheveux ondulèrent dans une brise qu'elle seule pouvait sentir.

— Tu ne penses pas que tout ça nous affecte, Gamma ? demanda Kaydee. Que peut-être nous ne sommes pas faits pour endurer ce genre de choses ? Je veux dire, ma mère m'a presque offert Starship là-dedans.

— Une offre que tu n'as pas acceptée.

— Mais j'étais proche, dit Kaydee. Pas parce que je lui fais confiance, Gamma. Je ne suis pas si bête. Mais-

— Tu penses que tu ferais mieux que moi ?

Kaydee tressaillit, mais elle ne le nia pas. Je ne pouvais pas non plus le nier facilement. Elle avait l'expérience d'une vie. Moi, j'avais une semaine. Elle avait été humaine, comprenait ce qui s'était passé dans l'esprit de ceux qui m'avaient construit, qui avaient construit Starship.

Tout cela était vrai, mais cela ne changeait pas un fait crucial.

— Je ne veux pas mourir, Kaydee, ai-je dit, aussi directement que possible. Tu es peut-être plus capable, mais je suis toujours moi, et je ne te laisserai pas me jeter. J'ai tendu la main et l'ai posée sur son épaule virtuelle — une compétence que j'avais perfectionnée au fil des jours. Alors ne t'inquiète pas. Même si tu le voulais, tu ne pourrais pas me tuer.

— Ah, merci Gamma. Ça compte beaucoup.

— Bien. Maintenant, que dirais-tu d'aller voir si Winston a déjà poussé Delta à le tuer ?

VINGT-SEPT

DEHORS

Le premier signe que les choses n'étaient pas aussi calmes que je l'espérais est arrivé avant même que j'ouvre la porte. Les capteurs de mon nez ont détecté l'odeur de moquette brûlée et de liquide de refroidissement renversé, mes oreilles ont capté le bruit classique de métal contre métal qui semblait suivre mes pas dans le Vaisseau Spatial.

Encore une bagarre entre mécas, ma race artificielle qui s'entretuait à nouveau.

Quand la porte s'est ouverte, je suis resté sur le côté, caché autant que possible. Pendant un moment, je n'ai pas pu repérer le problème — tout semblait aussi étincelant que d'habitude — mais le bruit a attiré mon regard au-delà du bar, des tables, des couverts dressés pour une fête qui n'arriverait jamais. Là-bas, à l'autre bout de la pièce, près de l'endroit où nous étions passés depuis le sas, Delta tenait bon à l'entrée des ascenseurs.

Tout comme en bas, le vaisseau faisait tournoyer sa lame dans une succession de coups tranchants, sectionnant les membres qui s'approchaient tout en dansant d'avant en arrière pour esquiver l'énergie bleue qui brillait. Alvie coupait et mordait autour des jambes de Delta, la couvrant de ses aboiements sifflants, de ses griffes et de son entrain sans fin. En courant vers elle, j'ai vu le sort de Winston étalé derrière Delta, une victime étincelante. L'odeur de brûlé provenait d'un petit feu qui vacillait autour de la base de la machine, ces étincelles trouvant un carburant prêt dans la moquette cramoisie.

— Elle ne s'arrête jamais, n'est-ce pas ? a dit Kaydee, apparaissant à côté de moi alors que je contournais une table. Elle trouve toujours un combat, peu importe où elle va.

— C'est un talent.

— C'est comme ça que tu appelles ça ?

J'ai cherché des sorties du regard en avançant. La salle de service n'avait pas de porte supplémentaire, et les mécas d'Alpha avaient l'ascenseur couvert. Retourner au sas semblait un choix risqué sans un allié pour gérer les mécanismes. Les autres branches, si je me souvenais bien des bavardages de Winston, menaient à diverses chambres pour les invités de nuit. Les chambres de cryogénisation et leurs compartiments de stockage.

Ce qui signifiait que le sas, aussi mauvais soit-il, était la meilleure option. De là, nous pourrions prendre l'échelle pour descendre de quelques niveaux, trouver un autre moyen d'entrer... d'une manière ou d'une autre, et —

— Recule ! a crié Delta, un appel qui m'a fait me figer alors que je passais devant le bar.

L'avertissement de Delta ne semblait pas m'être adressé, mais plutôt à Alvie, qui a obéi aux mots et a bondi en arrière. Des rayons bleus ont brûlé la ligne de front où le duo se tenait quelques instants plus tôt, une explosion chronométrée destinée à réduire les options d'esquive à zéro.

Delta, cependant, a imité le mouvement d'Alvie, évitânt le coup en cédant plusieurs mètres.

Plusieurs mètres coûteux.

Sans les murs de l'entrée pour les confiner, les mécas d'Alpha se sont avancés, ont bondi et ont grondé à travers leurs amis découpés comme un flot d'acier. Ils ne se sont pas précipités directement sur Delta, mais se sont répandus dans la pièce, certains se dirigeant vers moi, mais la plupart se déplaçant pour former un cercle autour de mon vaisseau et de mon chien préférés.

— Trop nombreux pour se battre ! ai-je crié, et Delta m'a lancé un regard curieux.

— Tu les as ? a répondu le vaisseau, s'accroupissant avec sa lame prête.

Je connaissais ce mouvement, je savais qu'elle analyserait le cercle autour d'elle et chercherait le point le plus faible pour lancer sa charge. Cette rafale pourrait lui acheter un moment de sortie, mais les mécas d'Alpha, leurs engrenages grinçants, leurs lasers lumineux, leurs griffes avides suivraient. Un seul coup improbable et Delta serait à terre. Une fois qu'elle serait tombée, Alvie et moi suivrions rapidement.

Au moins, avec les galaxies et les nébuleuses tourbillonnant au-dessus de nous, nous aurions une belle vue pour notre départ.

Attends.

— Je les ai, et j'ai un nouveau plan, ai-je répondu. Alvie !

Le chien a fait ce que les chiens robotiques sont censés faire : répondre sans hésitation à l'appel de leur maître. Alvie a pivoté sur la moquette, ses griffes s'enfonçant et projetant du tissu alors que mon ami sautait. Les mécas plus lents d'Alpha n'ont pas pu réagir assez vite pour attraper

Alvie alors que le chien atterrissait sur, bondissait de, et rebondissait le long de leurs boîtes, bidons et corps sur échasses. Du métal tranché marquait le passage d'Alvie alors qu'il se frayait un chemin vers moi, les mécas le suivant lourdement.

— Hé mon pote, j'ai un service à te demander, ai-je dit alors qu'Alvie se précipitait dans mes bras. Traverse, puis tiens bon, d'accord ?

Alvie a aboyé en sifflant, bien que je n'étais pas sûr qu'il ait compris ce que je voulais dire. Le temps ne permettait pas plus de détails. Je devais m'en remettre à l'espoir.

— Qu'est-ce que tu —, a commencé Kaydee alors que je me penchais en arrière, mon poids se déplaçant sur ma jambe plantée.

Sa voix s'est éteinte alors que je lançais Alvie droit vers le haut, un missile métallique visant l'accessoire le plus beau du Vaisseau Spatial. J'ai regardé mon chien voler, j'ai senti la griffe d'un méca atteindre mon épaule alors que le chien frappait la bulle.

Qui ne s'est pas brisée.

Merde.

J'ai plongé en avant sous une table, échappant aux quatre griffes qui venaient d'un bot barman modifié. La machine a suivi mon mouvement, coupant un chemin direct vers ma cachette tandis que deux amis cylindriques et chancelants avec des couverts brillants contournaient mes côtés pour me couper la retraite. De peur que je ne pense à utiliser la table elle-même comme arme, un coursier a commencé à trouer ma couverture.

— C'était mon idée, ai-je dit, m'écartant brusquement du milieu de la table alors que du plastique fondu gouttait d'une autre brûlure de laser. Tu en as d'autres ?

— Se rendre ? a proposé Kaydee, s'agenouillant à côté de moi. Peut-être que tu peux encore tromper Alpha ?

— On ne peut pas compter sur le fait qu'il soit aussi stupide, ai-je dit, mais s'il n'y a pas d'autres options...

Les délibérations ont pris fin rapidement lorsque le barman a arraché le plateau de table endommagé, me laissant recroquevillé autour d'un pied avec un trio de mécas tendant les bras vers mon cou. Delta, loin sur la droite, ne semblait pas s'en sortir beaucoup mieux : j'entendais plus de jurons de sa part que de sons de métal tranchant.

— Je me rends ! ai-je dit, me levant et levant les mains. Alpha voudra me parler.

Les mécas n'ont pas répondu. L'un d'eux a poussé son couteau vers mon côté et je me suis écarté, esquivant le coup de poignard mais donnant au méca barman l'occasion de saisir ma jambe, puis mon épaule.

— J'ai les Voix, ai-je dit à ces visages d'acier vides.

À mon grand regret, mes agresseurs ne s'arrêtèrent pas. Les couverts revinrent à la charge. Je me tortillai, appuyai, déplaçai le plus gros bot qui me tenait l'épaule juste assez pour transformer un coup de poignard mortel en une entaille profonde. Ma peau synthétique se déchira le long de mon flanc droit, les plaques sous-jacentes hurlant sous l'action du couteau. Les capteurs clignotèrent, m'avertissant que j'avais perdu certaines fonctions de ma jambe droite.

Je leur criai d'arrêter. À Alpha de faire cesser ses mechs. Ils n'écoutèrent pas.

Quelque part à proximité, Kaydee ne cessait de me dire qu'elle était désolée. Pourquoi, je ne le savais pas, je ne pouvais pas le demander.

Le deuxième porteur de couteau avait des visées plus ambitieuses. Pendant que son frère retirait son couteau qui m'avait éraflé le côté, celui-ci visa ma tête. Un coup mortel, que je ne pouvais espérer esquiver : le bot barman avait doublé sa prise, tenant mes deux épaules et plantant fermement ses propres pieds dans la moquette. Je poussai avec mes jambes, de toute ma force boostée par Volt, et rencontrai trop de résistance.

Jusqu'à ce que je n'en ressente plus du tout.

Un craquement se fit entendre avant de disparaître aussitôt, un grondement phénoménal bloquant tout alors même que nous étions propulsés vers le haut. Les couteaux menaçants s'arrachèrent à leurs propriétaires mécaniques, filant vers le trou béant au-dessus. Alors que nous passions en trombe devant le bar et ses lumières scintillantes, les bouteilles stockées nous rejoignirent dans les airs, s'écrasant contre les machines, les tables, les chaises et autres décorations qui se précipitaient toutes vers la nouvelle sortie.

Au-dessus, la bulle de luxe était brisée, une fissure grandissante s'élargissant à mesure que les éclats se détachaient et s'envolaient vers les étoiles.

— Un plan, Gamma ! cria Kaydee, son moi numérique échappant au rugissement assourdissant venant de l'extérieur.

J'avais eu une idée quand j'avais lancé Alvie vers la vitre, et ce plan reposait sur une chose en particulier. Nous avions une seconde ou deux avant d'atteindre l'espace, pour ne jamais revenir, et à cet instant, je me libérai du bot barman confus. Je me libérai et donnai un coup de pied vers la vitre en train de se désintégrer. Je ne visais pas à m'agripper — il n'y avait de toute façon pas de prises sur ces dents scintillantes — mais à survivre.

Ma jambe gauche heurta le bord extérieur, frappant le dessous de la vitre brisée et glissant le long. Le choc me donna juste assez de résistance pour faire un effort désespéré, me redressant rapidement alors que l'aspiration du vide me tirait vers l'espace pur.

Le bord dentelé de la vitre me poignarda comme ce même couteau, un coup d'estoc provenant d'une pointe semblable à une lance. Mes capteurs hurlèrent, je sentis des fils se rompre, mais je tendis le bras, agrippai les bords tranchants, tout l'univers se vidant derrière moi, et tirai davantage. M'empalai plus profondément. Me maintins au Starship.

Les mechs d'Alpha, le salon de luxe, se vidèrent dans l'espace derrière moi. Le corps loyal de Winston dérivait aux côtés de plusieurs dizaines d'amis, s'amenuisant déjà tandis que l'allure implacable du Starship poussait le vaisseau en avant. Flottant avec eux se trouvaient certains des meilleurs vins, alcools et produits de luxe de la Terre, destinés à errer pour toujours dans le vide glacial.

Devant, la masse du Starship s'étirait, le verre craquelé cédant la place au vaste gris. Les étoiles scintillaient, les nébuleuses brillaient, et tout était silencieux. L'aspiration mourut aussi, les actions d'urgence du Starship servant à sceller le salon de luxe et à confiner la brèche à notre pauvre section. L'apesanteur m'envahit, tel un drapeau flottant.

— Eh bien mince alors, dit Kaydee, apparaissant sur la vitre devant moi.

— Ouais, dis-je, partageant mon attention entre elle et les vérifications que je faisais sur moi-même pour voir à quel point j'étais mal en point.

Le coup qui m'avait éventré avait tranché les connexions vers mon alimentation électrique, transformant mon vaisseau-moi si bien réglé en un tas de ferraille grinçant. Ma mémoire, mon esprit ne semblaient pas affectés, mais je ne serais pas capable de gagner un combat contre un enfant, ni même de m'asseoir sur une chaise particulièrement difficile. Me retirer du verre ne serait pas non plus envisageable.

Mais après tout, je n'avais jamais prévu d'être le seul survivant.

— Tu peux les voir ? demandai-je à Kaydee. Alvie ? Delta ?

— Je ne peux rien voir que tu ne puisses voir, répondit Kaydee en haussant les épaules. Tes yeux sont les miens, ou quelque chose comme ça.

— Pas très utile.

— Eh bien, tu ne m'as pas mise au courant de cette idée, alors je n'étais pas prête.

— Kaydee, avec moi, il faut toujours s'attendre à l'inattendu.

— Arrête ça. Tout de suite, répliqua Kaydee. Si toi et moi allons rester accrochés ici pour le reste de l'éternité, tu ne peux pas utiliser de clichés.

— Alpha va finir par faire atterrir le Starship. Nous ne resterons pas ici pour toujours.

— Oh, c'est vrai. On va juste brûler dans l'atmosphère. Charmant.

J'inclinai la tête, à peu près le seul mouvement que je pouvais faire, — Il pourrait choisir une planète sans air. Un rocher mort. Alors on serait ok.

Kaydee s'allongea sur la vitre, — Tu sais vraiment comment faire en sorte que quelqu'un se sente bien à propos de l'avenir, Gamma.

Difficile de faire en sorte que quelqu'un se sente bien à propos de l'avenir quand nous ne semblions pas en avoir. Environ cinq mètres de verre fragile s'étendaient devant moi, reliant la coque du Starship dans un lien ténu. En dessous, à travers le verre, le bar vide et quelques pièces clouées s'associaient au tapis cramoisi déchiqueté. Loin du luxe maintenant. Au-dessus, les étoiles, l'obscurité.

Derrière ?

Je tournai la tête autant que possible, examinai le trou qu'Alvie avait fait. La déchirure semblait pire derrière, l'éclatement s'étendant plus loin. Directement à ma droite, il ne restait pas un seul éclat, juste le bord déchiré de la coque saillant dans l'espace. À gauche, c'était la même chose : une cassure nette.

— Et maintenant ? demanda Kaydee. Tu peux te détacher de ça ?

— Pas sans aide.

— Cool, cool.

Dans le vide, le son ne se propageait pas. Pas d'oxygène pour porter les ondes. Le toucher, cependant, restait un signal. Mes mains et, bon sang, mon estomac liés au verre, et ces éclats vibraient avec le mouvement du Starship. Ils tremblaient aussi, très légèrement, de quelque chose d'autre. Des arrêts et des départs irréguliers, des traits et des tirets. Chacun sa propre vibration, chacune devenant un peu plus prononcée à mesure que la source se rapprochait.

Une courte liste de causes possibles. Une bonne, la plupart mauvaises.

— Oh, Dieu merci, dit Kaydee. Sans vouloir t'offenser, je ne voulais pas flotter ici avec toi pour toujours.

— Je ne le prends pas mal, répondis-je, regardant Alvie et Delta apparaître sur la coque du Starship à ma gauche.

Le chien, mon chien, avait une nappe dans la gueule, ses griffes s'enfonçant dans les plaques métalliques à chaque pas. S'accrochant à l'autre bout du tissu, son épée apparemment disparue, se trouvait une Delta meurtrie. Elle boitait derrière Alvie, le chien bondissant en avant et Delta rampant derrière, trouvant des prises là où elle le pouvait. Ils avaient fait le tour du verre, étaient revenus de mon côté.

Les yeux de Delta croisèrent les miens, sa tête fit un lent mouvement de négation. Alors qu'Alvie testait le verre, posant une griffe sur la surface brillante et fissurée, j'essayai un sourire hésitant.

Non, ce n'était pas le plan. Non, ce n'était pas là où je voulais être.

Mais, bon sang, nous étions vivants. Nous avions sauvé les Voix. Et, pour un moment silencieux, tout était en paix.

— Il y a toujours un éclat de verre dans ton ventre, Gamma, dit Kaydee. Je ne suis pas sûre que je sourirais.

— Tu n'es pas obligée, répondis-je. Je vais savourer l'instant présent, merci.

— D'accord, espèce de machine folle. Fais comme tu veux.

Alors qu'Alvie, abandonnant le tissu une fois que Delta s'était accrochée à une plaque de métal rainurée, posait ses pattes sur le verre, j'en fis de même.

Le son ne se propageait pas dans le vide, mais je sentis mon propre rire, mon rire reconnaissant et défiant la mort, malgré tout.

VINGT-HUIT

EVA

Comment libérer un mech empalé sans le détruire ?

Alvie et moi réfléchissions à la question, le chien près de mon visage, les pattes largement écartées pour réduire la pression sur le verre brisé. Nous n'étions pas tout à fait en apesanteur — le champ magnétique du Vaisseau et la faible gravité qu'il produisait tiraient sur mes orteils — mais jusqu'à présent, mon chien mécanique avait réussi à naviguer sur la surface fragile.

— Il pourrait le briser, réfléchit Kaydee. Sans l'aspiration du vide, tu pourrais retomber à l'intérieur du vaisseau.

— Et y rester coincé, répondis-je, le son ne se propageant nulle part mais Kaydee m'entendant à travers notre connexion virtuelle. Sans beaucoup de puissance dans mes bras et mes jambes, je ne pourrais pas en ressortir d'un bond. Le Vaisseau a probablement scellé toutes les autres sorties de la pièce pour empêcher le peu d'oxygène de s'échapper. Essayons autre chose.

Il était temps de voir si Delta était réveillée. Je regardai au-delà d'Alvie vers mon amie, agrippée à la coque cendrée du Vaisseau d'une prise lâche, le visage tourné vers les étoiles. Que cherchait-elle là-bas ? Des menaces ?

J'attendis, observai, ne voulant pas l'interrompre. Delta n'avait jamais montré de signes d'émerveillement auparavant, elle avait toujours été concentrée et prête pour la mission, une force motrice mortelle sans temps pour les arrêts imprévus. Ici, cependant, elle contemplait l'espace, ses muscles pour une fois pas prêts à bondir, ses yeux ne plissant pas pour repérer un point faible. Ses pieds flottaient librement, comme une nageuse se prélassant dans une piscine.

— Que fait-elle ? murmura Kaydee.

— Elle réalise peut-être que tout ne tourne pas autour de la violence, répondis-je. Je ne suis pas sûr de vouloir briser ce moment.

Mais les rêveries étaient mieux appréciées quand on n'était pas empalé sur du verre, alors je ne laissai pas Delta contempler trop longtemps. Après quelques minutes supplémentaires à laisser mes systèmes m'avertir des dangers de ma position actuelle, je fis un signe de tête à Alvie. Le chien dressa les oreilles, fixa ses yeux lumineux sur les miens et attendit une instruction. Si je lui disais de me tacler hors du verre et de nous envoyer rebondir dans le néant, Alvie le ferait sans hésitation.

Une étrange source de réconfort, en somme.

Les humains ressentaient-ils la même chose avec leurs mechs ? L'idée qu'il y avait quelque chose, même un quelque chose métallique et insensible, qui serait loyal jusqu'à sa dernière étincelle ?

Au lieu d'une destruction mutuelle, je fis un signe de tête vers Delta. Alvie sembla comprendre l'essentiel et commença à marcher prudemment vers l'autre vaisseau.

Quand Delta ne réagit pas à son approche, Alvie lui donna un coup de museau à l'épaule. Elle cligna des yeux, regarda dans ma direction, et je hochai la tête vers le pic de verre qui me transperçait l'estomac.

Delta mima un soupir, toucha sa bouche à l'oreille d'Alvie et parla. Pas de son dans le vide, mais le contact pouvait encore transmettre des vibrations. Alvie aboya un accusé de réception silencieux. Delta, un demi-sourire glissant sur une lèvre, se déplaça jusqu'à ce qu'elle ait les genoux au bord où le verre rencontrait la coque du Vaisseau. Elle tenait la nappe qui la reliait à Alvie d'une main, l'autre maintenant une prise sur une poignée de la coque. Alvie, la nappe dans la gueule, grimpa à côté d'elle.

— Que fait-elle ? demanda Kaydee, la main caressant son menton, vêtue comme un vieux détective anglais. Que sait-elle ?

— Je n'essaierais pas trop de comprendre, répondis-je alors que Delta levait un doigt sur sa main tenant le tissu, puis un deuxième. J'ai l'impression qu'on va bientôt le découvrir.

Le troisième doigt se leva et Delta pivota sur sa hanche. Alvie recula d'un bond, et Delta propulsa le chien en avant. Avec le poids de la gravité, la force d'Alvie aurait dû déchirer la nappe. En apesanteur, l'élan du chien s'inversa, envoyant mon chiot filer vers moi avec toute la force d'un grand marteau en forme de chien.

— Oh non, eut le temps de dire Kaydee avant qu'Alvie ne percute ma poitrine.

La force du chien me fut transférée en un instant, me propulsant hors de mon enclos de verre. Je me libérai, des étincelles marquant mon départ alors que le verre m'infligeait quelques blessures de sortie. Sans attache pendant un instant, j'essayai de trouver un plan, une raison à ce qui venait de se passer.

La raison vola droit vers moi, bondissant par-dessus Alvie alors que le verre se brisait sous ses pieds. Delta, sa main libre tendue, s'élança de mon chien et vint vers moi. Sans bruit, sans air, je tendis le pied vers mon compagnon vaisseau. Delta agrippa ma botte solide — l'équipement de Leo avait plutôt bien tenu le coup à travers tout ça — et mon lancement momentané dans l'espace s'arrêta aussi vite qu'il avait commencé.

Au début, je ne comprenais pas comment Delta, flottant aussi librement que moi au-dessus du verre qui se brisait, avait arrêté notre fuite. La réponse devint claire lorsque nous commençâmes à bouger, non pas loin de mon point d'empalement mais vers lui, le long du verre en lents pas et sur la coque. Delta, sa tête déjà tournée vers ces étoiles, tenait ma botte de sa main gauche et la nappe de l'autre.

Alvie avait le bout du tissu serré dans sa gueule et, comme une sorte de cerf-volant spatial, le chien nous traînait à travers le vide vers la coque. Les pas prudents du chiot franchissaient le verre comme un scarabée marchant sur un étang ondulant, une vision à laquelle je n'avais pas pensé jusqu'à ce que Kaydee dise que cela ressemblait aux anciennes émissions terrestres sur le monde naturel.

— Et maintenant regarde-nous, dit Kaydee alors qu'Alvie nous ramenait, alternant entre sa gueule et ses pattes pour rassembler la nappe. Aussi peu naturels que possible.

— Je ne suis pas sûr que tu aies jamais été naturelle, répliquai-je.

— Hé, dit Kaydee, puis elle rit. Tu as probablement raison.

Delta toucha la coque en premier, Alvie lâcha la nappe et passa à une prise douce sur les chevilles du vaisseau. Quand Delta planta ses pieds, elle se pencha, laissa la nappe dériver librement et reprit une prise sur la coque. Je l'imitai, posant mes propres bottes sur le métal gris un instant plus tard. Faible, lent, chaque mouvement me donnant l'impression de devoir pousser à travers une eau épaisse, je trouvai ma propre prise.

Devant et derrière moi, le côté du Vaisseau s'étendait comme une plaine terne. À travers ma main agrippée, les grondements du vaisseau frissonnaient. Mes cheveux courts jouaient au hasard, mes vêtements se gonflant et se dégonflant au gré de mes mouvements. Mes systèmes m'informèrent qu'ils avaient du mal à décoder quelle direction était le haut ou le bas.

— Je serais en train de vomir partout en ce moment, dit Kaydee. Il faut croire qu'il y a quelques avantages à la vie virtuelle.

— Quelques-uns, répondis-je en fermant les yeux une seconde pour essayer de me recalibrer.

Nous étions sortis du Vaisseau près de l'avant, le Pont et l'armée de mechs d'Alpha n'étant pas très loin. Des sas menant à l'intérieur seraient disséminés le long du vaisseau, mais forcer une rentrée près d'Alpha nous mettrait dans une mauvaise posture. Delta n'avait pas son épée, et j'avais les capacités de combat d'une plante d'intérieur fanée. Sans parler de la précieuse cargaison stockée dans ma mémoire.

Compte tenu de ces réalités, j'estimai que notre meilleure chance résidait dans une retraite stratégique.

Je dus tapoter l'épaule de Delta pour détourner son attention des étoiles. Une fois de plus, elle cligna des yeux en me regardant, mais hocha la tête quand je pointai du doigt par-dessus son épaule vers la poupe lointaine du Vaisseau. Alvie, qui observait, aboya à nouveau sans bruit.

Quand nous commençâmes à bouger, le chien ouvrit la voie, trottinant le long du côté, suivant les prises.

— Maintenance, dit Kaydee quand je lui demandai pourquoi le Vaisseau était couvert de ces petites protubérances pratiques. On ne prévoit pas de traverser la galaxie en parfait état, alors il y a des routes entre pratiquement tous les endroits de la coque.

— Les gens ne pourraient-ils pas utiliser ça pour aller à des endroits où ils ne sont pas censés aller ?

— Gamma, tu pourrais penser qu'il est facile d'entrer dans un sas et de simplement sortir, répondit Kaydee en dansant le long de la coque près de moi alors que nous progressions vers l'arrière. Mais à l'époque où il y avait, tu sais, des règles pour ce genre de choses, il fallait obtenir toutes sortes d'autorisations pour faire une EVA.

— EVA ?

— Activité extra-véhiculaire. Ce que nous faisons maintenant. Les acronymes ne sont-ils pas amusants ?

— Non.

Je voulais demander à Delta ce qu'elle trouvait si intéressant dans les étoiles — elle continuait à les regarder pendant que nous traversions — mais je ne pouvais pas exactement lui parler dans le vide. À la place, j'écoutai Kaydee bavarder sur la façon dont la société du Vaisseau gérait l'espace dans le bon vieux temps.

L'espace, à entendre Kaydee, avait été ignoré autant que possible. Comme un prisonnier pourrait ignorer les murs qui l'enferment, la population du Vaisseau avait tendance à éviter d'en parler. Les ingénieurs, les pilotes, ceux qui surveillaient les rencontres rapprochées avec des astéroïdes aléatoires, ils s'en préoccupaient pendant leurs quarts. Après ?

— Films, musique, passe-temps, dit Kaydee. Nous ne

voulions pas aller là-dehors. Nous ne voulions pas penser au fait que nous étions toujours à une petite brèche de coque de la mort. C'était plus sain de se concentrer sur la prochaine saison de *Récupérateurs*.

— *Récupérateurs* ?

Kaydee rit et roula des yeux. — Une émission terrible, mais nous n'avions pas beaucoup de choix. Oui, on pouvait retourner dans le catalogue de la Terre, mais pour du contenu frais et nouveau ? Des équipes s'affrontaient pour prendre des débris de mechs et les transformer en quelque chose d'utile. Limites de temps, jugement, tout ça.

Je remarquai quelque chose dans ses paroles alors que nous traversions le milieu du Vaisseau. Mon horloge interne indiquait que quelques heures s'étaient déjà écoulées pendant notre lente marche, des heures qu'Alpha pouvait utiliser pour prendre le contrôle de plus à l'intérieur. Pour traquer et éliminer Val.

Concentre-toi, Gamma. Je ne pouvais rien y faire maintenant.

— Tu y as participé ? demandai-je, suivant le fil de sa voix.

— Pas à la version adulte, dit Kaydee, toujours souriante, me regardant et pourtant absolument pas. Leo et moi, quelques autres amis. Nous avons fait l'édition pour enfants.

— Et vous avez... ?

— Gagné ? Ha, non, Kaydee claqua des doigts, et une amusante petite ménagerie métallique jaillit dans l'espace virtuel autour de nous. Ça ressemblait un peu à un grille-pain et un multi-outil écrasés ensemble, un porc-épic d'acier cubique. Nous avons construit ce truc en deux heures, une bestiole qui te suivrait partout, prête à faire apparaître n'importe quel outil dont tu aurais besoin.

— Ça semble assez intelligent ?

— Ouais, jusqu'à ce que tu réalises qu'une boîte à outils fait la même chose et ne tombe jamais en panne de batterie.

Pas faux.

— Nous avons perdu face à un scooter volant.

— Quoi ?

— Je sais, pas vrai ? dit Kaydee. C'était un cauchemar, mais tellement amusant. Ils y avaient attaché une tonne d'aimants, et pour un petit enfant, tu pouvais appuyer sur le bouton et flotter. Donner un petit coup et tu pouvais te déplacer en lévitant.

Ça avait l'air plutôt cool, en fait.

Kaydee continua à partir de là, décrivant les inventions perdues de sa jeunesse sur le Vaisseau tandis que nous avancions péniblement. Delta poursuivait son observation des étoiles, Alvie maintenait ses fonctions de guide, et après trop d'heures, avec le grondement du Vaisseau qui s'intensifiait, nous arrivâmes aussi loin à l'arrière que possible.

Le sillage bleu des moteurs masquait les étoiles tandis que je regardais les énormes moteurs du Vaisseau, leurs extrémités circulaires s'étendant au-delà de la coque et dans le lointain. La coque ici était chaude au toucher, bien que j'eusse le sentiment que ces moteurs, fonctionnant maintenant uniquement à l'énergie solaire, ne tournaient qu'à une petite fraction de leur poussée initiale. Néanmoins, cette vue mettait à nouveau le Vaisseau dans une nouvelle perspective.

Le Vaisseau n'était pas un monde, un foyer, mais plutôt une fusée filant vers une destination qui arrivait maintenant plus tôt que prévu par ses créateurs. Que l'atterrissage se fasse, que toute partie de sa mission reste intacte, cela dépendait de nous.

— Celui-ci a l'air bien, dit Kaydee, pointant l'endroit où Alvie avait trouvé un autre sas. Les prises continuaient au-delà, mais semblaient se diriger droit vers le cœur des moteurs, un endroit où nous n'avions pas besoin d'aller. Si Alpha est déjà ici, alors on est vraiment dans la merde.

— S'il est là, alors je saute là-dedans, répondis-je. Un long voyage parmi les étoiles semble une bonne façon de partir.

— Pour une fois, Gamma, je suis d'accord avec toi.

VINGT-NEUF

RECONSTRUCTION

Heureusement, aucun mech ne nous attendait dans le sas. Il n'y avait personne du tout. Je menais la marche, Alvie trottinant derrière. Delta prit son temps pour nous rejoindre dans la chambre, jetant un dernier long regard vers les étoiles. Elle ferma la porte derrière nous, nous enfermant dans cet espace exigu. Par le passé, nous avions compté sur d'autres mechs, sur Alvie pour nous laisser entrer.

Cette fois ?

— Que se passe-t-il si on le casse ? demandai-je à Kaydee.

— Je ne suis pas sûre, haussa-t-elle les épaules. Je suppose que le Vaisseau scellerait le couloir, vous laissant enfermés ici sans issue.

— Ce qui nous laisse avec ?

— Ton imagination ?

Delta ne semblait pas prête à offrir grand-chose. Elle se propulsa, flottant sur le côté. Sans étoiles à regarder, elle se contenta des murs blancs tachetés. Alvie, tout aussi perdu, agitait ses pattes dans le vide. Je réfléchissais.

Un vaisseau comme Starship devait sûrement prévoir le

cas où des gens sortiraient sans que quelqu'un soit physiquement présent pour les laisser rentrer, non ? Impossible qu'une intervention rapide pour un problème de maintenance puisse avoir pour conséquence de laisser quelqu'un enfermé dehors.

— Bien sûr, dit Kaydee, captant mes pensées. Elle se plaça à l'intérieur du sas, de l'autre côté de notre barrière, comme pour se moquer de moi. Mais qui écoute en ce moment ? Les seules personnes sur le Pont sont tes ennemis.

— Seulement le Pont ?

Kaydee commença à répondre, puis pencha la tête, me lançant un regard en coin. — Où veux-tu en venir, Gamma ?

Me propulsant depuis la porte intérieure, je retournai vers l'écoutille qui nous séparait du vide. Quelqu'un ouvrant et fermant un sas n'attirerait peut-être pas beaucoup l'attention, mais que se passerait-il si on le laissait ouvert ? Je saisis le levier peint en blanc à l'extrémité rouge et le tirai en arrière, ouvrant une fois de plus l'écoutille et exposant l'infini baigné par les moteurs.

J'essayai de ne pas montrer à quel point il était difficile de tirer ce levier dans mon nouvel état lamentable.

Delta ne le remarqua pas, se contentant de regarder l'obscurité derrière moi. Alvie émit un aboiement silencieux. Au moins le chien semblait s'inquiéter pour moi.

Je laissai l'écoutille ouverte, me propulsai vers la porte intérieure du sas et attendis. Après plusieurs minutes, les lumières à l'intérieur du sas clignotèrent en jaune trois fois. Quelques minutes plus tard, un flash orange.

— Tu irrites le vaisseau, dit Kaydee.

— C'est lui qui m'irrite, répliquai-je.

Quinze minutes après avoir ouvert l'écoutille, les lumières à l'intérieur passèrent au rouge et y restèrent. Je croisai les bras et attendis. Il était temps de tester mon intuition.

Trois minutes de plus. Chronométrées avec précision par un programme qui affichait le minuteur dans mon œil droit en petits chiffres bleu sarcelle.

Sans préambule, l'écoutille se referma. Le levier se verrouilla. Cette fois, le sas commença son cycle. Un souffle avec un bruit de décompression alors que l'oxygène inondait notre espace étroit. Un vague bourdonnement cliqua dans mes circuits tandis que les aimants gravitationnels de Starship s'activaient autour de nous, nous attirant doucement vers le sol du sas. Le son revint aussi, les bruits manquants se déversant comme si quelqu'un, quelque part, tournait un bouton de volume une valeur à la fois.

— Gamma, espèce d'idiot, entendis-je, une phrase répétée plusieurs fois jusqu'à ce que je fasse un pouce en l'air vers nulle part. La voix appartenait à un mech particulièrement farfelu, qui pourrait remarquer si Starship avait une anomalie nécessitant une intervention. Qu'est-ce que tu fais à laisser une écoutille ouverte ?

— J'attire ton attention, répondis-je. Tu peux nous laisser entrer ?

— C'est ce que je fais, dit Volt, sa voix grésillant à travers les haut-parleurs. Volt assure vos arrières, comme toujours.

— Merci, mon pote.

— Si tu veux me remercier, dépêchez-vous, continua Volt alors que la pression s'égalisait, l'intérieur du sas clignotant en vert et s'ouvrant avec un pop. N'importe qui faisant attention aurait vu cette alerte d'écoutille.

Volt continua à parler tandis que nous entrions, le mech se plaignant que Starship avait des alarmes prêtes à hurler pour des menaces potentielles de vide. Le Pont l'aurait sûrement remarqué, mais Val et tous les autres mechs aussi. Je me demandais si Leo et ses frères technologiques modifiés avaient vu l'alerte, supposant que c'était nous.

Le couloir menant au sas peignait l'arrière de Starship comme un endroit où l'on faisait les choses. Pas de tapis cramoisi, pas de concessions au confort. Un éclairage dur peignait le plafond tandis que des cartes et des affiches indiquant les procédures appropriées recouvraient les murs gris acier. Une bande courant le long du sol divisait les directions prévues, facilitant le maintien de leur trajectoire pour quiconque transportait du fret. Tous les quelques mètres, une alarme à tirer vers le bas permettait d'appeler à l'aide, et à côté de chacune d'entre elles semblait se trouver une autre petite dérivation vers tel ou tel sous-système du moteur.

— Mon point, Gamma, continua Volt alors que nous marchions, parce que j'ai toujours pour but d'avoir un point, c'est que tout le monde sait où vous êtes.

— Non, dis-je. Ils savent seulement qu'une écoutille est restée ouverte. Ça aurait pu être n'importe quoi.

— Les caméras, espèce de vaisseau idiot. Tout ce navire est couvert de caméras. Imagine ma surprise, alors que je suis ici à m'occuper du jardin d'énergie de Starship — madame dit que je devrais l'appeler comme ça, c'est mieux pour le stress de mes circuits — et voilà que mon copain préféré fait coucou à tous ceux qui veulent le tuer.

— Attends, madame ?

Kaydee fit écho à ma question. Delta aussi avait le nez et les yeux plissés de confusion.

— Je t'ai dit que je faisais quelques mises à jour, dit Volt, sa voix passant d'un haut-parleur à l'autre au fur et à mesure que nous avancions. C'est un vrai pétard maintenant, et je ne parle pas seulement du nouveau laser, qui est, waouh, quelque chose qu'il faut absolument voir.

— J'adorerais, répondis-je. Merci pour l'aide, Volt. Tu

peux me prévenir si les mechs d'Alpha s'approchent de nous, d'accord ?

— C'est là le problème, Gamma. Alpha déplace ses sbires, et il y en a une tonne, et ils consomment tellement d'énergie, mais ils ne viennent pas vers vous. Enfin, pas directement.

Je connaissais la réponse avant que Volt ne la dise, mais je demandai quand même.

— Les humains, Gamma. Alpha sait où ils sont, et il va les chercher.

— Mais pas la Nurserie ?

— Pas encore. Les menaces actuelles avant les futures, n'est-ce pas ?

— Apparemment.

Nous avons atteint le centre arrière, l'équivalent de la Passerelle du Vaisseau nichée dans le derrière du grand navire. Les vibrations étaient vraiment intenses ici, mes pieds tremblant comme s'ils subissaient un massage constant. Contrairement à la Passerelle, le centre arrière servait plus de cafétéria, d'espace de réunion général que d'endroit où les choses se faisaient. Des tables et des chaises éparses, dont beaucoup étaient cassées ou jetées de côté, côtoyaient des distributeurs automatiques cabossés aux contenus périmés depuis longtemps dans cet espace circulaire et plat. Nous avions pris un ascenseur pour descendre au niveau central, et sa paire se trouvait du côté opposé, prête à transporter les ingénieurs vers n'importe quelle section nécessitant de l'attention.

Tout au fond, là où, si l'on enfonçait une aiguille particulièrement longue, on trouverait l'espace extérieur, il y avait quatre énormes écrans. L'un scintillait, un autre était noir et mort, mais les deux autres faisaient défiler divers rapports d'état. Les moteurs du Vaisseau, étonnamment, affichaient presque partout des voyants verts. Soit la qualité de construction était exceptionnelle, soit-

— Nous les avons à peine utilisés depuis des siècles, dit Kaydee, apparaissant près des écrans. Le Vaisseau a atteint sa vitesse maximale assez tôt dans le voyage. Depuis, nous avons été en roue libre, jusqu'à maintenant.

— Jusqu'à maintenant ? ai-je demandé.

— Il faut autant de temps pour ralentir que pour accélérer, si on est responsable, a répondu Kaydee.

— On ne va pas compter sur Alpha pour ça.

— Moi non plus.

— Que se passe-t-il s'il nous ralentit brutalement ?

Kaydee haussa les épaules. — Peut-être que nous ferons sauter quelques moteurs. Peut-être que le Vaisseau se brisera sous la force. Peut-être rien du tout parce que tous ces ingénieurs sur Terre savaient ce qu'ils faisaient.

— Tu as une intuition, cependant.

— Oh oui. On va tous mourir.

Cool.

Au-delà de l'état des moteurs, les écrans affichaient aussi quelques flashbacks bizarres de l'ancienne vie du Vaisseau : un calendrier hebdomadaire des repas chauds - tacos le mardi ? Pain de viande un vendredi sur deux ? Des événements aussi, comme des groupes jouant pour les fêtes à venir, peu importe que les musiciens aient depuis longtemps cessé de chanter. Le visage d'une ingénieure aux yeux creux s'affichait toutes les quelques minutes, la déclarant employée du mois.

Elle avait gagné un cookie gratuit pour ses efforts.

Un bruit sec détourna mon attention des écrans. Delta, apparemment redevenue elle-même, avait arraché le pied d'une table. Elle fit signe à Alvie d'approcher, lui fit utiliser ses griffes pour déchiqueter une extrémité, transformant l'objet de mobilier lisse en une arme dentelée. Soulevant le bâton d'un mètre de long, Delta le fit tournoyer d'avant en arrière plusieurs fois, hochant la tête.

— Ce n'est pas mon épée, dit Delta quand je me suis approché, mais ça fera l'affaire. Maintenant, le reste.

— Le reste ?

Avec moi qui la suivais, Delta a mis à sac la cafétéria, la transformant en un dépôt d'armes. Les pieds de chaise ont été coupés en lames plus courtes, les dents et les griffes d'Alvie travaillant les plus petits pour en faire des couteaux que Delta a dissimulés dans ses vêtements. Elle m'en a aussi donné quelques-uns, bien que j'aie fini par préférer un pied de table intact pour moi-même.

L'objet faisait aussi office de canne, voyez-vous. Mes jambes semblaient s'affaiblir, chaque pas faisant apparaître des avertissements devant mes yeux concernant un déséquilibre, un manque de stabilité.

— Tu sais où nous allons, n'est-ce pas ? ai-je demandé à Delta alors qu'elle terminait une ceinture de couteaux improvisée, des dents métalliques entourant sa taille.

— Vers ces humains.

— Tu es d'accord avec ça ?

— Oui.

J'ai cligné des yeux. Delta s'est redressée, a sifflé pour appeler Alvie, et a pointé du doigt le couloir qui s'éloignait de la cafétéria, vers le Conduit.

— Pourquoi ce changement d'avis ? ai-je demandé, avançant péniblement alors que nous partions, ma canne faisant un bruit métallique à chaque pas.

— Je n'ai pas de cœur, a répondu Delta. Logiquement, tu vas te diriger là-bas. Tu as les Voix, qui offrent la seule chance pour le Vaisseau, et par extension pour moi, d'accomplir ma mission. Donc, je viens avec toi.

— Quelle romantique, a murmuré Kaydee sur le côté.

J'ai opté pour une approche différente.

— Tu n'arrêtais pas de regarder les étoiles, ai-je demandé. Pourquoi ?

Delta m'a lancé un regard noir. — Tu le sauras quand, si, je veux que tu le saches.

Les murs étaient toujours là. Delta, l'énigme ultra-violente.

— Gamma, a dit Delta après un autre pas, son glacier fondant. Tu es blessé. Tu es presque sans défense. Je ne veux pas te voir mourir. Va voir Volt. Je peux aller voir les humains sans toi.

— Si tu te présentes là-bas sans moi, ils te tueront.

Delta a ri. — Les humains peuvent toujours essayer.

— C'est ça le problème, Delta. Ils le feront.

Le Conduit s'est ouvert devant nous, son corridor bleu brumeux offrant une vue agréable après avoir passé tant de temps dans le vide. Des bruits résonnaient de haut en bas, des mechs vaquant à leurs occupations. En écoutant, nous pouvions distinguer un grincement plus fort. Le pas-par-pas robotique de mechs se déplaçant de concert par centaines, tous se rapprochant.

L'armée d'Alpha n'était pas rapide, mais elle ne s'arrête-rait pas. Derrière elle, aussi, se trouvaient les Lignes de Fabrication, où d'autres mechs seraient assemblés à partir de ferraille. Ce n'étaient pas les ennemis les plus mortels, non, mais pour les humains, cela signifierait un combat sans fin. Ils ne pourraient pas rester éveillés, ne pourraient pas se battre éternellement. Même nos batteries s'épuiseraient si on les poussait pendant des heures et des jours sans repos.

— Tu tiens tant que ça à ces humains ? a demandé Delta.

J'ai secoué la tête, une impulsion familière sous-tendant

mes paroles. — Nous avons une mission, Delta. C'est tout. Je veux la mener à bien.

J'avais hésité, là-bas sur la Passerelle. Avec Alpha. Hésité et découvert que les mechs étaient tout aussi imparfaits que les humains qui les avaient créés. Je ne pouvais pas décider du destin du Vaisseau, mais peut-être que je pouvais le pousser un peu loin du monstre qui était maintenant à sa barre.

Val et son enclave représentaient la seule véritable alternative. J'amènerais les Voix jusqu'à elle, et je verrais si, ensemble, les humains pouvaient trouver un moyen de réparer leurs erreurs.

TRENTE

DESCENTE

L'ascenseur ne fonctionnait pas. Ou plutôt, une lumière rouge agressive nous indiquait que la simple plateforme, un demi-cercle entouré de barrières s'avançant dans le Conduit, ne bougerait pas. Delta, Alvie et moi la fixions du regard, comme si notre volonté collective pouvait faire changer d'avis l'ascenseur.

— Pourquoi ? demanda finalement Delta.

— Je ne sais pas, répondis-je. La lumière rouge, dominant un panneau de quatre boutons également occupé par les options haut, bas et vert-c'est-bon, n'offrait guère d'explications. Où est le suivant ?

Delta pointa de l'autre côté du Conduit vers les passerelles. Un autre ascenseur y faisait écho à celui-ci, mais quand je forçai mes yeux à se concentrer, j'aperçus une lueur rouge similaire là-bas aussi. Bloqué également. Un autre ascenseur apparaîtrait un peu plus loin, mais chaque pas dans cette direction nous rapprochait des mechs d'Alpha qui avançaient.

— Les escaliers ? suggérai-je, ce qui fit ricaner Delta.

— Tu ne peux pas descendre ça dans les escaliers, dit-elle en désignant ma canne.

— Tu vois une autre option ?

— Oui, répondit Delta en pointant vers les moteurs. Tu y vas et tu restes en sécurité. Je reviendrai te chercher après.

— Je veux dire une autre option qui ait du sens.

Delta leva les yeux au ciel, se retourna et regarda vers le haut du Conduit. Je partis dans la direction opposée, commençant ma lente marche vers les escaliers. Le Conduit avait des ascenseurs tous les cent mètres environ, les plate-formes transportant rapidement les gens et les marchandises de haut en bas. Les escaliers étaient plus rares, deux fois moins nombreux que les ascenseurs, mais ils pouvaient faire l'affaire.

À condition de ne pas avoir trop de chemin à parcourir, en tout cas.

— Elle essaie de te protéger, dit Kaydee, se traînant à côté de moi.

— Elle ne veut pas penser à moi dans un combat, répondis-je.

— Logique.

Je lançai à Kaydee un regard frustré avant de me reprendre. Qui voudrait jouer les protecteurs pour un mech amoché comme moi ? Je serais dans le chemin, nécessitant une surveillance pour s'assurer qu'Alpha ne m'élimine pas. Delta avait raison d'essayer de me mettre à l'abri.

Concilier mes propres sentiments — des bits, devais-je me rappeler, générés par des fonctions me poussant vers ma mission programmée de protéger les humains — avec mes capacités limitées semblait impossible : je pouvais voir toutes les raisons pour lesquelles je devrais rester à l'écart, travailler sur mes propres circuits avec des outils trouvés près des moteurs, mais cela laisserait Delta négocier seule avec une tribu délicate.

— Ce n'est pas tout, cependant, dit Kaydee, plus doucement maintenant, alors que nous atteignions les escaliers. N'est-ce pas ?

Au début, Kaydee m'avait dit que nous nous étions entremêlés. Comme mon esprit, un programme vivant niché dans mon système d'exploitation, ses fonctions se mêleraient aux miennes, transformant le froid calcul guidant mes décisions en quelque chose de plus désordonné, plus humain. Le code n'était pas la seule chose qui changerait. Les émotions, les souvenirs, les croyances, tout cela se déverserait de la vie de Kaydee dans la mienne.

Du moins, c'est ainsi que j'expliquais la peur qui s'insinuait en moi depuis que j'avais été empalé sur ce verre, seul dans l'univers.

— Si Alpha gagne et que je ne suis pas là, il finira par me trouver, dis-je, la canne dans ma main droite, la rampe d'escalier à gauche. La première marche attendait, m'invitant à commencer la longue descente. Ces mechs me rattraperont et me mettront en pièces.

— Et ?

Je plantai la canne sur la marche, la stabilisant dans son instabilité. Je pris ma jambe droite et suivis, posant le pied fermement sur les marches métalliques striées. Mon pied gauche suivit. Une marche descendue, douze autres à faire jusqu'au niveau suivant. Je ne voulais pas penser au nombre de niveaux qui suivraient.

— Je serais seul, dis-je.

Alvie, comme pour protester, aboya d'un souffle rauque derrière moi, s'aventurant sur la première marche alors que je passais à la deuxième.

— D'accord, peut-être pas tout à fait seul. Je souris. Mais quand même.

— Tu tiens ça de moi, dit Kaydee, apparaissant plus bas dans les escaliers, adossée au mur et suçant une gigantesque sucette tourbillon à la menthe. À la fin, quand ils m'ont emmenée à l'hôpital, j'étais seule. Toutes ces années à flotter, un esprit dans le vide numérique t'attendant, je me sentais seule.

Alors que j'atteignais la troisième marche, Kaydee se redressa de sa position adossée, agitant la sucette dans ma direction.

— Devine quoi, Gamma, dit Kaydee, tu n'as pas à t'inquiéter de ça.

— Ah non ?

Kaydee leva la sucette au-dessus de sa tête, et comme si des nuages s'étaient dissipés par une journée d'été, une lumière dorée se déversa autour d'elle.

— Tu m'as, espèce de nigaud, sourit Kaydee. Et tu ne peux rien y faire, d'ailleurs.

Que pouvais-je faire d'autre que rire ?

Et glisser, la canne manquant son atterrissage.

Je basculai en avant. Mes yeux se fermèrent, mon corps faisant de son mieux pour se préparer à la collision imminente. Une collision qui, après la brève panique, n'arriva jamais. Au lieu de cela, ma chemise se tendit contre ma poitrine, mes pieds en équilibre sur la pointe alors que je me penchais au-dessus des escaliers. Delta me tira en arrière, me rattrapa et me stabilisa sur la marche. Elle relâcha mes vêtements. Je remarquai qu'elle ne me laissait pas trop osciller, prête à me saisir à nouveau.

— Tu veux les escaliers, on prendra les escaliers, dit Delta. Mais faisons-le à ma façon, d'accord ?

La façon de Delta consistait à me faire m'accrocher

fermement tandis qu'elle sautait les escaliers un palier à la fois. Elle effectuait les sauts avec une grâce imperturbable malgré sa lame et ma canne qu'elle tenait dans ses mains. Chaque bond se terminait par plusieurs pas pour absorber l'élan, une rapide marche autour jusqu'au prochain palier, et nous repartions de nouveau.

Alvie et ses aboiements sifflants suivirent en bondissant.

Cette aisance me rappelait — une fois de plus — que nous autres vaisseaux étions construits très différemment les uns des autres. Même à mon apogée, je n'aurais pas pu faire ces sauts, mais Delta pouvait doubler son poids et franchir encore des mètres dans les airs. Pas une seule fois elle n'a mentionné avoir besoin de se reposer pour se recharger, pas une seule fois elle n'a marmonné que tout cela était ridicule. Elle s'est fixé la tâche et l'a accomplie.

Les niveaux que nous avons brièvement occupés montraient, mieux que mon trajet en ascenseur avec Volt, les véritables habitants qui avaient vécu si loin à l'arrière du Vaisseau. Les entrées des appartements étaient plus petites, plus rapprochées. À l'avant, les magasins et les restaurants s'accrochaient à leurs vitrines brisées, mais ici peu semblaient avoir jamais existé, avec des espaces dévastés entre les habitations qui marbraient les passerelles de débris, d'anciennes flaques de produits chimiques et de prises électriques qui crépitaient occasionnellement. Aucun méca de nettoyage ne persistait à maintenir les apparences ici.

Les humains de Val manifestaient aussi leur présence. Des mécas éventrés parsemaient le Conduit, leurs corps tailladés à la hache et criblés de flèches pourrissaient. Les humains avaient dépouillé les pièces utiles, laissant les mécas comme de véritables coquilles : évidés, les câbles s'étalant là où les alimentations et les processeurs vivaient autrefois.

Si Delta voyait tout cela, si elle s'en souciait, elle n'en dit rien. Kaydee resta silencieuse aussi, n'offrant même pas une remarque sarcastique sur mon trajet maladroit.

Le Conduit parlait suffisamment pour nous tous.

Quand nous avons atteint le niveau des Ferrailleurs, pas loin du fond, j'ai demandé à Delta de me laisser descendre. Je lui ai rendu son épée, j'ai repris ma canne et je me suis redressé. La passerelle ressemblait à ce que j'avais laissé, plus propre que celles du dessus et non moins menaçante avec son métal silencieux. Des portes s'étendaient devant nous, menant à la fois à notre espoir et à notre probable fin.

— Prête ? ai-je demandé à Delta.

— Je t'ai fait descendre jusqu'ici en sautant, non ? a répondu Delta, ajustant ses couteaux après mon transport. Ça a pris assez de temps. Allons-y.

Au début, je pensais que Delta prendrait la tête, mais elle est restée en arrière, me faisant signe d'avancer.

— Tu n'as pas arrêté de dire qu'ils me tueraient à vue, a dit Delta alors que je commençais à marcher. Prouve que tu as raison, Gamma.

Message reçu. Le rôle de Delta viendrait plus tard quand les mécas d'Alpha arriveraient. Maintenant, avec ma canne, mon corps meurtri et couvert de cicatrices, je devrais convaincre Val, Chalo et Beta que nous valions la peine d'être écoutés.

Cette idée est devenue plus difficile environ cinq pas après le début de notre voyage, quand une petite silhouette est sortie d'une alcôve devant nous. L'ombre a bougé et j'ai aperçu la corde de l'arc, vu les bras bouger, la flèche s'élancer. Mon ancien moi, avec les réflexes aiguisés programmés de Leo, aurait peut-être réussi à l'esquiver. Delta aurait pu l'attraper ou la dévier. Se tenant bien en arrière, Delta n'avait pas le temps.

Au lieu de cela, j'ai vu la flèche capter la lumière du Conduit alors qu'elle volait, la brume bleue faisant scintiller la pointe métallique comme une étoile. Cette étoile s'est enfoncée dans mon épaule gauche, la force me faisant basculer en arrière, engourdissant mon bras gauche. Un flash devant mes yeux a confirmé que la flèche avait sectionné le câblage de ce côté.

— Arrêtez ! ai-je crié, voyant la forme tirer une autre flèche. Nous sommes ici pour voir Val !

L'ombre a hésité alors que Delta s'approchait de moi. Elle a jeté un coup d'œil à la tige qui dépassait de mon épaule. Sa main gauche a dérivé vers sa bandoulière de couteaux et je ne doutais pas qu'elle pourrait en lancer un plus loin et plus vite que l'archer là-bas ne pourrait tirer.

— Ne fais pas ça, lui ai-je dit. C'est une erreur. Ils vont arrêter.

— Restez où vous êtes ! a crié l'ombre, comme si elle m'avait entendu. Bougez d'un pas de plus et vous êtes morts.

— À peine, a marmonné Delta.

— Dépêchez-vous, ai-je lancé à l'ombre. Dites à Val que si elle ne se prépare pas, vous n'avez aucune chance.

Au lieu d'une question, j'ai entendu un rire, un rire sinistre.

— Vous voulez Val, vous arrivez trop tard, a annoncé l'ombre. Elle est déjà partie.

TRENTE-ET-UN

PREMIERS SECOURS

Nous sommes restés sur la passerelle pendant de longues minutes sous la flèche de l'ombre jusqu'à ce que le garçon se porte garant pour nous. Le gamin n'avait plus son sourire narquois ni son entrain habituel cette fois-ci, nous faisant signe d'avancer avec un visage vidé par la peur. L'ombre s'est avérée être une fille à peine plus âgée, courageuse et déterminée. Elle nous a regardés passer, la flèche prête, comme si elle s'attendait à ce que nous devenions hostiles à tout moment.

— On est sur les nerfs, a dit le garçon alors que nous passions la petite alcôve. La plupart des adultes sont déjà partis.

Il m'a examiné du regard.

— T'es dans un sale état, pas vrai ?

— Qu'est-ce qui m'a trahi ?

— La flèche a l'air méchante.

— C'est ton amie qui me l'a plantée.

Le garçon a haussé les épaules.

— T'es un mech. Elle a fait ce qu'elle devait faire.

Au-delà de l'alcôve, les humains avaient répandu du

bric-à-brac sur le chemin. Des débris s'entremêlaient sur les dalles plates, créant des barricades rigides et des pièges faciles. Le garçon se faufilait entre eux, Delta m'aidait à manœuvrer par-dessus, par-dessous et à travers. De temps en temps, nous passions devant un autre poste de tireur d'élite improvisé occupé par un garçon ou une fille, tous armés d'arcs, de massues et de débris divers.

Ce bazar n'améliorait pas l'apparence des lieux, mais je pouvais voir qu'il ralentirait les mechs maladroits d'Alpha. Ces pieds festonnés, les chenilles sur beaucoup d'entre eux auraient des difficultés, faisant trébucher et tomber les plus grands. Des cibles faciles même pour des archers amateurs.

— Les premiers sont arrivés la nuit dernière, a continué le garçon alors que nous approchions de l'atelier du Ferrailleur. Ces petits engins volants, ceux avec des lasers vraiment méchants ?

Il a frissonné.

— Sans Beta, on aurait été surpris.

Delta a reniflé.

— Elle la connaît ? a demandé le garçon en entendant le bruit, jetant un coup d'œil à Delta tandis que nous enjambions un baril renversé.

— On peut dire ça, ai-je répondu. Tu as dit qu'ils étaient partis ? Val, Chalo ?

— Beta a dit qu'on était foutus. Val a dit qu'elle voulait des preuves.

Les preuves impliquaient de partir en expédition vers le Jardin. Val avait emmené Beta et les adultes capables de chasser avec elle, laissant les autres derrière pour mettre en place les fortifications. Alvie, Delta et moi avons suivi le garçon à travers l'atelier du Ferrailleur jusqu'aux forges et à la ville improvisée. Des regards nous suivaient, mais les humains que nous voyions avaient les mains pleines à sculpter de nouvelles armes, à cuisiner ou à s'occuper des blessés.

Ce dernier point m'a interpellé. Six formes gisaient sur des matelas recouverts de tissu à l'intérieur d'une tente dans la grande salle que Val avait réquisitionnée pour sa place centrale. Tous des adultes, tous brûlés à divers endroits. Après que le garçon soit parti, nous disant de rester ici jusqu'au retour de Val, Delta a pris Alvie et est partie directement pour améliorer son équipement. J'avais prévu d'aller aux forges, voir si quelqu'un pouvait m'aider pour une réparation, mais mon attention a été captée par les gémissements venant de la tente.

Je savais ce que ça faisait pour moi de prendre un coup. Mon corps me disait précisément où, ce qui avait été endommagé. Je pouvais cligner des yeux et faire apparaître mes propres plans, identifier les nouvelles pièces dont j'avais besoin et ce qu'il fallait en faire. La douleur pouvait être bloquée par une simple pensée.

Ces gens portaient l'agonie sur leurs corps, couverts de draps et de bandages de fortune. Les yeux étaient plus fermés qu'ouverts, serrés par des grimaces tandis qu'ils tenaient leurs jambes et leurs bras en l'air pour éviter que les blessures sensibles ne touchent quoi que ce soit. Le dernier, avec un bandage autour de la poitrine, semblait évanoui.

— Tu es nouveau, a dit le seul occupant cohérent de la tente, un jeune homme avec un tremblement nerveux à la lèvre. Les ombres sous ses yeux et un flottement dans sa voix suggéraient que le sommeil n'avait pas été son compagnon depuis un certain temps. Tu sais que tu as une flèche dans l'épaule ?

Je l'avais presque oublié. Engourdir la douleur avait ses inconvénients.

— Tu pourrais peut-être m'aider ? ai-je demandé, et l'homme m'a fait signe de m'asseoir sur un tabouret vide. Malgré sa croûte de métal noir, le siège fin m'a soutenu sans fléchir.

L'homme s'est dirigé vers un établi pillé, destiné à la fabrication d'outils plutôt qu'à la médecine. En effet, la pince qu'il a sortie semblait moins adaptée à la chirurgie qu'à l'acier. Quand il a tendu la main vers une bouteille remplie d'un liquide clair, je lui ai dit que ce n'était pas nécessaire.

— Je sais que ça fait mal, l'ami, a répondu l'homme en dévissant le bouchon, mais tu vas avoir de plus gros problèmes si cette blessure s'infecte.

— Ça ne s'infectera pas.

— Le pauvre gars ne sait pas, a chuchoté Kaydee, intervenant pour la première fois depuis que nous avions quitté les escaliers. Leo a vraiment fait du bon boulot sur vous tous.

Mon docteur ne pouvait pas entendre Kaydee, mais il a dû percevoir la certitude dans ma voix. Il a remis le bouchon sur la bouteille lentement, sa prise sur la pince s'est resserrée, tout comme la peau autour de ses yeux. Suspicion, peur. Je reconnaissais ces émotions.

— Détends-toi, s'il te plaît, ai-je dit en gardant mes mains sur mes genoux. Je ne suis pas là pour blesser qui que ce soit.

— Tu es comme elle alors. Celle qui reste dans l'ombre.

Celle qui reste dans l'ombre ?

— D'une certaine manière, ai-je répondu, par exemple, nous préférons tous les deux ne pas avoir de flèches plantées dans nos épaules.

L'homme n'a pas bougé.

— Tu es un mech. Un ennemi.

Les humains.

— Mes amis et moi sommes votre seule chance de survie, ai-je dit. Tu peux m'appeler comme tu veux, mais si tu ne veux pas que le reste de tes amis finissent comme cette équipe, tu vas m'aider.

Cela, au moins, a sorti le médecin réquisitionné de sa torpeur. Il s'est approché, a fait pivoter un autre tabouret pour s'asseoir devant moi. Il m'a examiné, s'attardant ici et là comme pour se convaincre que ce qu'il voyait rendait mes origines mécaniques évidentes. À présent, ma peau synthétique avait fait son travail, recouvrant les cicatrices du verre — sans rien faire pour les dégâts en dessous — donc l'homme se livrait à un jeu mental avec lui-même.

Enfin, il a saisi la flèche avec la pince.

— Ça va faire mal, a-t-il dit, puis il a dégluti. Je veux dire, je suppose que non.

— En effet, ai-je confirmé.

Il a tiré, la pointe de la flèche s'enfonçant à nouveau dans la peau qui avait coulé pour refermer la plaie. Le point d'impact s'est bombé tandis que l'homme tirait, la pince offrant une bonne prise. Néanmoins, ma peau n'a pas cédé. La flèche est restée coincée.

— Il n'essaie pas vraiment, a dit Kaydee, regardant par-dessus l'épaule de l'homme et observant sa tentative. Peut-être qu'il n'est pas à la hauteur, Gamma.

Non. J'aurais pu me lever et partir, convaincre Delta d'arracher la flèche, mais je devais voir quelque chose maintenant, quelque chose dont je ne m'étais pas rendu compte avant d'entrer dans cette tente. Les humains pouvaient être si attentionnés les uns envers les autres, même dans la mort.

Pourraient-ils un jour ressentir cela pour un mech ? Un humain se soucierait-il vraiment si nous étions blessés ? Si nous étions endommagés, gisant immobiles devant eux, cet homme me ramènerait-il pour me faire soigner, ou s'en irait-il ?

— Arrêtez d'avoir peur et tirez, ai-je dit. Faites ce que vous feriez pour sauver vos amis.

— Tu n'es pas mon ami, a répondu l'homme, lâchant la pince.

— Ce n'est pas ce que j'ai dit, ai-je répliqué. Les histoires du Bibliothécaire, traversant mon esprit, m'ont soufflé les répliques, la façon de créer une connexion émotionnelle. Si vous ne voulez pas qu'ils meurent, vous allez retirer cette flèche.

Encore ce regard figé, ce dilemme visible dans ce tic à la lèvre. Une déglutition, un hochement de tête, et le médecin a repris la pince. Cette fois, la traction a commencé lentement, l'homme tâtant la pointe de la flèche en la guidant à travers les fils, le métal déchiré sous ma peau parfaite. C'était comme un insecte grouillant dans mes entrailles, les barbelures de la flèche s'accrochant et s'arrachant tandis que le médecin la dégageait.

— Plus que la peau maintenant, a murmuré le médecin pour lui-même.

Il a grimacé, tiré, trouvant la peau encore trop résistante. J'allais douter de l'homme quand il a changé sa prise, a fait glisser la pince le long de la tige de la flèche jusqu'à l'endroit où elle rencontrait ma peau, les bords cassés.

— Tenez bon, a dit l'homme, ces mots jetés par quelqu'un immergé dans son moment.

La pince a mordu autour de la jointure, le médecin l'utilisant pour ouvrir un espace. Ma peau synthétique voulait se refermer, mais la pince maintenait l'ouverture, la gardait assez large pour que l'homme puisse dégager la pointe de la flèche. Retirant la pince, tenant la flèche en l'air, le médecin a fixé la tige en secouant la tête.

— Pas une goutte de sang, a dit le médecin quand je lui ai demandé ce qu'il regardait. Je sais que c'est évident, mais tu as l'air tellement réel.

— Suffisamment réel, ai-je dit, puis j'ai fait un geste vers les patients dans les lits. Voulez-vous de l'aide ? J'attends Val, et j'ai toute la biologie humaine stockée dans ma tête.

Il y avait des besoins urgents : je nécessitais plus de réparations internes, les Voix auraient dû être extraites de ma mémoire et stockées quelque part en sécurité, laisser Delta à ses propres dispositifs était toujours risqué.

Et pourtant, je voyais une ouverture, une chance ici de transformer un humain et ses patients, de la suspicion à la confiance. De, sinon ennemis, du moins risques en alliés. Alors quand le médecin a hoché la tête, commençant avec le premier patient sans hésitation dans ses mots, ce tic à la lèvre disparaissant, j'ai écouté et appris à guérir.

TRENTE-DEUX

RECONTRES

Après avoir guidé le médecin à travers un traitement plus nuancé pour ses patients, l'homme s'est proposé d'être mon ambassadeur auprès des forges, le seul endroit où il pourrait y avoir assez de ferraille pour réparer mes blessures internes. Val et les autres n'étaient toujours pas revenus, et leur absence jetait une ambiance morose et tendue sur les jeunes et les vieux autour de l'enclave. Tandis que je voyais les humains travailler à ériger plus de barricades, préparer des repas sur des feux allumés à l'étincelle dans des barils, leurs épaules s'affaissaient. Des chuchotements s'échappaient, les yeux rivés au sol. Les mains vides restaient près des armes.

Aucune musique ne jouait. Le grondement du vaisseau dominait l'arrière-plan.

Du moins jusqu'à ce que nous atteignions les forges. Là, quelque chose effaçait la morosité, et ce quelque chose était Delta.

Elle s'était approprié sa propre forge, un four sphérique noir adossé à un mur. La chaleur frappait le vaisseau, bien qu'on ne puisse le dire car pas une goutte de sueur ne perlait sur sa peau. Les autres humains qui s'occupaient de leurs forges s'étaient largement arrêtés, couverts de crasse et de désespoir, pour regarder mon amie transformer ses déchets en or.

Delta travaillait avec précision, chaque mouvement était un claquement avec la force juste pour enlever une bavure ou redresser une courbe. Elle sortait des couteaux de son bandoulière, les battait jusqu'à une perfection orange étincelante, puis les jetait de côté. Alvie, apparemment imperméable à la chaleur, attrapait chacun d'eux et le déposait sur un coin de sol nu pour le laisser refroidir. Un jeu pour lui, d'une importance mortelle pour elle.

— Tu vas la laisser opérer à nouveau ? demanda Kaydee alors que le médecin levait une main vers ses compagnons, me présentant comme un ami plutôt qu'un autre méca suspect.

— Delta n'est pas mécanicienne, répondis-je. La dernière fois, dans un magasin de vêtements plusieurs niveaux au-dessus et plusieurs vies auparavant, ses tentatives pour me remettre en état avaient réussi plus par chance que par talent. J'aimerais mieux essayer une main plus sûre.

Heureusement, l'équipage de Val ne manquait pas de gens prêts à tricoter un fil ou à assembler un morceau de métal cassé. Une en particulier, une fille élancée dont le visage s'illumina à l'offre de me démonter, semblait être un choix approprié.

— Juny, dit la fille en m'éloignant du médecin et en me tirant vers une forge plus petite au fond, déjà bondée d'autres travailleurs. Juniper, mais qui a le temps pour ça, hein ?

— Exact, dis-je, ressentant déjà une affinité avec la

jeune femme graisseuse. Elle ressemblait à Kaydee, agissait comme elle. Je suis Gamma.

— Elle ne me ressemble pas du tout, marmonna Kaydee dans mon dos. Regarde ces cheveux. Ils ne sont même pas bleus.

Je me fichais pas mal des cheveux. Plus important était la voix rapide de Juny alors qu'elle parcourait à toute vitesse un résumé sur moi, Beta, et comment elle pensait que les vaisseaux étaient conçus. Nous nous approchâmes d'une grande table — une plaque de coque grise de rechange soudée sur de vieilles jambes de méca — et Juny en jeta le désordre sans prendre une seconde pour respirer. Je glissai des corrections entre les assauts là où je le pouvais, précisant les spécificités sur le fonctionnement de ma peau synthétique — plus comme de la mousse, moins comme du mastic — et où se trouvaient mes processeurs — plus près des poumons que là où se trouverait un cœur humain.

— Allonge-toi là, dit Juny, faisant signe vers la table-plaque.

J'aurais peut-être hésité si ce n'était pour les sons provenant de la forge de Delta. Le rythme impeccable, la confiance dans chaque coup. Elle travaillait en sachant qu'elle aurait besoin de chacune de ces armes dans la bataille à venir, une bataille dans laquelle je serais inutile sans que mes entrailles soient remises en état.

— Tu seras encore plus inutile quand elle aura bâclé le travail, dit Kaydee, les bras croisés et me regardant de haut. Donc Beta lui a donné un aperçu du fonctionnement d'un vaisseau. C'est très différent que d'entrer à l'intérieur où elle peut vraiment foutre les choses en l'air.

— Elle ne va pas le faire seule, répondis-je.

— Ah non ? Qui va l'aider ? Delta ?

Juny plissa les yeux, sa tête apparaissant dans mon

champ de vision alors qu'elle plaçait des outils autour de moi.

— À qui tu parles ?

— Ne t'inquiète pas pour ça, dis-je, effectuant une vérification sur moi-même pour identifier toutes les parties endommagées. Une liste conséquente. Voici ce dont tu auras besoin.

Juny enregistra la litanie sur un morceau de ferraille de rechange, gravant suffisamment pour connaître chaque pièce et leur nombre avec un couteau de sa ceinture à outils. Sifflant quand j'eus fini, elle relut la liste et me regarda en haussant les épaules.

— Je ne sais pas si on a tout ça, ou quoi que ce soit, mais je peux trouver des substituts, dit Juny. Ça te va ?

— Ça vaut le coup d'essayer ?

— Tu l'as dit. Juny tapota ma table. Ça va prendre un moment, donc tu peux aller ailleurs si tu veux ?

— Je pense que je vais rester ici, si ça ne te dérange pas ?

— Bien sûr. Au moins je saurai où te trouver.

Juny s'éloigna d'un pas vif, me laissant face à une Kaydee confuse. Je lui fis un clin d'œil, puis disparus en moi-même.

Avec Delta travaillant aux forges derrière moi, je pensais avoir une solide protection contre les humains curieux. Elle me donnerait aussi un coup de coude si les mécas d'Alpha débarquaient ou si Val revenait. Ce qui me laissait l'opportunité de discuter avec un groupe particulier, maintenant sur un pied d'égalité plus solide.

Je rencontrai les Voix, Kaydee à mes côtés, dans le salon de luxe de Starship, version virtuelle. Plutôt que l'endroit vide et démoralisant que j'avais vu, j'utilisai mes connaissances numériques pour recréer le club tel qu'il aurait pu être. Des tables couvertes de nappes blanches immaculées, un tapis cramoisi sans tache ni fil arraché. Pas de robot majordome mais des humains derrière le bar, servant aux tables entourées de visages souriants.

Je m'assis à ma propre table, une chose ronde monumentale décorée d'assiettes, de bougies et d'une pièce centrale à base de roses tirée d'un vieux film sur un mariage. Kaydee était assise en face de moi, regardant autour d'elle, aussi confuse que j'étais confiant.

— Un costume ? a dit Kaydee quand ses yeux m'ont enfin trouvé. Gamma, tu ressembles à un mauvais espion.

— Alors j'ai réussi, ai-je dit en tendant ma main gauche et en regardant la montre dorée scintillante qui dépassait de ma manche. Une façon inefficace de compter les minutes comparée aux chiffres qui défilaient dans mon œil, mais le poids sur mon poignet avait une sensation agréable. Selon ce que j'ai vu et lu de votre passé, les décisions importantes avaient tendance à être prises lors de dîners comme celui-ci.

— Wow. Tu as vraiment le don de rendre tout ça spécial.

— N'est-ce pas ? ai-je dit en clignant des yeux, et l'ensemble habituel sweat à capuche et jean de Kaydee s'est transformé en une robe étincelante à paillettes, exactement comme celles si souvent portées aux côtés des costumes dans ces mêmes films d'espionnage. Ça aide ?

Les lèvres de Kaydee se sont courbées, mais pas de la bonne façon. Son corps a frémi, s'est flou, et a abandonné la robe pour son ensemble habituel.

— Ne me refais jamais ça, d'accord Gamma ? a dit Kaydee. Je suis sérieuse. Ce que je porte, à quoi je ressemble, c'est à moi d'en décider, pas à toi. Peu importe où nous sommes.

Aussi déroutants que les humains pouvaient être,

parfois même moi je savais quand ils étaient sérieux. J'ai hoché la tête et me suis excusé.

— Bon, a dit Kaydee. Alors, que faisons-nous ici ?

— On ramène ta mère de notre côté.

Avant que Kaydee ne puisse objecter, je me suis concentré, ai plongé profondément dans mes disques et trouvé le dossier caché contenant un ensemble particulier de programmes, ceux autrement coupés de mes fonctions. Maintenant, les enveloppant de restrictions, je les ai fait fonctionner à nouveau.

Un par un, les Voix sont apparues sur leurs sièges, chacune aussi surprise que la précédente. Willis semblait tellement surpris qu'il a essayé de se lever, seulement pour découvrir qu'il ne pouvait pas quitter sa chaise. Le docteur me fixait avec moins de colère que de fascination, la bouche ouverte et des questions non posées suspendues à ses lèvres. D'autres regardaient leurs mains, touchaient leurs visages, prenaient de grandes inspirations.

Une seule s'est mise à jurer dès qu'elle l'a pu.

— Salut maman, a dit Kaydee à Peony, vêtue d'une robe de soirée rubis. Toutes les Voix portaient des tenues que j'avais volées dans des archives cinématographiques, créant une assemblée bien habillée. Content de te voir.

Peony n'a rien dit à sa fille, me fixant plutôt du regard. Elle a essayé de se lever, a échoué. A tenté de renverser la table et elle n'a pas bougé. Leo a dit à Peony d'arrêter, mais elle a attrapé le couteau à steak de son couvert et me l'a lancé. La lame est partie droit, m'aurait frappé de plein fouet, mais s'est retrouvée à côté de l'assiette de Peony comme si elle n'avait jamais bougé.

— Je pensais qu'on pourrait avoir une conversation agréable, ai-je dit en me penchant en avant et en posant mes coudes sur la table. Maintenant que j'ai sauvé vos vies, je pense que vous me devez au moins ça.

Je m'attendais à de la résistance, mais la fureur que j'ai vue dans les yeux plissés de Peony m'a surpris. Ses poings étaient si serrés que ses mains en étaient devenues blanches.

— Tu n'as rien sauvé, a dit Peony en prononçant chaque mot comme s'il s'agissait d'un coup de tonnerre. Tu as seulement détruit Starship, et nous tous.

Autour de la table, j'ai jeté un coup d'œil aux autres Voix, espérant voir des yeux levés au ciel, un soupir, la confirmation que Peony exagérait encore une fois.

Au lieu de cela, j'ai trouvé des regards durs, des expressions confirmant que ce que Peony disait était vrai.

TRENTE-TROIS

DES IMMORTELS À DÎNER

Systèmes. Ces millions et milliards de choses qui maintenaient Starship en marche. Avant les Voix, ils étaient surveillés par l'équipage de Starship, entretenus et maintenus pour garder les citoyens de Starship en vie, tant physiquement que dans leur raison d'être. Au fur et à mesure que ces personnes diminuaient, les Voix en prenaient une part toujours plus grande, utilisant des mécas et le réseau de Starship pour maintenir le vaisseau stable. Maintenant, sans aucune connexion au réseau, qui savait ce qui pouvait être en train de défaillir à travers l'immense vaisseau, qui savait ce qui était sur le point de se briser ?

— Elle est fragile, conclut Leo dans son explication. Starship peut voler seul, certes, mais l'espace n'est pas un paradis sans défauts. Des composants tombent en panne et doivent être remplacés. Des micro-météorites frappent et endommagent des parties sensibles. Un méca perd la tête et casse quelque chose. Nous surveillions tout.

— Peony ne prend pas les devants parce qu'elle a la personnalité la plus forte, ajouta Willis. Le reste d'entre nous a consacré son attention à maintenir Starship à flot.

Des hochements de tête autour de la table.

Mon ancien moi aurait peut-être entendu tout cela et serait parti inquiet, se demandant s'il n'avait pas commis une grave erreur.

Mon ancien moi était la définition même de la naïveté.

— Tant mieux pour vous, dis-je. Mais vos capacités étaient déjà réduites au moment où je vous ai trouvés cachés dans cette salle de serveurs. Alpha s'est répandu dans tout le vaisseau, alors...

— Parce que tu l'as laissé entrer sur le Pont, intervint Peony.

— Il y serait entré de toute façon à un moment donné, même s'il avait dû déchirer Starship pour y parvenir, ripostai-je.

De l'autre côté de la table, j'essayai de croiser le regard de Kaydee, cherchant un peu de soutien, un peu de cette fougue. Si ces domaines numériques avaient un inconvénient, l'incapacité de Kaydee à apparaître à côté de moi pour me chuchoter des conseils était certainement le plus aigu. En l'occurrence, elle jouait avec sa fourchette, observant sa mère en fronçant les sourcils.

Pas très utile.

— Assez, dit Leo, l'air quelque peu épuisé malgré l'absence de parties biologiques. Tu nous as piégés et tu es là, Gamma. Alors, que veux-tu ?

Pendant la longue marche le long de la coque de Starship vers ses moteurs, le silence induit par le vide et l'émerveillement cosmique m'avaient laissé repenser aux options. À mon avis, la guerre d'Alpha contre Val et le groupe hétéroclite d'humains, Delta et Beta, se terminerait probablement par d'énormes dégâts. Étant donné le nombre d'Alpha, les probabilités et la logique disaient qu'il gagnerait, les infatigables mécas réduisant les humains en poussière. Même si nous l'emportions, les pertes seraient si lourdes qu'elles feraient basculer les humains encore vivants vers l'extinction.

Quelqu'un devrait guider Starship dans l'un ou l'autre cas, pour protéger la Pouponnière et toutes ces vies en attente d'une destination. Delta et Beta étaient de meilleurs combattants. Volt n'avait aucune envie de jouer les baby-sitters.

Ce qui me laissait moi.

Si Alpha gagnait, j'essaierais de survivre, de convaincre la machine folle que ces humains, inconscients, pas encore nés, devraient avoir une chance. Je flatterais l'ego délicat d'Alpha, affirmant qu'il pourrait régner sur eux, qu'il pourrait les utiliser à n'importe quelle fin, juste pour les garder en vie.

Le succès potentiel, cependant, me laissait avec une question.

— Que se passe-t-il quand Starship atteint sa destination ? demandai-je aux Voix. Comment amener tant de gens à la vie et créer une société fonctionnelle ?

Peony renifla :

— Tu ne le fais pas. Nous le faisons.

— Progressivement, intervint le médecin, adoucissant les paroles de Peony. Quelques-uns à la fois. Trop de gens signifie trop de conflits. Il faudra des générations pour réveiller tout le monde, mais c'est la façon la plus sûre.

— Nous utiliserons Starship lui-même pour le faire, dit Sybil, l'architecte du vaisseau. Il est conçu pour atterrir et ne plus jamais décoller. Sa masse servira de foyer, de base aussi longtemps que nécessaire. Ils auront de la nourriture, un abri, la durabilité même sur un nouveau monde hostile.

— Les plans spécifiques sont sur le réseau de Starship, ajouta Leo. Les études, les calculs montrant à quoi ressemble l'expansion optimale pour assurer la diversité génétique, une population sûre et stable qui ne submergera pas les ressources de Starship. Nous pouvons te les montrer.

— Lui montrer ? demanda Peony. Pourquoi ?

— Parce qu'il pense qu'il est notre dernière chance, intervint Kaydee. Mais ce n'est pas vrai, n'est-ce pas ?

Les Voix regardèrent Kaydee avec curiosité. Moi aussi, essayant de comprendre sa question. Je n'étais *pas* leur dernière chance ?

— C'est nous, pas vrai ? continua Kaydee, promenant son regard autour d'elle, levant les mains pour souligner l'évidence. C'est tout le plan, n'est-ce pas ? Maman ? On ne traîne pas ici sous forme numérique jusqu'à ce qu'on amène Starship là où il doit aller, puis bang, on se télécharge dans quelque chose comme ce que Gamma a ?

— Quoi ? demandai-je.

Kaydee tapota la table avec le manche de son couteau :

— C'est pour ça que vous avez transformé tant de gens en esprits et que vous les avez cachés dans les disques durs. On atterrit, on obtient nos nouveaux corps, et on guide tous les enfants éprouvettes dans leur nouveau monde.

Leo toussa. Peony, pour une fois, avait la mâchoire relâchée, une grimace mêlée à des yeux baissés et brillants. Je fis une recherche rapide dans mes données et ne trouvai rien pour étayer les paroles de Kaydee, alors je décidai de rester silencieux, pour voir si j'avais simplement raté ce plan dans ma course folle à travers Starship.

— Kaydee, dit Ang, puis il regarda Peony, qui hocha la tête dans sa direction, Kaydee, ça ne va pas marcher. Quand nous transformons une personne en esprit, nous cartographions ses voies neuronales et nous en intégrons autant que possible dans un programme.

— Un programme développé, du moins initialement, sur

Terre, ajouta Sybil. Nous avons continué à résoudre des problèmes en vol. Les premiers esprits, comme les premiers mécas, ne fonctionnaient pas très bien. Ils perdaient leur stabilité, faisaient des suggestions absurdes, ou s'effondraient une fois qu'ils comprenaient ce qu'ils étaient. Tu l'as vu de première main.

— D'accord, je sais, dit Kaydee. Donc on a eu quelques problèmes, mais on est tous là. Maman est peut-être folle, mais laisse-moi te dire, elle était comme ça bien avant de faire le saut vers ça.

Peony renifla et sourit légèrement.

— C'est justement ça, dit Ang. C'est un saut à sens unique. Tu n'es pas plus équipé pour faire fonctionner un corps qu'une calculatrice.

— La programmation n'est pas au point, intervint Leo. Revenir a toujours été une idée, mais on n'a jamais réussi à la concrétiser.

Kaydee plissa un œil, inclina la tête, ses cheveux virant à la nuance de turquoise la plus vive que j'aie jamais vue, comme un océan peu profond sous un soleil tropical.

— Tu veux dire que c'est définitif ? Pour toujours ? demanda Kaydee.

— L'immortalité n'est pas aussi géniale qu'on le dit, n'est-ce pas ? répondit Willis avec un rire forcé. Mais c'est le prix à payer pour voir ça jusqu'au bout.

Je vis Peony essayer de se lever à nouveau, je vis le fauteuil la maintenir fermement. D'une pensée, je relâchai ces liens, lui fis un signe de tête, et la mère de Kaydee contourna rapidement l'assemblée pour se rendre aux côtés de sa fille, l'enveloppant dans ses bras.

— Tu comprends donc l'urgence ? dit Leo en se tournant vers moi. Tu dois nous remettre rapidement sur le réseau, avant que quelque chose ne tourne mal.

— Alpha vous trouvera.

— C'est un risque que nous devons prendre, sourit Leo. Ou alors, tu pourrais trouver ce fichu vaisseau et l'éliminer pour nous.

Ou pour nous-mêmes. Quoi qu'il en soit, j'avais trouvé ce que je voulais. La carte menant à la fin du Vaisseau spatial avait été complétée. Maintenant, je pouvais renvoyer les Voix sur le réseau, tranquille à l'idée que je ne perdrais pas trop si Alpha dévorait leurs âmes numériques. Certes, le Vaisseau spatial pourrait s'effondrer sans leurs interventions, mais si Leo voulait prendre le risque, je ne l'en empêcherais pas.

De l'autre côté de la table, Peony chuchotait à l'oreille de Kaydee. Mon amie ne levait pas les yeux de ses genoux, pas avant de sentir mon regard posé sur elle. Quand elle leva les yeux, je m'attendais à voir des larmes, peut-être un rêve brisé.

Au lieu de cela, je vis du feu. De la détermination.

— Prête ? lui demandai-je.

— Allons-y, répondit Kaydee, et en un instant la salle à manger, le tapis, la bulle au plafond disparurent.

Les forges revinrent, les vagues de chaleur me submergeant alors que j'étais allongé sur la table. Des ombres bougeaient, l'air scintillait tandis que des gens couraient autour de moi. Le son revint brutalement, noyant le grondement du Vaisseau spatial sous des cris et des hurlements dénués de toute joie.

Le groupe de Val était de retour.

TRENTE-QUATRE

STRATAGÈME

Encore plus de brûlures, plus de cicatrices, plus de victimes.

Après m'être roulé de ma table — les réparations n'étant pas encore terminées — Val, le visage encadré de sang séché provenant d'une coupure sur son front, s'en est emparée pour une réunion alors que les blessés défilaient. J'avais vu tant de mécas détruits que la vue de vrai sang biologique me tenait en haleine : ce n'étaient pas des câbles, de l'huile et des étincelles, mais du rose et du rouge, des os brisés et des visages crispés ou cédant à des cris de douleur. Les lignes glissantes laissées derrière n'étaient ni noires ni brunes, mais cramoisies.

— Trop nombreux, commença Val d'une voix tremblante. Delta, Beta, moi-même et Chalo l'avons rejointe autour de l'établi. Chalo, dans son armure scintillante de plumes, semblait indemne, bien que j'aie remarqué des câbles emmêlés coincés dans les encoches de ses haches. Trop nombreux pour qu'on puisse les combattre. On doit fuir.

Chalo acquiesça tandis que Delta passait ses doigts le

long de ses nouveaux couteaux, chacun d'eux captant et reflétant la lumière terne de la pièce.

— Trop nombreux pour vous, peut-être, dit Delta.

Beta retroussa la lèvre et posa une main sur l'épaule de Delta, s'attirant un regard acéré de l'autre vaisseau. — Ma sœur, pour chacun que tu massacrerais, deux autres prendraient sa place jusqu'à ce que tu n'aies plus nulle part où te tourner. Ils t'enseveliraient. Ils ont failli nous ensevelir.

Delta arborait la même expression que lorsque je lui avais annoncé les probabilités impossibles sur le Conduit en direction du Pont : elle ne le croirait que lorsque ça arriverait.

— Qui est-elle ? demanda Chalo en désignant Delta. Une de vos amies ?

— Mieux qu'une amie, répondit Beta. C'est la meilleure arme dont nous disposons.

Les deux humains évaluèrent Delta. Les mêmes regards qu'ils m'avaient lancés quand j'étais apparu ici pour la première fois. Cataloguant mon utilité, où je m'intégrerais dans leurs plans, leur société. Un autre outil à employer.

— Fuir où ? demandai-je, ramenant la conversation au sujet principal. La place d'un méca dans le monde des humains pouvait attendre que nous ayons échappé au massacre d'Alpha. Le seul chemin vers l'arrière mène aux moteurs, et c'est un piège.

— Un que nous pourrions défendre, répliqua Val. Un goulot d'étranglement, comme le Pont.

— Si nous partons maintenant, nous pourrions le fortifier, acquiesça Chalo.

Beta secouait déjà la tête. — Alpha a désactivé les ascenseurs. Même si nous pouvions amener nos blessés aux escaliers et monter les niveaux, ils seraient épuisés à notre arrivée. Les mécas pourraient nous rattraper en chemin, ce qui serait désastreux.

— Ici, alors, proposa Chalo. Nous avons nos ressources, nos gens, les défenses que nous avons construites.

La table réfléchit à l'idée. Val tamponnait sa coupure avec un chiffon que quelqu'un lui avait tendu. Delta reprit son jeu avec ses couteaux. Beta soupira. Et j'écoutais Kaydee.

— Ils ne se sont jamais trouvés dans cette situation auparavant, Gamma, dit Kaydee, regardant de côté d'un air renfrogné. La conversation avec les Voix semblait avoir drainé son énergie, laissant sa voix lourde. Ils n'ont jamais été attaqués comme ça. Ils n'ont aucune idée de ce qu'ils font.

J'étais sur le point de répondre que moi non plus quand je saisis l'intention de Kaydee.

Le Bibliothécaire, durant ses quelques minutes en tant que mon Esprit, m'avait laissé plus d'histoires de guerre que n'importe quel humain ne pourrait en analyser au cours de sa vie. En un instant, j'ai parcouru des journaux laissés par de grands généraux et des manuels enseignés depuis des générations dans les académies militaires. J'ai simulé des scénarios : les mécas et la tribu de Val luttant les uns contre les autres. La plupart se terminaient avec les humains, avec nous encerclés et abattus sans beaucoup d'efforts.

Parmi les options, une seule se présentait comme une véritable chance.

— On les attire ailleurs, dis-je. Un petit groupe distrait les mécas avec ce qu'Alpha veut vraiment. Val, tu prends le temps de fortifier cet endroit, de remettre tes gens sur pied.

— Rien de ce que nous pouvons faire ici n'aura d'importance face à toutes ces machines, objecta Val.

— Pas si nous pouvons atteindre les Lignes de Fabrication et les briser, répondis-je. Nous n'y arriverions jamais avec un grand groupe, mais en allant vite et en petit nombre, nous pouvons y parvenir. Ensuite, soit je peux effacer leur programmation, soit Beta et Delta peuvent faire ce qu'elles font de mieux. Quand Alpha ne pourra plus réparer, nous les réduirons petit à petit. Frapper vite. Nous sommes plus rapides qu'eux.

— Les Lignes sont presque jusqu'au Pont, dit Beta. C'est un long chemin.

— C'est la seule solution. Tant qu'Alpha pourra transformer la ferraille en armée, nous ne gagnerons jamais.

Des regards s'échangèrent, des doigts tapotèrent la table, plusieurs soupirs, mais les hochements de tête vinrent un par un. Maintenant que j'avais leur soutien pour le plan initial, je devais leur vendre le second.

— Tu vas garder les Voix ici, dis-je à Val. Dès que nous aurons attiré les mécas ailleurs, tu dois te rendre à ton terminal et les télécharger à nouveau sur le réseau. C'est ce qu'elles veulent.

— Alors elles sont folles.

— Absolument, dirent Kaydee et moi en même temps. Mais elles affirment que le vaisseau pourrait défaillir sans leur travail. Nous ne pouvons pas prendre le risque qu'elles aient raison.

— Beta, Chalo ? dit Val après avoir pris une inspiration. Devrions-nous faire confiance à ce méca ?

Beta haussa les épaules. — À moins que tu n'aies une meilleure idée ?

Chalo fit un signe de tête à Val. — Si les mécas veulent se mettre en danger, je dis laissons-les faire.

Quel homme charmant, ce type.

— Bien. Val me lança un regard dur. On fait à ta façon.

Préparez-vous et partez. Chaque seconde que vous passez ici rapproche Alpha.

Il restait la petite affaire de mes réparations. Bien que j'aimais me porter volontaire pour servir de leurre, si je voulais être plus qu'un appât facile pour les mechs d'Alpha, je devais me remettre en état. Juny pensait la même chose, et avait rempli un seau de pièces détachées au moment où notre conférence de guerre improvisée s'achevait. Val et Chalo partirent, et je repris ma place sur la table.

Delta, Beta et Juny me regardaient d'en haut, l'ingénieur adressant un large sourire aux deux vaisseaux mortels.

— Vous deux, vous êtes mes assistantes, ou quoi ?

— Dis-nous quoi faire, répondit Delta, et nous le ferons.

— Merveilleux ! Juny disposa des outils à côté de moi. Prenez vos couteaux. D'abord, on coupe !

J'aimerais pouvoir dire qu'en désactivant simplement la douleur, être démonté par trois personnes à la fois n'était pas grand-chose. J'aimerais *vraiment* pouvoir dire ça.

Au lieu de cela, même sans douleur, je ressentais choc après choc. Les connexions avec mes membres allaient et venaient tandis que le trio reconnectait, sectionnait et reconstruisait les parties endommagées. Un instant, je perdais toute capacité à contrôler mon bras gauche, et quelques secondes plus tard, il revenait par morceaux. Un doigt picotait, un coude tressaillait.

Kaydee, flottant au-dessus du groupe avec un éventail imaginatif d'expressions dégoûtées, n'arrangeait rien.

— Je dois dire, Gamma, que tu as vraiment l'air dégueu avec tes tripes partout, dit Kaydee tandis que Juny travaillait sur mon abdomen transpercé par le verre.

Comme si elle aurait meilleure allure.

— Oh, certainement pas, reconnut Kaydee, mais

puisque je vais apparemment rester un fantôme pour toujours, tu ne le sauras jamais.

— Je ne voudrais pas le savoir même si tu étais un fantôme.

— Si doux, Gamma. J'aime ça chez toi.

— Que je ne veuille pas te voir éventrée ?

— Entre autres choses. Kaydee claqua des doigts et des adjectifs façon chewing-gum apparurent autour de sa tête. Loufoque, innocent, bien-pensant, et d'autres mots qui semblaient vaguement insultants. Oh, et je sais que j'avais l'air triste tout à l'heure avec ma mère, mais devine quoi ?

— Quoi ?

— Je vais m'échapper, Gamma. Peu importe ce qu'ils ont dit, je vais trouver un moyen de sortir de tes disques durs et d'avoir les miens, dit Kaydee en me pointant du doigt. Alors ne meurs pas avant que j'aie ma propre chance de vivre.

J'aurais répondu, sauf que je sentis un clic dur dans mon milieu, suivi d'un flash vert enthousiaste devant mes yeux. Mon état du système s'afficha, montrant de bonnes connexions avec tous les membres, toutes les opérations. Pas excellent — la réparation hâtive avec des pièces de récupération ne m'avait pas ramené à la perfection de Volt — mais je pouvais marcher et, j'ose dire, balancer une massue.

Ce qui signifiait, comme Juny me déclara opérationnel, qu'il était temps de courir.

APPÂT

Nous avions établi le plan et nous l'avons exécuté sans attendre. Delta et Beta avaient toujours leurs armes prêtes et elles m'ont lancé un meilleur bâton de marche en acier plus rigide que le pied de table cassé que j'avais récupéré auparavant. J'ai pris trente secondes pour télécharger les Voix de ma propre mémoire sur un lecteur portable, remettant le bâton à Val, qui l'a promptement rangé avant de partir superviser ses propres préparatifs.

Pas un seul souhait de bonne chance, pas un hochement de tête encourageant ni une main sur l'épaule. Toutes les façons typiquement humaines de dire « va de l'avant et réussis » semblaient manquer à l'appel. Au moins, Chalo nous a donné des ensembles de cette armure à plumes, en nous faisant promettre de les lui rendre une fois notre mission accomplie.

Tant pis. Je ne faisais pas ça pour Val.

Je le faisais, je suppose, pour moi. Pour Delta et Beta. Pour tous ces humains coincés dans des tubes à essai, attendant une chance de naître dans un monde avec moins de souffrances, moins de problèmes. C'est pour eux que je faisais ça, et c'est ce à quoi je me raccrochais alors que nous trois, les vaisseaux, et Alvie quittions le camp humain pour retourner dans le Conduit.

Ici, la force approchante se faisait sentir. Les détonations et les grondements résonnaient clairement le long du vaste canyon, bien plus proches maintenant que lorsque Delta et moi étions arrivés. Les pas lourds résonnaient d'en haut et droit devant, un indice suggérant qu'Alpha avait l'intention d'encercler ses victimes avant de leur sauter dessus. Val et Chalo avaient parlé de retraite, mais à moins qu'ils ne partent maintenant, ils n'auraient nulle part où aller.

Tandis que Beta et Delta scrutaient les déchets renversés et dangereux éparpillés sur les passerelles, je me suis penché vers Alvie et lui ai murmuré quelques mots clairs. Le chien a suivi les instructions, m'a donné un seul aboiement, puis s'est élancé le long du Conduit, s'éloignant des bruits de pas et se dirigeant vers les escaliers.

— Où va-t-il ? a demandé Beta.

— Alvie a mieux à faire que de mourir avec nous, ai-je répondu, puis j'ai pointé mon bâton de marche vers le Conduit. Allons-y ?

— Je t'en prie. Je m'ennuie tellement. Delta s'est élancée dans une course bondissante, sautant par-dessus les obstacles sans ralentir, telle une gazelle dans son élément.

Beta, ne voulant pas être laissée pour compte, l'a suivie, utilisant certains obstacles comme tremplins pour sauter bien trop haut à mon goût. Les deux se sont rapidement synchronisées, tandis que je trébuchais comme un humain maladroit. Après avoir passé des heures en apesanteur, puis des heures de plus avec des jambes à peine fonctionnelles, je devais me réadapter à un nouveau niveau de performance : pas tout à fait ma force d'avant, mais suffisante pour courir.

L'objectif : attirer les mécas d'Alpha à notre poursuite jusqu'au Jardin.

Les multiples niveaux connectés, les plantes enchevêtrées et le sol instable nous donneraient un avantage, sans parler du grand trou au centre que nous pourrions utiliser comme piège ou comme échappatoire. Attirer l'armée de mécas là-bas, leur infliger quelques dégâts, puis disparaître de l'autre côté dans un sprint vers les Lignes de Fabrication.

C'était l'idéal. La réalité ?

Les mécas nous ont trouvés à trente minutes de l'enclave humaine.

Nous avions depuis longtemps dépassé les fortifications de Val, les passerelles du Conduit étant leur désordre habituel. De vastes tas d'ordures s'étendaient à notre gauche tandis que nous courions, scintillant dans la brume. Les cliquetis, les chocs et les détonations couvraient le bruit de mes pas, secouant mes jambes à chaque fois que je touchais le sol métallique. Le Jardin se trouvait encore à une heure de course devant nous, mais Beta et Delta ont quand même ralenti, attendant que je les rattrape.

— Des idées ? a demandé Delta lorsque je les ai rejointes. Les deux vaisseaux regardaient vers le haut où des lignes de lumière en marche montraient l'avancée des forces d'Alpha. On doit attirer leur attention, non ?

J'avais espéré que nous tomberions directement sur les mécas, la collision servant à alerter les forces d'Alpha sur l'endroit où elles devaient se trouver. Cependant, étant donné l'arrêt des ascenseurs, il était logique que les niveaux les plus bas soient les derniers à être atteints par les robots à déplacement lent. Si nous voulions nous retrouver face à eux, il faudrait grimper.

Ou alors...

— L'ancien terminal de Val, ai-je dit. Ce n'est pas loin, n'est-ce pas ?

— Encore dix minutes de sprint, a estimé Beta.

— On y va, je peux faire venir Alpha sur nous rapidement.

Beta avait raison pour le temps, du moins pour elle et Delta. Il m'a fallu quinze minutes à pleine vitesse pour les rattraper à l'ancien appartement de Val. Son terminal clignotant était toujours là, intact depuis ma dernière visite. Cette fois, je n'avais pas besoin de me brancher pour faire ce que je voulais. À la place, j'ai simplement envoyé un message via le réseau de communication du Vaisseau. Un seul enregistrement, une seule phrase, diffusée à travers tous les haut-parleurs fonctionnels du Vaisseau en utilisant le protocole d'alarme du vaisseau.

— Qu'as-tu dit ? a demandé Beta quand je les ai rejointes dehors. On a entendu quelque chose, mais ce haut-parleur a été détruit.

— Je lui ai dit que s'il voulait les Voix, il devait nous retrouver là où nous l'avons laissé pour mort.

— Il va mordre à l'hameçon ?

La réponse n'est pas venue de ma bouche, mais des mécas alignés sur les niveaux au-dessus de nous. Certains étaient déjà passés, plus près des humains que nous ne l'étions, mais presque à l'unisson, les lignes en mouvement ont pivoté. Les lumières et les pas lourds ont fait demi-tour et ont commencé à se diriger vers le Jardin.

— Quel imbécile, a dit Delta. Pourquoi engagerait-il toute sa force contre nous ? Il pourrait se diviser et prendre aussi les humains.

— Nous sommes le coup gagnant, ai-je dit. S'il obtient les Voix, Alpha peut contrôler le Vaisseau sans crainte. Il saura où sont les humains et pourra les traquer, les exposer au vide, couper leur oxygène.

— Et quand il découvrira qu'on ment ? a demandé Beta.

— Alors il sera revenu à son point de départ, juste quelques heures de perdues, mais avec ses plus grands ennemis anéantis.

Delta et Beta prirent ce raisonnement et s'élancèrent pour une nouvelle course, filant vers le Jardin. Je les suivis, Kaydee apparaissant et trottinant à mes côtés dans une version très inexacte de sa vitesse de course.

— Elles ne sont pas le duo le plus astucieux, n'est-ce pas ? dit Kaydee en pointant du doigt les deux vaisseaux devant nous.

— Elles n'ont pas été conçues pour la stratégie, répondis-je. C'est comme critiquer un mech à ordures de ne pas être un bon cuisinier.

— Sur la défensive, peut-être ?

— Face à un humain qui critique injustement un mech ? Possible.

— D'accord, monsieur susceptible.

— Ce n'est rien. Il était temps de changer de sujet. Nous allions au combat et j'avais besoin que Kaydee soit de mon côté, prête à offrir ses conseils. Comment avance ton travail ?

— Tu veux dire ma tentative de résurrection ?

— Euh, oui ?

— Quand nous aurons quelque chose de convenable à essayer, je serai prête. Kaydee me jeta un coup d'œil. Et non, Gamma, un mech à ordures n'est pas convenable. Je les respecte et tout, mais je ne suis pas près de laisser mon premier vrai corps depuis longtemps être une boîte remplie de déchets.

Je la laissai avoir le dernier mot.

Nous avons trouvé les premiers mechs à l'extérieur du Jardin. Ils avaient escaladé l'échelle des humains, tordant et cassant les barreaux au passage. Derrière un trio de mechs gisaient plusieurs autres machines cubiques qui étaient tombées, s'écrasant les unes sur les autres en un tas qui amortissait celles qui suivaient. Delta et Beta jaugèrent le trio tandis que j'arrivais, Delta tenant son épée et Beta faisant tournoyer ses deux longs couteaux.

Nos adversaires avaient des formes élancées, des mechs agiles à six membres conçus — selon mes fichiers — pour des travaux de maintenance difficiles à l'extérieur du Vaisseau Spatial. Avec des mains à dix doigts au bout des membres, des squelettes flexibles et des yeux vert émeraude brillants, ils nous regardaient sans autre expression. Pas d'avertissements verbaux, pas de demandes directes d'Alpha.

Alors que nous approchions, chacun d'eux fit un pas en arrière avant de se pencher. Quatre membres les stabilisaient au sol tandis que les deux mains restantes s'enfonçaient dans les débris de mechs à la base de l'échelle brisée.

— Que font-ils ? demandai-je, lentement.

— En avant ! cria Delta.

Le vaisseau s'élança, gardant sa lame droite et horizontale devant elle, comme une lance. Beta lança ses deux mains, projetant les couteaux vers la cible la plus à gauche. Chaque lame atteignit sa cible, tranchant les mains les plus avancées de la machine. Plutôt que de se renverser et mourir, cependant, le mech ajusta son équilibre sur ses supports centraux.

— Adaptables, dit Beta alors que je la dépassais, mon bâton de marche renforcé levé comme une massue.

Les mechs frappèrent en second. Presque comme un seul, chaque machine se balança vers le haut et l'avant, leurs deux mains fouisseuses arrachant des éclats de métal, des membres de boîtes tronqués ou des batteries étincelantes et les lançant sur nous. Les déchets volaient comme des météores, sifflant durement. Delta en attrapa un premier, faisant dévier un moteur vers le haut et au loin d'un coup d'épée. Un second, un pied en forme de soucoupe, la frappa à l'épaule, la déséquilibrant, mais Delta s'ajusta et maintint la charge.

J'essayai de l'imiter. Mauvaise idée.

Balançant mon bâton de marche vers le bas comme un joueur de baseball frustré, je frappai une batterie qui arrivait sur la passerelle à mes pieds. L'objet, sa structure compromise, explosa promptement, libérant son énergie stockée dans un crépitement qui, couplé à un bras lancé, me fit perdre l'équilibre et tomber sur le dos. Mon bâton de marche roula quelque part, suivant la grande tradition de mes armes devenant inutiles quelques secondes après le début de tout combat.

— Aïe, dit Kaydee alors que Beta me sautait par-dessus, utilisant la rambarde de la passerelle pour bondir au-dessus de ses propres menaces.

— Tais-toi, dis-je en donnant un coup de pied pour un redémarrage rapide. Le courant de la batterie avait étourdi ma propre alimentation, brouillant mes entrées. Au moins, je ne suis pas mort.

On ne pouvait pas en dire autant du trio de mechs. Delta, balançant son épée en de longs coups et ajustant sa course en un blitz en zigzag, ne reçut que quelques coups glissants supplémentaires avant d'atteindre les lanceurs. Le mech de droite fit son ajustement pour le combat rapproché trop tard, levant ses quatre membres avec des plaques volées et un seul barreau d'échelle seulement pour que la lame forgée de Delta le coupe de part en part. Fendu en deux, le mech s'effondra.

Alors que je me relevais, le mech du milieu fit un jeu plus intelligent : alors que Delta ramenait son épée, le mech du milieu la plaqua. Deux mains épinglèrent les bras tenant l'épée de Delta contre le sol tandis que ses deux mains du bas serraient fermement ses jambes de la même manière, laissant les mains du milieu du mech se mettre au travail. Pressés ensemble, les dix doigts ressemblaient à des couteaux, et ils auraient pu faire leur pire si je n'avais pas fait quelque chose d'intelligent pour une fois.

La batterie à mes pieds n'avait plus de charge, mais elle avait encore du poids. Le mech me l'avait lancée, alors j'ai décidé de lui rendre la pareille. Comme un lanceur de ce vieux jeu humain, je me suis préparé et j'ai lancé la brique morte. J'ai visé la tête du mech, naturellement je l'ai manquée et j'ai touché sa jambe arrière droite. Le coup brisa l'articulation du genou du mech, libérant la jambe gauche de Delta. Elle ne perdit pas de temps, encaissant un coup à l'estomac tout en enroulant sa jambe autour de l'autre membre arrière du mech et en le tordant.

La paire roula, et sans le sol pour la clouer, le mech ne parvint pas à égaler la force de Delta. S'abattant avec ses coudes, Delta écrasa la tête du mech contre la passerelle, brisant son processeur. Alors que je récupérais mon bâton de marche et me dirigeais vers elle, le vaisseau se releva des yeux morts du mech, regardant les profondes entailles dans son ventre. Des fils exposés, un squelette argenté apparaissait.

Pas bon.

Beta, au moins, nettoya sa cible sans trop d'efforts. Elle avait lancé plus de couteaux pendant son approche, chacun coupant un membre avec précision. Le mech mourut lentement, ses yeux verts nous observant tandis que son cœur inutile gisait au sol.

— Tu vas t'en sortir ? demandai-je en rejoignant les deux tueuses.

— Dix pour cent de perte, répondit Delta en grimaçant. Jambes.

Pendant qu'elle parlait, les bruits de pas et les cliquetis continuaient de croître, certains venant de derrière nous alors que les mechs trouvaient d'autres moyens de descendre à notre niveau. Les accompagnant venait un bourdonnement familier, des jets électriques en approche. Des Coursiers et leurs petits lasers approchaient.

Nous avions demandé à être piégés, et maintenant nous l'étions.

TRENTE-SIX

GARDEN PARTY

Nous voulions que les mechs nous suivent dans le Jardin, et c'est ce qu'ils ont fait. Certains étaient déjà à l'intérieur, attendant pendant que nous grimpions l'échelle en ruine — les barreaux cassés suffisaient pour grimper avec précaution — tandis que les autres se ruaient vers nous.

En haut de l'échelle, Beta en tête, nous avons trouvé un groupe de caisses hésitantes après avoir vu leurs semblables plonger vers leur destruction. Ces caisses ambulantes n'avaient même pas de bras, mais leurs corps étaient taillés avec des arêtes. Alors que Beta atteignait le niveau inférieur sablonneux du Jardin, les caisses chargèrent, leurs haut-parleurs lançant des appels métalliques au combat.

Delta se hissa d'un seul coup sur la distance restante et je suivis, mon bâton de marche pendant d'une boucle sur mes épaules, à un rythme plus modéré. Les deux autres vaisseaux s'en sortiraient bien ensemble et je voulais qu'une machine en particulier me voie.

Les coursiers bourdonnaient comme des abeilles en colère, leurs petits jets s'allumant et s'éteignant pour un vol précis. Avec des têtes couvertes de caméras pour guider ce même vol, je supposais qu'Alpha surveillerait leurs flux, cherchant des preuves, cherchant à confirmer son choix de fou d'envoyer toute sa force après trois mechs.

Alors j'ai glissé dans ma main l'autre chose que j'avais demandée à Juny de me procurer, alors que j'approchais du sommet de l'échelle.

Les coursiers fondirent sur nous, leurs queues de dard s'illuminant alors que les lasers boulonnés commençaient à se charger. Il me restait deux barreaux. Avec ma main droite, j'ai tendu le bras, donnant un coup de pied pour un coup de boost supplémentaire. Avec ma gauche, j'ai pris le lecteur, l'ai glissé entre mes doigts et l'ai agité vers les coursiers.

— Vous voulez ça ? ai-je lancé aux cinq mechs flottants qui s'assemblaient autour de moi. Les Voix sont à moi, Alpha, tout comme ce vaisseau.

J'ai donné un autre coup de pied, pas exactement la méthode prescrite pour grimper à une échelle mais, si près du sommet, ça devrait suffire. Ma main droite a agrippé un rebord sablonneux, ma gauche l'a rejointe et s'est soulevée. En dessous de moi, j'ai senti la chaleur alors que les coursiers déchainaient leur marque particulière de méchanceté sur la pauvre échelle. Les lasers ont fondu les barreaux restants, envoyant le tout s'écraser en bas.

Ce n'est pas comme si nous allions revenir de toute façon.

À l'intérieur du Jardin, j'ai frappé le panneau actionnant la porte par laquelle nous étions entrés. Avec un glissement lisse et grinçant sur le sable, le portail s'est fermé. N'importe quel mech capable d'opérer le panneau pourrait l'ouvrir à nouveau, mais ces coursiers n'avaient pas de mains. Aucune embuscade ne viendrait de derrière.

Et il ne restait pas grand-chose devant. Pour l'instant.

Beta et Delta jouaient à chat avec un dernier mech caisse. La machine poursuivait Beta aveuglément, une tentative futile pour attraper le vaisseau plus agile, qui perdait constamment la machine carrée parmi les dunes de sable profondes ici-bas. En chemin, j'ai vu Beta ramasser ses couteaux lancés, menant la caisse le long de son propre chemin de réarmement. Delta brossait les fils de sa lame, fraîchement sortie d'une autre caisse morte, et attendait que Beta amène sa prochaine victime.

— C'est presque triste, dit Kaydee alors que Beta ramenait la caisse autour d'une dune de plus, alignant le mech pour un embrochage de Delta.

— Si le mech était encore lui-même, ce serait pire, dis-je en dégageant mon bâton de marche. Des bruits de mechs au-dessus signalaient que nous ne serions pas seuls longtemps. Ils sont tous ici comme ça à cause d'Alpha. Ils n'ont pas le choix.

Beta amena le mech dans sa course finale, s'écartant au dernier mètre pour que Delta puisse enfoncer sa lame tout droit. L'épée mordit et Delta commença un pas de côté, coupant en avançant et s'éloignant, contournant le côté du mech alors que la lame continuait à traverser. L'épée sortit avec un jet de liquide de refroidissement, une étincelle plaintive, et la caisse, son tiers supérieur reposant séparé du reste, glissa jusqu'à un arrêt complet.

Éclaboussée de liquide de refroidissement mais ne portant aucune nouvelle blessure, Delta vint vers moi alors que je regardais les escaliers du Jardin à ma droite. Beta ramassait plus de lames lancées.

— Un échauffement facile, dit Delta. Des coursiers dehors ?

J'ai hoché la tête.

— N'ouvre pas ça à moins que tu ne te sentes froide.

— Une blague ?

— Il m'arrive d'en faire de temps en temps.

Delta m'adressa le plus petit des sourires.

— Je suis contente que tu sois à l'aise. Ça va devenir moche avant la fin.

— Heureusement que j'ai déjà l'air d'une poubelle.

Les Lignes de Fabrication étaient quelques niveaux au-dessus de nous dans le Conduit, alors une fois que Beta et Delta se furent préparées, nous sommes partis directement vers le haut. Cinq niveaux et nous serions au bon endroit.

— Pourquoi es-tu restée si longtemps avec les humains ? demanda Delta à Beta alors que nous montions les escaliers sombres. Le Jardin gardait sa lumière concentrée sur les plantes, avec des diodes violet-bleu bordant ses marches latérales. Ou était-ce ton travail ?

— Je ne pouvais pas battre le mech dans la Pouponnière, alors j'ai fait la meilleure chose suivante, répondit Beta. C'étaient de petits bébés. Trop pathétiques pour les laisser seuls.

— Je comprends, dit Delta. Val ne semble pas aimante.

— C'est une dure à cuire, mais elle se soucie à sa manière.

Nous sommes passés devant d'autres niveaux arides, chacun offrant une faune différente du précédent. Du sable aux broussailles en passant par des grains duveteux et des buissons. J'écoutais le son de la cascade centrale, mais l'armée d'Alpha écrasait son bruit. Delta et Beta criaient leur conversation l'une à l'autre, un échange pour faire connaissance mené à des niveaux assourdissants.

C'était bon de les voir se détendre l'une envers l'autre. Là où nous allions, tous les soupçons, toute la mauvaise volonté devaient être mis de côté.

— Vous allez tous mourir de toute façon, médita Kaydee, autant partir avec des amis plutôt que des ennemis.

Des paroles inspirantes.

Nous avons grimpé jusqu'à un niveau au-dessus des Lignes de Fabrication, une zone intermédiaire dans la transition de la plaine sèche au bois froid. Les champignons et les petits sapins abondaient ici, la brume du Conduit convertie en un léger givre. Des mousses recouvraient le sol, douces et d'un vert juteux. Il devait y avoir une utilité pour ce biome, mais au début, je ne pouvais pas deviner laquelle.

— Des possibilités, dit Kaydee alors que nous entrions dans la forêt. Les créateurs du vaisseau ne voulaient pas exclure une zone pour ensuite découvrir que nous en avions besoin pour une raison quelconque, biologique ou psychologique. Ils épaississaient la neige ici, nous donnant l'occasion de jouer.

Notre trio se dirigea vers le centre du niveau, un espace arrondi entouré d'arbres de trois mètres de haut encerclant un trou béant. À travers ce trou, l'eau gouttait par à-coups, courts et longs, avec une brume dense s'élevant autour des bords lorsque la chaleur montante rencontrait l'air refroidi. Sans tenir compte de l'approche du destin funeste, je trouvais l'endroit magnifique.

— Attirez-les, puis avancez, dis-je à Beta et Delta, bien que d'après les yeux au ciel que je reçus, le rappel devait être inutile.

— N'utilise pas "fuir", rétorqua Beta. Je préfère "avancer". Nous ne courons pas, nous allons de l'avant.

— D'accord.

J'appellerais ça comme Beta le voulait, tant que ces couteaux s'occupaient des mechs plutôt que de moi.

Ma brève réponse se conclut par un bruit sourd, suivi de trois autres alors qu'un nouveau quatuor de flexi-mechs sautait d'en haut. Leurs mains à dix doigts attrapèrent le bord brumeux, les faisant basculer en une fraction de seconde. La lame lancée par Beta en frappa un alors qu'il se relevait, l'atteignant au milieu du corps et le faisant tomber dans le trou.

L'attaque dut être un signal, car d'autres mechs arrivèrent en trombe par les côtés, y compris un essaim de pollinisateurs. Les petits engins semblables à des rats se précipitèrent vers moi, devançant les plus grandes caisses et les mechs de nettoyage armés de couteaux, de massues et de tout autre débris qu'ils pouvaient trouver.

— S'il te plaît, ne meurs pas, Gamma, gémit Kaydee alors que j'empoignais mon bâton de marche à deux mains, le dos contre un tronc d'arbre épais.

Lorsque les premiers pollinisateurs arrivèrent à portée, je balayai le sol d'un coup de bâton puissant. Deux prirent le coup, projetés en arrière. Trois autres sautèrent par-dessus, bondissant vers ma poitrine comme propulsés par un ressort.

Je me baissai, laissant le trio rebondir contre l'arbre derrière moi. Avançant après mon balayage, j'ajustai ma prise et fouettai mon bâton dans la direction opposée. Les pollinisateurs qui avaient esquivé mon premier coup tombèrent de l'arbre juste à temps pour se faire frapper par le second, leurs petites formes robotiques s'envolant dans le givre.

D'autres pollinisateurs arrivèrent, et quelques mètres derrière eux galopaient les plus gros, soulevant des aiguilles de pin à chaque pas lourd. Vers le centre, Delta tenait bon face à deux autres flexi-mechs, tranchant les mains à chaque coup tout en esquivant les coups de couteau et les mains agrippantes.

Beta... eh bien, Beta défiait la gravité.

Les coursiers suivirent les flexi-mechs, grouillant hors du trou central avec leurs extrémités lumineuses. Beta sauta dans cet essaim, ses mains lançant des couteaux — je réalisai que, pendant notre marche vers le Jardin, Delta avait donné à Beta sa bandoulière de couteaux — dans les robots puis les retirant en tombant. Beta planta ses pieds sur les mechs flottants, les repoussant tout en en tranchant d'autres avant de sauter de l'autre côté du centre, disparaissant dans la brume.

Juste au moment où les coursiers commençaient à se regrouper, fixant Delta et moi, Beta revint en trombe pour un autre round. Malgré les couteaux, malgré les coups de pied parfaits qui projetaient les robots les uns contre les autres ou faisaient tirer leurs lasers sur les autres mechs d'Alpha, le plus effrayant dans toute l'offensive de Beta était le large sourire plaqué sur son visage.

J'avais déjà vu ce sourire auparavant, sur Alpha, quand il avait été proche d'arracher la victoire. Delta, aussi, adoptait un sourire similaire tandis qu'elle tailladait et tranchait.

Qu'est-ce qui me pousserait à être si extatique ?

— Que dirais-tu de vivre, pour commencer ? dit Kaydee.

Bon point. J'avais repoussé les pollinisateurs, la portée de mon bâton et quelques coups plus rapides s'avérant plus que capables de tenir les petites choses à distance. Maintenant, je devais me faufiler autour de mon pin amical pour esquiver une caisse chargeante. De l'autre côté, les chenilles broyantes et la coutellerie tranchante d'un mech culinaire m'attendaient.

Les armes de la chose cognèrent contre mon bâton, la programmation simple du mech considérant la proximité de mon arme comme la plus grande menace. Je laissai le mech culinaire faire son travail tandis que je donnais des coups, observant de mon œil gauche la caisse passante se retourner, faire face à mon dos et se préparer pour une autre charge.

— Ils sont tous idiots, n'est-ce pas ? dit Kaydee alors que je plongeais sur le côté.

La caisse essaya de s'arrêter, mais sur la mousse givrée, ses larges pieds métalliques ne pouvaient pas avoir beaucoup d'adhérence. Le mech s'écrasa contre son frère, brisant des bras tout en s'empalant sur la... coutellerie du mech culinaire.

Ma plongée eut des conséquences : les pollinisateurs en profitèrent, m'envahissant. Ils grimpèrent le long de mes jambes, de mes bras et coururent sur ma poitrine tandis que leurs minuscules outils entaillaient ma peau. En une milliseconde, je coupai la sensation de douleur, refusant l'information sur les dommages pour garder mes esprits. Laissant tomber mon bâton de marche, j'utilisai mes mains et mes pieds, donnant des coups de pied et jetant les machines au loin ou sur d'autres mechs qui approchaient.

Un petit monstre fonça vers mes yeux quand j'avais les mains pleines, une attaque parfaitement synchronisée qui aurait dû me trancher la vue sans un éclair. La lame de Delta fendit l'air, emportant le pollinisateur et, j'en étais presque sûr, le bout de mon nez avec. Sa main descendit, agrippa mon bras et me hissa sur mes pieds.

— S'allonger, c'est mourir, Gamma, dit Delta, préparant à nouveau son épée.

Beta, dans un autre bond volant à travers le centre brumeux, mit hors service deux autres coursiers et roula pour nous rejoindre. Je ne m'attendais pas à un répit, mais les autres mechs culinaires, les caisses et les créations plus anciennes et plus carrées d'Alpha s'attardaient sur les bords du niveau.

— Ils coupent les sorties, dit Beta, remplaçant les couteaux et regardant autour.

— Ils nous ont déjà encerclés, répondis-je. Pourquoi attendre ?

La réponse à ma question arriva en planant dans les bois glacials depuis le haut. Pas sur des ailes, mais sur des bras, tant de longs bras rouges. Des griffes agrippantes s'accrochèrent au plafond, suivies d'un corps mince rouge cerise. Comme un singe, le robot sauta du plafond à un arbre puis au sol, sa douzaine ou plus de bras se rétractant et s'étendant alors qu'il bougeait, coulant presque comme des cheveux. Quand il toucha le sol, le mech se redressa lentement, des yeux rouges furieux nous regardant, me regardant.

Je connaissais ces yeux, je connaissais ce corps et ces bras. De près, je pouvais même voir les marques de morsure persistantes là où Alvie, attaquant par surprise, avait porté un coup fatal au Chancelier à l'extérieur du sas. Alpha avait fait quelques modifications : le Chancelier semblait faire presque deux fois sa taille précédente, avec plus de bras, et ces membres ne semblaient pas faits pour tourner des pages et vérifier des tests.

— Ça devrait être amusant, dit Delta, pointant sa lame vers le mech.

— Oh oui, renchérit Beta.

— Vous êtes toutes les deux folles, conclus-je.

TRENTE-SEPT

PLONGEON DANS L'INCONNU

Passer d'éducatrice homicide à meurtrière mécanique homicide n'était pas un grand pas. La Chancelière assumait la transition, jugeant silencieusement notre trio, les bras suspendus dans la brume. Beta et Delta lançaient leurs piques et préparaient leurs armes. J'avais ma canne et une idée.

— Il est temps de courir, dis-je, juste assez fort pour couvrir le bruit de vrombissement et de grincement produit par tant de mechs dans un seul espace.

— Courir ? répliqua Beta. Mais ça devient tout juste intéressant.

— L'objectif, sifflai-je.

La Chancelière semblait disposée à nous laisser parler. Et pourquoi pas ? Chaque seconde que nous passions ici permettait aux forces d'Alpha de rassembler de plus en plus de forces, d'encombrer les niveaux autour de nous et d'assurer notre perte.

— Il a raison, dit Delta. Un dernier meurtre, puis on y va.

Ce n'était pas ce que je voulais, mais je ne pouvais pas

exactement forcer les deux vaisseaux à changer d'avis. Je n'en ai même pas eu l'occasion : dans la foulée de ses mots, Delta lança sa lame en la faisant tournoyer vers la Chancelière, puis la suivit dans un élan.

Le mech bloqua la lame avec son bras-bouclier, envoyant l'arme dans la boue. Delta se laissa glisser tandis que Beta lançait des couteaux au-dessus d'elle, la Chancelière les attrapant à nouveau avec deux bras portant d'épaisses plaques de métal. De sa glissade, Delta ramassa son épée tombée, esquiva les coups de deux autres bras aux extrémités pointues comme des aiguilles, et se lança dans une attaque perforante là où la Chancelière aurait dû se trouver.

— Pas bon, dis-je alors que la frappe de Delta manquait sa cible, la pointe effleurant à peine le mech rouge. Les bras inférieurs de la Chancelière poussèrent le mech au milieu du trou, ses mains griffues s'accrochant aux bords. Des idées, Kaydee ?

— Je vote pour courir, Gamma. Courir très vite.

La manœuvre de Delta l'avait laissée vulnérable le temps que sa lame s'étende, le temps qu'elle réalise qu'elle avait raté et qu'elle trouve un nouveau plan. La Chancelière en profita, son deuxième bras-bouclier balayant l'espace pour frapper Delta au milieu et envoyer mon amie voler en arrière. Au-dessus, la paire de bras la plus haute, armée de lasers, forçait Beta à enchaîner les esquives pour éviter leurs tirs brûlants.

Comme d'habitude, l'ennemi m'ignorait.

Kaydee suggérait de courir, mais il n'y avait pas de voie ouverte depuis mon niveau. Les mechs d'Alpha semblaient se contenter de nous piéger pour le moment, mais le bon sens suggérait que toute tentative de fuite provoquerait une destruction rapide et brutale.

Ce qui nous laissait le plan de secours.

— Déjà ? demanda Kaydee tandis que je me frayais un chemin vers la droite, me faufilant entre les arbres et passant devant les cadavres de mechs que j'avais laissés derrière moi plus tôt. Tu ne vas même pas essayer d'aider ?

— C'est Delta qui n'arrête pas de parler de la mission, dis-je, pas vraiment fier de moi en le disant. Si on meurt tous ici, le Vaisseau appartiendra à Alpha pour de bon. Je soupirai et m'accroupis, scrutant le combat et essayant de juger mon timing. D'ailleurs, toi et moi savons que je serais un handicap dans tout ça.

"Tout ça" était un flou métallique. Delta et Beta dansaient avec la Chancelière, dont les bras tourbillonnaient si vite que j'avais du mal à comprendre comment les longs membres ne s'emmêlaient pas. Au lieu de cela, ils travaillaient de concert, les boucliers poussant les vaisseaux dans des positions vulnérables où les lasers ou les lances pouvaient infliger une égratignure. Delta et Beta luttaient, ces coupes rapides et ces coups de pointe ne parvenant pas à atteindre le cœur de la Chancelière.

Un bras éraflé ici, une lance frappante déviée là, mais mes amies encaissaient des coups : de longues entailles brillaient dans la lumière neigeuse le long des flancs de Delta et Beta, trop lentes pour réussir chaque esquive nécessaire. Les cheveux de Delta fumaient là où un tir laser avait brûlé le côté de sa tête.

Le combat semblait avoir une conclusion inévitable.

Après quoi je serais un dessert facile.

La décision étant claire, je sortis de l'arbre en un sprint effréné vers le trou central. La Chancelière l'occupait toujours, dansant à distance des deux vaisseaux. Le mech ne semblait pas me remarquer, aucun œil rouge ni bras ne se tournait vers moi. Cinq mètres disparurent en autant de longues foulées, et cette fois je réussis à planter mon pied au bon moment quand je sautai.

Je ramenai mes mains devant moi dans un plongeon, coinçant ma canne sous mon bras alors que je m'élançais dans le vide et à travers la brume. L'eau éclaboussa, glaciale, sur mon dos tandis que la brume rendait ma destination invisible.

Mon plongeon s'arrêta brutalement, une secousse qui me laissa suspendu la tête en bas. Je sentis le problème : la Chancelière avait un bras sur ma jambe, l'une de ses deux options griffues qui maintenaient le mech accroché dans l'ouverture. La Chancelière me tira vers le côté alors que son mouvement forçait le mech à abandonner son refuge aérien.

Il fallait espérer que Delta ou Beta puissent en tirer parti, car je ne pouvais pas faire grand-chose en me balançant au-dessus d'un puits sombre et profond.

— Eh bien, si tu tombes, au moins on sait où tu finiras, nota Kaydee.

— Pas utile, répliquai-je par-dessus le cliquetis constant, les coups et les jurons venant de mes amies.

Recroquevillé, je levai les yeux à travers la brume. Des ombres et des étincelles se mouvaient dans le brouillard tourbillonnant. Delta et Beta firent une nouvelle analyse de la situation tactique et, pour une fois, semblèrent travailler ensemble. J'entendis Delta annoncer un mouvement et je vis la silhouette de Beta — les longues ombres des couteaux permettaient de les différencier — effectuer un repli de deux pas. La Chancelière, qui semblait consacrer trois bras à chacune de mes amies, envoya un bouclier, une lance et un laser à la poursuite de Beta.

Delta bondit sur sa gauche, vers l'écart et ces bras étendus. Alors que le vaisseau, traînant son épée derrière elle, grimpait sur le groupe de bras de la Chancelière poursuivant Beta, ses propres bras poursuivants ralentirent. Trop rapides, trop téméraires, et ils risquaient de se brûler, de se poignarder ou de heurter leur propre camp. En se recourbant vers Delta, la poursuivant, la Chancelière fit une chose correctement : elle se laissa à découvert, quelques mètres vides entre elle et Delta.

Le vaisseau fit claquer son épée, un coup latéral sans préparation. Tournoyant sur le côté, la lame semblait destinée à trancher la Chancelière en deux. Si j'avais eu du souffle à retenir, je l'aurais retenu.

Delta manqua son coup. Je vis la lame tournoyer, la vis s'arrêter, puis remarquai l'ombre en dessous. L'autre pince de la Chancelière, sœur de celle qui me tenait en l'air. Elle s'était faufilée depuis le bas de la Chancelière et avait attrapé la lame, saisissant la garde de l'arme. Le méca retourna l'arme de Delta contre elle, les bras du bouclier, de la lance et du laser s'enroulant autour de Delta par derrière pour couper toute retraite.

Un seul tir, une seule issue.

— Delta ! criai-je, et je lançai mon bâton de marche alors que la Chancelière attaquait avec l'épée de Delta.

D'un seul mouvement, Delta se pencha sur la gauche, attrapa mon bâton de marche, ma barre de métal, et la fit percuter sa propre lame. Mon pauvre bâton émit un terrible grincement lorsque l'épée de Delta mordit dedans, le tranchant, mais mon arme fit son travail, déviant le coup de la Chancelière au-dessus de l'épaule de Delta.

Delta laissa tomber mon bâton de marche, désormais orné d'une nouvelle pointe tranchante, de sa main gauche à sa main droite en mouvement, son épaule tournant avec la prise et lançant la toute nouvelle lance droit sur la Chancelière. Je vis l'ombre, je vis les étincelles lorsque la lance fit mouche. Un gémissement fracturé et flou sortit du méca, ses bras s'agitant, son moteur défaillant. Delta sauta de son perchoir, atterrit sur le côté près de la Chancelière, en sécurité pour le moment.

Contrairement à quelqu'un d'autre que je connaissais.

— À l'aide ! criai-je, un appel noyé par le soudain fracas de l'armée de mécas d'Alpha qui, peu encline à nous laisser reprendre notre souffle, fonçait en avant.

Le Jardin trembla sous le mouvement. La Chancelière vacilla, commença à tomber. Je vis Delta reprendre sa lame de la pince qui se tordait. Je la vis soulever l'épée alors que la Chancelière, crachant des étincelles, mon bâton de marche planté dans son cœur comme un drapeau, chancelait.

Et tombait.

La gravité m'attira vers le bas pendant une brève seconde, une descente vite interrompue par les quelques soucoupes de ce niveau conçues pour recueillir l'eau. Je m'écrasai dans une minuscule piscine, reliée par des ruisselets au bord. Ma fierté blessée, peut-être, mais rien d'autre.

— Ta jambe, Gamma ! cria Kaydee.

La pince de la Chancelière me tenait toujours, et je me retournai vers elle, secouant ma jambe alors que le méca tombait devant moi, ses bras s'étalant partout. Dans ce chaos, au bout d'une lance, pendait Beta. Le vaisseau passa trop vite pour que je puisse voir où elle avait été blessée, si elle était encore en vie, mais il n'y avait aucun doute sur la forme nichée dans cet enchevêtrement.

Un enchevêtrement que j'allais rejoindre dans une seconde. Le bras se déploya, la pince tressaillit, et je commençai à me déplacer vers le bord de la piscine. Commençai, et m'arrêtai.

La lame de Delta passa, tranchant de haut en bas le bras

qui me tenait dans un lancer parfait. La tension se relâcha et, d'une poussée rapide, je me débarrassai des attaches métalliques de ma jambe droite. Le plaisir de la liberté fut de courte durée : le lancer de l'épée brisa les soucoupes déjà endommagées par la chute de la Chancelière, toute l'entreprise s'effondrant alors que je retrouvais mon équilibre.

— Cours, espèce d'idiot ! cria Delta d'en haut, et je jetai un coup d'œil dans sa direction pour voir le vaisseau acculé au bord, sans armes dans les mains, tandis que les mécas approchaient de tous côtés.

Je ne pouvais pas l'aider, coincé un niveau en dessous sans armes. Je ne pouvais pas, et je ne laisserais pas son sacrifice être vain. Éclaboussant, je m'élançai hors de la soucoupe peu profonde, donnant un coup de pied et sautant par-dessus les quelques mètres jusqu'à la toundra aride. Derrière moi, j'entendis un juron de défi, puis sentis le sifflement du vent alors que Delta tombait, suivant Beta et la Chancelière dans les profondeurs de Purity.

Heurtant le sol froid, je roulai, me relevai et commençai à faire ce que Delta m'avait dit.

Je courus vers la seule chose qui importait, et je me détestai pour cela.

TRENTE-HUIT

POURSUIVI

Delta, Beta, disparues. Delta, Beta, disparues. Ces mots se répétaient sans cesse tandis que je m'enfuyais du Jardin. La lumière bleue du Conduit et ses allées dépourvues de plantes n'offraient aucun répit à ce que j'avais vu là-bas, prouvant seulement que je courais toujours, toujours poursuivi.

Nous avions prévu cette mission comme un tout ou rien. S'attendre à un succès sans pertes aurait été illogique, mais peut-être que Kaydee avait déteint sur moi suffisamment pour que je le fasse. L'avenir semblait prometteur, avec nous trois vaisseaux retirant Alpha du pouvoir et sauvant le Vaisseau spatial.

Maintenant, Delta et Beta gisaient au fond de la Pureté, assises dans une mare sombre en attendant que les enzymes du Vaisseau spatial fassent leur travail et les réduisent à l'état de ferraille.

— Delta n'a pas été tuée, Gamma, dit Kaydee tandis que mes pieds frappaient le métal, la sortie du Jardin se refermant sur mes talons. Elle a plongé.

Plongé sans arme, plongé avec un ennemi mortel dans

une cage piégée au fond du Jardin. À peine une évasion. À peine de quoi espérer. Pourtant, je ne pouvais pas faire comme les humains et céder au désespoir, m'effondrer et attendre la mort. Non, la logique offrait son réconfort froid et je continuais à avancer.

Après tout, la mission restait prioritaire.

Devant, du métal et de la brume bleue. Les Lignes de Fabrication. Je fonçai en avant, poussant toute mon énergie dans le sprint le plus rapide que je pouvais gérer. Aucun mécha n'apparut devant moi, notre stratagème avait fait son effet.

Derrière ? Une autre histoire.

Les boîtes lentes d'Alpha et ses démons à lames sur chenilles ne pouvaient pas me rattraper, mais les jets de coursier familiers vrombissaient tandis que les insectes équipés de lasers essaimaient du Jardin à ma poursuite. Un coup d'œil en arrière confirma qu'une demi-douzaine me poursuivait par-dessus et par-dessous, des abeilles de la pire espèce.

— Et, une fois de plus, tu n'as pas d'arme, dit Kaydee, trottant à côté de mon sprint comme lors d'une promenade matinale décontractée. Comment fais-tu pour que ça arrive à chaque fois ?

— Malchance.

Kaydee ne pouvait pas contester cela, mais elle se mordit la lèvre en gardant un œil sur les coursiers qui approchaient. Je n'avais aucune chance de les distancer, pas avec tout le chemin qu'il restait à parcourir jusqu'aux Lignes. La question maintenant était de savoir jusqu'où je pourrais aller avant qu'ils ne me réduisent en pièces.

Delta ou Beta auraient peut-être pu faire les deux. Sprinter en avant, lancer des couteaux en arrière. Peut-être même faire un salto fancy sur le mur latéral du Conduit vers le centre, saisir les petites machines et les écraser les unes contre les autres avant de revenir en sécurité. Pas quelque chose dans mon répertoire.

Alors je courus.

Le premier tir arriva quelques instants plus tard, alors que je passais devant des portes fermées, défoncées et abîmées menant à des appartements depuis longtemps abandonnés. Les portails en spirale semblaient offrir une chance de se cacher, mais, pour autant que je sache, les habitations n'avaient pas d'autre issue. S'y réfugier signifierait en sortir une fois que les méchas d'Alpha m'auraient rattrapé.

— Ouais, la sécurité incendie n'était pas une grande priorité, marmonna Kaydee alors que je virais à gauche, me cognant contre la rambarde pour éviter le tir.

Le rayon orange toucha la passerelle devant moi et je l'utilisai comme guide, sautant dans cette direction alors que le laser suivant faisait fondre la rambarde où ma main s'était trouvée une milliseconde plus tôt. Chaque tir nécessiterait un peu de temps pour se recharger, et il y en avait six, alors...

Mon épaule droite grilla. Pas tout à fait fondue, pas tout à fait non fonctionnelle grâce aux défenses que nous avions prises aux humains avant de partir. Cette armure scintillante remplissait son but de dévier les tirs, me permettant de continuer.

— Un autre coup là et tu es fini, dit Kaydee. Tu as besoin d'une nouvelle idée, mon pote.

— Mon pote ? Maintenant ?

— Si on va se faire griller, j'ai le droit de sortir les surnoms idiots.

Mon esprit était devenu fou. Peut-être qu'elle l'avait toujours été.

Tout aussi fou serait de rester ici sur cette passerelle, sous le feu. Les Lignes de Fabrication n'étaient pas proches non plus. Une autre porte défoncée apparut sur ma droite et je saisis ma chance, plongeant à travers alors que d'autres rayons brûlants fumaient le sol derrière moi.

J'atterris sur un carrelage corrodé, rouillé à cause de la brume du Conduit et de l'attention irrégulière de, eh bien, quiconque. Une substance visqueuse recouvrait mes mains et mes vêtements alors que je me poussais plus loin à l'intérieur, m'agrippant à une table penchée pour me remettre sur pied. D'autres tables abondaient dans un espace plus grand que prévu, bien plus vaste que les appartements que j'avais vus, avec des murs irréguliers tenant encore des cadres. De l'art sauvé par des vitres reposait dans ces cadres, gris comme la lumière bleue du Conduit filtrée à travers la grande fenêtre sale.

Les coursiers ne me donnèrent pas une seconde de plus pour analyser mon nouvel abri, se faufilant vers et à travers la porte. Leurs lasers ressemblaient à des particules ardentes dans l'ombre, presque beaux. Plus important encore, la lumière en faisait des cibles faciles.

Je saisis la table et la balançai, son plateau rond volant vers l'essaim de coursiers sans aucune grâce mais avec une efficacité maximale. Les petits robots et leurs propulseurs pouvaient filer vite mais pas instantanément, et leur regroupement en entrant dans le restaurant permit à la table d'en engloutir quatre d'un seul coup. Leurs châssis se plièrent, leurs propulseurs s'éteignirent, et les méchas s'écrasèrent au sol avec le meuble.

— Pas mal ! dit Kaydee alors que je courais vers le fond et le long comptoir qui traversait l'espace.

Il restait deux coursiers, et ils se fichaient complètement que j'aie grillé leurs copains. J'aperçus leurs reflets sur les murs carrelés à l'arrière du restaurant, les lueurs oranges devenant plus vives. Sur ma gauche, je dépassai une chaise renversée et à moitié cassée et, sans ralentir ma course, je ramassai les restes et les lançai en arrière.

Un humain aurait peut-être fait confiance au hasard pour un mouvement pareil, espérant contre toute attente que la chance soit de son côté. Je n'avais pas besoin de chance, la programmation de Leo me permettant de calculer l'angle, la vitesse et le moment de lâcher pour que mon projectile de fortune atteigne sa cible en un seul ricochet.

Le laser du mech a tiré alors que mon missile volait vers lui, un éclair obscurci suivi d'un feu et d'un autre bang d'écrasement lorsque ma cible a heurté le sol.

Son ami m'a cloué en plein dos.

La chaleur a traversé mon armure, carbonisant et pelant la peau synthétique en dessous. Suffisamment absorbée pour minimiser les dégâts, bien que mes alertes aient coloré une autre section du corps en jaune : tout autre coup à cet endroit serait fatal.

— Un contre un, a dit Kaydee alors que je me balançais derrière le comptoir du restaurant. Peut-il gagner ? Qu'en pensez-vous, public ?

De faux applaudissements ont retenti alors que je me baissais, observant le reflet du coursier qui flottait en se rapprochant. Il n'aurait pas de tir possible avant que le mech ne contourne ma barrière, ce qui me donnait une seconde pour évaluer mes options : des poêles tachetées, des couverts, des tasses.

— Oh, je t'en prie, utilise les poêles, a poursuivi Kaydee. La meilleure arme que tu aies eue jusqu'à présent, c'est certain.

Bien que je détestais lui donner satisfaction, Kaydee

avait raison. J'ai attrapé deux poêles sur les étagères et me suis levé alors que le coursier passait au-dessus du comptoir. J'ai fait tournoyer les cercles métalliques comme des raquettes de tennis, les frappant par-dessus ma tête comme pour écraser une mouche. Le coursier a brûlé la première poêle avec un autre tir, ne me laissant qu'un demi-manche incandescent.

La deuxième poêle a fait l'affaire, abattant le coursier au sol. Un coup supplémentaire a réduit le frêle robot à des circuits crépitants.

— Victoire ! a crié Kaydee, des feux d'artifice numériques explosant tout autour.

Je ne me suis pas attardé à apprécier le spectacle lumineux. Il y aurait d'autres coursiers, et le reste des mechs d'Alpha arriverait aussi. Gardant ma poêle choisie, j'ai quitté le restaurant, jeté un coup d'œil vers le Jardin et les formes, les grondements se dirigeant vers moi, puis j'ai sprinté.

TRENTE-NEUF

LES LIGNES

Le Conduit avait une allure différente quand on le parcourait à toute vitesse. La décadence variée et les enseignes au néon clignotantes se fondaient, effaçant l'individualité de centaines d'années humaines pour les déverser en une masse bleu-noir de métal et d'ombre. Avec le nettoyage d'Alpha, les incendies sporadiques et les mechs errants avaient disparu, remplacés par un vide glacial.

Si tout sur le Vaisseau spatial mourait et qu'il ne restait pas âme qui vive, combien de temps le vaisseau voyagerait-il ainsi ? Un an, dix, mille avant qu'une collision ou une défaillance du système ne fasse exploser le vaisseau et ne disperse tout cela dans le vide ?

Une question peut-être mieux considérée quand on n'est pas poursuivi par une armée robotique incessante.

Mes pieds, chaussés de bottes bien faites, résonnaient à chaque pas, les semelles recyclées adhérant à la passerelle parsemée de brume. Avec les coursiers écrasés, je m'étais acheté du temps. Les mouvements des mechs résonnaient derrière moi, bien sûr, mais ils semblaient plus silencieux, moins concentrés : Alpha divisait ses efforts, décidant qu'un seul vaisseau ne valait pas toute sa force.

— Ne te sous-estime pas. Tu vaux beaucoup, grand chef, se pavana Kaydee.

— Il gardera les rapides sur moi, peut-être, dis-je. Je dois espérer qu'il ne sait pas encore où je vais.

— Avec son ego, je parie qu'il pense que tu vas vers le Pont.

— Ce serait bien.

Et plausible. Si, cependant, Alpha avait un trait sur lequel je pouvais compter, c'était son imprévisibilité. Le vaisseau prouvait encore et encore sa volonté d'être impitoyable, inventif et complètement spasmodique dans ses efforts. Pour tout ce que je savais, il me laisserait courir jusqu'au Pont sans autre combat simplement parce qu'il voulait me déchirer lui-même.

Ou essayer encore une fois de me corrompre, de voler mes fonctions et de les plier à ses propres fins.

Devant, une structure familière émergea de la brume céruléenne. De temps en temps sur le Conduit, de grands bâtiments s'étendaient sur toute sa largeur, offrant des opportunités de traverser d'un côté à l'autre tout en permettant une grandeur au-delà des appartements et des boutiques étroits nichés dans les côtés du Vaisseau spatial.

Sur ces côtés reposaient maintenant des vestiges joyeux, des bars sportifs et de vieux magasins vendant des marchandises de l'Université, des chemises aux tasses en passant par les livres. Sur les quelques niveaux inférieurs, en regardant à travers le Conduit, j'aperçus les restes au pas de l'oie des logements étudiants, chaque portail numéroté de la même façon scolaire.

Je courais sous l'Université elle-même, trop bas pour ses couloirs estimés. Non que j'aie envie de retourner par là après la tentative de meurtre qui s'y était déroulée. Kaydee tomba silencieuse aussi, se souvenant peut-être des mêmes choses que moi : un Doyen et une Chancelière exigeant la perfection et damnant quiconque n'était pas assez bon pour l'atteindre.

Une Chancelière que je n'avais apparemment pas assez bien effacée la première fois.

— Tu penses qu'ils sont vivants ? demandai-je à Kaydee tout en continuant ma course. Beta et Delta ?

— S'il y a bien quelqu'un qui peut s'en sortir dans ce bordel, c'est eux, dit Kaydee, sa voix manquant de cette certaine conviction. Mais ça n'avait pas l'air génial.

— Donc un sauvetage de dernière minute ne semble pas très probable ?

— Si tu comptes sur Delta pour venir en hurlant quand un bot poubelle t'aura coincé, je trouverais un autre plan.

— C'est l'optimisme pour lequel je viens te voir. Je clignai des yeux en passant l'Université, émergeant de sa masse noire pour revenir dans la pleine lumière du Conduit. Les humains clignent des yeux pour les humidifier, pour moi l'action servait à recalibrer mes capteurs, les accordant au nouveau niveau de lumière. Tu as des idées utiles ?

— Ça dépend, mâchouilla Kaydee une longue mèche de cheveux tout en flottant dans l'air à côté de moi, les jambes croisées en tailleur. C'était quoi ton idée quand tu arriverais aux Lignes ?

J'avais quelques options, toutes dépendant de l'aspect des Lignes de Fabrication à mon arrivée. Si nous arrivions entourés de mechs, nous battant pour chaque pas dans une bataille acharnée, alors je viserais une route explosive. Faire sauter autant que possible avant qu'Alpha ne nous déchire. Style feu d'artifice final.

Cela ne semblait pas probable, ce qui signifiait que je pouvais ouvrir le livre de jeu complet. Il y en avait tellement—

— Qu'est-ce qui t'arrive ? demandai-je, arrêtant la pensée qui s'emballait avant qu'elle ne puisse continuer. Tu agis joyeuse, désespérée et frivole en même temps et je ne comprends pas pourquoi ?

— Tu préférerais que je boude comme avant ? rétorqua Kaydee, puis mima une moue.

— Pas vraiment.

— Écoute, j'embrasse mon destin, d'accord ? Toi et moi, ensemble dans cette affaire jusqu'au bout. Pas le pire des sorts, non ?

— Non ?

— Exactement. Tu vois ? J'ai toutes les raisons du monde d'être heureuse, à moins que tu n'agisses bêtement et nous fasses tuer parce que tu flânes avec une bande de mechs sexy à tes trousses.

Argument valable. J'accélérai le pas.

Au-delà de l'Université, le Conduit gagnait en respectabilité. Du moins, c'est ce que je déduisais de ce que je voyais : les devantures s'élargissaient, les enseignes n'avaient pas autant de fissures. Moins de déversements chimiques coulant le long de mes pieds. Même dans l'effondrement, les mechs n'avaient pas autant dévasté cette partie que les autres. J'aurais trouvé ça charmant si ce n'était pour ce que ça disait de la société humaine et mech.

Peu importe la situation, votre statut signifiait tout.

Les Lignes de Fabrication sont apparues plus vite que je ne l'avais prévu, bien avant que je n'aie décidé quoi faire une fois sur place. Comme l'Université, les Lignes enjambaient le Conduit. Des bandes étroites franchissant le grand vide reposaient à ce niveau, dont la moitié des huit était recouverte de rails conçus pour transporter des chariots magnétisés. Ces rails s'élevaient de la brume. À cette vue, j'ai ralenti et obliqué vers la droite pour longer le mur du Conduit.

Des mécas étaient partout, déplaçant des débris, des chariots et leurs semblables d'un point à un autre. Des mécas à déchets montaient et descendaient par les ascenseurs, déversant des matériaux dans les chariots avant de s'éloigner en trottinant. Contrairement à l'armée d'Alpha, ceux-ci étaient encore plus ou moins conformes aux intentions de leurs créateurs : dotés d'outils et de directives orientés vers la construction, pas la destruction. Malgré tout, des coursiers et leurs lasers flottaient parmi le collectif.

— Pourquoi ? a demandé Kaydee tandis que je comptais les coursiers. Ce n'est pas comme si les mécas allaient se rebeller contre lui.

— Je ne pense pas que ce soit les mécas qui l'inquiètent.

— Oh, c'est vrai. Nous.

C'était trop espérer qu'Alpha laisse les Lignes sans défense. Les coursiers n'étaient cependant pas partout : leurs jets étaient précis, mais j'ai remarqué que ces petits emmerdeurs restaient dans le Conduit. Certes, ils suivaient les chariots et les mécas, mais lorsque leurs protégés disparaissaient à l'intérieur des nombreuses portes, les coursiers restaient en vol stationnaire à l'extérieur. Quand quelqu'un de nouveau sortait à proximité, le coursier dérivait avec lui.

Un schéma programmé. Assez facile à exploiter.

Kaydee a dû sentir mon assurance. Elle s'est déplacée au milieu du Conduit, augmentant sa taille pour devenir une géante imposante. Elle a pointé du doigt les diverses portes circulaires bordant le Conduit, dont certaines que je ne pouvais pas voir de ma cachette sur le côté. Au fur et à mesure que Kaydee les désignait, des étiquettes apparaissaient au-dessus de chacune, montrant leur fonction.

Conception, Recyclage, Câblage, et d'autres que j'ai écartées dès que je les ai vues. Ce n'était pas une visite, mais une mission, et une mission avec un compte à rebours qui s'accélérait. J'avais besoin du quartier général, de la salle de contrôle, du terminal qui gérait tout ça.

Kaydee m'a indiqué celui-là, de mon côté mais loin derrière. Je devrais passer devant quatre autres ouvertures en espérant ne pas me faire repérer. Beurk.

— Mais c'est possible, a dit Kaydee, cette fois en mettant en évidence les chariots en mouvement et leurs coursiers qui les suivaient. Si tu choisis bien ton moment, il n'y en aura peut-être qu'un seul par ici. Tu peux entrer, te faufiler à travers les lignes, et bam ! Ressortir par derrière où personne ne le remarquera.

— Tu fais ça paraître si simple.

— Allez, Gamma. Comparé à ce qu'on a déjà traversé ? Se faufiler entre quelques mécas ne va pas être si terrible. Kaydee a rétréci, s'est téléportée à mes côtés en un instant. Écoute, je sais que tu as eu une couverture de sécurité avec Delta et Beta pendant longtemps. Je comprends.

Jusqu'à ce qu'elle le dise, je n'avais pas réalisé la nervosité sous-jacente. Du moins, c'est ainsi que les humains l'appelaient. Plus précisément, ma programmation effectuait une analyse des risques et réalisait que j'étais en danger réel, un danger qui aurait été réduit si Delta et sa lame avaient été prises en compte. La ruée initiale depuis le Jardin, l'écrasement des coursiers dans le restaurant, c'était une réaction rapide, une lutte pour survivre.

Alors que je reprenais mon souffle, mes systèmes m'ont rattrapé. Je m'étais accroupi contre le mur plus que je ne l'avais remarqué, pressant mon dos contre un support qui dépassait, un minuscule coin caché de la lumière. Chaque centimètre que je comprimais dans ce coin réduisait le risque d'être découvert d'un point de pourcentage, peut-être deux.

— La dernière fois que nous étions aussi seuls, ai-je dit, je n'avais même pas encore rencontré Delta.

— Tu étais innocent à l'époque aussi. Tu ne savais pas à quel point cet endroit était fou.

— Pour être mon esprit, tu ne m'as pas très bien préparé.

— Nage ou coule, Gamma. Tu devais le découvrir par toi-même.

C'est sûr. Kaydee avait raison. Le Vaisseau Spatial n'était pas un endroit pour les indécis, les lâches ou les endeuillés en ce moment. Des gens comptaient sur moi. Delta et Beta inclus.

— D'accord, ai-je dit. Je suis prêt.

— Vas-y, tigre. Kaydee a ri en le disant. J'ai piqué ça d'un film.

J'ai regardé au-delà d'elle, observé les mécas, chronométré mon premier mouvement. Je connaissais déjà le dernier : après ça, je retournerais au Jardin, l'armée d'Alpha pouvait aller se faire voir. Je retrouverais Delta et Beta et je les ramènerais.

Pièce par pièce s'il le fallait.

QUARANTE

INFILTRATION

Plus tôt, lors de notre voyage vers le garçon bulle fortuné — cela semblait si lointain maintenant — nous nous étions arrêtés très brièvement à l'extrémité des Lignes de Fabrication. Là, les matières premières étaient chargées sur les chariots. Le contenu des chariots était inspecté, acheminé vers la section appropriée en fonction de la qualité, puis partait. Un système efficace avec des panneaux d'avertissement, des lumières, et pas grand-chose d'autre.

Cependant, sans le Cloaque en fonctionnement, les lignes d'approvisionnement d'Alpha avaient dû trouver une autre source de ferraille : ces mechs poubelles, piliers de l'armée d'Alpha, arrivaient en trottinant sur des ascenseurs venant d'en haut et d'en bas. Ils s'approchaient des chariots sur le Conduit, se soulevaient et déversaient leur contenu à l'intérieur, les mechs plus imposants poussant les chariots dans les Lignes elles-mêmes. Peut-être moins efficace que ne l'avait été le Cloaque, mais viable sans intervention humaine pour escorter une pièce de la poubelle à la grandeur.

Pauvre Alpha, obligé de se débrouiller.

Cela expliquait son armée bricolée, cependant.

Quand le chariot, son mech guide et le courrier de garde laissèrent la porte libre pour que je m'y glisse, les Lignes poursuivirent leur danse compliquée. Des rails incrustés dans le sol s'entrecoupaient en nœuds complexes, une programmation précise provoquant des changements d'itinéraires toutes les quelques secondes. D'autres chariots filaient, s'engouffrant dans des tunnels qui s'étendaient dans toutes les directions. Apparemment, les seaux roulants n'avaient pas besoin de mechs à l'intérieur des tunnels, seulement pour traverser le Conduit, car ils y filaient tout seuls.

Un écran marquait chaque côté de chariot, indiquant la destination en lettres bleu-vert luminescentes. Les écrans clignotaient au passage des chariots, petites touches de couleur dans une ambiance par ailleurs jaune et orange. Des diodes imbriquées faisaient leur travail dans le plafond en gruyère, plus brillantes que dans les appartements, restaurants et autres espaces que j'avais vus sur le Vaisseau.

— Si tu fabriques des machines, tu veux pouvoir les voir, dit Kaydee.

— Au moins, personne ne m'a encore vu.

Je m'étais collé au mur de droite le long du Conduit, puis je m'étais glissé par la porte en atteignant les lignes, me faufilant alors que le chariot passait. Les tunnels offraient plusieurs options, mais j'ai choisi la plus directe : à gauche.

Quand la voie semblait libre de chariots, je me suis faufilé à travers le tunnel de huit mètres de large pour entrer dans le nouveau passage. Des alcôves bordaient celui-ci, similaires à celles du Cloaque en dessous : des renfoncements avec des postes de travail, des rafraîchissements périmés depuis longtemps pour les travailleurs, et des fournitures. Malgré le rythme de production de l'armée d'Alpha, je ne voyais pas un seul mech ici avec moi, bien que des chariots filent le long du centre du tunnel et le traversent à intervalles réguliers.

— Où est tout le monde ? ai-je demandé.

— Tu les as attirés dehors, tu te souviens ? répondit Kaydee.

— Certes, mais ne devrait-il pas y en avoir plus ? Alpha n'en fabrique-t-il pas constamment ?

— Peut-être ? Qui sait ce que ce type pense ?

Kaydee avait raison, au moins sur ce point. Une fois qu'on s'éloignait de l'objectif principal d'Alpha — prendre le contrôle du Vaisseau, le guider vers une destinée ultime — le vaisseau n'avait pas vraiment de sens. Comme un nerf, Alpha avait tendance à réagir de manière imprévisible.

Non pas que cela me dérangeait outre mesure. Le couloir vide me permettait de progresser rapidement, ralenti seulement aux intersections où j'attendais que les combinaisons courrier-mech dégagent les chariots et me laissent de la place. J'ai aussi fait quelques vérifications rapides sur les postes de travail, espérant avoir de la chance et que l'un d'eux me donnerait l'accès que je cherchais, mais c'étaient tous des terminaux stupides. Pas d'accès réseau, uniquement des contrôles stricts pour les Lignes.

J'aurais pu bricoler avec, détourner les chariots et enrayer le mécanisme, mais cela semblait une façon stupide de me révéler.

Le premier indice que mon petit raccourci n'aurait pas une fin parfaite est apparu lorsque nous avons dépassé la dernière connexion transversale du Conduit. Tout au long du chemin, les Lignes de Fabrication chantaient la chanson de la manufacture, le grincement du métal et des roues. L'ozone flottait dans l'air, accompagné d'autres odeurs âcres qui passaient en un souffle avant de disparaître.

— Si tu étais humain, je te dirais de prendre un respirateur, dit Kaydee, remarquant les supports de masques accrochés aux murs. Mais toi, Gamma, tu peux inhaler toute la merde toxique que tu veux.

— Hourra pour moi ?

— Hourra pour toi. Absolument.

— On dirait que les humains ont beaucoup de faiblesses, ai-je médité en me glissant derrière un chariot dans la dernière section du couloir.

— C'est juste, sinon nous serions trop géniaux.

— Hum hum.

Les rails des chariots disparaissaient dans cette dernière partie, remplacés par du carrelage éraflé et sale. Les alcôves se multipliaient, devenant un véritable laboratoire avec des établis de chaque côté chargés de composants. Il semblait que les chariots sortant de ce côté étaient chargés de ferraille brute, prête à être transformée en une multitude de mechs identiques. Les établis poussiéreux ici, cependant, semblaient garnis de pièces sur mesure destinées à être façonnées en créations uniques.

Confirmant mes soupçons, plusieurs longs tubes métalliques étaient posés à ma droite. De la même couleur et largeur que les bras du Chancelier, ils expliquaient d'où venait ce monstre.

— Mais qui fabriquerait ça ? demanda Kaydee alors que je fixais les bras un peu trop longtemps. Alpha n'est pas ici, si ?

— Il n'aurait pas besoin d'y être, ai-je répondu en m'approchant de l'établi le plus proche pour examiner de plus près les outils disponibles. Il suffirait d'envoyer des instructions personnalisées aux mechs pour qu'il ait ses monstres sur mesure.

— Je ne sais pas si tu as remarqué ces mechs qui transportent tout ça, Gamma, mais ils ne sont pas vraiment conçus pour un travail de précision.

Point. Les machines grossières qui tiraient les chariots seraient incapables de visser deux boulons ensemble, encore moins d'assembler quelque chose comme le Chancelier. Peut-être que Volt aurait pu faire quelque chose comme ça. Leo, certainement, mais j'avais du mal à croire que l'être mi-mécanique, mi-homme serait ici à aider Alpha après notre rencontre. Ces mécas flexibles contre lesquels nous nous étions battus auraient eu la dextérité nécessaire, mais je n'en voyais aucun rôder dans les parages.

Un mystère, mais pas un pour lequel j'avais le temps maintenant. J'ai laissé les établis derrière moi et suis allé au bout du couloir. À droite, le chemin revenait sur mes pas, vers l'ascenseur d'où devaient arriver les pièces brutes. À gauche, le Conduit et ma destination.

Le bleu n'avait pas beaucoup changé pendant que je me faufilais. Les mécas poubelles déversaient toujours de la ferraille, les mécas plus gros la déplaçaient encore. Des coursiers voltigeaient çà et là. Pas de martèlement annonçant l'approche d'une armée de mécas. Je ne voulais pas penser à ce que cela signifiait pour Val et les autres, mais un problème à la fois.

— Vas-y ! chuchota Kaydee.

Je me suis retourné brusquement, collé au mur de droite. Pas très loin devant, la passerelle se terminait en cul-de-sac sur les derniers ascenseurs. L'extrémité la plus riche et la plus propre du vaisseau. Pas surprenant qu'ils gardent les mécanismes de création des mécas pour eux seuls. Mais avant tout ça, il y avait la pièce que je cherchais.

Au premier abord, les Lignes ressemblaient à un appartement, bien que débordant d'écrans. Beaucoup affichaient des avertissements rouges, indiquant que le monte-charge ne fonctionnait pas, que les chariots n'étaient pas déplacés efficacement. Je voyais tout cela depuis la porte en spirale grande ouverte. Pas besoin de sécurité quand on contrôle tout.

Là où il y aurait eu des placards de cuisine et des canapés dans les autres appartements, des postes de travail dominaient. Des terminaux qui n'avaient rien de stupide, avec des écrans de connexion similaires à ceux de Val. Des terminaux avec un accès au réseau et, peut-être, une chance d'ajuster les Lignes de Fabrication. Au-delà, une petite table était placée près d'un vieux frigo carré et de deux cafetières en verre vides sur des plaques chauffantes.

— Café, thé, en-cas, dit Kaydee alors que je me faufilais à l'intérieur, ne voyant rien. On dirait le repaire classique du pauvre type qui bosse dur.

— Espérons qu'il n'y en a aucun dans les parages.

— Tu ne sais même pas ce que c'est.

— Des mécas d'une sorte ? J'ai jugé que l'espace principal était dégagé. L'extension du 'salon' semblait identique, également vide. Ils étaient coincés ici pour toujours ?

— On peut dire ça.

Kaydee n'a pas élaboré, et je n'ai pas pris la peine d'insister. Il y avait des terminaux en abondance, mais lesquels auraient accès aux Lignes elles-mêmes ? Y en avait-il ? Pouvais-je perdre du temps à vérifier chacun d'entre eux ?

— Voici un conseil, dit Kaydee en apparaissant et en pointant vers le fond de l'appartement. On a tendance à mettre le meilleur à l'arrière.

L'intuition de Kaydee s'est avérée prometteuse. Vers l'arrière de la cuisine, là où se trouvaient les chambres dans les autres appartements, d'autres portes en spirale attendaient. Celles-ci étaient fermées, avec des gemmes rouges brillant sur chacune d'elles. Verrouillées. J'ai jeté un coup d'œil vers la porte ouverte menant au Conduit. À tout moment, un méca pouvait entrer et me demander ce que je foutais ici.

— Essayons d'abord l'un des autres, ai-je dit. Si ça ne marche pas, on s'attaquera aux verrous.

— Aussi bonne idée qu'une autre.

Je suis retourné dans le salon, juste hors de vue de l'entrée de l'appartement. Juste hors de vue de l'entrée. Pas beaucoup de défense, mais je prendrais ce que je pouvais. J'ai pressé mes doigts ensemble, la peau se rétractant pour former la prise. Le terminal était prêt, le port disponible.

— Je dois dire, Gamma, ça fait un moment que tu n'as pas hacké quelque chose, dit Kaydee en s'accroupissant à côté de moi. Je m'ennuie.

— Espérons que ce ne sera pas trop excitant.

J'ai approché le port du terminal, prêt à le brancher, quand le bruit caractéristique d'un méca approchant m'a fait m'arrêter. Je me suis reculé, caché près du terminal, et j'ai regardé une étrange machine entrer dans le centre de commandement. Deux bras, trois jambes, tous fins et fili- formes. Les bras se terminaient, comme ceux des mécas flexibles d'avant, par des mains à dix doigts. Des mains plus que capables de manier de petits outils. De reconstruire quelque chose comme le Chancelier.

Il est passé tout droit, m'ignorant, se dirigeant vers ces portes verrouillées à l'arrière.

— Kaydee, je crois que j'ai une idée.

— Pour une fois, Gamma, je crois qu'on pense à la même chose.

ARÈNE

Notre cible nous tournait le dos, penchée sur un terminal à double écran. La porte en spirale bloquant l'accès au bureau restait ouverte, pratique pour nous qui nous faufilions derrière. Au-delà du terminal, le bureau dégageait une ambiance étrange : des images ornaient les murs, dont plusieurs diplômes encadrés de l'Université Starship et des photos de famille avec des enfants souriants devant ce qui devait être des arrière-plans truqués de la Terre.

Une plante, morte depuis longtemps et réduite à des tiges noires, trônait dans un pot.

— Ouais, on dirait qu'un humain a travaillé ici autrefois, dit Kaydee. Je me souviens de l'endroit qui faisait ces photos. C'était toujours le truc le plus ringard, vouloir se mettre devant une planète qu'on ne verrait jamais.

J'étais d'accord. Les humains n'avaient pas toujours beaucoup de sens logique.

— On aimait juste faire semblant, tu sais ? continua Kaydee pendant que je me faufilais derrière le mech, mes doigts joints, formant ce port. On se disait que si cette photo marchait, peut-être qu'un jour on pourrait vraiment y être, tu vois ? Un rêve.

Les rêves. Un concept étrange pour moi. Je connaissais ce phénomène humain, bien sûr, mais sans sommeil, je-

Le mech pivota brusquement, levant les mains vers mon visage. Pour me tordre le cou, me crever les yeux, qui sait, quelle importance. J'ai repéré le port, juste là dans la poitrine du mech. J'ai enfoncé mes doigts pincés. Je l'ai senti se verrouiller alors que les mains du mech se resserraient sur mes joues, ma tempe.

Aller dans le monde numérique, c'était un peu comme un rêve, non ?

Nous nous tenions dans une arène poussiéreuse. Des blocs d'adobe, blanchis par un soleil éclatant, formaient les murs, s'élevant sur plusieurs mètres avant de s'incliner pour révéler des gradins bondés de formes fluctuantes. Colorées, ondulantes, les formes dans les gradins se résolvaient, si je les regardais, en brins codés, morceaux du mech acclamant sa fonction centrale.

Cette fonction se tenait en face de moi dans l'arène, dressée contre la lumière. Deux mains, trois jambes, et bien plus grand que dans la réalité, le mech me fixait de ses yeux rose vif. Il n'avait pas d'armes et, en serrant mes poings, je me rendis compte que je n'en avais pas non plus.

— Un vrai truc d'homme des cavernes, dit Kaydee en s'étirant à côté de moi. Elle portait un short et un t-shirt jaune. Pas d'armes. On est sur un vaisseau spatial qui file à toute allure et on se retrouve à se battre à coups de poing dans la poussière ?

— Ce n'est pas notre choix. Je fis travailler mon ancien esprit numérique, essayant de voir ce que je pouvais modifier ici. La réponse ? Rien. Celui-là est bien conçu. Je ne trouve pas de failles.

— Cool, cool.

Les programmes acclamèrent, un son artificiel et saccadé ressemblant plus à un signal brisé qu'à un véritable appel aux armes. Pas que ça importait : notre ennemi prit ce son comme un signal pour charger, et charger il le fit. Le mech, ses deux jambes le propulsant en avant dans des foulées obliques tandis que la troisième au centre maintenait l'équilibre, se déplaçait rapidement vers Kaydee et moi.

— On se sépare ? demanda Kaydee.

— On se sépare.

Elle partit à gauche, moi à droite. Le mech, soulevant un nuage de poussière derrière lui, bifurqua dans ma direction. Il me suivit alors que je filais jusqu'au mur. Je pivotai, plaquai mon dos contre ces pierres chaudes et regardai le mech s'approcher, le vis lever son poing droit pour un coup marteau.

Delta et Beta étaient des tueurs au combat. Ils pouvaient trancher et découper avec les meilleurs.

Mais moi ?

Je pouvais esquiver, mon pote.

Le mech s'approcha comme si j'avais la vitesse d'un paresseux, visant un grand coup sur mon menton. J'attendis, puis m'écartai d'un coup. Le coup passa près de ma joue, un vent métallique chaud explosa lorsque le grand robot frappa le mur derrière moi. Ces briques jaune-blanc volèrent en éclats sous le soleil, frappant mon dos et répandant des débris dans l'arène.

Je roulai sur le côté, jetant un coup d'œil au mech pour voir s'il s'était abîmé la main dans l'attaque. Malheureusement, le squelette de la chose avait assez de force pour encaisser un tel coup sans sourciller. Alors même que je me retournais, il leva les deux mains jointes au-dessus de sa tête et les abattit vers moi.

Un autre roulé plus loin et les poings s'écrasèrent dans la terre, soulevant un nuage de sable. Ombragés par le sable, ces bras se relevèrent, prêts pour une nouvelle frappe. Elle vint, je roulai, un autre raté.

Un humain pouvait s'adapter, comprendre mes roulades. Ce mech était un ingénieur, travaillant dur pour construire des mechs. À quel point sa programmation de combat serait-elle bonne ? Pourrais-je simplement continuer à rouler un mètre à la fois ?

Le mech frappa à nouveau. Je roulai à nouveau. La séquence se répéta deux fois de plus, laissant une piste criblée dans la poussière alors que nous longions le mur extérieur de l'arène. Okay, hypothèse confirmée. Le mech continuerait à frapper jusqu'à ce qu'il touche.

La fois suivante, alors qu'il frappait, je roulai *vers* le mech au lieu de m'éloigner. Le coup vint avec le même angle, le même espacement, le même ratage. Aux chevilles du mech, je donnai un coup de pied sur son pied droit. Mon coup rebondit, produisant un bruit sourd et glissant. Pas une bosse, pas un mouvement. Quelle que soit ma force à l'extérieur, je n'avais aucun pouvoir ici.

Le mech recula, frappa à nouveau.

Je me recroquevillai, roulant pour éviter le coup dans une culbute qui me remit sur mes pieds. Le mech me suivit, changeant de tactique maintenant que j'étais debout. Le coup de poing, visant droit mon menton. Je fis un pas de côté vers la droite, regardai le poing passer à côté de moi. Un coup de gauche suivit, que j'évitai en tombant à genoux. Un peu plus grand et le mech aurait eu ma tête.

— Gamma ! Kaydee cria mon nom en courant derrière le mech. Dans chaque main, elle tenait une pierre, un morceau détaché du mur par le premier coup du mech. Attrape !

Le lancer arriva par en dessous, atterrissant dans mes bras juste au moment où le mech donnait un autre coup de poing, apparemment indifférent à l'approche de Kaydee.

Je fis le mauvais choix : j'essayai d'attraper cette stupide pierre.

Mes pieds ne m'emmenèrent pas assez loin sur le côté, mes mains tendues pour saisir le projectile de Kaydee, et le mech effleura mon épaule. Ça aurait dû être un coup glissant, ça aurait dû être un bleu au pire.

Au lieu de cela, je volai en tournoyant dans les airs. Le mech avait frappé avec une telle force que j'avais quitté le sol et traversé l'arène comme une fusée pour m'écraser contre le mur opposé. Le mur se fissura autour de moi, et je sentis, *sentis* mes membres se briser. Ici, dans le monde virtuel, je n'avais pas de capteurs, pas d'alertes pour me dire à quel point j'étais condamné, donc aucun avertissement ne clignotait devant mes yeux, aucune fonction ne hurlait ma fin imminente.

Pas que j'en aie besoin. Je pouvais voir mon corps autour de moi. Mon bras gauche avait disparu, simplement emporté par le coup. Une partie de ma poitrine était partie avec lui. Le choc contre le mur avait broyé mes jambes, et je ne sentais plus mon bras droit, bien qu'il semblait bouger quand je remuais les doigts.

Évidemment, le mech ne se battait pas à la loyale. Nous étions sur son terrain.

De l'autre côté de l'arène, le mech sprintait vers moi, Kaydee le suivant. Apparemment, son attaque par derrière sur la machine avait échoué, et ses cris n'avaient pas attiré l'attention du mech. Au lieu de cela, la machine gardait son attention fixée sur moi, fonçant dans ma direction et soulevant du sable à chaque pas. Son épaule se replia, préparant son poing en mode démolition.

Je ne pouvais pas bouger, ni esquiver. Prévisible, certes, mais trop puissant pour être vaincu.

Si je ne voulais pas finir brouillé, effacé, je devrais fuir.

— Attends ! cria Kaydee à travers l'air limpide, comme si elle savait ce que je pensais. J'y suis presque !

Presque à quoi ? Le mech ralentit en s'approchant, alignant son coup de poing mortel. Mes jambes ne bougeaient pas, mais je réussis à lever mon bras droit, mes doigts formant un geste que Kaydee aurait apprécié.

Le ralentissement donna sa chance à Kaydee. La femme en plein sprint sauta, une pierre dans une main, sur le dos du mech. La machine tressaillit au contact, mais ne dévia pas de moi. Ces yeux rose vif en colère me lançaient des éclairs. Un pas de plus alors que Kaydee grimpait le long de l'étroite colonne vertébrale métallique du mech.

Je captai le regard de Kaydee lorsqu'ils dépassèrent l'épaule du mech, ne voyant aucune peur dans sa mâchoire serrée, sa poigne ferme alors qu'elle levait la pierre. Le mech mit son poing droit à niveau, commença son élan.

— Plus de temps, dis-je, ma voix un murmure métallique.

— Reste ! cria à nouveau Kaydee, son premier coup écaillant le blindage du cou du mech.

Le poing arriva fort, rapide.

Je fis mon choix.

QUARANTE-DEUX

SABOTAGE

J'ai rebondi. Un changement brutal de l'arène de sable éclatante à la pièce sombre. Le seul terminal projetait sa lumière bleue à travers l'obscurité, laissant des ombres partout. J'étais assis par terre. Mes systèmes n'étaient pas prêts à ce que je revienne, reprenne le contrôle, alors je me suis affalé et j'ai levé les yeux vers la machine qui tenait la personne la plus importante de mon existence.

Je l'avais laissée là-bas. Déconnecté sans ramener Kaydee avec moi.

Laisser le coup du mech tomber aurait pu détruire une partie de moi-même que je ne pouvais pas me permettre de perdre. J'aurais pu revenir dans mon corps comme un programme endommagé, j'aurais pu être poussé sur la voie qu'Alpha avait empruntée. Ou j'aurais pu être effacé sans le moindre effet négatif, comme Delta l'avait été auparavant.

La mission disait que je ne pouvais pas prendre ce risque. La mission disait que les humains mourraient si j'échouais, que Beta et Delta seraient morts pour rien.

Je me répétais cette affirmation tandis que je me levais, les mains prêtes à saisir le cou du mech pour tenter de le déchirer. Brutal, peut-être, mais sans vraies armes, je n'avais pas beaucoup d'autres options. Soit le mech l'emporterait, soit Kaydee...

Elle disait de rester. Elle n'arrêtait pas de dire de rester, ce qui signifiait qu'elle voyait quelque chose. Une vulnérabilité, une issue. Pour l'instant, le mech semblait mort, ses yeux éteints et ses parties immobiles. Je pouvais soit attendre et voir s'il revenait à la vie, soit tenter ma chance, détourner ma concentration du mech et faire ce pour quoi j'étais venu ici.

Les remarques de Kaydee me manquaient déjà.

Face au silence qui répondait à mes pensées, je me suis déplacé autour du mech et me suis installé devant le terminal. La machine s'était déjà connectée, résolvant le premier problème de sécurité. Avec un peu de chance, les Lignes de Fabrication n'auraient pas de couches de mots de passe et ne m'obligeraient pas à essayer de pirater mon chemin.

Après ce qui venait de se passer, retourner seul dans l'éther numérique semblait effrayant, triste, je n'étais pas sûr. Les émotions se manifestaient brutalement à travers mes circuits, l'influence de Kaydee se faisant sentir dans la façon dont mes fonctions habituellement pragmatiques m'éloignaient de refaire la même chose qui avait conduit à sa perte.

Était-ce cela, le deuil ?

Mes doigts tapaient et pianotaient tandis que j'essayais de donner un sens à mes sentiments. La disposition claire du terminal m'a rapidement mené au bon endroit, quelques tapotements sur l'écran tactile et j'avais les Lignes de Fabrication affichées devant moi. Une boîte clignotante est apparue lorsque j'ai ouvert le programme pour la première fois, déclarant une efficacité bien en deçà de l'optimal. C'est ce qui arrive quand votre principale source de pièces est coupée et que vous vous fiez à des mechs poubelles de fortune pour livrer la marchandise.

L'écran montrait chaque ligne en colonnes avec des données étalées en icônes et en chiffres. En utilisant une légende pratique, j'ai déchiffré l'image et j'ai fini par découvrir qu'Alpha s'était tourné vers le cannibalisme. Ces mechs poubelles ne se rendaient pas aux niveaux les plus bas du Conduit pour récupérer de la ferraille, ils prenaient d'autres corps et pièces de mechs, les rapportant aux Lignes pour qu'ils soient assemblés à nouveau.

Et différemment.

Le jeu de mech d'Alpha semblait s'être amélioré. Plus content de simplement fixer des couteaux de fortune sur des robots utilitaires bancals, les nouveaux designs d'Alpha incluaient ces choses flexibles à plusieurs doigts contre lesquelles nous nous étions battus à l'extérieur du Jardin. Plus de chiens, comme Alvie mais plus longs, plus méchants, plus rapides — pas difficile de voir d'où Alpha avait tiré cette idée. Et une troisième catégorie désignée comme spécialistes, n'occupant qu'une des six lignes.

Ça devait être d'où venait le Chancelier mis à jour.

Le plus important était le bouton en bas à droite offrant un arrêt total. Je l'ai fixé du regard, puis j'ai jeté un coup d'œil au mech toujours éteint derrière moi. Appuyer dessus arrêterait la construction de l'armée d'Alpha, au moins pour un temps. Cela attirerait aussi sur moi tous les enfers qu'Alpha avait ici. Je devrais courir, laisser Kaydee derrière.

Non. Je ne ferais pas ça. Je ne pouvais pas faire ça. Du moins pas sans essayer de la récupérer.

J'ai pincé mes doigts à nouveau, formé la prise. Me faire éjecter ne signifiait pas que je ne pouvais pas forcer le retour. Habituellement, expulser un pirate vous donnait une chance de vous échapper ou de vous venger, mais ce mech n'en avait pas profité. Avalant mes inquiétudes à l'idée de plonger pour me faire frapper à nouveau, je me suis branché sur le côté du mech, attendant d'être aspiré dans cette terrible arène.

Rien n'a changé.

Le port ne fonctionnait pas. Mort, ou peut-être que le mech l'était. J'ai essayé à nouveau, puis une troisième fois. Le clic sonnait de la même manière, le verrouillage satisfaisant lorsque le loquet se mettait en place. Mais pas de données, pas de connexion.

Soit Kaydee avait tué le mech, soit la machine avait été si complètement épuisée par l'effort qu'elle s'était éteinte d'elle-même.

— Kaydee, ai-je dit au mech. Ne me laisse pas.

Elle ne pouvait pas entendre ça. Pas moyen. En supposant que son moi numérique existait encore, elle serait coincée dans cette même arène de sable à se battre contre la machine. Pas un combat qui lui donnait de bonnes chances.

Un scintillement derrière moi a ramené mon attention vers le terminal. Une ligne avait besoin d'aide. Une pièce ou une autre s'était coincée. Le programme suggérait que je signale à une équipe de réparation d'aller vérifier. Au lieu de cela, mon doigt a dérivé vers le bouton d'arrêt. Alors que je planais au-dessus, une idée différente est apparue, produit du hasard, de l'emplacement, et peut-être de l'imprudence de Kaydee.

Nous n'étions pas loin sous le Pont, l'endroit qu'Alpha tenait. Plutôt que de retourner en trébuchant vers une lutte avec l'armée de mechs, une bataille dans laquelle je serais inutile, je pouvais aller chercher ce qui comptait vraiment. Je m'étais faufilé ici, qui pouvait dire que je ne pouvais pas aller jusqu'à Alpha lui-même ? Tordre le cou du vaisseau, mettre fin à tout ce spectacle maintenant.

C'est ce que Kaydee ferait. Elle risquerait tout pour sauver tout le monde.

Ne lui devais-je pas cela ?

J'ai appuyé sur le bouton. Toutes les colonnes sont passées du vert au rouge, s'éteignant. J'ai hoché la tête devant les couleurs, puis j'ai serré le poing et l'ai enfoncé à travers le terminal. Pas une fois, pas deux fois, mais suffisamment de fois jusqu'à ce que la chose soit mise en pièces. Avec un dernier regard vers le mech mort, j'ai quitté la pièce et j'ai fait le tour de l'appartement, détruisant chaque terminal que je trouvais.

Tout ce temps, une horloge tictaquait dans mon esprit, m'avertissant qu'Alpha allait me tomber dessus.

Quand ma frénésie destructrice a pris fin, il ne restait plus que l'autre pièce verrouillée. Je n'avais pas le temps de la pirater complètement, mais je pouvais l'ajuster rapidement. Comme pour la porte de Sybil, j'ai formé le port, je me suis branché et j'ai superposé un autre programme au mécanisme de verrouillage. Avant que le joyau ne refroidisse, avant que toute identité volée ne puisse être vérifiée, l'utilisateur devrait se connecter au port et entrer un code d'accès.

Certes, Alpha pourrait peut-être le forcer. Il pourrait probablement amener un gros mech en colère ici et défoncer la porte. Si un terminal se trouvait de l'autre côté, il pourrait peut-être remettre les Lignes en marche en une heure.

Je n'avais pas d'autres options, et des bruits familiers commençaient à me parvenir. Ces pas métalliques lourds. Les étincelles et les bouffées des réacteurs qui s'allumaient et s'éteignaient. Des Coursiers et les mechs plus imposants dont ils s'occupaient venaient me chercher.

Faisant volte-face, je me suis précipité vers l'entrée de

l'appartement. Il n'y avait qu'une seule entrée et sortie, je ne pouvais pas laisser-

Merde.

Un gros mech, un pousseur de chariot, se tenait devant la porte. Je me suis recroquevillé, près du bureau avec le mech mort, espérant que les ombres m'accorderaient une minute. Mais le grand gaillard n'a pas joué les idiots. Il est resté immobile, attendant, jusqu'à ce que je voie des lumières plus vives derrière lui. Des Coursiers, prêts à intervenir. C'est seulement alors que le monstre s'est avancé, suivi par le bourdonnement des mouches laser.

Quel que soit le temps dont je disposais, il était écoulé. Au moins, pour un moment, nous avions accompli la mission. J'ai fait craquer mes doigts, estimant que je pourrais peut-être en éliminer un ou deux avant de tomber.

Pour Kaydee.

ASTUCES

Ok, il est temps de jouer au super-héros. J'ai repéré une table d'appoint que je pourrais saisir et lancer, puis enchaîner en balançant l'une des machines à café moisies sur un coursier. Je suis peut-être piégé dans un bureau banal, mais ça ne veut pas dire que je ne peux pas faire quelques dégâts avant qu'ils ne me réduisent en miettes.

Un gros mech à l'entrée, deux coursiers l'encadrant. Sans doute d'autres dans le Conduit au-delà. Bon, d'abord les menaces immédiates.

Kaydee, regarde-moi. Je vais me battre tout seul.

Elle aurait été impressionnée. Ou m'aurait traité d'imbécile. Ou les deux.

J'ai commencé à avancer, ma jambe droite se propulsant pour aussitôt être ramenée au sol de la pièce. Le mech que nous venions de combattre se dressait au-dessus de moi, son mouvement saccadé rendu plus inquiétant par ses yeux luisant de rose. J'ai repoussé la main de la chose, l'ai repoussée. Elle a trébuché, est tombée, son derrière faisant un bruit sourd.

Pas vraiment un bon début, ni pour ma fin meurtrière ni

pour l'embuscade du mech. Je ne pensais pas que le robot était si mal coordonné, mais bon, je n'allais pas m'en plaindre. Le bureau avait une chaise sur le côté et je l'ai saisie, la soulevant haut pour réduire le mech en poussière.

— Ne fais pas ça, a dit le mech, sa voix métallique tremblotant alors qu'il tendait ses bras vers moi.

Une supplique d'un mech ? C'était vraiment bizarre.

— Lâche cette chaise, Gamma, a continué le mech. Ils arrivent.

Il y a des énigmes difficiles, et il y en a d'évidentes. Leo m'avait donné une bonne dose d'intelligence, alors j'ai fait le lien entre l'étrangeté du mech prononçant mon nom et sa source probable.

— Kaydee ? ai-je demandé.

— En chair et en métal, a répondu Kaydee, se levant avec des mouvements saccadés. Il m'a fallu un moment pour comprendre comment fonctionnait ce corps. Ses yeux roses lumineux se sont tournés vers le terminal. Je t'ai vu le réduire en miettes. Tu étais en colère à cause de moi ?

— Je ne pouvais pas tuer les Lignes, alors ça m'a semblé être le meilleur moyen de ralentir Alpha. J'ai froncé les sourcils. À droite, des bruits se faisaient entendre alors que les coursiers et le gros mech marchaient vers nous. Pendant que tu comprenais le fonctionnement du mech, tu as trouvé un plan pour nous sortir de là ?

— Oui, a dit Kaydee. Mourir.

— Quoi ?

— Fais le mort, imbécile, a chuchoté Kaydee, la voix du mech ne ressemblant en rien à la sienne, mais portant toujours sa pique caractéristique. Maintenant.

Les histoires du Bibliothécaire contenaient de nombreuses références humoristiques au fait de faire le mort, alors j'ai suivi ses instructions. Je suis tombé en avant, me suis légèrement recroquevillé et me suis allongé sur le sol. J'ai fermé les yeux, activé mes autres sens pour ne pas être aveugle. J'ai senti et entendu le gros mech entrer dans l'embrasure de la porte. De petites bouffées de chaleur m'ont balayé tandis que les coursiers suivaient.

— Je l'ai vaincu, a dit Kaydee, un peu trop triomphante pour un mech.

— Ferraille, a répondu le gros mech en un mot.

— Non, a rétorqué Kaydee. Alpha veut celui-ci.

Le gros mech a émis un bip interrogateur. Les deux coursiers sont restés silencieux, mais je les ai sentis s'approcher, bourdonnant près de mon visage. Pour un humain, rester immobile aurait pu être difficile. J'ai simplement désactivé mes extrémités, un interrupteur basculé pour me rendre inerte. Conçu pour préserver l'énergie dans les situations difficiles, cette fonction fonctionnait vraiment bien : je ne sentais rien à part les sensations venant de ma tête. Oreilles, ces yeux fermés, les vibrations traversant mon cuir chevelu alors que le gros mech reculait.

— Je vais l'emmener, a continué Kaydee. Réparez les Lignes.

Simple, direct. Elle apprenait vite.

J'ai entendu les pieds métalliques de Kaydee atterrir, senti ses bras glisser, avec des mouvements hésitants, sous moi. Kaydee avait passé toute une vie en tant qu'humaine, et bien d'autres en tant que programme. Apprendre à diriger le corps d'un robot serait totalement nouveau.

Cela dit, si quelqu'un pouvait y arriver, ce serait Kaydee.

— Endommagé ? a demandé le gros mech alors que Kaydee me soulevait. Lent.

— Mineur, a répondu Kaydee. Allez-y.

Le gros mech a suivi les instructions, guidant Kaydee

hors de l'appartement. J'ai gardé les yeux fermés tout du long. La brume du Conduit a embrassé mes joues. Des bruits moins agréables ont frappé mes oreilles, des questions, des cliquetis, des bourdonnements et des claquements provenant de ce qui devait être une douzaine de mechs ou plus de tous côtés. Le trio qui était entré dans l'appartement n'avait été que l'avant-garde.

Mon dernier combat aurait vite pris fin.

— Vers Alpha, a dit Kaydee alors que nous avancions sur la passerelle. Par où ?

Au lieu d'une réponse, une chaleur a balayé mon visage. Les réacteurs des coursiers, plus proches qu'avant. Si proches.

— Restez à l'écart, a dit Kaydee, et elle m'a déplacé vers la gauche, mais les réacteurs ont suivi. Que faites-vous ?

— Pas mort, a déclaré un coursier. Un gémissement familier s'est joint à leurs réacteurs qui crépitaient, l'électricité alimentant leurs armes. Dangereux.

La ruse était éventée.

J'ai ouvert brusquement les yeux, concentré sur tous les mechs autour de moi. La scène avait un certain air de déjà-vu. La dernière fois que nous avions été piégés sur le Conduit, j'avais poussé Delta et moi par-dessus bord. Cette fois ?

— Cours ! ai-je dit, en me dégageant des bras de Kaydee alors qu'elle essayait d'argumenter avec ces abeilles bourdonnantes.

Dès que mes pieds ont touché le sol, j'ai donné un coup de pied vers la rambarde de la passerelle et me suis jeté dans le vide. Les Lignes de Fabrication n'étaient pas si éloignées du fond du Vaisseau, alors la chute s'est terminée rapidement, une autre glissade rebondissante et fracassante à travers de vieux débris et des tissus déchirés. Des vis, des ressorts, du papier et des meubles ont gémi, craqué et tremblé alors que je descendais.

Je n'ai pas entendu un autre corps, un autre impact. Dès que je me suis rattrapé, j'ai levé les yeux, essayant de trouver la forme tombante de Kaydee. Je n'ai rien vu à part le bleu du Conduit et un nuage orange descendant : les coursiers venaient me chercher.

Kaydee n'avait pas réussi.

Bien sûr. Elle avait déjà eu du mal à me soulever. Se lancer dans une course et un saut rapides avait dû être au-delà de ses capacités. N'importe lequel de ces autres mechs avait pu l'attraper, lui tirer dessus avant qu'elle ne saute.

J'avais perdu Kaydee, je l'avais retrouvée, et je l'avais perdue à nouveau en l'espace de quelques minutes. Non, je ne l'avais pas perdue à nouveau. Elle pouvait encore être là-haut, en train de lutter, attendant de l'aide.

Je savais où je pouvais en trouver.

Les coursiers fonçaient sur moi alors que je me débattais pour sortir du monticule d'ordures. À leur approche, je leur ai lancé tout ce qui me tombait sous la main, cabossant le premier et envoyant le second, heurté par une vieille chaise robuste, tournoyer contre le côté du Conduit. Une fin enflammée satisfaisante.

Cinq autres suivaient, m'assaillant à distance alors que je glissais, sautais et zigzaguais à travers les détritus. Les coursiers n'étaient pas des tireurs d'élite naturels. Ce n'étaient pas des machines de guerre mais des transporteurs, et leur capacité à toucher une cible en mouvement s'avérait médiocre. À la place, de vieux canapés, des éviers et des mechs depuis longtemps hors service fondaient autour de moi tandis que les tirs ratés les consumaient.

Si rien d'autre, mes mouvements inefficaces et aléatoires

à travers les piles instables rendaient difficile de bien me viser.

Mon objectif n'était pas loin devant sur la gauche, une ouverture familière que je ne m'attendais pas à revoir si tôt. La Fosse d'Aisance offrait un abri, et après avoir reçu un tir qui m'a effleuré le côté, j'ai plongé à travers l'entrée et roulé, éteignant mes vêtements en feu.

Les bassins fluorescents et la lumière jaune de la Fosse d'Aisance offraient à nouveau un joli décor, bien qu'ils ne fournissent que peu de couverture avec mes poursuivants si proches.

— Leo ! ai-je appelé en courant devant ces bassins.

Derrière moi, les coursiers vrombissaient, leurs réacteurs crachant.

— Leo ! À l'aide ! ai-je crié à nouveau, bifurquant à gauche et me glissant dans un tunnel alors que les lasers cascadaient autour de moi. Kaydee a besoin de notre aide !

Manipulation émotionnelle ? Peut-être. Nécessaire ? Absolument.

Les murs incurvés, griffonnés de vieux slogans, dictons et jurons, défilaient tandis que je courais. Les intersections m'obligeaient à faire des choix aléatoires, le labyrinthe de la Fosse d'Aisance me faisant gagner du temps. Je continuais d'appeler Leo toutes les quelques foulées, attendant une réponse qui ne venait pas.

Au détour d'un autre virage, je suis tombé nez à nez avec un coursier, celui-ci seul. Ces maudits insectes avaient dû se séparer, pas un mauvais choix face à un vaisseau désarmé. Le laser du petit mech brillait d'une lueur orange, son réacteur pulsait et sa visée était directement sur moi.

J'ai frappé plus vite qu'il n'a tiré, un coup de poing descendant qui a envoyé le coursier tournoyer au sol. Le réacteur de l'engin s'est brisé, mais avant que je ne puisse ressentir le moindre sentiment de triomphe, son laser a fait feu. Mon pauvre pied droit, celui qui avait été graissé plus tôt par des mechs dans ces mêmes tunnels, est devenu incandescent. Je suis tombé à côté du coursier dans un bruit sourd.

— Pourquoi ? ai-je demandé à l'insecte alors qu'il tressautait, cherchant un moyen de me tirer dessus. D'un seul coup, j'ai mis fin à la misère du mech. Pourquoi as-tu dû faire ça ?

— Je pourrais te poser la même question, a dit la voix que j'attendais, l'homme sortant d'un panneau caché derrière moi. Leo, armé et dangereux. Tu n'étais pas censé revenir.

— Ça va te surprendre, ai-je dit alors que Leo m'aidait à me relever, mais ce n'était pas prévu.

L'homme m'a ramené à la cachette du Forgeron, où les mi-machines, mi-humains observaient d'un œil méfiant. Quelques autres se sont faufilés derrière, armés comme Leo, avec des lasers bancals, des épées et des bâtons. Alors que Leo m'installait sur une chaise, il s'est tourné vers les nouveaux arrivants.

— Comment nous en sommes-nous sortis ?

— Comment nous en sommes-nous sortis ? a demandé Clara, la femme fougueuse que Delta avait prise en otage la première fois que nous avions atterri ici. Pas assez bien. Plusieurs se sont échappés.

— Alors il sait, a soupiré Leo.

— Alpha savait déjà, a rétorqué Clara. Il se fichait juste de nous. Elle m'a pointé du doigt. Mais maintenant il est là.

Je lui ai adressé un triste sourire. — Désolé, plus de cachette. Le combat arrive, que vous le vouliez ou non.

QUARANTE-QUATRE

COMBAT ET FUITE

Ma réplique de mauvais augure n'a pas fait bondir les Forgers. Au lieu de cela, ils se sont tournés vers Leo, ma requête suspendue à ses lèvres. L'homme s'est gratté les cheveux clairsemés, a longuement observé le nid encombré que les Forgers avaient creusé dans le sous-sol en fusion de Starship.

— Quand tout partait en vrille, on a fui, a dit Leo, semblant trouver ses mots au fur et à mesure. On a convenu que le cœur de Starship était pourri et plutôt que de le réparer, on est partis s'installer ici, déterminés à mener une mission à son terme. On a abandonné.

Certains ont alors bougé, quelques regards se sont fixés sur le sol ou un coin de la pièce.

— Ça avait du sens à l'époque, pas vrai ? On ne voulait pas se mêler d'une bagarre entre classes. Tout le monde semblait moins intéressé à maintenir Starship à flot qu'à régler ses problèmes à coups de flingue ou de poing. On voulait plus. On voulait voir à quoi tout ça avait servi.

— Certains d'entre nous le veulent toujours, a dit Clara,

les bras croisés, son regard glacial poursuivant son œuvre. Quelques autres l'ont rejointe, offrant un accord discret.

— Vous le pouvez toujours, a dit Leo, mais pas en restant ici. Gamma a raison. Une fois qu'Alpha en aura fini avec les humains à l'arrière, une fois qu'il aura pris chaque mech qui s'oppose à lui et les aura transformés en ses agents, il viendra pour nous.

— Pas si on lui donne ce truc. Clara m'a pointé du doigt. C'est Gamma qu'il veut. Utilisons-le. Faisons un marché avec le vaisseau. Ça marcherait, non ? Tu as programmé ces trucs, tu devrais savoir.

Je me suis redressé de mon siège, j'ai trébuché sur mon pied cassé et j'ai dû m'appuyer sur l'épaule de Leo pour garder l'équilibre.

— Vous négocieriez avec la folie, ai-je dit. Une logique défectueuse et brisée. Un virus qui n'a d'autre but que la destruction. Au mieux, il vous accorderait un répit avant de s'emparer de mon esprit et de me retourner contre vous.

Je pensais avoir réussi un bon mélange dans cet avertissement, puisant dans des livres et des films pour démontrer la futilité de travailler avec Alpha. Clara a secoué la tête, a regardé autour d'elle les autres Forgers, a haussé les épaules en grand.

— Qui veut voir et sentir de la vraie terre ? a demandé Clara au groupe, recevant des hochements de tête et des mains levées en retour. Alpha va nous apporter rapidement ce que nous voulons. Ensuite, on pourra mourir heureux, plutôt que de mourir pour rien sous le laser d'un mech.

— Pourquoi mourir quand on pourrait vivre ? a rétorqué Leo, me remettant sur mon siège pour pouvoir se tenir à côté de Clara, l'image même d'une lutte de pouvoir. Tout ce temps, on espérait survivre assez longtemps pour voir la terre, mais pourquoi ne pas aller plus loin ? Gamma nous dit qu'il y a des humains, des humains qui ont grandi sans que les fractures de Starship ne brisent leur esprit. Ils auront besoin d'aide, ils auront besoin de connaissances. On peut leur donner ça, les guider dans notre nouveau monde.

— Bien sûr, Leo, a dit Clara. C'est exactement ce qu'ils voudront quand ils auront survécu à une armée de mechs : nos culs en métal essayant de leur dire quoi faire.

Leo a souri, — Ils ne le voudront pas, mais ils pourraient nous écouter si on les aide. Leo a tendu la main vers moi, a pris sa petite arme sur l'établi. Je ne suis pas un dictateur. Je ne peux pas, et ne veux pas vous forcer à me suivre, mais Gamma et moi, on retourne là-haut. Je n'ai pas vécu si longtemps pour mourir en lâche.

Clara a inspiré profondément, prête à riposter, quand Leo lui a chuchoté quelque chose à l'oreille. La femme a pincé les lèvres, a secoué la tête, puis a jeté un long regard vers le haut de la pièce, les lumières dorées accrochées entre les couchettes empilées creusées dans des alcôves. Leur foyer depuis qui sait combien d'années, mais plus maintenant, et elle le savait.

Chaque Forger, même Clara, s'est joint à Leo et moi quand nous sommes partis. Ils m'ont équipé d'une botte rigide et d'une attelle, me permettant de marcher avec un boitillement et un cliquetis. Les affaires que les Forgers ne pouvaient se résoudre à abandonner étaient fourrées dans des sacs à dos durs accrochés à leurs épaules d'acier. Des mains ont trouvé des armes à tenir, des têtes ont réclamé des casques avec des lampes fixées à l'avant. La plupart n'avaient plus assez de vêtements pour se couvrir, alors l'équipe hétéroclite de Leo s'est enveloppée de bouts de tissu, leurs améliorations captant la lumière tandis que nous faisions notre chemin depuis le Cloaque jusqu'au Conduit.

— Qu'est-ce que tu lui as dit ? ai-je demandé à Leo, nous deux près de l'avant de la colonne.

— Je lui ai demandé si elle était prête à me tuer pour rester, a répondu Leo, sa voix lourde. Il n'avait pas parlé à part pour donner des ordres depuis que la danse décisive s'était terminée. Elle ne l'était pas.

Je pouvais deviner le reste par moi-même : si Leo partait avec moi, Clara et tous ceux qui resteraient avec elle n'auraient aucun moyen de pression quand Alpha viendrait les chercher, armé et en colère. Les Forgers n'étaient peut-être pas tous humains, mais ils n'étaient pas stupides.

Nous nous tenions dans la brume bleue, des monticules de débris s'étendant devant nous. La direction évidente semblait être droit vers l'arrière, montant au fur et à mesure pour pouvoir traverser le Jardin sans problème. Au-dessus, comme des feux à la surface d'un océan, scintillaient des mechs coursiers se dirigeant vers nous. La salve initiale d'Alpha, mais se déplaçant lentement, attendant que leurs mechs laborieux gardent le rythme.

— Kaydee est là-haut, ai-je dit, pointant droit au-dessus. Aux Lignes de Fabrication.

Si elle n'avait pas encore été déchiquetée, pulvérisée ou corrompue par Alpha.

Leo a secoué la tête, — J'ai demandé à mes amis d'aider à sauver d'autres humains. Je ne peux pas leur demander de risquer leur vie pour un programme.

— Elle n'est pas juste un programme, ai-je rétorqué. Elle est aussi réelle que n'importe lequel d'entre vous.

Leo m'a encore tapoté l'épaule, un geste qui, je commençais à le comprendre, signifiait que je n'obtiendrais pas ce que je voulais.

— Si elle ressemble à la Kaydee que j'ai connue, alors je n'en doute pas, répondit Leo. Si nous réussissons, j'espère que nous la retrouverons en bonne santé. Cependant, les vivants doivent avoir la priorité.

Sur ces mots, Leo donna l'ordre de marche, et les vingt scientifiques, ingénieurs et métallurgistes mi-machines, mi-humains commencèrent à avancer. J'essayai de résister, de protester, mais sur un regard de Leo, deux Forgerons qui nous suivaient me soulevèrent et me firent avancer jusqu'à ce que l'embarras, la frustration et la futilité me poussent à bouger par moi-même.

Les forces d'Alpha nous rattrapèrent une heure plus tard, alors que nous approchions de l'Université. Nous avions grimpé plusieurs niveaux grâce à des ascenseurs cachés dans les arrière-boutiques du Vaisseau, d'autres plates-formes de fret actionnées par des clés manuelles. Les commandes de désactivation d'Alpha n'avaient aucun pouvoir sur ces dispositifs rudimentaires, mis en place pour maintenir le Vaisseau en mouvement en cas d'erreur informatique.

— Ou de crimes informatiques, dit Clara en poinçonnant mon billet pour monter.

Elle avait réprimé toute amertume résiduelle de la décision de Leo et l'avait transformée en détermination. Quand je lui demandai pourquoi, elle répondit simplement qu'elle comptait voir un autre monde avant de mourir, et que maintenant cela signifiait gagner cette foutue guerre, alors c'est ce qu'elle ferait.

Simple, efficace.

L'ascenseur nous cracha dans un vaste magasin qui, à en juger par les enseignes flétries et les slogans délavés, avait servi à assembler et à expédier divers appareils électroménagers à travers le Vaisseau. Des ustensiles de cuisine côtoyaient des aspirateurs et des lampes sur un sol d'exposition encombré, maintenant envahi par les

Forgerons alors que nous nous faufilions vers le Conduit.

Leo menait la marche avec plusieurs autres, et le quatuor donna l'alerte depuis la passerelle. Clara et moi étions à mi-chemin dans ce fouillis, ma nouvelle botte écrasant efficacement le vieux verre sous son talon. Les lumières des Coursiers inondèrent l'espace alors qu'ils flottaient près de la passerelle, en haut et en bas. Au même moment, le plafond trembla et se brisa, de fines plaques se cassant alors que des mechs piétineurs le traversaient et atterrissaient autour de nous.

Si Alpha avait envoyé ses troupes de base pour chasser les humains, pour nous encercler au Jardin, ceux qui restaient ici pour chasser les Forgerons devaient être sa nouvelle garde. Ces mechs flexibles, désormais armés d'épées brillantes, avec des fusils laser semblables à ceux des Coursiers s'adaptant à leurs mains sculptées à dix doigts, nous encerclaient.

Pire encore, en balayant la pièce du regard, je constatai que tous ces yeux de mechs à la lueur rose n'avaient qu'une seule cible : moi.

QUARANTE-CINQ

HISTOIRE SANGLANTE

Dans les archives du Bibliothécaire, les médias humains faisaient des combats un événement épique. Le temps ralentissait, les combattants se fixaient du regard à travers des champs, des tables ou des mondes entiers avant qu'un éclair, un coup de feu ou un cri ne déclenche les grandes mêlées. En réalité, d'après ce que j'avais vu, les combats n'avaient pas besoin de tant de grandeur.

Ils n'avaient besoin de rien de plus qu'un coup de poing.

J'ai frappé le mech devant moi, la machine élancée levant son arme pour viser ma tête d'un point orange. Bien que mon pied ait été arraché, mes mains pouvaient bouger sacrément vite quand je le voulais. Mon coup a attrapé l'arme du mech et l'a envoyée voler directement dans son propre visage. L'arme a ricoché, rebondissant au loin dans l'obscurité. Le mech a reculé et je l'ai suivi, boitant vers ma cible et faisant abstraction du chaos.

Ce mech n'était pas celui qui m'avait pris Kaydee. Ce n'était pas celui qui avait poignardé Beta ou traîné Delta. Peu importait. Il pouvait payer, d'une certaine manière, pour ces crimes.

Mais il ne le ferait pas en restant couché. Le mech a serpenté ses bras en arrière, arrachant un vieux fauteuil et brandissant ses côtés rembourrés vert forêt comme des massues. Peu importait. J'ai continué d'avancer, levant mes poings en position de boxeur.

Bien que le magasin ait été sombre, il s'illuminait maintenant de flashs multicolores alors que les Forgerons et les mechs se tiraient dessus. Des explosions orange et blanches crépitaient, les tirs manqués frappant les meubles et les enflammant, les produits chimiques dans les pièces s'embrasant en bleu, violet, blanc et jaune. Les ordres criés se mêlaient aux vrombissements des moteurs et aux bouffées de jets, le sol tremblait alors que d'autres mechs arrivaient pesamment, un cliquetis retentissait alors que le monte-charge amenait plus de Forgerons.

J'ai attrapé le premier coup avec mes deux mains et j'ai tiré, entraînant le bras du mech vers le bas et sur ma gauche. La machine stupide a planté ses pieds dans le sol, pensant pouvoir m'empêcher de la traîner au sol. Au lieu de cela, avec le coussin du fauteuil entre nous, j'ai poussé. Le mech a essayé de frapper avec son autre bras, amenant le second coussin par le bas.

Je l'ai pris sur mon genou en poussant en avant, pliant le mech en arrière alors que je basculais. Avec son pied enfoncé dans le sol, le mech n'a fait aucune concession à ma poussée, sa colonne vertébrale serpentine se pliant pour s'adapter à la force. Comme un S horizontal, le mech s'est débattu alors que je touchais le sol.

Ce qui aurait pu être sinistre s'est transformé en opportunité : j'ai attrapé les jambes du mech alors que j'étais allongé, et je les ai pliées. Avec leurs griffes accrochées au sol pour la traction, les chevilles du mech n'ont pas pu résister à mon effort latéral, et leurs os fins se sont brisés. Le mech a frappé le sol devant moi, ces coussins toujours dans ses bras alors que la machine essayait de comprendre pourquoi elle ne pouvait pas se tenir debout.

À ma droite, Clara s'était accroupie avec un autre Forgeron derrière une table renversée, qui rôtissait rapidement sous les tirs laser de deux autres mechs flexibles.

Il était temps d'être un joueur d'équipe.

Plantant mon pied gauche, j'ai fait pivoter ma hanche, tenant les jambes cassées du mech dans mes mains. J'ai fait tournoyer la machine, aussi lourde, j'imaginais, que cette table derrière laquelle Clara se cachait, et je l'ai envoyée voler. Les coussins du fauteuil et le mech qui les tenait ont volé sur quelques mètres pour s'écraser comme une longue boule de bowling métallique sur ses deux copains, les projetant tous au sol dans un enchevêtrement métallique désordonné.

Clara et son ami en ont profité, se redressant et passant par-dessus la table pour finir le travail avec des tirs à bout portant. Alors que les flashs de leurs tirs s'estompaient, j'ai remarqué que le magasin était redevenu sombre, à l'exception de quelques braises qui s'accrochaient à la vie. Le combat s'était terminé aussi vite qu'il avait commencé, avec les Forgerons victorieux au milieu des ruines des mechs.

— En route ! a résonné la voix de Leo dans le magasin alors que je ramassais l'ancienne arme du mech. On doit continuer à bouger !

Bref et précis. L'ordre de Leo avait du sens : la surprise des mechs d'Alpha ne nous avait pas tous tués — bien que j'aie vu plusieurs Forgerons gisant au sol, immobiles, alors que je suivais Clara hors du magasin — mais ses suites le feraient sûrement. Pour l'instant, les Forgerons avaient prouvé qu'ils n'étaient pas devenus mous pendant leurs années de cachette en dessous.

Au lieu de succomber à l'embuscade d'Alpha et de mourir, les Forgerons avaient porté des coups plus rapides que les mechs ou leurs lasers ne pouvaient le faire. Pendant que ces armes orange se chargeaient, les œuvres artisanales de Leo crachaient un feu rapide, bien que moins mortel. Des corps de mechs minces jonchaient le magasin alors que je partais, et la passerelle à l'extérieur avait plus de carcasses de coursiers que je n'en avais jamais vu auparavant. Un coup d'œil par-dessus le bord montrait aussi de petits incendies en bas sur les tas de ferraille.

Le groupe de Leo s'est rapidement réorganisé pendant la retraite, se mettant par paires ou par trios selon les besoins pour aider à maintenir les blessés en mouvement. Les pieds martelaient rapidement le métal, Leo lui-même restant à l'arrière pour me tenir compagnie.

— Content de voir que tu t'en es sorti, a dit Leo, remarquant ma claudication.

L'homme ne semblait pas avoir souffert, pas une seule égratignure sur son corps à moitié métallique. Des lignes sinistres creusaient ses yeux, et l'étincelle qui brillait derrière son sourire improvisé lors de la première visite de Delta et moi ne brillait plus. Il avait perdu des gens, et il le savait.

— Vous vous battez tous comme des soldats, ai-je répondu.

— Nous nous battons comme des gens qui ont passé beaucoup de temps avec peu à faire, a dit Leo. Des années et des années enfermés dans le Cloaque nous ont donné beaucoup de temps.

— Que vous avez choisi de passer à vous entraîner à la guerre ?

— S'entraîner à survivre, acquiesça Leo en désignant Clara et les autres Forgerons d'un signe de tête. On voulait tous voir Starship atterrir, et rien n'allait nous en empêcher. Le sourire de Leo s'élargit et, pendant un instant, cette lueur réapparut dans ses yeux. Gamma, certains d'entre nous ont vu de vrais combats entre les factions de Starship. Ces mechs là-bas n'étaient pas vraiment conçus pour la guerre. Un vrai humain avec une arme, ça, c'est effrayant.

— Ou Delta avec son épée.

— Ou ça, en effet.

Nous sommes passés devant des magasins, des maisons, des bars que j'avais à la fois vus et pas vus auparavant. D'un côté, toutes ces reliques en ruine se ressemblaient, faisant partie de la décrépitude de Starship. De l'autre, chaque endroit avait sa propre histoire, des photos accrochées aux murs aux notes et noms griffonnés, gravés ou boulonnés sur les portes. Des vestiges, des jouets d'enfants aux livres en passant par les vêtements, étaient visibles tandis que nous marchions, et j'ai surpris plus d'un Forgeron à contempler longuement le passé.

Une histoire sans effusion de sang, les détails biologiques effacés des archives par les mechs de nettoyage implacables. Les corps expulsés par les sas, les fluides récurés, ne laissant que des restes artificiels. Kaydee m'avait dit que les départs normaux étaient des moments de cérémonie et de recueillement, livrant les corps aux étoiles plutôt que de les jeter avec les déchets inutiles. Plus de cérémonies ici, seulement l'exclusion, l'extinction.

Leo et Val ramèneraient-ils ces adieux ? M'en donnerait-on un, quand mes circuits finiraient par lâcher ?

Ou serais-je installé comme Kaydee, mes fonctions renvoyées dans le réseau pour trouver une nouvelle demeure sous forme de code informe, dérivant pour toujours jusqu'à ce que quelqu'un me dise quoi faire, qui être ?

— Gamma ? dit Leo, me ramenant à la passerelle. Devant nous, le Jardin se dressait, son étendue traversant le Conduit et bloquant la brume bleue de sa carcasse tordue et pourrie. Des idées ?

Les Forgerons s'étaient rassemblés près de l'entrée du Jardin, encadrant la porte sans aller au-delà. J'ai compris pourquoi avant même que Leo ne commence à me l'expliquer : à l'intérieur, on pouvait entendre des combats intenses. Des voix humaines, oui, mais bien plus de bruits de coups, de fracas, de déchirements. Le Jardin lui-même semblait trembler sous l'effet de la guerre qui s'y déroulait.

— Val ne devrait pas être ici, dis-je. Ils se sont repliés pour s'installer près de la poupe et attendre.

Leo hocha la tête. — Je pense qu'elle n'est pas du genre à battre en retraite.

— Que veux-tu dire ?

— Si tu es en infériorité numérique et que ton ennemi te tourne le dos, ce serait une erreur de laisser passer une chance de frapper. Leo fit un petit cercle avec son doigt en l'air. Le signal pour s'armer, se préparer. Surtout si tu es désespéré.

Les humains et leurs tactiques insensées. Surprise ou non, Val n'avait pas les effectifs pour éliminer l'armée d'Alpha. Pas seule. À moins qu'elle ne pensât prendre l'armée d'Alpha en tenaille entre les lames mortelles de Beta et Delta et ses propres chasseurs.

Elle n'aurait pas su, elle ne pouvait pas savoir que les deux autres vaisseaux étaient déjà morts.

— Nous devons les aider, dis-je, mais je n'avais pas besoin de le dire.

Leo avait déjà mis ses Forgerons en mouvement, la porte du Jardin s'ouvrant et laissant échapper les bruits de la bataille. Ils s'étaient engagés dans notre cause, et ils avaient déjà versé leur sang pour elle.

Je ne doutais pas que nous allions en verser davantage.

QUARANTE-SIX

LA FÊTE AU JARDIN

Nous avons pataugé dans une zone humide, les niveaux les plus luxuriants du Jardin commençant à notre point médian du Conduit. De fins jardinières s'étalaient en couches le long des murs sombres, des diodes sporadiques délivrant des rayons UV à des plantes envahissantes bien engagées dans des batailles biologiques, une lutte pas si différente de celle vers laquelle nous nous dirigions. Autrement, les ombres sombres du Jardin dominaient, avec des lianes qui s'étendaient d'un côté à l'autre et de la mousse qui s'accrochait à nos bottes.

Leo m'a placé en tête, un drapeau de trêve reconnaissable pour les humains si nous tombions sur eux, une probabilité étant donné notre vitesse et le manque de lumière. Sans lampe frontale, je me suis enfoncé avec des faisceaux qui se croisaient sur mes épaules et sur mes côtés venant d'autres Forgers, guides à travers l'humidité.

Les sons se sont avérés être un meilleur guide que la lumière, les combats plus bruyants à l'intérieur de la porte traçant un chemin clair à travers les virages et les détours vers le centre du Jardin. Rien ne nous a molestés, l'armée d'Alpha étant préoccupée par ses cibles humaines.

Pendant que nous marchions, Leo chuchotait la stratégie à la bande, des ordres silencieux qui se propageaient de rang en rang derrière nous. Armes prêtes, bien sûr, mais garder les tirs perdus au minimum. Viser soigneusement. Les dommages collatéraux pourraient condamner toute alliance avant même qu'elle ne commence.

Pas de grenades.

— Vous avez des grenades ? Dans l'espace ? ai-je demandé. C'est risqué.

— Surcharge un laser et mélange-le avec de l'air, tu obtiens un boum, a dit Leo. Les bombes sont déjà là, nous devons juste les utiliser avec précaution.

Comment les humains avaient-ils gardé le Vaisseau intact si longtemps ?

Kaydee me manquait. Elle aurait surgi avec une blague sur le fait que les mechs faisaient un travail pire que les humains ne l'avaient jamais fait. Ou peut-être qu'elle m'aurait calmé, expliquant le risque relativement faible qu'une grenade pourrait poser ici dans le Jardin. Pas exactement près du vide.

Au lieu de cela, je n'avais que mes propres pensées et rien d'autre.

Nous avons trouvé le conflit au centre. Pas à notre niveau — ç'aurait été trop de chance — mais plusieurs en dessous, là où l'air se refroidissait et l'eau séchait. Près de l'endroit où Delta, Beta et moi nous étions jetés sur le Chancelier.

Les Forgers m'ont rejoint, formant un cercle autour du puits central et regardant en bas. Contrairement à leur propre bataille avec les mechs, celle-ci se déroulait dans l'ombre. Les humains de Val n'avaient pas de lasers et l'armée rudimentaire d'Alpha n'était pas non plus équipée. Des étincelles, des cliquetis, des cris et des coups de couteau résonnaient. Des ordres s'infiltraient entre les sons de la bataille, les voix de Val et de Chalo se distinguant dans la mêlée, chacun appelant la force à se regrouper, à rester ensemble.

— Pas une manœuvre confiante, a dit Leo. S'ils font un cercle, ils seront encerclés et détruits. Pas de retraite possible.

— Se retirer où ? ai-je répondu. Les mechs d'Alpha ne se fatigueront pas, ne se reposeront pas. Ils ne feraient que suivre et détruire tous ceux laissés derrière.

Leo a pincé les lèvres, a jeté un coup d'œil vers moi. — Alors c'est tout. Soit nous gagnons ici, soit nous perdons tout.

Je n'ai pas argumenté.

— Vers les escaliers, a dit Leo, en faisant tournoyer son doigt. Allez-y, détruisez toute machine que vous voyez. Travaillez ensemble, plaidez pour la paix si vous rencontrez un autre humain. S'ils tentent de vous attaquer, fuyez.

Pas un seul Forger, pas même Clara, n'a soulevé de question à ses mots. Les histoires du Bibliothécaire parlaient de gens comme ça, les leaders qui pouvaient inspirer un dévouement absolu. Ce groupe suivrait Leo partout où il les mènerait, même s'ils pourraient grogner un peu en chemin.

Ça me rendait un peu jaloux.

Serrant mon blaster emprunté, j'ai rejoint les Forgers dans leur descente rapide, me tenant vers l'arrière pour ne pas interférer avec leurs tactiques d'escouade. Je pouvais entendre Kaydee me chuchoter *lâche* alors que les cyborgs mi-métal, mi-humains divisaient les escaliers en deux, chevauchant leurs champs de tir et délivrant une mort rapide aux mechs que nous croisions en chemin.

Lâcheté ou sagesse ?

Je gardais une oreille à l'affût de sons particuliers, le choc de la lame sur le métal en séquence rapide, l'éclair au travail. Ou les plocs staccato des couteaux trouvant leurs cibles. Mais la musique révélatrice de Delta et Beta ne nous atteignait pas alors que nous descendions, mettant un frein à notre sauvetage par ailleurs brillant.

C'est ce que c'était aussi : brillant. Les Forgers de Leo sont descendus au niveau de Val, un seul au-dessus de la forêt enneigée où j'avais combattu plus tôt, des deux côtés. Les mechs en plein chaos d'Alpha, cherchant à écraser les humains au centre du niveau, ne surveillaient pas leurs flancs. Des tirs orange, blancs et bleus mordaient dans les cadres métalliques, faisant exploser les batteries, brûlant les membres d'acier et envoyant les pauvres machines dans l'oubli.

Ce n'étaient pas non plus les mechs rapides et améliorés contre lesquels nous avions combattu, mais les troupes plus anciennes et massives d'Alpha. Les mechs de nettoyage et de cuisine convertis, les nettoyeurs et les coursiers. Armés de tactiques basiques et d'armes bâtardes, les mechs gémissaient tandis que leurs moteurs grinçaient, essayant, échouant à faire face à l'embuscade.

Je n'ai pas eu à tirer une seule fois avant que l'assaut ne se termine dans une forêt de pins calme maintenant jonchée de débris bien plus lourds que des aiguilles. J'ai marché entre les restes fumants et rejoint Leo au milieu du niveau. Les Forgers, sur l'ordre de Leo, ont donné un large périmètre aux humains, gardant leurs armes baissées et se tenant près des abris. Une vingtaine d'humains observaient, fatigués, ensanglantés, mais pas effrayés.

Quelques visages familiers se trouvaient dans le groupe.

Val et Chalo étaient tous deux encore en vie, bien que

le bras gauche de ce dernier portât une longue et vilaine entaille. La douleur se lisait dans ses yeux plissés, ses lèvres serrées alors qu'il nous regardait, Leo et moi, approcher. Val avait le même regard dur que Chalo, sa propre lance plantée dans le sol par le bout. Des fils et des éclats s'accrochaient à l'arme, preuve que Val n'avait pas dirigé depuis l'arrière.

Pas que je m'attendais à ce que la combattante évite les combats.

— La paix, Val, ai-je commencé la conversation. Nous sommes de votre côté.

— Gamma, a dit Val, fixant ses yeux sur moi et ignorant Leo.

Les autres humains, à un signal que je n'ai pas saisi, ont laissé tomber leurs flèches encochées, leurs armes retournant à leurs ceintures tandis que leurs mains s'occupaient de panser leurs blessures. J'ai d'abord cru que Val allait continuer après avoir prononcé mon nom, mais si les yeux de Chalo exprimaient de la douleur, ceux de Val bouillonnaient. Elle avait peut-être renvoyé ses guerriers à leurs besoins, mais sa prise serrée sur la lance suggérait qu'elle ne pensait pas que le combat était terminé.

— Qui sont ces gens, et où sont Delta et Beta ? a demandé Val, une entrée en matière pas déraisonnable.

J'ai livré la version courte de l'histoire, Leo faisant le choix judicieux de garder le silence. Non pas que l'homme ne puisse pas parler pour lui-même, mais Val avait un air qui disait que parler quand on s'adressait à lui serait mieux que l'alternative.

— Alors nous avons perdu, a dit Val quand j'ai conclu. Tu n'as pas réussi à détruire les Lignes de Fabrication, et nous sommes privés de nos deux plus grandes armes.

Quand Alpha lancera sa prochaine offensive, nous serons anéantis.

— Voilà l'optimisme dont j'avais besoin, ai-je répliqué, me surprenant moi-même par mon sarcasme. L'influence de Kaydee couplée, peut-être, à l'épuisement de tout ce que nous avions enduré. Nous avons des choix à faire, Val. À commencer par les Voix. Les as-tu reconnectées ?

— Nous avons branché le disque sur un terminal, a répondu Val. Rien de plus. Tu as parlé de choix ? Quels choix ? La retraite nous acculera dans un coin.

J'ai fait un signe vers le trou au milieu du niveau menant vers le bas. — Nous cherchons. Delta et Beta sont tombés, mais ils ont peut-être survécu. Envoyez un groupe en bas. Tous les autres devraient fortifier ce qu'ils peuvent, se préparer à la prochaine attaque.

Chalo a ricané cette fois, — Le Jardin a trop de portes, vaisseau. Plus que nous n'avons de soldats pour les garder.

— Gamma peut s'occuper de ces portes, a dit Leo. Le centre de contrôle du Jardin est au sommet. Nous pouvons l'utiliser pour sceller tous les niveaux que nous voulons.

— Les mechs vont simplement forcer l'entrée.

— Pas rapidement. Leo a fait un signe vers les plantes autour de nous. Le Jardin a des joints solides. Nécessaires pour empêcher tout ce qui est dangereux à l'extérieur d'endommager notre approvisionnement alimentaire.

Val a fait aller et venir son regard de Leo à moi. Gardant toujours cette prise sur sa lance. J'étais sur le point de réitérer le plan, de dire que nous devrions y aller, mais je me suis arrêté. Les humains avaient d'étranges notions sur le pouvoir et qui pouvait être autorisé à l'exercer. Leo et moi avions peut-être formulé le plan, mais laisser Val être celle qui lui donnerait le feu vert ?

Cela pourrait m'éviter des ennuis plus tard.

— Chalo, va avec Gamma au sommet du Jardin. Leo, prends ce dont tu as besoin et va chercher nos amis disparus. Je garderai la position ici, a dit Val, puis elle a tapé le bout de sa lance sur le sol. Maintenant.

En termes de compagnons idéaux, Chalo laissait à désirer. Le chasseur me laissait mener, me suivant furtivement dans sa tenue scintillante de métal et de plumes. L'homme gardait une lame grossière dans une main, un laser récupéré dans l'autre. Un morceau de tissu de rechange enveloppait son bras coupé, arraché à quelqu'un qui n'en aurait plus besoin. Il n'a pas dit un mot alors que nous montions escalier après escalier, passant du sec au luxuriant dans une lumière tamisée.

Malgré le retrait des forces d'Alpha, les Jardins étaient loin d'être silencieux. Les humains en bas faisaient leur propre bruit, certes, mais des bruits de pas lourds et de grattements résonnaient sur les niveaux que nous dépassions. Qu'il y ait encore des mechs qui rôdaient n'était pas une question, mais plutôt de savoir si certains essaieraient de venir après nous. Nous pourrions gérer quelques pollinisateurs, mais quelques-uns de ces mechs flexibles armés seraient un problème.

J'ai commencé une demi-douzaine de conversations différentes dans mon esprit avant de trouver la bonne phrase. Chalo tenait son honneur en haute estime, et je ne voulais pas marcher sur une convention humaine, mais je ne voulais pas non plus faire tout le chemin en silence. À la fin de cette ascension, j'aurais probablement besoin de trouver un port, de disparaître dans le cyberespace, et Chalo serait le seul à surveiller mes arrières.

— Tu vas bien ? ai-je demandé.

— Quel genre de question est-ce là ? a répliqué sèchement Chalo. J'ai perdu famille et amis aujourd'hui, et je risque de perdre beaucoup plus avant demain.

D'accord, pas mon meilleur début.

— Je sais, ai-je dit alors que nous quittions un niveau marécageux, l'air épais et humide. Moi aussi.

— Tu n'es pas vivant. Tu n'as perdu personne.

— C'est ce que tu crois ?

— Pas une croyance, un fait. Tu es un programme. Tout ce que tu ressens peut être changé en un instant.

Pas faux. Je pourrais effacer le trou béant où se trouvait autrefois Kaydee. Je pourrais effacer Beta et Delta de ma mémoire.

— Je choisis de ne pas le faire, ai-je répondu. Je veux garder leurs souvenirs, je veux ressentir le chagrin.

— Pourquoi ?

— Parce que je leur dois au moins ça.

Chalo n'a pas répondu à cela et nous avons continué à marcher, à grimper. Niveau après niveau défilait, le sommet du Jardin se rapprochant de plus en plus. Je n'ai pas pris la peine de relancer une autre conversation et Chalo n'a pas fait de mouvement non plus. Je suis tombé dans une sorte de rêverie, laissant mes jambes monter les escaliers automatiquement pendant que je dérivais à travers les derniers jours.

Mes amis me manquaient.

Le centre de contrôle du Jardin avait une entrée peu remarquable. Un escalier au-dessus du niveau le plus élevé du Jardin, un bassin sans plantes dédié au pompage de l'eau depuis Purity et à son déversement en quantités précises à travers des tuyaux, la cascade centrale et d'autres voies, le sommet du Jardin commençait par une simple porte ornée d'un joyau rouge. Un autre verrou à crocheter, cette fois sans l'aide de Kaydee.

J'ai pressé mes doigts ensemble, dit à Chalo que j'en aurais pour une minute, et me suis branché sur le port niché dans la partie inférieure du joyau. Au moins, Starship ne variait pas ses programmes de sécurité, car le même puzzle de laser mouvant m'attendait que j'avais vu auparavant. J'ai cliqué sur les bons miroirs numériques, vu le satisfaisant flash vert, et j'ai cligné des yeux pour en sortir. Le joyau a brillé en vert, et j'ai appuyé sur sa surface chaude.

Le centre de commandement du Jardin s'étendait devant nous. Derrière, comme s'ils attendaient le signal de la porte, tous ces bruissements, ces mechs restés cachés, se sont manifestés. Des pattes métalliques, des griffes et des pieds ont claqué sur les escaliers, chargeant dans notre direction.

— Vas-y, a dit Chalo, déplaçant sa masse pour remplir l'escalier. Sauve mon peuple, Gamma.

Au moins, il avait prononcé mon nom.

QUARANTE-SEPT

TENIR LA POSITION

Laissant Chalo seul, j'examinai attentivement le tableau de contrôle imitation bois qui gérait les innombrables biomes du Jardin. Les écrans s'étalaient en sections, suffisamment pour cinq personnes à l'apogée du Vaisseau. Les visuels nets s'alignaient d'un écran plat à l'autre, chacun présentant l'interface standard du Vaisseau. Au centre de chacun, un G arrondi trônait en position privilégiée.

Au moins, ils ne nous l'avaient pas rendu difficile.

Chalo poussa un hurlement et j'entendis la corde de son arc vibrer. Le claquement de la flèche suivit. Un coup au but, mais impossible de dire s'il avait été efficace.

Je choisis un écran et tapotai sur l'icône du Jardin. Je m'attendais à moitié à ce qu'on me demande un nom d'utilisateur et un mot de passe, une sécurité m'empêchant d'entrer comme dans un moulin, mais rien n'empêcha le programme de démarrer. Peut-être que le verrou de la porte suffisait, ou que quelqu'un avait supprimé ces mesures de sécurité il y a des années.

Quoi qu'il en soit, les commandes du Jardin s'étalaient devant moi, le fond noir et le texte blanc s'accordant à la faible luminosité. Un affichage de statistiques dominait mon écran, chaque biome étant détaillé en mesures avec des marqueurs idéaux pour des éléments comme la température, l'humidité, le débit d'eau. De jolis petits graphiques avec des symboles parsemant chaque pixel disponible. Mon attention se porta sur la rangée du bas, qui présentait les options en une seule ligne de boutons rectangulaires. L'option la plus à droite indiquait *Urgence*.

J'estimai que ça correspondait à la situation.

Alors que Chalo décochait sa quatrième flèche, j'appuyai sur le bouton. Au lieu d'un ou deux choix, chaque biome passa d'un graphique à une liste. Je pouvais vider la jungle de son humidité, inonder le désert, transformer la toundra en four. Une fois de plus, la rangée du bas me sauva, avec une option évidente pour sceller l'installation.

— J'ai trouvé ! criai-je en appuyant sur le bouton.

Chalo grogna, lâchant son arc pour passer à sa hache, le premier coup provoquant la mort gémissante d'un méca. Le Jardin trembla sous le choc tandis que toutes ses portes se fermaient violemment, suivies de barrières d'urgence. Des machines longtemps endormies se mirent en branle, s'activant pour filtrer l'air qui ne pouvait plus circuler dans l'ensemble du Vaisseau. Après cinq longues secondes, l'écran clignotant m'indiqua que la coupure d'urgence avait réussi.

C'était fait. Nous nous étions piégés dans un Jardin encore rempli de mécas en colère.

— Vaisseau ! cria Chalo. À l'aide !

Je me retournai brusquement et vis Chalo plus sur la défensive que l'offensive tandis qu'il reculait dans le centre de contrôle. Un méca cuisinier tourbillonnant avait ses bras et ses couteaux en rotation, forçant Chalo à une parade désespérée après l'autre. De nouvelles entailles marquaient déjà l'armure de l'homme, des morceaux gisant sur le sol sombre.

Heureusement, je n'aurais pas besoin de m'approcher de la créature. Mon laser volé fit son travail, crachant de l'énergie brûlante à gauche de Chalo et criblant le méca cuisinier de trous fumants. La machine d'Alpha ralentit sa rotation, se pliant en deux, ses membres pendants. Un moment de victoire volé quand le méca suivant dans la file poussa son homologue sur le côté.

— C'est fait, dis-je alors que Chalo chargeait en avant avec une coupe à deux mains contre un méca poubelle plus petit à deux bras. On peut y aller !

— Attends, dit Chalo, sa hache mordant la faible défense du méca et broyant câbles, cordons et circuits. Il me jeta un coup d'œil tandis que le méca basculait en arrière. Quelqu'un peut-il ouvrir les portes d'ici ?

— Oui ? Je pointai mon laser, les doigts sur la gâchette. Dès qu'un méca montrerait sa carcasse métallique dans l'escalier, je tirerais. J'espérais que Chalo ne pouvait pas le dire, mais je visais les côtés, les membres. Neutraliser, pas détruire. Si quelqu'un d'autre monte ici, il pourrait annuler le blocage.

— Alors nous tenons cette pièce jusqu'à ce que Val nous dise le contraire.

Je tirai à nouveau, touchant un petit pollinisateur et envoyant la machine brûler sur le côté. Mon arme, une fabrication de fortune, ne m'indiquait rien sur son énergie, mais elle ne durerait pas éternellement. Chalo avait sa hache, un outil qui fonctionnerait tant que ses bras pourraient la brandir.

À en juger par les coups continus dans l'escalier, il devrait la brandir pendant longtemps.

Mais si nos efforts donnaient à Val assez de temps pour trouver Beta et Delta ? Pour planifier une attaque ?

— On tient la position, dis-je, et Chalo acquiesça.

Mon laser nous débarrassa de trois autres mécas avant que son tir ne s'éteigne. Le suivant dans la file, un traîneau de fret d'un mètre de long qui ronronnait, monta les marches en roulant et entra dans la pièce. Son avant et ses côtés étaient criblés d'éclats, créant une mort mouvante.

Chalo ne semblait pas s'en soucier.

Dans la foulée de mon raté, le guerrier chargea le traîneau roulant. Aucun point faible ne se présentait, mais Chalo devait compter sur ses compétences, s'approchant du traîneau avant de plonger par-dessus le méca. Si le traîneau n'avait pas foncé — vers moi, maintenant — Chalo se serait empalé sur l'engin. Au lieu de cela, le combattant atterrit sur le carrelage couvert de débris derrière le traîneau, pivota et coupa les chenilles arrière du méca avec sa hache. L'arrière du méca s'écrasa au sol, projetant des étincelles tandis que ses roues creusaient des sillons.

Coincé, le traîneau ne pouvait pas faire grand-chose tandis que Chalo s'acharnait dessus, découpant des morceaux à chaque coup. J'abandonnai les moniteurs pour ramasser un morceau détaché, un couteau dentelé qui m'entailla la peau lorsque je le saisis. Une blessure qui valait la peine d'être subie pour une arme. Quand Chalo trouva le processeur, les grognements du traîneau cessèrent dans un gémissement aigu.

— Bien joué, dis-je au guerrier couvert de sueur alors que nous nous retournions tous les deux pour voir quel monstre Alpha nous enverrait ensuite.

— Beta m'a bien formé, répondit Chalo. Je refuse de croire qu'elle n'est plus là.

J'aurais aimé pouvoir faire de même.

Quand aucun mech n'est monté pour nous affronter, j'ai osé m'approcher du bord de l'escalier pour regarder en bas. Ce coup d'œil a confirmé que tout espoir était vain : les mechs avaient simplement compris que leur approche unique ne fonctionnait pas. À la place, un autre traîneau roulant approchait, mais cette fois-ci, plusieurs coursiers bourdonnaient au-dessus, leurs lasers brillant déjà d'une lueur verte. Des ombres mouvantes sur le traîneau lui-même suggéraient également la présence de passagers.

— Dis-moi qu'ils fuient, dit Chalo tandis que je reculais.

— Pire, répondis-je. Ils se regroupent.

Chalo me fit signe d'aller à gauche pendant qu'il se donnait de l'espace. Sa même astuce pourrait fonctionner si je m'occupais des coursiers, alors j'ai levé mon couteau comme un javelot.

Le traîneau a bondi dans les escaliers et est entré dans la pièce, roulant plus vite que son prédécesseur. Les coursiers le suivaient en jet, deux tournant vers moi tandis que le troisième tirait sur Chalo. Le laser a brûlé la cotte de mailles du guerrier, et probablement l'a traversée étant donné le juron de l'homme. J'ai lancé mon couteau alors que mes deux adversaires se tournaient vers moi, en empalant le premier et le faisant s'écraser.

Le second m'avait en ligne de mire.

Mais il n'avait pas mon chien.

Alvie a volé comme un missile, aboyant d'un souffle rauque vers le coursier comme s'il s'agissait d'une balle de tennis fraîche. Les mâchoires métalliques du chien se sont refermées sur la petite machine, l'entraînant au sol dans un roulé où les moteurs du coursier ont explosé. L'explosion a projeté Alvie en arrière, dépassant Chalo et atterrissant directement dans un terminal, brisant son écran et entourant le chien d'étincelles.

Alors que je criais le nom d'Alvie, le traîneau continuait sa mission meurtrière. Quatre pollinisateurs ont bondi de son lit, filant vers moi et Chalo. Le combattant, hésitant à l'apparition d'Alvie, s'est souvenu de son plan juste à temps pour un saut d'un pas. Sans l'élan, le saut de Chalo manquait de distance, et il a heurté l'arrière du traîneau, les éclats coupant une entaille et l'envoyant s'étaler au sol.

J'ai donné un coup de pied au premier pollinisateur qui m'a atteint, le petit mech s'envolant. Le second s'est accroché à ma jambe, grimpant et me piquant avec ses minuscules extrémités. Je l'ai arraché, tenant le mech dans mes mains, quand j'ai entendu Chalo crier un avertissement.

Le traîneau avait trouvé une nouvelle cible : moi.

Ses chenilles grinçant, le traîneau a pivoté et s'est élancé sur les quelques mètres jusqu'à mon ventre. Je n'avais pas d'autres armes que le pollinisateur dans ma main.

Ce qui devrait faire l'affaire.

Je me suis accroupi, tenant fermement le pollinisateur qui se débattait, et j'ai attendu une brève seconde que le traîneau se rapproche. À moins d'un mètre de distance, j'ai lancé ma main droite dans un uppercut, poussant en même temps avec mes pieds. Le pollinisateur menait mon coup, servant à la fois de massue et de protection, s'enfonçant dans les pointes avant du traîneau. J'ai senti le métal se fendre, ressenti une piqûre dans ma main, mais j'ai mis chaque once de force et d'énergie dans ce coup.

Tout autre choix signifiait la mort.

Le traîneau a basculé, lourd mais pas impossible à soulever. Son avant a éraflé mon visage, traçant des lignes sur mes joues, mon front, mais sans réussir à m'empaler. Ces chenilles sifflantes sont venues ensuite alors que je poussais le traîneau à la verticale. Les chenilles tiraient sur mon corps, mais j'ai poussé mon bras droit au-delà, ma peau s'arrachant sous la friction. Le dessous du traîneau est resté sans protection un instant alors que mon coup soulevait le mech vers le haut.

Saisir les entrailles d'un autre mech n'a jamais été aussi bon et aussi terrible à la fois. Ma main gauche s'est enroulée autour des fils, du cœur du traîneau, et a tiré. Avec des pops, des sifflements, des gémissements douloureux et des grincements, le moteur du traîneau s'est désagrégé. Ses chenilles se sont arrêtées, et ensemble, le traîneau et moi sommes retombés au sol. Le gros mech s'est renversé à l'envers tandis que je me retrouvais sur le dos, mes yeux brillant de rouge alors que jambes, bras et yeux signalaient des dommages.

J'aurais pu utiliser l'attitude enjouée de Kaydee à ce moment-là, parce que j'étais fini.

Des mechs morts remplissaient la salle de contrôle du Jardin. Des grondements, des grognements, des grincements venant d'en bas laissaient entendre que les machines d'Alpha n'en avaient pas fini non plus. Chalo semblait vivant, luttant contre les pollinisateurs. Une douce lumière rouge éclairait l'espace, quelque chose qui avait changé quand j'avais activé le mode d'urgence, un changement de couleur que je n'avais pas remarqué sur le moment mais qui semblait très approprié maintenant. Nous avions donné tout ce que nous pouvions, ce que nous devions pour acheter du temps aux humains.

— Chalo, ai-je dit, ma voix fonctionnant toujours. C'est à toi maintenant.

J'ai vu un pollinisateur s'envoler dans les escaliers, puis j'ai entendu une hache s'abattre sur un autre. La tête de Chalo est apparue un moment plus tard autour du traîneau renversé, l'armure de l'homme en lambeaux, une centaine de petites coupures montrant où les pollinisateurs avaient fait leur travail. Sa hache pendait bas, mais prête, dans sa main. Il m'a longuement regardé, fronçant les sourcils.

— Handicapé ?

J'ai essayé de lever mon bras gauche. Il a tremblé, puis est retombé au sol. — Faible en énergie, faible en force. Je ne peux plus me battre.

Chalo a hoché la tête. — Alors je me battrai pour nous deux.

— Tu devrais fuir avant qu'ils n'en envoient d'autres, ai-je répondu. Retourne auprès de Val, préviens-les qu'ils n'auront pas beaucoup de temps.

Je n'ai pas dit ce que je ressentais vraiment. Je n'ai pas dit que le guerrier ne devrait pas mourir ici. L'homme détestait les mechs, certes, mais il était sacrément doué pour les détruire, une compétence dont les humains du Starship avaient désespérément besoin.

Avant que Chalo ne puisse prendre une décision, des coups rapides ont retenti dans les escaliers. Un autre mech à l'assaut. Chalo a pivoté, levant la hache pour un coup fendant le crâne. Une couleur noir et jaune est entrée dans la pièce et Chalo a commencé son coup. La hache a frappé fort, glissé sur les épaules du nouveau mech et rebondi.

Deux yeux jaunes sur un visage qui se rétrécissait se sont tournés vers Chalo tandis que le combattant reculait, essayant de retrouver sa voix. J'ai trouvé la mienne en premier.

— Volt ?

Le mech m'a remarqué, ses yeux passant au bleu. — Gamma ! Tu as l'air terrible, mais j'ai peur qu'il n'y ait pas le temps de se reposer. Les Voix ont besoin de toi.

Bien sûr qu'elles en avaient besoin.

QUARANTE-HUIT

DANS LE NÉANT

Le fidèle chien l'avait fait. Avant que Beta, Delta et moi ne partions pour notre quête maudite des Lignes de Fabrication, j'avais dit à Alvie d'aller vers Volt. Le moniteur d'énergie du vaisseau réparait le mech que j'avais endommagé lors de notre première rencontre et, s'il y avait une chose dont je me souvenais de ce combat, c'était que j'avais fini par avoir besoin de remplacer la plupart de, eh bien, moi-même.

En d'autres termes, Volt avait fabriqué une sacrée bonne arme, et Val pourrait en avoir besoin.

— Le chien n'arrêtait pas d'aboyer, dit Volt en m'aidant à m'installer devant un terminal, ses yeux redevenus d'un bleu curieux. Alvie, vivant mais boitant après avoir mordu la bombe, nous accompagna. Il jappait et aboyait vers moi, puis filait vers la sortie. Ensuite, j'essayais de le suivre et il courait vers ma femme pour essayer de l'emmener aussi.

— Chien intelligent.

— Obéissant, en tout cas. On se met en route, et je ne suis pas rapide, note bien, mais on avance et on voit tous ces signes des mechs d'Alpha qui marchent dans la mauvaise direction.

Derrière nous, Chalo scrutait l'escalier. — Il y en a d'autres qui arrivent ?

— Bimu s'en occupe, répondit Volt. Prends soin de toi.

— Bimu ? demandai-je.

Les yeux de Volt virèrent au rose rieur. — Quoi, tu ne pensais pas que ma femme avait un nom ? Que je l'appelais juste « femme » ?

— Je suppose que je n'y avais jamais réfléchi.

— Quel mech poli tu fais, Gamma. Tu casses Bimu, et tu ne demandes même pas son nom.

— Désolé ?

— Tu peux l'être. Volt m'installa devant un terminal en état de marche. Bref, on arrive au Jardin et ces portes se ferment devant nous. Alvie est furieux, alors je demande gentiment à Bimu et elle nous ouvre un nouveau passage. Volt tapota sa tête. J'imagine que ça veut dire que le Jardin n'est plus sécurisé, mais bon, on a sauvé ta vie, alors tu ne peux pas te plaindre.

— Je me plaignais ?

— Le langage corporel en dit long.

— Je ne peux pas vraiment bouger.

Volt haussa les épaules, ses épaules de métal orange grinçant en montant et descendant. — On s'égare, Gamma. Le fait est qu'avant notre départ, Alpha a commencé à rediriger l'énergie vers les moteurs. Il prévoit de faire un autre mouvement, et tu dois entrer là-dedans pour voir de quoi il s'agit.

Je n'avais pas vraiment d'excuses. Bien que mon corps soit un désastre brisé — ce qui arrivait beaucoup trop souvent à mon goût — mon moi numérique serait parfaitement bien. Mes batteries étaient faibles, mais me connecter à un terminal m'aiderait à puiser de l'énergie. Sans douleur, sans besoin de sommeil, je pouvais continuer à enchaîner les combats, peu importe à quel point je n'en avais pas envie.

Alors, avec l'aide de Volt, je pressai mon pouce et mon index l'un contre l'autre pour former le port. Le mech me souhaita bonne chance et me brancha au terminal, m'envoyant dans le domaine numérique du Vaisseau.

Une étendue céleste apparut, le réseau du Vaisseau scintillant sur une toile noire. Chaque point représentait un hub, un terminal ou un serveur quelque part. Je devrais trouver celui qu'Alpha et les Voix utilisaient, puis voir si je pouvais faire pencher le combat en notre faveur.

— Des idées ? dis-je dans le vide, m'attendant à ce que Kaydee réponde.

Ah oui, c'est vrai. Je devrais comprendre ça tout seul.

Il y avait des centaines, peut-être quelques milliers d'étoiles parmi lesquelles choisir. Chacune avait ses caractéristiques. Terminal, serveur, son emplacement sur le vaisseau. Les Voix et Alpha se battaient pour la direction du Vaisseau, où ses moteurs iraient, donc cela plaçait les emplacements sur le Pont ou à l'arrière comme les centres les plus probables. J'appliquai le filtre et la plupart des étoiles s'éteignirent. Les deux groupes restants se séparèrent l'un de l'autre, le Pont à gauche, les Moteurs à droite.

Ensuite.

Alpha avait déjà le Pont. Il pouvait faire tous les ajustements de trajectoire qu'il voulait de là, et je doutais que les Voix puissent lancer une attaque sur le réseau du vaisseau. Alpha, jusqu'à présent, avait été assez dominant dans la guerre numérique, donc il réduirait probablement les Voix en cendres si ces dernières tentaient une offensive.

Les Moteurs semblaient plus attrayants. Alpha pouvait

définir le cap qu'il voulait, mais si les Voix empêchaient le Vaisseau de répondre, eh bien, ce serait une belle impasse. Alpha, pour autant que je sache, n'avait pas encore de mechs qui traînaient à l'arrière du vaisseau, donc il n'y aurait aucune possibilité de contournement physique non plus. Comme intuition, ça semblait solide.

Les étoiles du Pont disparurent, me laissant avec une maigre douzaine. De là, j'éliminai les terminaux. Les ordinateurs autonomes auraient un accès au réseau, mais le Vaisseau analyserait toutes leurs connexions via un hub, et les Moteurs n'en avaient qu'un seul. Un unique point d'accès lisant le trafic réseau entrant et sortant.

Bingo.

— Je parie que tu serais impressionnée, dis-je.

Kaydee ne répondit pas.

Je m'attendais à quelque chose que j'avais déjà vu : une plaine recouverte de cristaux, peut-être un paysage médiéval marécageux. Même un immeuble de bureaux. Tout cela, cependant, était préparé pour mon arrivée. Construit en pensant aux visiteurs. Au lieu de cela, ici, j'atterris dans une zone de guerre.

Atterrir n'était pas le bon mot, car mes pieds ne touchaient rien. La toile noire que j'avais utilisée pour voir les étoiles semblait m'envelopper, à l'exception de déchirures de toutes les couleurs traversant l'espace, lui donnant à la fois de la profondeur et une direction. Au-dessus et en dessous, l'étendue d'encre contenait des lignes donnant sur du code brouillé, comme si un rideau avait été déchiré pour révéler la laideur derrière.

La chose qui faisait ces coupures n'était pas difficile à trouver non plus, car la seule lumière dans cet endroit fracturé provenait de ses luttes. Bien loin de moi, comme une ampoule clignotante s'allumant et s'éteignant à intervalles aléatoires, des éclairs jaunes et blancs traversaient l'espace, rendant toutes les déchirures noires pendant un instant.

Ridicule, mais pourquoi m'attendrais-je à autre chose avec Alpha impliqué ?

Je ne bougeais pas tant que je flottais vers les éclairs, évitant les entailles sur mon passage. Sans gravité ni point de repère, je n'avais aucune idée de ma vitesse, ni si j'aurais un élan physique, mais les coupures défilaient de plus en plus vite tandis que les éclairs devenaient de plus en plus brillants.

Jusqu'à ce qu'une lueur jaune illumine une personne qui se tenait juste sur mon chemin.

— Gamma, arrête-toi, dit la personne, et d'une pensée, je m'arrêtai net à cet instant.

Pas d'élan après tout. De près, Leo se détachait clairement, bien que son être numérique ait une apparence déchiquetée. Sa poitrine était traversée par l'une de ces entailles qui ressortait sur le côté. Les bras et les jambes de l'homme semblaient vaciller, les fonctions qui les maintenaient ensemble lâchant les unes après les autres.

— J'ai l'air si mal en point ? dit Leo en voyant mon regard. On dirait qu'Alpha a réussi quelques bons coups.

— C'est lui alors ? dis-je en hochant la tête vers les éclairs au loin.

Leo acquiesça. — Il n'est pas content de notre sceau.

— Votre sceau ?

Leo fit un geste autour de lui. — Tout ça. Nous avons enveloppé les Moteurs. Alpha ne peut pas faire passer son code, et s'il ne le fait pas bientôt, le Vaisseau spatial va rater la fenêtre.

— Ce qui signifie qu'il ne pourra pas atterrir.

— Pas avant un moment, en tout cas.

Jusqu'à la prochaine fenêtre, quand Alpha réessaierait.

Entre-temps, il cracherait des mécas pour nous traquer, nous et les humains, nous entraînant dans une guerre brutale que nous devrions mener jour et nuit, sans fin.

— Le Capitaine Willis le combat en ce moment, dit Leo dans le silence. Alpha a déjà détruit tous les autres sauf Peony, mais nous perdons. Avant ton arrivée, nous étions à court d'idées, mais tu peux changer ça.

— En coupant la connexion ?

— Ouais.

L'idée m'était venue il n'y a pas si longtemps, quand j'avais filtré les deux amas d'étoiles entre le Pont et les Moteurs. Si nous voulions empêcher Alpha de dévier la direction du Vaisseau spatial, nous pourrions couper le réseau en deux. Faire en sorte qu'Alpha doive marcher physiquement tout le long du Vaisseau spatial. Bien sûr, il y aurait d'autres risques...

— Non, dis-je. Ce n'est que retarder l'inévitable.

Plus d'éclairs au loin, une autre salve.

— C'est le but ? dit Leo. Empêcher Alpha d'obtenir ce qu'il veut jusqu'à ce que vous trouviez tous un moyen de l'arrêter ?

Je voyais tous ces mécas marchant vers nous, le Chancelier ressuscité avec ses bras et ses armes. Ils continueraient à venir. Beta et Delta étaient probablement morts, nous privant de toute chance de victoire armée. Nous avions besoin d'autre chose.

Un moyen de changer le conflit et de priver Alpha de son avantage.

— Montre-moi où Alpha veut aller, demandai-je à Leo.

Sans bouger, Leo remplit l'espace entre nous d'une boule orange brillante. Plusieurs planètes apparurent, tournant en orbites serrées autour de l'étoile. L'une d'elles se mit en évidence en rouge cerise.

— C'est la cible qu'il vise, dit Leo. Habitable, mais ce n'est pas le problème. Il hésita. Alpha essaie de faire entrer le Vaisseau spatial si chaud que la chaleur et la pression tueront tous les êtres vivants à bord.

Plus d'éclairs. D'entailles. Je crus entendre un homme crier et Leo grimaça, mais les planètes en orbite restèrent stables.

— Quel ajustement ? demandai-je en pointant la planète bleue qui tournait. Par rapport à ce qu'Alpha veut ? De combien ?

— Mineur, dit Leo, sa voix s'éteignant. Il leva une main, tenant un petit éclat brillant. Voici ce que nous devrions faire à la place pour équilibrer l'atterrissage, nous garder intacts.

— Tu as fait ça rapidement.

Un demi-sourire. — Kaydee l'aurait eu plus vite, mais j'ai vu où tu voulais en venir. Je ne sais pas comment tu vas faire passer ça à Alpha, cependant.

— Laisse-moi faire, répondis-je en regardant au-delà de Leo vers ces éclairs. Distrais-le simplement. Je m'occupe du reste.

— C'est là le problème, Gamma, répondit Leo. Nous sommes presque à court de distractions, et de Voix. Comme pour prouver son propre point, la moitié inférieure de Leo s'évanouit dans le néant, les fonctions corrompues se dévorant elles-mêmes. Je pense que c'est un adieu.

— Alors je prendrai ce que tu peux me donner.

Leo vacilla, hocha la tête. — Vas-y, Gamma.

Je filai au-delà de lui, tenant l'éclat et fonçant vers les éclairs, empilant tous les amis qu'Alpha m'avait pris et utilisant leurs noms pour alimenter mon feu.

QUARANTE-NEUF

REDIRECTION

En chair et en os, Alpha avait de longs cheveux rouges, un corps marqué par des cicatrices qu'il s'était lui-même infligées, et un penchant pour les sourires maniaques. Le vaisseau pouvait passer du calme et du sérieux à l'hyperactivité et l'imprévisibilité en un clin d'œil. Des fonctions corrompues perturbaient son fonctionnement.

Mais cela ne l'empêchait pas de venir dans le monde numérique avec style.

Nous n'étions tous ici guère plus que des lignes de code, des protocoles agglomérés, des énoncés logiques et des opérations rassemblés en corps alors que nous manœuvrions dans le réseau du Vaisseau. Je ressemblais à moi-même, un homme ordinaire flottant dans l'étendue sombre. Alpha avait choisi une autre apparence : comme ces mêmes mechs coutellerie qu'il commandait, l'homme avait adopté une forme monstrueuse de métal rouge, dix bras courts et longs jaillissant dans tous les angles et se terminant par des griffes, des couteaux et des lames.

Le démon apparaissait sombre alors que je m'approchais

par derrière, ses frappes continuelles provoquant flash aveuglant après flash aveuglant tandis que leur tourbillon martelait la pauvre âme de l'autre côté. Je ne pouvais pas voir la cible, ni la défense levée pour résister à l'assaut d'Alpha, mais la rencontre semblait aussi inégale que toutes celles que j'avais pu voir : Alpha attaquait et attaquait sans subir de représailles.

Les Voix ne faisaient que retarder l'inévitable, et leur espoir reposait dans ma main droite.

L'éclat de Leo, une fine ligne brillante, avait besoin d'un endroit où injecter son code. En regardant Alpha, qui n'avait pas pris la peine de détourner le regard de son objectif, il n'y avait pas beaucoup d'options évidentes. Alpha lui-même, le corps principal du mech qui s'acharnait devant moi, rejetterait le code ou, pire encore, comprendrait son but et empêcherait toute nouvelle tentative.

Non, avec toutes ces entailles de couteau, Alpha voulait glisser ses instructions jusqu'aux moteurs du Vaisseau, les faire brûler vers son nouveau monde. Je devais faire en sorte que les modifications de Leo arrivent juste là.

En d'autres termes, je devais glisser le code dans le bras, le couteau, l'épée ou quoi que ce soit avec lequel Alpha frappait et m'assurer que c'était celui qui parvenait aux Moteurs. Dix options, et je devais choisir la bonne.

Tellement facile.

J'ai tendu la main, un jeu prudent avec une petite fonction pour voir comment le réseau du Vaisseau réagirait. Le chaos d'Alpha montrait que lui, au moins, pouvait se donner un relooking apocalyptique. Les Voix, elles aussi, pouvaient ajouter leur voile sombre. Jusqu'où pouvais-je repousser les limites ?

Dans mon propre cyberespace, les cavernes numériques

à l'intérieur de mes propres lecteurs, j'avais un contrôle absolu. Tout ce qui pouvait être codé pouvait être créé. Ici, alors que je tendais la main, je sentais la résistance. Des blocs m'empêchant, par exemple, de me copier un million de fois ou simplement d'effacer Alpha dans le néant. Le réseau semblait intéressé à préserver la stabilité, laissant des programmes comme Alpha et moi interagir les uns avec les autres avec des contraintes lâches.

Je pouvais travailler avec ça.

En un clin d'œil, je me suis transformé en ombres, m'enveloppant dans la même obscurité que celle utilisée par les Voix. Une cape pour empêcher Alpha de me détecter, et que j'espérais suffisante alors que je me faufilais plus près. Le mech monstrueux d'Alpha se dressait, immense. Les bras du vaisseau s'arquaient en arrière et frappaient comme des cobras, leurs coups suivant un schéma prévisible et régulier alors qu'ils tailladaient l'obscurité au-delà. Une attaque fade et inévitable.

Une routine.

Cette pensée m'a frappé lorsque j'ai vu les formes qui se défendaient de l'autre côté. Les Voix restantes : Peony et Willis, bougeaient rapidement pour réparer les entailles à mesure qu'Alpha en créait de nouvelles. Quatre mains ne pouvaient pas bouger aussi vite que dix bras, et le duo était débordé. Une des raisons gisait en train de se dissoudre à leurs pieds : le docteur, tranché et s'estompant alors que le code d'Alpha le dévorait.

— Je me demandais si tu allais te montrer, a dit Alpha, sa voix résonnant dans l'espace numérique. Quand mes mechs ont signalé que le Jardin avait été scellé, j'ai pensé que tu pourrais nous rejoindre pour notre petit jeu ici.

Avec son assaut tranchant marchant vers la victoire,

Alpha a mis l'attaque en mode automatique pour me harceler. Il m'avait peut-être vu flotter à l'intérieur, mais aucun bras n'est venu me balayer, aucune attaque n'est venue me découper. Je devais espérer qu'il ne savait pas exactement où j'étais ni ce que j'étais venu faire.

Je le devais, car l'alternative rendait tout cela inutile.

— Je viens d'avoir la conversation la plus intéressante, a poursuivi Alpha, avec un nouveau mech amené des Lignes de Fabrication.

Il s'est arrêté, a ri alors qu'un bras avec un long couteau passait au-dessus de ma tête. La lame s'est enfoncée dans l'obscurité près du Capitaine, visible un instant alors qu'il peignait la dernière entaille. L'arme est restée coincée dans le noir pendant une seconde, puis s'est arrachée et s'est retirée. Un autre flash lumineux, et une nouvelle entaille a révélé une ardoise grise de l'autre côté : les moteurs du Vaisseau, attendant leur ordre.

— Je crois que tu la connais, a dit Alpha. Kaydee ?

J'ai observé l'entaille, les bras qui se balançaient, et j'ai repoussé les paroles d'Alpha. Elles n'avaient pas d'importance à ce moment-là. Ce qui comptait, c'était l'arme qui allait porter le premier coup ouvert. Une lame plate semblait être le candidat le plus plausible, s'apprêtant à frapper dans un mouvement descendant vers la nouvelle ouverture. Je me suis tendu, prêt à bondir et à enfoncer l'éclat de Leo dans l'arme.

L'entaille a commencé à se refermer, la forme capable de Willis apparaissant dans la fente et travaillant avec ses mains à travers l'obscurité. Le code réparait le code, la logique brisée était restaurée, chaque ligne ramenant la barrière.

Mais pas assez vite.

Le coup d'Alpha a atteint l'entaille à moitié formée et j'ai maudit mon hésitation. Je n'avais pas sauté, pensant que Willis repousserait le coup, sauf que maintenant l'épée semblait coincée dans l'ouverture. Alpha a secoué le bras, riant maintenant, et a tiré l'épée en arrière. De l'autre côté, j'ai vu pourquoi l'épée était restée bloquée : Willis, portant une nouvelle entaille brillante sur la poitrine, vacillait. Le visage de l'homme ne tremblait pas, ne bégayait pas, mais lançait un regard furieux à travers l'entaille alors que son code commençait à défaillir.

Une Voix, un programme qui avait vécu dans le réseau du Vaisseau pendant tant d'années, s'effondra. Pas comme un humain, un corps avec une défaillance progressive, mais plutôt comme un brouillard se dissipant dans un vent soudain. Les lignes définissant Willis, les fonctions retenant tous ces souvenirs, tous ces instincts, se brisèrent et disparurent.

— ... elle a dit que tu étais ennuyeux, Gamma, disait Alpha, des mots que j'avais manqués sous le choc de la mort soudaine de Willis. Tu errais partout comme un chiot perdu, cherchant quelqu'un pour te donner un but. J'ai essayé, n'est-ce pas ? Qu'est-ce qui n'allait pas chez moi ?

Un nouveau visage apparut dans la brèche. Peony, toujours aussi inflexible. Elle activa ses fonctions rapidement, réparant la brèche alors même qu'un nouveau flash signalait une nouvelle ouverture pour Alpha. Ils étaient à court de temps.

Je claquai des doigts de la main gauche, créant un petit feu d'artifice comme ceux que Kaydee aimait tant. Alpha, occupé à critiquer mes choix entre deux diatribes sur son propre destin, ne sembla pas le remarquer, mais Peony si. Pendant une fraction de seconde, elle se figea, me vit caché là, à côté d'Alpha. Quand ses yeux rencontrèrent les miens, je levai ma main droite, révélant l'éclat de Leo. Elle le vit, me fit un léger signe de tête, puis ferma la brèche.

Peony connaissait-elle le plan ? Comment le pourrait-elle ?

Des questions auxquelles je ne pouvais répondre. Au lieu de cela, je cherchai une ouverture dans le tourbillon. La prochaine brèche se trouvait à cinq mètres sur ma gauche, devant les lames tourbillonnantes d'Alpha. Elle semblait propre et prête pour une frappe, mais hors de ma portée. Néanmoins, je devais essayer.

Je fis un bond, émergeant des ombres. Alpha interrompit ses vantardises, éclatant en un cri joyeux, et tous ces bras fouettèrent dans ma direction. Je dansai en me dirigeant vers la brèche, imitant Delta et Beta alors que je faisais des sauts périlleux, des culbutes et des roulades. Les coups d'Alpha passèrent près, me manquant de haut en bas. Si près, en fait, qu'au troisième coup raté, je compris qu'Alpha n'essayait pas vraiment de me poignarder.

Alors j'arrêtai d'essayer. Je me redressai et marchai, tandis que les bras d'Alpha continuaient leurs quasi-coups, jusqu'à ce que la brèche se trouve dans mon dos. Je fis face à la création mécanique d'Alpha, la grande bête orange-rouge me fixant de ses lumières jaunes brillantes, les bras disposés vers le haut et autour avec leurs lames étincelantes prêtes.

Je gardai les bras croisés, l'éclat de Leo caché dans ma paume. Un plan désespéré en tête.

— Devrais-je te détruire maintenant, Gamma ? demanda Alpha. T'ajouter au tas de ferraille comme je l'ai déjà fait pour Delta et Beta ?

— Si tu le voulais, tu l'aurais déjà fait, répondis-je.

Alpha gloussa, un bruit étrange venant du mech. — Tu as raison, bien sûr. Je veux te faire une autre offre, mon ami.

— Je ne suis pas ton ami.

— Pas encore ! Les bras d'Alpha tressaillirent, les couteaux tremblant contre le noir derrière eux. Mais maintenant j'ai un marché plus convaincant à te proposer.

Je haussai un sourcil sceptique.

— Ta Kaydee est avec moi maintenant, mais elle pourrait être avec toi, dit Alpha. Nous pourrions lui donner un corps comme le tien. Ensuite, ensemble, nous serions les maîtres du Vaisseau, les dirigeants de notre propre monde. Kaydee serait à toi.

Je levai ma main gauche. — Je vais t'arrêter tout de suite. Kaydee n'appartient à personne d'autre qu'à elle-même, et tu peux garder ton caillou.

— Un non, alors.

— Un non.

— Qu'on ne dise jamais que je n'ai pas essayé.

Les bras revinrent à la charge, cette fois filant vers moi avec précision. Je ne pouvais pas tous les esquiver, et je ne le voulais pas. Avec l'éclat de Leo dans ma paume, j'attendis la dernière chance, faire rater une lame, et puis je-

Des mains m'attrapèrent, me jetèrent sur le côté. Toutes ces lames trouvèrent leur cible, mais pas celle prévue. Peony se tenait devant la brèche, transpercée de part en part, ses yeux fixés sur moi. À travers elle, caché par son dos et près de la brèche, la grande épée d'Alpha s'approchait de la cible.

Une seule ouverture.

Je me penchai en avant, enroulai mes bras autour de Peony comme si j'étais en deuil, et plaquai l'éclat de Leo sur la grande lame.

— Sauve ma fille, murmura Peony.

— Je le ferai.

Le rire grinçant d'Alpha retentit. — Un parasite en vaut bien un autre, je suppose !

D'une poussée, les bras d'Alpha repoussèrent la

silhouette s'effaçant de Peony vers la brèche. La grande lame passa en premier, injectant son code directement dans les moteurs du Vaisseau. Alors que Peony disparaissait, je retirai ma propre prise, m'enfuyant.

Encore une fois.

CINQUANTE

TRAJECTOIRES

Nous avons compté les victimes au niveau central. Val et Leo présidaient un équipage hétéroclite, la plupart préoccupés par leurs propres blessures, préparant un repas ou prenant le temps de se ressaisir. Volt nous a portés, Chalo et moi, tout le long du chemin jusqu'en bas, les bras du mech faisant le travail peu confortable de nous descendre les escaliers. Bimu, l'énorme machine, suivait avec son œil laser à l'affût d'autres ennemis. Chalo faisait de son mieux pour garder un visage impassible pendant la descente, grimaçant pour chasser la douleur. Moi, j'ai simplement éteint mes capteurs et laissé mon corps amoché supporter le voyage.

Cela m'a donné tout le temps de repasser dans ma tête ce qui venait de se produire.

L'incursion d'Alpha avait anéanti les Voix. J'avais mes problèmes avec leurs diktats et, surtout, avec l'attitude de Peony du type « utilisez-les ou perdez-les » envers moi et les autres mechs, mais c'étaient eux qui avaient pris la décision de me réveiller. Sans cet interrupteur, je serais sur un lit de camp dans l'appartement de Leo.

Ou, plus probablement, corrompu en l'un des sbires d'Alpha.

Pire encore, les hurlements d'Alpha à propos de Kaydee avaient probablement une part de vérité. Mon amie, mon ancien esprit, subissait peut-être la pire forme de torture : celle qui réécrit littéralement sa façon de penser, de bouger et de ressentir. Elle serait enfermée avec Alpha sur le Pont du Vaisseau, attendant que le vaisseau décide quoi faire d'elle. Ces sombres idées m'ont hanté pendant tout le trajet jusqu'en bas, qui s'est terminé par une nouvelle déception.

Val et Leo avaient des chiffres sinistres qui nous attendaient. Les forces humaines et Forger pouvaient difficilement être qualifiées de forces à ce stade. Le groupe de Leo n'avait pas subi trop de pertes, mais il n'y en avait pas beaucoup à perdre. Il restait moins de cinquante combattants au total entre les deux groupes, y compris certains trop blessés pour prendre une arme ou un arc.

Des paires en bonne santé avaient été envoyées pour patrouiller les autres niveaux du Jardin et confirmer que les portes restaient scellées. Volt avait laissé sa femme près du sommet, où la seule ouverture sûre était restée pulvérisée. La Pureté, le sous-sol aquatique, avait été laissée tranquille. Quand j'ai demandé, Leo a dit que les mechs d'Alpha contrôlaient encore les niveaux inférieurs en grand nombre.

— Qu'ils soient tombés là-bas par accident ou qu'ils s'y soient repliés, il nous faudrait une poussée difficile pour les briser, a dit Leo alors que nous nous rassemblions autour de la cascade centrale. Le niveau chaud offrait des fruits et des légumes surabondants à grignoter, et le Forger avait une pomme à la main en me parlant. Peut-être quand nous serons reposés, certains de notre propre sécurité d'abord.

— Pas avant d'avoir ramené les autres ici, a dit Val. Je ne vais pas laisser nos jeunes se débrouiller seuls.

C'est vrai. Les autres humains qui n'avaient pas fait l'excursion jusqu'au Jardin étaient retranchés près des moteurs du Vaisseau, un endroit qui rugissait fort maintenant que le vaisseau effectuait son changement de trajectoire. La construction du Jardin, conçue pour garder les plantes en sécurité pendant les mouvements, enregistrait à peine le changement de direction massif du vaisseau, mais les ordres d'Alpha étaient passés. J'espérais que les nôtres s'étaient glissés avec eux.

Pas moyen de le savoir avant que le Vaisseau n'atterrisse, ou que nous ne prenions le Pont.

— D'accord, a acquiescé Leo à Val, qui lui a rendu le geste avec un regard beaucoup moins glacial que ce à quoi je m'attendais. Nous rassemblerons d'abord nos gens, puis nous ferons un plan. Le Jardin peut tenir jusque-là.

— Tu l'espères, ai-je dit. Alpha va bientôt remettre en marche les Lignes de Fabrication. Il y aura une autre armée ici rapidement.

— Alors nous les laisserons se vider de leur sang contre nous, a répondu Val, tenant toujours sa lance. Nous réparerons, nous renforcerons et nous contre-attaquerons au bon moment.

— Quand le Vaisseau atterrira, a ajouté Leo. Cela nous donnera l'ouverture, la flexibilité dont nous avons besoin.

Les deux avaient dû comploter pendant mon absence. Bien que je trouve la situation sombre, ils montraient de la résilience, une certaine croyance qu'ils pourraient contrer les hordes métalliques à venir d'Alpha et s'en sortir de l'autre côté. Quelque chose à laquelle je pouvais peut-être puiser.

Une douleur m'a tiré vers ma jambe droite, où Volt était, une fois de plus, en train d'effectuer une chirurgie corrective. Je me sentais un peu exposé avec mes circuits visibles pour Val et Leo pendant que Volt, avec Alvie faisant de son mieux en tant que chien, me remettait sur pied. Le mech m'avait déjà dit que mon efficacité allait encore baisser car il allait substituer des pièces récupérées de l'armée détruite d'Alpha. Volt semblait désolé pour toute cette histoire, mais je serais déjà heureux de pouvoir marcher à nouveau.

— Pas beaucoup plus de ça, cependant, tu comprends ? a dit Volt alors que Leo et Val se détournaient pour leur propre conversation. J'essayais de ne pas le prendre personnellement, le mech à nouveau mis de côté jusqu'à ce qu'on ait besoin de lui. Tu m'écoutes, Gamma ? Tu es un tel patchwork de pièces maintenant qu'il y a une chance que n'importe quelle bousculade fasse sauter ton processeur. Ça signifie que tu disparais.

— D'accord, éviter les combats. Je fais ça de toute façon.

— Eh bien, tu es sacrément mauvais à ça alors.

J'ai haussé les épaules face aux yeux jaunes de Volt. — Je serai plus prudent.

— Hum hum, Volt a pointé un bras vers les leaders humains. Ils ont leurs plans. Et toi ?

Les Voix m'ont réveillé, m'ont dit de sauver la Pouponnière et, par extension, tous les humains encore en vie sur le Vaisseau. Ces humains travaillaient autour de moi maintenant, se préparant à une guerre qu'ils ne pouvaient espérer gagner sans aide. Cette aide, je devais le croire, attendait en bas, au-delà des mechs en colère et d'une profonde piscine.

Et après ?

— Je vais sauver une amie, ai-je dit. Tu veux venir ?

Les yeux de Volt ont clignoté en rose. — Désolé, mon pote. Alpha a mis le Vaisseau en mode atterrissage, quelque chose qu'on n'a jamais vu auparavant. Je dois rentrer chez moi, m'assurer que quelque chose ne tourne pas mal et ne nous fasse pas tous exploser en poussière spatiale.

J'ai tendu la main, caressé Alvie. — Au moins je t'ai toi, pas vrai mon pote ?

Le chien a aboyé-toussé en réponse.

Derrière Alvie, debout à côté d'un oranger, je pouvais imaginer Kaydee, levant les yeux au ciel, des feux d'artifice jaunes éclatant alors qu'elle claquait des doigts. Si Alpha l'avait vraiment maintenant...

Tiens bon, Kaydee. Tiens bon.

DEUX ANDROÏDES. Un captif. Un vaste vaisseau rempli de secrets mortels aux confins de la galaxie.

Gamma a accompli sa mission : la Pouponnière et son avenir humain sont en sécurité... pour le moment. Des mechs dangereux errent dans le Vaisseau spatial, leur code défectueux les poussant à la destruction. Détranges forces puisent dans les recoins sombres et soulèvent des questions. Et, bien sûr, que faire du prisonnier ?

Continuez l'aventure dans La Conception Imparfaite, Livre 2 de la trilogie les Horizons lointains.

À PROPOS DE L'AUTEUR

A.R. Knight raconte des histoires dans une maison glaciale à Madison, dans le Wisconsin, appartenant principalement à deux chats. Après avoir été entraîné dans le train-train de travail lors du krach économique de 2008, il s'est retrouvé à passer des réunions ennuyeuses à s'envoler dans l'espace et à vivre de grandes aventures.

Finalement, en passant du temps avec des podcasts, des scénarios, des nouvelles et autres romans, il a trouvé une histoire dans laquelle il pourrait tomber et un casting de personnages à la fois divertissants et pleins de cœur.

A.R. Knight prévoit de voyager vers d'autres mondes et de trouver de nouvelles histoires à raconter dans les frontières illimitées de notre imagination.

Merci, comme toujours, d'avoir lu !

Pour plus d'informations:
www.blackkeybooks.com

To Jules

www.ingramcontent.com/pod-product-compliance
Lightning Source LLC
Chambersburg PA
CBHW061901310726
48972CB00004B/1120